Maupassant | Der Schmuck und andere Erzählungen

Guy de Maupassant

Der Schmuck
und andere Erzählungen

Aus dem Französischen übersetzt
von Doris Distelmaier-Haas
und Ernst Sander

Herausgegeben von
Doris Distelmaier-Haas

RECLAM
LEIPZIG

Die Texte der vorliegenden Ausgabe folgen der französischen Edition:

Guy de Maupassant: Contes et nouvelles. Textes présentés, corrigés, classés et augmentés de pages inédites, par Albert-Marie Schmidt, avec la collaboration de Gérard Delaisement. 2 Bde. Paris: Albin Michel, 1956–57. [2]1973.

Die Übersetzungen der Erzählungen *Der Teufel*, *Der Schmuck*, *Fettklößchen* und *Der Horla* stammen von Ernst Sander, alle anderen von Doris Distelmaier-Haas.
In neuer Rechtschreibung.

Veröffentlicht im Reclam Verlag Leipzig, 2006

Reclam Bibliothek Leipzig, Band 20136
1. Auflage, 2006
Reihengestaltung: Gabriele Burde
Umschlaggestaltung: Stefan Schmid, Stuttgart,
unter Verwendung des Porträts *Jeanne Samary* von
Pierre Auguste Renoir, 1877
Gesetzt aus ITC Slimbach
Gesamtherstellung: Reclam, Ditzingen
ISBN-13: 978-3-379-20136-0
ISBN-10: 3-379-20136-7

www.reclam.de

Inhalt

Der Schmuck

Sie war eines jener hübschen, liebreizenden Mädchen, von denen man meinen sollte, das Schicksal habe sie gleichsam aus Versehen in einer Beamtenfamilie zur Welt kommen lassen. Sie hatte keine Mitgift, keine Aussichten, keinerlei Gelegenheit, Bekanntschaften zu machen, verstanden, geliebt und schließlich von einem reichen und vornehmen Mann geheiratet zu werden; und so ließ sie sich denn von einem subalternen Beamten aus dem Kultusministerium heimführen.

Sie ging schlicht gekleidet, denn sie besaß ja keinen Schmuck; allein sie fühlte sich unglücklich, als sei sie deklassiert. Denn Frauen haben keinen Sinn für Kaste und Rasse – ihnen bedeuten Schönheit, Anmut und Liebreiz dasselbe wie Herkunft und Familie. Ihre Hierarchie wird einzig durch angeborenen Takt, Instinkt für Eleganz und Geschmeidigkeit des Geistes gebildet, und diese sind es, die Mädchen aus dem Volk und Damen von Welt einander gleichmachen.

Sie litt unablässig, denn sie fühlte sich für jede nur erdenkliche Verfeinerung, für jeden Luxus geboren. Sie litt unter der Armseligkeit ihrer Wohnung, den elend kahlen Wänden, den durchgescheuerten Plüschmöbeln, den hässlichen Stoffen. All dies – eine beliebige andere Frau ihrer Gesellschaftsschicht würde es sicherlich kaum bemerkt haben – quälte und empörte sie. Wenn sie die kleine Bretonin anschaute, die ihr den dürftigen Haushalt führte, stiegen trostlose Verzweiflung und verworrene Wunschträume in ihr auf. Sie träumte von verschwiegenen Gemächern mit schwellenden Orientteppichen und hohen, leuchtenden Bronzekandelabern, von zwei stattlichen Lakaien in Eskarpins, die in der drückenden Hitze des russischen Ofens müde geworden waren und in mächtigen Lehnsesseln schnarchten; sie träumte von geräumigen, mit antikem Brokat ausgeschlagenen Salons, von erlesenen Möbeln, auf denen köstliche Porzellane standen; sie träumte von kleinen, koketten, parfümierten Salons, Räumen, eigens geschaffen für die Five-o'-clock-Plaudereien mit den intimsten Freunden, lauter berühmten und begehrten Männern, von denen beachtet zu werden alle Frauen sich neidvoll sehnen.

Wenn sie beim Essen an dem runden Tisch mit dem schon drei Tage alten Tischtuch ihrem Mann gegenübersaß, der den Suppenterrinendeckel abhob und mit verklärter Miene schmatzte: »Ja, die gute Hausmannskost! Was Besseres gibt es einfach nicht ...!«, dann träumte sie von vornehmen Tafelrunden, schimmerndem Silber, Gobelins mit altertümlichen Gestalten und fremdartigen Vögeln inmitten eines Märchenwaldes; sie träumte von köstlichen Gerichten, die auf wundervollem Geschirr dargereicht wurden, von geflüsterten Liebenswürdigkeiten, die man mit einem Sphinxlächeln anhörte, während man das rosige Fleisch einer Forelle oder einen Haselhuhnflügel speiste.

Sie nannte weder schicke Kleider noch Juwelen ihr Eigen, nichts, gar nichts. Und dabei sehnte sie sich nach nichts anderem; einzig dafür fühlte sie sich geschaffen. Sie hätte so gern gefallen, verführerisch und begehrt erscheinen, beneidet werden mögen.

Sie hatte eine reiche Freundin, eine Mitschülerin vom Kloster her; aber sie brachte es nicht über sich, sie zu besuchen – es war ihr zu schmerzlich, bei der Heimkehr die eigenen vier Wände wiedersehen zu müssen. Und so weinte sie denn, tagelang, vor Kummer, Gram, Verzweiflung und Enttäuschung.

Nun, eines Abends kam ihr Mann freudestrahlend heim und schwenkte einen großen Briefumschlag.

»Hier«, sagte er, »etwas für dich!«

Hastig riss sie den Umschlag auf und entnahm ihm eine gedruckte Karte, auf der zu lesen stand:

»Der Kultusminister Georges Ramponeau und Frau Gemahlin beehren sich, Monsieur und Madame Loisel auf Montag, den 18. Januar, zu einer Abendgesellschaft ins Ministerialgebäude einzuladen.«

Anstatt entzückt zu sein, wie ihr Mann gehofft hatte, warf sie die Einladung verdrossen auf den Tisch und murmelte: »Was soll ich denn damit?«

»Aber, liebes Kind, ich meinte, es würde dich freuen. Du gehst niemals aus, und dies ist doch nun wirklich eine schöne Gelegenheit! Es war schwierig genug, eine Karte zu bekommen. Alle wollten sie eine, man riss sich darum, und für Beamte stehen nur ein paar zur Verfügung. Alle offiziellen Größen kannst du dort sehen.«

Gereizt sah sie ihm ins Gesicht, dann fragte sie mürrisch: »Willst du mir vielleicht sagen, was ich anziehen soll, wenn ich da hingehe?«

Daran hatte er nicht gedacht; er stotterte: »Aber du hast doch dein Theaterkleid. Ich finde es sehr nett ...«

Er verstummte, verblüfft und verwirrt; seine Frau weinte. Zwei dicke Tränen kullerten langsam aus den Augenwinkeln zu den Mundwinkeln. Er stammelte: »Was hast du denn? Was hast du denn?«

Sie aber riss sich mit grausamer Anstrengung zusammen, schluckte ihr Leid hinunter, wischte sich die feuchten Backen ab und erwiderte ruhig: »Nichts. Ich habe nun mal keine Toilette, und folglich kann ich das Fest nicht mitmachen. Schenk nur die Karte irgendeinem Kollegen, dessen Frau besser dran ist als ich.«

Er war wie vor den Kopf geschlagen.

»Pass mal auf, Mathilde«, antwortete er, »wie viel könnte denn wohl eine halbwegs anständige Toilette kosten, ein bisschen was Einfacheres, das du auch bei anderen Gelegenheiten tragen könntest?«

Sie besann sich ein paar Sekunden, berechnete die Sache und überlegte gleichzeitig, wie viel sie würde fordern können, ohne dass der sparsame Beamte auf der Stelle entsetzt »Nein!« schrie.

Schließlich antwortete sie zögernd: »Ganz genau kann ich das nicht sagen; aber mit vierhundert Franken, meinte ich, könnte man schon auskommen.«

Er wurde ein bisschen blass; denn eben diese Summe hatte er zurückgelegt, um eine Flinte zu kaufen und sich im nächsten Sommer ein paar Jagdpartien zu leisten; sonntags schossen seine Freunde in der Ebene von Nanterre ab und zu Lerchen.

Doch er sagte: »Gut. Vierhundert Franken will ich dir geben. Aber sieh zu, dass du ein recht schönes Kleid bekommst.«

Der Tag des Festes nahte, und Madame Loisel schien traurig, unruhig, beklommen. Dabei war ihre Balltoilette fix und fertig. Eines Abends fragte ihr Mann: »Was hast du eigentlich? Seit drei Tagen bist du ganz verdreht.«

Und sie antwortete: »Es ärgert mich, dass ich keinen Schmuck habe, kein Geschmeide, nichts, was ich anlegen könnte. So werde ich denn schließlich doch recht dürftig aussehen. Am liebsten ginge ich überhaupt nicht hin.«

Er entgegnete: »Nimm doch einfach frische Blumen. Das ist jetzt modern. Für zehn Francs bekommst du zwei oder drei wunderschöne Rosen.«

Sie war nicht davon abzubringen.

»Nein ... nichts ist blamabler, als zwischen so vielen reichen Frauen armselig auszusehen.«

Da rief ihr Mann: »Bist du aber dumm! Geh doch zu deiner Freundin, Madame Forestier, und bitte sie, dir einiges von ihrem Schmuck zu leihen. Ihr kennt euch doch recht gut, also kannst du es getrost tun.«

Sie jauchzte: »Ja, wahrhaftig! Daran habe ich gar nicht gedacht!«

Am nächsten Tage ging sie zu ihrer Freundin und klagte dieser ihr Leid.

Madame Forestier öffnete einen Spiegelschrank, nahm eine gewichtige Kassette heraus, stellte sie auf den Tisch, schlug den Deckel auf und sagte: »Such dir was aus, Kindchen!«

Zuerst kamen Armreife, dann ein Perlenhalsband, dann ein venezianisches Kreuz aus Gold und Edelsteinen, ein herrliches Stück. Vor dem Spiegel legte sie ein Schmuckstück nach dem andern an, unschlüssig, kaum fähig, die Sachen wieder abzulegen, zurückzugeben. Immerfort fragte sie: »Hast du nicht noch was?«

»Natürlich! Sieh nur ordentlich nach. Ich weiß doch nicht, was du gern haben möchtest.«

Plötzlich entdeckte sie in einem schwarzen Atlasetui ein wundervolles Brillantenhalsband; unbändige Begierde ließ ihr Herz heftig pochen. Ihre Hände zitterten, als sie danach griff. Sie legte es sich um, über ihr hochgeschlossenes Kleid, und verharrte in entzückter Selbstbetrachtung.

Dann fragte sie mit stockender Stimme, ganz ängstlich: »Würdest du mir wohl dies hier leihen, nur dies?«

»Aber gewiss doch, natürlich!«

Sie fiel der Freundin um den Hals, küsste sie stürmisch und enteilte alsdann mit dem Schatz.

Der Tag des Festes war gekommen. Madame Loisel gefiel ausnehmend. Sie war die Hübscheste von allen, elegant, voller Anmut, lächelnd und toll vor Freude. Alle Herren schauten zu ihr hin, fragten einander, wer sie sei, und wollten ihr vorgestellt werden. Die Attachés baten sie sämtlich um einen Walzer. Sogar dem Minister fiel sie auf.

Sie tanzte trunken, hingegeben, lustberauscht, selbstvergessen, im Triumph ihrer Schönheit, im Leuchtglanz ihres Erfolges, in einer Art Glückswolke, in die sie all die Huldigungen, das Bewundertwerden, das Begehrtwerden hüllten, dieser vollkommene Sieg, der einem Frauenherzen so süß ist.

Gegen vier Uhr morgens rüstete sie zum Aufbruch. Ihr Mann schlief seit Mitternacht in einem abgelegenen Salon, und das Gleiche taten drei andere Herren, deren Frauen sich großartig amüsierten.

Er legte ihr den für den Heimweg mitgenommenen Mantel um die Schultern, einen bescheidenen Alltagsmantel, dessen Ärmlichkeit grell von der eleganten Balltoilette abstach. Sie empfand das sogleich und wollte eilig fort, damit die anderen Frauen, die sich in schwere Pelze wickelten, es nicht bemerkten.

Loisel hielt sie fest: »Warte doch! Draußen erkältest du dich nur. Ich will eine Droschke holen.«

Aber sie hörte nicht auf ihn, sondern hastete die Treppe hinab. Auf der Straße war kein Wagen zu bekommen; sie hielten Ausschau und riefen jeden Kutscher an, den sie von weitem vorbeifahren sahen.

Wütend und vor Kälte zitternd gingen sie zur Seine hinab.

Am Uferdamm trieben sie schließlich eines jener uralten Nachtvehikel auf, die man in Paris nur zu sehen bekommt, wenn es dunkel ist, als ob sie sich schämten, ihre Schäbigkeit tagsüber zur Schau zu stellen.

Sie fuhren bis vor ihre Haustür in der Rue des Martyrs und stiegen missmutig die Treppe zu ihrer Wohnung hinauf. Nun ist es aus, dachte sie; und ihm fiel ein, dass er um zehn im Ministerium sein müsse.

Vor dem Spiegel legte sie den Mantel ab, den sie um die Schultern getragen hatte, um sich noch einmal in ihrem Glanze zu sehen. Mit einem Male stieß sie einen Schrei aus. Das Halsband war fort.

Ihr Mann, der sich schon halb ausgezogen hatte, fragte: »Was ist denn los?«

Sie drehte sich um und stammelte wie närrisch: »Ich ... ich ... das ... Madame Forestiers Halsband ist weg.«

Entsetzt fuhr er auf: »Was ...? Wieso ...? Das ist doch nicht möglich!«

Und sie sahen in jeder Kleiderfalte, jeder Mantelfalte, in allen Taschen nach. Sie fanden es nicht.

Er fragte: »Hattest du es noch, als wir hinuntergingen?«

»Ja, in der Vorhalle des Ministeriums habe ich es noch angefasst.«

»Aber wenn du es auf der Straße verloren hättest, würden wir es doch haben fallen hören. Also muss es in der Droschke liegen.«

»Ja. Das kann sein. Hast du dir die Nummer gemerkt?«

»Nein. Weißt du sie nicht?«

»Nein.«

Niedergeschmettert sahen sie einander an. Schließlich zog Loisel sich wieder an.

»Ich will«, sagte er, »das Stück, das wir zu Fuß gegangen sind, absuchen; vielleicht finde ich es.«

Und er ging fort. Sie blieb niedergeschlagen auf einem Stuhl sitzen, im Abendkleid; sie fand keine Kraft, sich hinzulegen oder den Kamin anzuzünden; ihr Kopf war ganz leer.

Gegen sieben kam ihr Mann zurück. Er hatte es nicht gefunden.

Er ging zum Fundbüro, zu den Geschäftsstellen der Zeitungen, um eine Belohnung auszuschreiben, zu den Droschkenhaltestellen, überallhin, wohin irgendein Hoffnungsschimmer ihn trieb.

Sie wartete den ganzen Tag, noch immer ganz außer sich über dieses fürchterliche Unglück.

Am Abend kam Loisel heim, verstört und bleich; er hatte nichts ausgerichtet.

»Du musst deiner Freundin schreiben«, sagte er, »der Verschluss des Halsbandes sei entzweigegangen, und du hättest es zum Reparieren fortgebracht. Auf diese Weise gewinnen wir Zeit und können uns umtun.«

Sie schrieb. Er diktierte.

Nach einer Woche hatten sie allen Mut verloren.

Und Loisel, der um fünf Jahre gealtert war, erklärte:

»Wir müssen daran denken, für das Kleinod Ersatz zu schaffen.«

Am folgenden Tage packten sie das Etui ein, in dem das Halsband gelegen hatte, und gingen damit zu dem Juwelier, dessen Name innen stand. Er schlug in seinen Büchern nach: »Bei mir ist das Halsband nicht gekauft worden, gnädige Frau; nur das Etui habe ich angefertigt.«

Und nun wanderten sie von Juwelier zu Juwelier und suchten nach einem dem verlorenen ähnlichen Stück; sie versuchten sich vorzustellen, wie es ausgesehen hatte, beide krank vor Sorge und Angst.

In einem Geschäft am Palais Royal stöberten sie schließlich ein Diamantenkollier auf, das dem gesuchten völlig zu gleichen schien. Es hatte einen Wert von vierzigtausend Francs. Sie sollten es für sechsunddreißigtausend haben.

Sie baten den Juwelier, es innerhalb der nächsten drei Tage nicht zu verkaufen. Und sie bedingten sich aus, dass es für vierunddreißigtausend Francs zurückgenommen werden sollte, wenn das verlorene Halsband vor Ende Februar wiedergefunden würde.

Loisel besaß achtzehntausend Francs, sein väterliches Erbteil. Den Rest galt es zu leihen.

So lieh er denn; diesen bat er um tausend Francs, jenen um fünfhundert, den um hundert, den um sechzig. Er stellte Wechsel aus, ging gefährliche Verpflichtungen ein, bekam mit Wucherern zu tun, mit allen möglichen Geldverleihern. Er kompromittierte sich bis an sein Lebensende, er gab seine Unterschrift, ohne zu wissen, ob er jemals seine Verpflichtungen würde erfüllen können, und gequält von der Angst um die Zukunft, vor sich das graue Elend, das sich fortan um ihn breiten würde, mit der Aussicht auf eine Unzahl physischer Entbehrungen und Gewissensnöte, erreichte er das rettende Ufer und zählte dem Kaufmann sechsunddreißigtausend Francs auf den Tisch.

Als Madame Loisel ihrer Freundin das Halsband zurückbrachte, sagte diese kühl: »Eigentlich hättest du es schon ein bisschen eher bringen dürfen; schließlich hätte ich es ja doch brauchen können.«

Aber sie machte das Etui nicht auf, wie Madame Loisel gefürchtet hatte. Wenn sie die Unterschiebung bemerkt hätte – was würde sie wohl gedacht haben? Was würde sie gesagt haben? Ob sie sie wohl für eine Diebin gehalten hätte?

Und Madame Loisel lernte das schreckliche Armutsleben kennen. Übrigens nahm sie ihr Schicksal ohne weiteres heroisch auf sich. Diese fürchterliche Schuld musste bezahlt werden, und sie war gewillt, sie zu bezahlen. Das Dienstmädchen wurde entlassen; ein Wohnungswechsel fand statt; nun hausten sie unterm Dach in einer Mansarde.

Sie lernte die grobe Hausarbeit kennen, die widerwärtigen, mühseligen Verrichtungen in der Küche. Sie wusch Geschirr ab und verletzte sich die rosigen Fingernägel an schmierigen Fetttöpfen und verrußten Kasserollenböden. Sie wusch schmutzige Wäsche, Hemden und Lappen und hängte sie zum Trocknen über die Leine; jeden Morgen stellte sie den Dreckeimer auf die Straße und schleppte Wasser nach oben, wobei sie auf jedem Treppenabsatz stehen blieb, um zu verschnaufen. Wie eine Frau aus dem Volk ging sie gekleidet, und beim Gemüsehändler, im Lebensmittelgeschäft, beim Bäcker feilschte sie, den Einholkorb am Arm, steckte Grobheiten ein und verteidigte Heller um Heller ihr elendes Geld.

Jeden Monat hieß es Wechsel einlösen, Wechsel prolongieren, um Zeit zu gewinnen.

Abends erledigte der Mann Nebenarbeiten; er brachte die Bücher eines Kaufmanns in Ordnung und fertigte nachts bisweilen Abschriften an, für fünf Sous die Seite.

Dieses Leben währte zehn Jahre.

Nach zehn Jahren hatten sie alles zurückbezahlt, alles, mit Zins und Zinseszins.

Madame Loisel sah jetzt wie eine Greisin aus. Sie war zu

einem grobknochigen, harten, derben Proletarierweib geworden. Sie frisierte sich schlecht, ihre Röcke saßen schlampig, ihre Hände waren rot, sie sprach schrill und laut und wusch unter beträchtlichem Wasseraufwand die Fußböden auf. Nur manchmal, wenn ihr Mann im Dienst war, setzte sie sich ans Fenster und gedachte jenes Abends, damals, jenes Balles, wo sie so schön gewesen und so sehr gefeiert worden war.

Was würde wohl geschehen sein, wenn sie den Schmuck nicht verloren hätte? Wer weiß? Wer weiß? Wie seltsam, wie wechselvoll ist doch das Leben! Wie wenig gehört dazu, dass wir untergehen oder gerettet werden!

Als sie eines Sonntags über die Champs-Élysées ging, um sich von den Plackereien der Woche zu erholen, erblickte sie plötzlich eine Dame, die mit einem Kind spazieren ging. Es war Madame Forestier, die noch immer jung, noch immer schön, noch immer verführerisch aussah.

Madame Loisel fühlte es heiß in sich aufsteigen. Sollte sie sie ansprechen? Ja, natürlich. Da alles bezahlt war, durfte sie ihr auch die Wahrheit sagen. Warum auch nicht?

Sie ging auf sie zu.

»Guten Tag, Jeanne.«

Die andere erkannte sie ganz und gar nicht und war verdutzt, von dieser vulgären Frau so vertraulich angeredet zu werden. Sie stotterte: »Ja ... aber ... ich weiß nicht ... Sicher irren Sie sich.«

»Nein. Ich bin Mathilde Loisel.«

Die Freundin schrie auf: »Oh, du arme Mathilde, wie furchtbar hast du dich verändert!«

»Ja, ich habe Schweres durchmachen müssen, seit wir uns nicht gesehen haben; und sehr viel Elend ... und alles um deinetwillen ...!«

»Um meinetwillen ...? Wieso denn?«

»Weißt du noch, das Diamantenhalsband, das du mir geliehen hast, als ich auf das Ministeriumsfest gehen wollte?«

»Ja. Was ist damit?«

»Nun, ich hatte es verloren!«

»Aber du hast es mir doch wiedergebracht.«

»Ein anderes habe ich dir gebracht, ein ganz ähnliches. Und zehn Jahre lang haben wir daran abbezahlt. Nicht wahr, du kannst dir denken, dass das nicht leicht für uns gewesen ist; denn wir hatten doch nichts ... Aber jetzt ist alles erledigt, und ich bin heilfroh deswegen.«

Madame Forestier war stehen geblieben.

»Ein Diamantenhalsband hast du gekauft, sagst du, als Ersatz für meins?«

»Ja! Und du hast es nicht einmal bemerkt, haha! Es sah auch genauso aus wie das andere.«

Sie lächelte stolz und voll naiver Freude.

Aufs Äußerste bewegt ergriff Madame Forestier ihre beiden Hände.

»Oh! Arme, liebe Mathilde! Meins war doch nur eine Imitation. Höchstens fünfhundert Francs wert ...!«

(Februar 1884)

Der Regenschirm

Madame Oreille war sparsam. Sie wusste um den Wert eines Sou und verfügte über ein ganzes Arsenal strenger Grundsätze, die ihr bei der Vermehrung des Geldes zu Diensten standen. Das Dienstmädchen hatte sicher die höchste Not, beim Einkauf etwas für sich wegzustecken, und Monsieur Oreille erhielt nur unter äußersten Schwierigkeiten sein Taschengeld. Dabei ging es ihnen gut, und sie hatten keine Kinder, aber Madame Oreille bereitete es wahre Schmerzen, wenn die hellen Geldmünzen sie verließen. Es zerriss ihr geradezu das Herz und jedes Mal, wenn sie irgendeine größere, wenngleich unvermeidliche Ausgabe tätigen musste, verbrachte sie anschließend eine schlimme Nacht.

Oreille lag nun seiner Frau unablässig in den Ohren: »Du könntest ruhig ein wenig großzügiger sein, unser Einkommen verbrauchen wir ja doch nie.«

Sie entgegnete: »Man weiß nie, was kommt. Man hat immer besser zu viel als zu wenig.«

Sie war eine kleine Frau von vierzig Jahren, lebhaft, schon etwas faltig, sehr genau und leicht reizbar. Ihr Gatte klagte immerzu über die Entbehrungen, die sie ihm auferlegte. Manche kamen ihn besonders hart an, da sie seine Eitelkeit verletzten.

Er war Obersekretär im Kriegsministerium und war lediglich dort geblieben, um den Wünschen seiner Frau zu entsprechen und die nicht zum Verbrauch bestimmten Einkünfte des Hauses zu vermehren.

Nun kam er seit zwei Jahren immer mit demselben zusammengeflickten Regenschirm ins Büro, was bei seinen Kollegen beständig Anlass zu Gelächter gab. Schließlich war er ihrer Sticheleien müde und verlangte, dass Madame Oreille ihm einen neuen kaufte. Sie wählte einen zu acht Francs fünfzig, einen Reklameartikel eines großen Warenhauses. Die Mitarbeiter, die wohl merkten, dass es sich um ein Exemplar handelte, das zu Tausenden über Paris ausgeschüttet worden war, begannen erneut mit ihren Hänseleien, und Oreille stand Qualen aus. Der Regenschirm taugte nichts. Nach drei Monaten war er nicht mehr zu gebrauchen, und der Spaß im Ministerium war wieder groß. Man erfand gar ein Lied, das von früh bis spät, von oben bis unten durch das ganze Gebäude tönte.

Oreille war außer sich und befahl seiner Frau, einen neuen großen Regenschirm aus feiner Seide, einen zu zwanzig Francs, für ihn auszusuchen und ihm eine ordentliche Rechnung darüber vorzulegen.

Sie kaufte einen zu achtzehn Francs, überreichte ihn dem Gatten und erklärte mit zorngeröteter Miene: »Der reicht ja nun wohl für fünf Jahre mindestens.«

Oreille zog siegesbewusst ab und feierte wahre Triumphe im Büro.

Als er am Abend heimkam, sagte seine Frau mit einem unruhigen Blick auf den Schirm: »Du solltest ihn nicht so in dem Gummiband stecken lassen, das schneidet ja in die Seide ein. Du musst schon sorgfältig mit ihm umgehen, denn so bald kaufe ich dir keinen neuen.«

Sie nahm ihn, löste die Halterung und schüttelte die Falten auf, doch entsetzt hielt sie inne. Ein rundes Loch von der Größe eines Centime klaffte inmitten des Regenschirms. Es war von einer Zigarre eingebrannt worden!

Sie stammelte: »Was ist denn das?«

Ihr Mann erwiderte ruhig, ohne hinzuschauen: »Was? Was meinst du?«

Da erstickte sie schier vor Zorn und vermochte kaum zu sprechen: »Du ... du ... du ... hast ... deinen, deinen Regenschirm ... verbrannt. Aber du ... du ... du bist doch wohl verrückt geworden! ... Du willst uns ruinieren!«

Er wandte sich um, fühlte, dass er blass wurde: »Was sagst du da?«

»Ich sage, dass du deinen Regenschirm verbrannt hast. Da! ...«

Und sie stürzte auf ihn los, als ob sie ihn schlagen wollte, und hielt ihm mit einer heftigen Bewegung die runde Brandstelle unter die Nase. Bestürzt verharrte er vor dieser Wunde und stammelte: »Das ... das ... was ist denn da? Ich weiß von nichts. Ich habe nichts gemacht, nichts, ich schwöre es dir. Ich weiß nicht, ich nicht, was er da hat, der Schirm!«

Ihre Stimme ging nun ins Kreischen über: »Ich wette, du hast im Büro deine Späße mit ihm getrieben, hast den Hanswurst gespielt, hast ihn aufgespannt, um ihn vorzuführen.«

Er antwortete: »Ich habe ihn ein einziges Mal geöffnet, um zu zeigen, wie schön er ist. Das ist alles, ich schwöre es dir.«

Doch sie stampfte vor Wut auf den Boden und machte ihm eine jener Eheszenen, die einem friedliebenden Mann das traute Heim schrecklicher erscheinen lassen als ein Schlachtfeld im Kugelhagel.

Sie fügte ein neues Stück Seide ein, das sie aus dem alten Regenschirm herausgeschnitten hatte, der aber einen anderen Farbton besaß, und am nächsten Morgen machte sich Oreille mit Demutsmiene mit dem geflickten Schirm auf den Weg. Er stellte ihn in seinen Schrank und dachte an ihn nur noch wie an einen bösen Traum.

Doch kaum war er heimgekehrt, riss ihm seine Frau den Schirm aus der Hand, öffnete ihn, um seinen Zustand zu prüfen, und verharrte wie betäubt vor einer nicht wieder gutzumachenden Katastrophe. Er war durchsiebt von kleinen Löchern, die offensichtlich eingebrannt waren, so als ob man die Asche einer brennenden Pfeife darüber gestreut hätte. Er war verloren, rettungslos verloren.

Sie betrachtete ihn wortlos. Sie war zu aufgebracht, um nur einen Laut hervorbringen zu können. Auch er sah den verheerenden Schaden und stand verblüfft da, voller Schrecken und Bestürzung.

Dann schauten sie sich an; dann senkte er die Augen; dann fühlte er, wie ihm das verdorbene Stück mit Wucht an den Kopf geschleudert wurde; dann fand sie in einer Aufwallung von Zorn ihre Stimme wieder und schrie: »Du niederträchtiger Hund! Du Hund! Das hast du extra gemacht! Doch das wirst du mir büßen! Du wirst keinen mehr bekommen ...«

Und das Ganze begann von Neuem. Eine Stunde hielt der Sturm an, dann konnte er sich rechtfertigen. Er schwor, dass er das Ganze nicht begreife, dass es sich nur um Böswilligkeit oder eine Art Rache handeln könnte. Das Läuten der Hausglocke war seine Erlösung. Ein Freund besuchte sie zum Abendessen.

Madame Oreille legte den Fall dar. Einen neuen Regenschirm zu kaufen, kam nicht in Frage, ihr Mann sollte keinen mehr bekommen.

Der Freund wandte zu Recht ein: »Madame, in diesem Falle verdürbe er seine Kleidung, die doch sicherlich mehr wert ist.«

Die kleine Frau, die noch immer wütend war, erwiderte: »Nun, dann soll er den Schirm aus der Küche nehmen, ich gebe ihm keinen neuen aus Seide.«

Bei dieser Vorstellung setzte sich Oreille zur Wehr: »Dann reiche ich mein Entlassungsgesuch ein! Ich gehe nicht mit dem Schirm aus der Küche ins Ministerium.«

Der Freund fuhr fort: »Lasst diesen doch neu beziehen, das ist nicht teuer.«

Madame Oreille stammelte außer sich: »Das kostet mindestens acht Francs, ein Neubezug, acht Francs plus die achtzehn Francs, das sind sechsundzwanzig Francs! Sechsundzwanzig Francs für einen Regenschirm, das ist ja Wahnsinn! Der helle Wahnsinn ist das!«

Der Freund, der auch nicht reich war, hatte eine Eingebung: »Lasst doch eure Versicherung bezahlen. Die Gesellschaften kommen für solche Brandschäden auf, vorausgesetzt, der Schaden ist zu Hause erfolgt.«

Auf diesen Rat hin wurde die kleine Frau ganz ruhig. Nachdem sie einen Moment nachgedacht hatte, sagte sie zu ihrem Mann: »Morgen gehst du vor dem Ministerium zu La Maternelle, lässt den Schaden an deinem Schirm aufnehmen und verlangst Schadenersatz.«

Monsieur Oreille fuhr hoch: »Nie im Leben wage ich das! Wir haben achtzehn Francs verloren, na und, daran gehen wir schon nicht zugrunde.«

Am nächsten Morgen machte er sich mit einem Spazierstock auf den Weg. Zum Glück war schönes Wetter.

Allein zurückgeblieben, vermochte sich Madame Oreille nicht über den Verlust der achtzehn Francs hinwegzutrösten. Sie hatte den Regenschirm vor sich auf den Esstisch gelegt und drehte ihn um und um, ohne zu einem Entschluss zu kommen.

Der Gedanke an die Versicherung kam ihr immer wieder, doch auf der anderen Seite scheute sie die spöttischen Blicke der Herren, denen sie begegnen würde, denn sie war von Natur aus schüchtern in der Öffentlichkeit, errötete bei dem geringsten Anlass und wurde verlegen, wenn sie mit Fremden sprechen musste.

Aber der Kummer um die achtzehn Francs bereitete ihr Schmerzen wie eine Wunde. Sie wollte nicht mehr daran denken, und doch plagte die Erinnerung an diesen Verlust sie peinvoll. Was sollte sie also tun? Die Stunden rannen dahin, sie traf keine Entscheidung. Dann endlich, wie Feiglinge sich zu Draufgängern wandeln, fasste sie ihren Entschluss.

»Ich gehe, und da werden wir ja sehen!«

Doch zunächst galt es, den Regenschirm so herzurichten, dass das Unglück vollkommen und glaubwürdig wirkte. Sie nahm ein Zündholz vom Kamin und brannte zwischen die Schirmstäbe ein gewaltiges, faustgroßes Loch hinein; dann rollte sie, was von dem Seidenbezug übrig geblieben war, sorgfältig zusammen, legte das Gummiband um, nahm Schal und Hut und zog eiligen Schrittes Richtung Rue de Rivoli, wo sich die Versicherung befand.

Doch je näher sie kam, desto langsamer wurde ihr Schritt. Was sollte sie sagen? Was würde man ihr zur Antwort geben?

Sie prüfte die Hausnummern. Sie hatte noch achtundzwanzig vor sich. Sehr gut! Sie konnte nachdenken. Sie ging immer langsamer. Plötzlich überkam sie ein Zittern. Da war das Portal, über dem in goldenen Buchstaben glänzte: »La Maternelle, Feuerversicherungsgesellschaft«. Schon! Sie hielt eine Sekunde inne, ängstlich, voller Scham, ging vorbei, kam wieder, ging wieder vorbei, kam noch einmal wieder.

»Ich muss hinein, besser früher als später.« Doch als sie in das Haus trat, fühlte sie, wie ihr Herz klopfte.

Sie kam in einen großen Raum mit rundum lauter Schaltern, und an jedem Schalter war ein Kopf zu erblicken, dessen zugehöriger Körper hinter einem Gitter verborgen blieb.

Ein Herr erschien mit Papieren in der Hand. Sie blieb stehen und fragte mit kleinlauter Stimme: »Verzeihen Sie, Monsieur, könnten Sie mir wohl sagen, wohin man sich für den Schadenersatz verbrannter Gegenstände wenden muss?«

Er antwortete mit sonorer Stimme: »Erster Stock links, Abteilung Brandschäden.«

Das Wort schüchterte sie noch mehr ein, sie hatte Lust zu fliehen, nichts zu sagen, ihre achtzehn Francs zu opfern, aber bei dem Gedanken an diese Summe wurde sie doch wieder ein wenig mutiger, und sie stieg schwer atmend hinauf, hielt bei jeder Stufe an.

Im ersten Stock entdeckte sie eine Tür und klopfte. Eine helle Stimme rief: »Herein!«

Sie trat ein und befand sich in einem großen Zimmer, in dem drei Herren im Gespräch waren, aufrecht, mit Orden geschmückt und feierlich.

Einer von ihnen fragte sie: »Was wünschen Sie, Madame?«

Sie fand keine Worte und stammelte: »Ich komme ... ich komme ... wegen ... wegen eines Brandschadens.«

Der Herr bot ihr höflich einen Sessel an: »Wollen Sie so freundlich sein, Platz zu nehmen. Ich stehe Ihnen gleich zur Verfügung.«

Dann wandte er sich wieder zu den anderen und setzte die Unterhaltung fort.

»Meine Herren, die Gesellschaft ist der Ansicht, dass sie in Ihrem Falle zu nicht mehr als vierhunderttausend Francs verpflichtet ist. Wir können Ihren Forderungen um hunderttausend Francs zusätzlich nicht entsprechen. Die Schätzung übrigens ...«

Einer der beiden anderen unterbrach ihn: »Das reicht,

Monsieur, die Gerichte werden darüber entscheiden. Wir dürfen uns nun wohl verabschieden.«

Und sie zogen unter mehreren förmlichen Verbeugungen ab.

Oh! Wenn sie mit ihnen hätte gehen können, sie hätte es getan, sie wäre geflohen, hätte alles darangegeben! Aber konnte sie das? Der Herr kam zurück und fragte sie mit einer Verbeugung:

»Was kann ich für Sie tun, Madame?«

Sie brachte mühsam hervor: »Ich komme wegen ... wegen dieser Sache.«

Der Direktor richtete mit unverhohlenem Erstaunen seinen Blick auf den Gegenstand, den sie ihm entgegenhielt.

Sie versuchte mit zitternder Hand das Gummiband zu lösen. Das gelang ihr nach einigen Versuchen, und sie öffnete rasch das zerfetzte Skelett des Regenschirms.

Der Herr sagte in mitleidigem Ton: »Der scheint mir recht krank.«

Sie erklärte zögernd: »Er hat mich zwanzig Francs gekostet.

Er meinte erstaunt: »Wirklich so viel?«

»Ja, er war prächtig. Ich wollte Sie bitten, seinen Zustand zu prüfen.«

»Gut, gut, ich sehe! Gut, gut! Aber ich begreife nicht, inwiefern mich das etwas angeht?«

Eine Unruhe ergriff von ihr Besitz. Vielleicht kam diese Gesellschaft für so kleine Gegenstände gar nicht auf, und sie sagte: »Aber ... er ist verbrannt ...«

Der Herr leugnete das nicht: »Das sehe ich wohl.«

Sie saß da mit offenem Mund und wusste nicht, was sie sagen sollte, doch dann fiel ihr ein, was sie ja zu sagen vergessen hatte, und erklärte hastig: »Ich bin Madame Oreille. Wir sind bei La Maternelle versichert, und ich komme, um Schadenersatz zu fordern.«

In ihrer Angst vor einer glatten Ablehnung beeilte sie sich

hinzuzufügen: »Ich bitte Sie ja nur, ihn neu beziehen zu lassen.«

Der Direktor erklärte ihr peinlich berührt: »Aber ... Madame ... wir sind doch keine Schirmhändler! Wir können uns doch nicht um solche Reparaturgeschichten kümmern.«

Die kleine Frau fühlte, wie ihr der Mut zurückkehrte. Es galt zu kämpfen. Sie würde kämpfen! Sie hatte keine Angst mehr; sie sagte: »Ich verlange lediglich die Kosten für eine Reparatur. Ich will sie gern selbst vornehmen.«

Der Herr schien verwirrt: »In der Tat, Madame, das ist sehr wenig. Niemals wird bei uns ein Schadenersatz von so geringfügigem Wert eingeklagt. Wir können doch nicht für alle Taschentücher, Handschuhe, Besen, Pantoffeln und all diese kleinen Gegenstände einstehen, die jeden Tag irgendwelche Schäden durch Feuer erleiden.«

Sie wurde rot und fühlte Zorn in sich aufsteigen: »Aber Monsieur, wir hatten im letzten Dezember einen Kaminbrand, der uns mindestens fünfhundert Francs Schaden verursacht hat; Monsieur Oreille hat keinen Ersatz bei Ihrer Gesellschaft beantragt. So ist es doch nur recht und billig, dass man mir heute meinen Regenschirm ersetzt.«

Der Direktor erriet, dass sie log, und sagte lächelnd: »Sie werden zugeben, Madame, dass es erstaunlich ist, dass Monsieur Oreille nichts für einen Schaden von fünfhundert Francs verlangt, aber die Erstattung einer Reparatur von fünf oder sechs Francs beantragt.«

Sie ließ sich nicht beirren und entgegnete: »Verzeihen Sie, Monsieur, der Schaden von fünfhundert Francs betraf die Gelder von Monsieur Oreille, während der Schaden von achtzehn Francs die Gelder von Madame Oreille betrifft, was keineswegs das Gleiche ist.«

Er begriff, dass er sie nicht loswerden und einen ganzen Tag verlieren würde, und so sagte er müde: »Schildern Sie mir also bitte, wie es zu dem Unfall gekommen ist.«

Nun fühlte sie sich siegessicher und begann zu erzählen:

»Nun, Monsieur, ich habe in meiner Garderobe ein Bronzegefäß stehen, in dem man die Schirme und Stöcke abstellt. Als ich neulich heimkehrte, legte ich dieses Stück dort ab. Dazu muss man sagen, dass genau darüber ein kleines Brett mit Kerzen und Streichhölzern angebracht ist. Ich strecke den Arm aus und nehme vier Streichhölzer. Ich will eines anzünden; es geht nicht. Ich versuche es mit einem anderen; es brennt an und erlischt sogleich. Ich versuche es mit einem dritten; es geschieht das Gleiche.«

Der Direktor unterbrach sie, um einen kleinen Witz anzubringen: »Es waren wohl regierungseigene Streichhölzer?«

Sie verstand nicht und fuhr fort: »Das kann schon sein. Das vierte brannte immerhin, und ich zündete meine Kerze an. Dann ging ich in mein Zimmer, um mich hinzulegen. Aber nach einer Viertelstunde kam es mir vor, als ob etwas angebrannt roch. Nun habe ich seit jeher Angst vor einem Feuer. Oh, wenn es je bei uns brennen sollte, es wäre nicht meine Schuld! Vor allem seit dem Kaminbrand, von dem ich Ihnen erzählte, habe ich keine Ruhe mehr. Ich stehe also auf und gehe hinaus, ich suche, ich schnüffle umher wie ein Jagdhund und entdecke endlich den brennenden Schirm. Vermutlich war ein brennendes Streichholz in ihn hineingefallen. Sehen Sie, in welchem Zustand er ist ...«

Der Direktor hatte seinen Entschluss gefasst; er fragte: »Wie hoch schätzen Sie den Schaden?«

Sie schwieg und wagte nicht, eine feste Summe zu nennen. Dann sagte sie mit dem Wunsch, großzügig zu wirken: »Lassen Sie ihn selbst reparieren. Ich überlasse das Ihnen.«

Er lehnte ab: »Nein, Madame, das kann ich nicht! Erklären Sie mir, wie viel Sie verlangen.«

»Aber ... es scheint mir ... Sehen Sie, mein Herr, ich will mich nicht an Ihnen bereichern, ich ... wir werden es so halten. Ich trage meinen Regenschirm zu einem Geschäft, wo er mit guter Seide, haltbarer Seide, neu bezogen wird, und bringe Ihnen dann die Rechnung. Wäre Ihnen das recht?«

»Ausgezeichnet, Madame, abgemacht. Hier noch eine Anweisung für die Kasse, die Ihnen Ihre Auslagen vergüten wird.«

Und er reichte Madame Oreille eine Karte, die sie ergriff, wonach sie sich erhob und unter Dankesworten hinausging; sie hatte es eilig fortzukommen, da sie Angst hatte, er könnte seine Ansicht ändern.

Nun ging sie frohen Mutes durch die Straßen und suchte nach einem Schirmladen, der einen eleganten Eindruck machte. Als sie ein gediegen wirkendes Geschäft ausfindig gemacht hatte, trat sie ein und erklärte mit fester Stimme: »Dieser Regenschirm soll neu mit Seide bespannt werden, mit sehr guter Seide. Nehmen Sie das Beste, was Sie haben. Der Preis spielt keine Rolle.«

(Februar 1884)

Reue

Monsieur Saval, in Mantes bekannt als »Vater Saval«, ist soeben aufgestanden. Es regnet. Ein trauriger Herbsttag ist angebrochen; die Blätter fallen. Sie fallen langsam in den Regen hinein wie ein dichter und verzögert niedergehender Regen. Monsieur Saval ist keineswegs froh gestimmt. Er geht vom Kamin zum Fenster, vom Fenster zum Kamin. Das Leben hat trübe Stunden. Fortan würde es nur noch trübe Stunden für ihn geben, denn er ist zweiundsechzig Jahre alt geworden! Er ist allein, ein alter Junggeselle ohne einen Menschen, der sich um ihn kümmern mag. Wie ist es traurig, so zu sterben, ganz allein, ohne irgendjemanden, der einen wirklich gern hat!

Er denkt über sein so inhaltsloses, so leeres Leben nach. Er ruft sich die ferne Vergangenheit ins Gedächtnis zurück, die Vergangenheit seiner Kindheit, das Haus, das Haus mit den Eltern; dann das Gymnasium, die Unternehmungen, die Zeit des Rechtsstudiums in Paris. Dann die Krankheit des Vaters, seinen Tod.

Damals ist er in sein Elternhaus zurückgekehrt und hat mit der Mutter zusammengewohnt. Sie haben beide ein wunschlos friedvolles Leben geführt, der junge Mann und die alte Frau. Auch sie ist tot. Wie traurig das Leben ist!

Er ist allein geblieben. Und jetzt wird bald die Reihe an ihm sein. Er wird abtreten, und alles wird vorbei sein. Es wird keinen Monsieur Paul Saval mehr geben auf der Welt. Wie schrecklich! Andere Leute würden leben, sich lieben, lachen. Ja, sie würden sich amüsieren, und er, er würde nicht mehr da sein! Wie seltsam es doch war, dass man lachen, sich vergnügen, fröhlich sein konnte angesichts der fortwährenden Gewissheit des Todes. Wenn er lediglich im Bereich des Wahrscheinlichen läge, könnte man noch hoffen, aber nein, er war unausweichlich, ebenso unausweichlich wie die Nacht nach dem Tag.

Wenn er wenigstens auf ein erfülltes Leben zurückschauen könnte! Wenn er etwas daraus gemacht hätte; wenn er Abenteuer erlebt hätte, besondere Vergnügungen, Erfolge, Befriedigungen irgendwelcher Art. Aber nein, nichts. Er hatte nichts getan, nichts als aufstehen, essen, alles zu denselben Stunden, und schlafen. Und so war er bis zu seinem zweiundsechzigsten Lebensjahr gekommen. Er hatte nicht einmal geheiratet wie die anderen Leute. Warum? Ja, warum hatte er nicht geheiratet? Er hätte es gekonnt, denn er war vermögend. Hatte es ihm an einer Gelegenheit gefehlt? Vielleicht, doch man führt sie auch herbei, solche Gelegenheiten! Er war träge, das war es. Die Trägheit war sein großes Übel, sein Fehler, sein Laster. Wie viele Leute vertun ihr Leben aus Trägheit. So mancher Natur fällt es schwer aufzustehen, tätig zu sein, etwas zu unternehmen, zu sprechen, Fragen zu bedenken.

Er war nicht geliebt worden. Keine Frau hatte in liebender Hingabe an seiner Brust gelegen. Ihm waren die süßen Ängste der Erwartung unbekannt, der heilige Schauer bei einem Händedruck, der Rausch einer überwältigenden Leidenschaft.

Welch übermenschliches Glück musste ein Herz schwellen lassen, wenn die Lippen einander zum ersten Mal finden, wenn das Umfangen von vier Armen ein einziges Wesen, ein erhaben glückliches Wesen aus zwei Menschen schafft, die ineinander verliebt sind.

Monsieur Saval hatte sich hingesetzt, die Füße am Feuer, er war im Schlafrock. Sicher, sein Leben war misslungen, ganz und gar misslungen. Dennoch hatte er geliebt, auch er. Er hatte geliebt, heimlich, schmerzvoll und schlaff, wie er alles tat. Ja, er hatte seine alte Freundin Madame Sandres, die Frau seines alten Freundes Sandres, geliebt. Ach! Hätte er sie als junges Mädchen gekannt! Aber er war ihr zu spät begegnet; sie war bereits verheiratet. Sicher, diese Frau hätte er um ihre Hand gebeten! Wie hatte er sie doch geliebt, ohne zu ermüden, vom ersten Tage an!

Er erinnerte sich, wie bewegt er war, wann immer er sie sah, wie traurig, wenn er sie verließ. An die Nächte dachte er, in denen der Gedanke an sie ihm den Schlaf raubte.

Morgens wachte er immer ein bisschen weniger verliebt auf, als er es am Abend zuvor war. Warum?

Wie hübsch sie einstmals war, so niedlich, blondgelockt, lustig. Sandres war nicht der Mann, der für sie bestimmt war. Nun war sie achtundfünfzig Jahre alt. Sie schien glücklich zu sein. Ach! Wenn sie ihn geliebt hätte, sie, damals, wenn sie ihn geliebt hätte! Warum hätte sie ihn, Saval, nicht lieben sollen, wo er sie doch so liebte, sie, Madame Sandres?

Wenn sie wenigstens etwas geahnt hätte ... Hatte sie nichts geahnt, nichts gesehen, nie etwas begriffen? Und was hätte sie dann gedacht? Wenn er gesprochen hätte, was hätte sie geantwortet?

Und Saval fragte sich tausend andere Dinge. Er ließ sein ganzes Leben an sich vorüberziehen und versuchte, eine Fülle von Einzelheiten vor seinem inneren Auge lebendig erstehen zu lassen.

Er erinnerte sich an die langen Abende bei Sandres, wo sie zusammen Écarté gespielt hatten, als die Frau des Freundes jung war und so bezaubernd.

Er erinnerte sich an Dinge, die sie ihm gesagt hatte, an leichte Untertöne, die ehedem in ihren Worten mitschwangen, an ein kleines stummes Lächeln, das so viel beinhaltete.

Er erinnerte sich an ihre Spaziergänge zu dritt an der Seine, an ihre Picknicks im Freien, sonntags, denn Sandres war Angestellter in der Unterpräfektur. Und plötzlich kam ihm die klare Erinnerung an einen Nachmittag, den er mit ihr in einem Wäldchen am Fluss verbracht hatte.

Sie waren am Morgen aufgebrochen und hatten ihr Essen eingepackt mitgenommen. Es war ein lebensvoller Frühlingstag, einer jener Tage, die berauschen. Alles riecht gut, alles scheint glücklich. Die Vögel singen fröhlicher, und ihr Flug erscheint rascher. Sie hatten auf dem Gras gespeist, nahe am Wasser, das, wie vom Schein der Sonne benommen, träge dahinfloss. Die Luft stand heiß, war schwer von sprießenden Säften; man sog sie mit Wonne ein. Wie tat das gut, so ein Tag!

Nach dem Mahl war Sandres auf dem Rücken eingeschlafen: »Der beste Schlaf meines Lebens«, meinte er, als er aufwachte.

Madame Sandres hatte Savals Arm genommen, und sie waren miteinander am Ufer entlang spaziert.

Sie stützte sich auf ihn. Sie lachte und erklärte: »Ich habe einen Schwips, mein Freund, einen richtigen Schwips!« Er sah sie an und erschauerte bis ins Herzinnerste, fühlte, wie er blass wurde, hatte Angst, dass seine Augen zu kühn waren, dass ein Zittern seiner Hand sein Geheimnis verraten könnte.

Sie hatte sich einen Kranz aus langen Gräsern und Wasserlilien gewunden und ihn gefragt: »Finden Sie mich so schön?«

Als er keine Antwort gab – denn er wusste keine Antwort, er wäre eher vor ihr auf die Knie gesunken –, hatte sie zu lachen begonnen, es klang unzufrieden, und sie hatte ihm ins Gesicht gesagt: »Alter Stoffel! Hast du die Sprache verloren?«

Er hätte fast geweint, und es gelang ihm nicht, ein einziges Wort zu finden.

All dies fiel ihm jetzt ein, so genau wie am ersten Tag. Warum hatte sie zu ihm gesagt: »Alter Stoffel! Hast du die Sprache verloren?«

Und er erinnerte sich, wie sie sich zärtlich an ihn gelehnt hatte. Als sie unter den tief hängenden Ästen eines Baumes hindurchgingen, hatte er ihr Ohr gespürt, ihr Ohr an seiner Wange, und er war rasch abgerückt, aus Angst, sie könnte diese Berührung für Absicht halten.

»Ist es nicht an der Zeit umzukehren?«, hatte er gesagt, und sie hatte ihm einen seltsamen Blick zugeworfen. Ganz sicher, sie hatte ihn merkwürdig betrachtet. Damals dachte er sich nichts dabei; doch jetzt erinnerte er sich daran.

»Wie Sie möchten, mein Freund. Wenn Sie müde sind, kehren wir um.«

Und er hatte geantwortet: »Ich bin keineswegs müde; aber Sandres ist inzwischen vielleicht aufgewacht.«

Mit einem Achselzucken hatte sie erwidert:

»Wenn Sie fürchten, dass mein Mann aufwacht, ist das etwas anderes. Kehren wir um!«

Auf dem Rückweg war sie schweigsam, sie stützte sich nicht auf seinen Arm. Warum?

Die Frage nach dem »Warum?« hatte er sich noch nicht gestellt. Nun glaubte er, etwas zu entdecken, was er bislang nicht verstanden hatte.

War es …?

Monsieur Saval fühlte, wie er errötete; er erhob sich zutiefst bewegt, als ob er, um dreißig Jahre verjüngt, Madame Sandres hätte sagen hören: »Ich liebe dich!«

War das möglich? Die bloße Vermutung, die in ihm erwacht war, quälte ihn. War es möglich, dass er nichts gesehen, nichts erraten hatte?

Oh, wenn das wahr wäre, wenn er dieses Glück hätte dahingehen lassen, ohne es zu ergreifen!

Er sagte sich: Ich will es wissen. Ich will nicht mit diesem Zweifel leben. Ich will es wissen!

Er zog sich rasch an, wählte mit Hast die Kleider aus. Er dachte bei sich: Ich bin zweiundsechzig Jahre alt, sie achtundfünfzig; ich werde sie doch danach fragen dürfen!

Und er ging aus.

Das Haus von Sandres befand sich auf der anderen Straßenseite, fast dem seinen gegenüber. Er eilte dorthin. Das kleine Dienstmädchen öffnete, nachdem er den Türklopfer betätigt hatte. Es war erstaunt, ihn so früh zu sehen.

»So zeitig, Monsieur Saval, ist etwas passiert?«

Saval antwortete: »Nein, gutes Mädchen, aber sag bitte deiner Herrin, ich möchte sie sogleich sprechen.«

»Madame weckt gerade ihre Birnen für den Winter ein; sie steht am Herd, sie ist nicht angekleidet, verstehen Sie?«

»Ja, aber sag ihr, es handle sich um eine sehr wichtige Angelegenheit.«

Die Kleine ging, und Saval begann mit großen, unruhigen Schritten im Salon auf- und abzugehen. Er fühlte sich indes nicht verlegen. Oh! Er würde sie danach fragen wie nach einem Küchenrezept. Er war schließlich zweiundsechzig Jahre alt.

Die Tür ging auf; sie kam. Sie war jetzt eine stattliche, schwere und rundliche Frau, mit vollen Backen und einem tiefen Lachen. Sie streckte die Hände weit vom Körper weg und hatte die Ärmel über die nackten Arme, die von Fruchtsaft klebten, hochgestreift. Beunruhigt fragte sie ihn: »Was fehlt Ihnen denn, mein Freund, Sie sind doch nicht krank?«

Er fuhr fort: »Nein, liebe Freundin, aber ich muss Ihnen eine Frage stellen, die für mich sehr wichtig ist und die mein

Herz quält. Versprechen Sie mir, dass Sie mir offen antworten werden?«

Sie lächelte: »Ich bin stets offen. Sprechen Sie.«

»So hören Sie. Ich habe Sie von dem Tag an, da ich Sie zuerst sah, geliebt. Haben Sie das geahnt?«

Sie versetzte lachend, und es lag etwas von dem einstigen Ton darin: »Sie Stoffel, was denn! Ich habe es vom ersten Tag an gemerkt!«

Saval begann zu zittern; er stammelte: »Sie wussten es? ... Und ...«

Er schwieg.

Sie fragte: »Und? ... Was?«

Er fuhr fort: »Und ... Was denken Sie? ... Was ... was hätten Sie geantwortet?«

Sie lachte noch mehr. Siruptropfen liefen an ihren Fingerspitzen herunter und tropften aufs Parkett.

»Ich? ... Aber Sie haben mich nichts gefragt. Es war an Ihnen, sich zu erklären!«

Da ging er einen Schritt auf sie zu: »Sagen Sie ... Sagen Sie mir ... Erinnern Sie sich an den Tag, an dem Sandres nach dem Essen im Gras eingeschlafen war ... an dem wir zusammen waren, bis zu der Biegung dort unten ...«

Er wartete. Sie hatte aufgehört zu lachen und schaute ihm in die Augen.

»Aber sicher entsinne ich mich.«

Zitternd fuhr er fort: »Und ... an jenem Tag ... wenn ich ... wenn ich ... wenn ich nun so kühn gewesen wäre ... Was hätten Sie getan?«

Sie begann zu lächeln wie eine glückliche Frau, die nichts bereut, und antwortete frei, mit heller Stimme, aus der ein wenig Ironie herausklang: »Ich hätte Sie gewähren lassen, mein Freund.«

Damit drehte sie sich auf dem Absatz herum und entfloh zu ihrem Eingemachten.

Saval ging wieder auf die Straße hinaus, am Boden zerstört

wie von einem Unglück. Mit großen Schritten zog er durch den Regen, geradewegs vor sich hin, stieg zum Fluss hinab, ohne zu denken, wohin er ging. Er lief lange Zeit, gleichsam von seinem Instinkt getrieben. Seine Kleider tropften, sein Hut hatte seine Form verloren, hing weich wie ein Fetzen herunter, und das Wasser lief an ihm herab wie von einem Dach. Er ging immer weiter, immer vor sich hin. Endlich fand er sich an dem Platz, an dem sie gepicknickt hatten an jenem fernen Tag, und die Erinnerung daran marterte sein Herz.

Da ließ er sich unter den entlaubten Bäumen niedersinken und weinte.

(November 1883)

Die Schmucknadeln

»Oh, mein Lieber, wie gemein Frauen doch sein können!«

»Wie kommst du darauf?«

»Weil sie mir einen ganz schändlichen Streich gespielt haben.«

»Dir?«

»Ja, mir.«

»Die Frauen oder eine Frau?«

»Zwei Frauen.«

»Zwei Frauen zu gleicher Zeit?«

»Ja.«

»Was für einen Streich?«

Die beiden jungen Leute saßen vor einem großen Café am Boulevard und tranken mit Wasser verdünnten Likör, einen jener Aperitifs, die aussehen, als habe man sie aus allen Farbtöpfen eines Malkastens zusammengebraut.

Sie waren ungefähr gleichaltrig, zwischen fünfundzwanzig und dreißig Jahren. Der eine war blond, der andere braunhaarig. Sie besaßen die Halbwelteleganz von Spekulanten, Leuten, die man in der Börse und in den Salons antrifft, die überall zu finden sind, überall leben, überall lieben. Der Braunhaarige fuhr fort:

»Ich habe dir doch von meiner Liebschaft mit der kleinen Bürgersfrau erzählt, die ich am Strand von Dieppe kennen gelernt habe.«

»Ja.«

»Nun, mein Lieber, du weißt ja, was das bedeutet. Ich hatte doch eine Geliebte in Paris, eine, die ich unendlich liebe, eine alte Freundin, eine gute Freundin. Sie war mir einfach zur Gewohnheit geworden, und ich halte daran fest.«

»An deiner Gewohnheit?«

»Ja, an meiner Gewohnheit und damit an ihr. Sie ist mit einem guten Mann verheiratet, den ich ebenfalls sehr liebe, einem guten, warmherzigen Kerl, einem richtigen Kameraden! ... Kurz, ich hatte mich in diesem Haus eingerichtet.«

»Na und?«

»Nun ja! Die kommen nicht aus Paris heraus, und so befand ich mich ganz ohne Begleitung in Dieppe.«

»Warum bist du denn überhaupt nach Dieppe gegangen?«

»Wegen der Luftveränderung. Man kann doch nicht die ganze Zeit auf dem Boulevard zubringen.«

»Und dann?«

»Nun, dann bin ich am Strand auf die Kleine getroffen, von der ich dir erzählt habe.«

»Die Frau des Bürovorstehers?«

»Ja. Sie langweilte sich sehr. Ihr Mann kam übrigens nur jeden Sonntag, und der war schrecklich. Ich kann sie sehr gut verstehen. So haben wir also unser Vergnügen aneinander gehabt und sind tanzen gegangen.«

»Und das Weitere?«

»Ja, später dann. Wir sind uns näher gekommen, wir haben einander gefallen, ich habe es ihr gesagt, sie hat es mich immer wieder sagen lassen, um es besser zu begreifen. Sie hatte nichts dagegen.«

»Hast du sie geliebt?«

»Ja, ein bisschen. Sie war sehr nett.«

»Und die andere?«

»Die andere war in Paris! Tja, sechs Wochen lang lief das prächtig, und wir sind im besten Einverständnis hierher zurückgekommen. Könntest du nun mit einer Frau Schluss machen, wenn diese Frau sich nach deiner Ansicht nichts hat zuschulden kommen lassen?«

»Oh ja, das kann ich.«

»Wie machst du das?«

»Ich lasse sie einfach laufen.«

»Aber wie stellst du es an, sie laufen zu lassen?«

»Ich gehe nicht mehr zu ihr.«

»Aber wenn sie zu dir kommt?«

»Ich ... ich bin dann nicht da.«

»Und wenn sie wiederkommt?«

»Sage ich, dass ich mich nicht wohl fühle.«

»Wenn sie dich pflegt?«

»Bin ich gemein zu ihr.«

»Wenn sie es hinnimmt?«

»Schreibe ich anonyme Briefe an ihren Mann, damit er sie an den Tagen, an denen ich sie erwarte, überwacht.«

»Es ist schon schlimm! Ich kann mich nicht wehren. Ich kann nicht Schluss machen. Ich sammle sie alle. Manche sehe ich einmal im Jahr, andere alle zehn Monate, andere alle Vierteljahre, andere an den Tagen, wo sie Lust haben, auswärts essen zu gehen. Die, die ich schon etwas auf Distanz gebracht habe, stören mich nicht, aber ich habe oft große Schwierigkeiten, mir die Neuen ein wenig vom Leibe zu halten.«

»Also ...«

»Also, mein Lieber, die kleine Vorstehersfrau war ganz entflammt, Feuer und Flamme war sie, ohne Falsch, wie ich's dir gesagt habe! Da nun ihr Mann tagsüber im Büro ist, kam sie einfach aufs Geratewohl zu mir. Zweimal hat sie um ein Haar meine feste Geliebte verfehlt.«

»Teufel!«

»Ja! So habe ich einer jeden ihre Tage zugewiesen, feste Tage, um ein Durcheinander zu vermeiden. Montag und Samstag für die Alte. Dienstag, Donnerstag und Sonntag für die Neue.«

»Warum diese Bevorzugung?«

»O mein Lieber, sie ist viel jünger.«

»Da hattest du ja nur zwei Tage pro Woche Ruhe.«

»Das reicht mir.«

»Meine Hochachtung!«

»Nun stell dir vor, wie mir die lächerlichste und verrückteste Geschichte der Welt passiert ist. Vier Monate lang lief alles prächtig, ich schlief prächtig und war ganz glücklich, als plötzlich, letzten Montag, alles zum Teufel ging!

Ich wartete zur abgemachten Zeit, Viertel nach ein Uhr, auf meine alte Geliebte und schmauchte eine gute Zigarre. Ich träumte selbstzufrieden vor mich hin, als ich merkte, dass der Zeitpunkt verstrichen war. Ich war überrascht, denn sie ist sonst sehr pünktlich, doch glaubte ich an eine kleine zufällige Verspätung. Indessen verging eine halbe Stunde, dann eine Stunde, eineinhalb Stunden, und ich begriff, dass sie durch irgendeinen Grund aufgehalten worden war, durch eine Migräne vielleicht oder einen lästigen Besucher. Ärgerlich ist so etwas, solch eine Warterei ... unnötig, sehr ärgerlich und sehr aufreizend. Nun, ich fasste einen Entschluss, ich ging aus, und weil ich nicht wusste, was ich machen sollte, ging ich zu ihr.

Ich fand sie mit einem Roman in der Hand.

›Und?‹, frage ich.

›Mein Lieber, ich konnte nicht, ich war verhindert.‹

›Wodurch?‹

›Durch ... durch ... ich war beschäftigt.‹

›Aber ... wie denn beschäftigt?‹

›Ein lästiger Besuch.‹

Ich glaubte, sie wolle mir den wahren Grund nicht sagen, und da sie so ruhig war, wurde ich nur immer unruhiger. Ich gedachte, die verlorene Zeit am nächsten Tag mit der anderen hereinzuholen.

Dienstag also war ich sehr ... sehr bewegt und ganz feurig in Erwartung der kleinen Vorstehersfrau, und ich wunderte mich sogar, dass sie nicht vor der ausgemachten Zeit kam. Alle Augenblicke schaute ich auf die Uhr und verfolgte mit Ungeduld den Zeiger. Ich sah eine Viertelstunde, eine halbe, dann zwei Stunden verstreichen ...

Es hielt mich nicht mehr auf meinem Platz, ich durchquerte mit großen Schritten mein Zimmer, drückte meine Stirn ans Fenster und mein Ohr an die Türe, um zu hören, ob sie nicht die Treppe heraufkam.

Nun war es halb drei, dann drei Uhr! Ich griff meinen Hut und lief zu ihr. Sie las, mein Lieber, einen Roman!

›Was ist los?‹, fragte ich ungeduldig.

Sie antwortete so ruhig wie meine alte Geliebte:

›Mein Lieber, ich konnte nicht, ich war verhindert.‹

›Wodurch?‹

›Oh ... durch ... ich war beschäftigt.‹

›Aber ... wie beschäftigt?‹

›Ein lästiger Besuch.‹

Klar, ich vermutete sofort, dass sie alles wussten; aber sie schien so sanft, so friedlich, dass ich endlich meinen Verdacht verwarf und an ein seltsames Zusammentreffen von Dingen glaubte, traute ich ihr doch eine solche Verstellung nicht zu. Nach einer freundschaftlichen Plauderstunde, die im Übrigen wohl zwanzigmal durch ihr kleines Töchterchen gestört wurde, musste ich reichlich verdattert abziehen.

Und stell dir vor, am nächsten Tag ...«

»Da war's dasselbe?«

»Ja ... und am folgenden auch. Und so ging das drei Wochen lang ohne eine Erklärung, ohne dass mir irgendetwas dieses seltsame Verhalten entschlüsseln konnte, dessen Geheimnis ich indes ahnte.«

»Wussten sie alles?«

»Und ob. Aber wie? Was habe ich ausgestanden, bis ich es erfuhr.«

»Wie hast du es denn erfahren?«

»Durch Briefe. Sie haben mir am gleichen Tag, im gleichen Wortlaut den endgültigen Abschied gegeben.«

»Und?«

»Ja hör nur ... Du weißt doch, dass Frauen immer eine Unmenge von Nadeln an sich tragen. Haarnadeln, die kenne ich, vor denen hüte ich mich und gebe auf sie acht, aber die anderen sind ja viel gemeiner, diese verdammten Nädelchen mit den schwarzen Köpfen, die uns Trotteln alle gleich vorkommen, die die Damen aber so fein zu unterscheiden wissen, wie wir ein Pferd von einem Hund.

Nun hatte wohl die kleine Vorstehersfrau eine dieser verräterischen Nadeln in der Wandverkleidung neben meinem Spiegel stecken lassen.

Meine alte Geliebte hatte den kleinen schwarzen Punkt, der so groß wie ein Floh war, sogleich auf dem Stoff entdeckt. Sie hatte ihn, ohne ein Wort darüber zu verlieren, abgezogen und an der gleichen Stelle eine von ihren eigenen Nadeln hineingesteckt, die ebenfalls schwarz waren, aber von einer anderen Sorte.

Am folgenden Tag wollte die Vorstehersfrau ihr Eigentum zurücknehmen und bemerkte sofort den Tausch; da kam ihr ein Verdacht, und sie steckte zwei über Kreuz hinein.

Meine alte Geliebte antwortete auf dieses Zeichen mit drei schwarzen Kügelchen, eines über dem anderen.

Nachdem dieser Austausch nun einmal begonnen hatte, hielten sie die Verbindung aufrecht, ohne etwas zu sagen, nur um einander zu bespitzeln.

Dann hat wohl meine alte Geliebte, die Kühnere von beiden, um die kleine Spitze einer Nadel ein winziges Papierchen gewickelt, auf dem stand: ›Postlagernd, Boulevard Malesherbes, C. D.‹

Dann schrieben sie sich. Ich war verloren. Du verstehst,

dass sie es dabei nicht bewenden ließen. Sie gingen mit Vorsicht ans Werk, mit tausend Listen, mit aller Umsicht, die ein solcher Fall verlangt. Aber meine alte Geliebte wagte den Schritt und lud die andere zu einem Treffen ein.

Was die sich da erzählt haben, weiß ich nicht. Ich weiß nur, dass ich die Kosten für diese Unterhaltung zu tragen hatte. Und das war es dann.«

»Ist das alles?«

»Ja.«

»Du siehst sie nicht mehr?«

»Entschuldige, wir verkehren noch freundschaftlich miteinander; wir haben nicht ganz gebrochen.«

»Und sie, haben sie sich wieder getroffen?«

»Ja, mein Lieber, sie sind nun eng befreundet.«

»Schau, schau! Und so etwas bringt dich auf keine Idee?«

»Nein, auf welche?«

»Schafskopf, sie könnten ihre Nadeln doch wieder aufstecken, doppelt!«

(Januar 1888)

Das Haus Tellier

I

Allabendlich gegen elf Uhr begab man sich dorthin, einfach so, wie in ein Café.

Da trafen sie sich zu sechst oder zu acht, immer dieselben, keineswegs die üblichen Lebemänner, sondern ehrbare Herren, Kaufleute, junge Leute aus der Stadt; man nahm sein Gläschen Chartreuse, schäkerte ein wenig mit den Mädchen herum, oder man führte ein ernsthaftes Gespräch mit *Madame*, die alle Welt achtete.

Noch vor Mitternacht zogen dann alle ab nach Hause. Die jungen Leute blieben bisweilen noch da.

Das kleine Haus war gemütlich, sehr klein, gelb gestrichen und lag an einer Straßenecke hinter der Kirche Saint-Étienne. Von den Fenstern aus schaute man auf das Hafenbecken voller Schiffe, deren Ladung gelöscht wurde, auf die Meersaline, den sogenannten »Stausee«, und dahinter auf den Berg der Heiligen Jungfrau mit seiner alten, ganz und gar grauen Kapelle.

Madame stammte aus einer angesehenen Bauernfamilie aus dem Departement Eure und hatte diesen Beruf angenommen ganz so, als ob sie Modistin oder Wäscherin geworden wäre. Das Vorurteil der Unehrenhaftigkeit gegenüber der Prostitution, das in der Stadt so stark und so lebendig ist, kennt man bei den Landbewohnern der Normandie nicht. Der Bauer sagt: »Das ist ein anständiges Handwerk«, - und er schickt sein eigenes Kind aus, einen Harem von Mädchen zu halten, so wie er es ausschicken würde, ein Mädchenpensionat zu leiten.

Übrigens war dieses Haus als Erbe von einem alten Onkel übernommen worden. Monsieur und Madame, die ehedem eine Wirtschaft in der Nähe von Yvetot führten, hatten ihr Geschäft sogleich veräußert, da sie den Betrieb in Fécamp für vorteilhafter erachteten; und eines schönen Morgens waren sie angekommen und hatten die Leitung des Hauses übernommen, das, seit dort der Herr fehlte, nicht mehr so gut ging.

Es waren anständige Leute, die alsbald die Zuneigung ihres Personals und der Nachbarn gewannen.

Monsieur starb zwei Jahre später an einem Schlaganfall. Sein neuer Beruf hatte seine Rundlichkeit und seine Trägheit gefördert, er war dick geworden, und das Übermaß an Wohlsein hatte ihn umgebracht.

Madame wurde, seit sie Witwe war, vergebens von allen Stammgästen des Hauses umworben; doch galt sie als durch und durch sittsam, und selbst ihre Mädchen konnten ihr nichts nachsagen.

Sie war groß, stattlich und freundlich. Ihr Gesicht war in dem Dämmer ihrer ständig verhangenen Räume bleich geworden und leuchtete, als wäre es mit einer dicken Lackschicht überzogen. Spärliche künstliche Kräusellöckchen umringelten ihre Stirn und verliehen ihr ein jugendliches Aussehen, das im Widerstreit zur Reife ihrer Formen stand. Sie war stets heiter und hatte ein offenes Gesicht, sie scherzte gern, behielt aber stets eine gewisse Zurückhaltung, die auch durch ihre neue Tätigkeit nicht verschwunden war. Schimpfworte stießen sie immer ein wenig ab, und wenn ein schlecht erzogener Rüpel das Etablissement, dem sie vorstand, beim Namen nannte, wurde sie böse und ärgerte sich. Sie hatte nun einmal eine zarte Seele, und wenngleich sie ihre Damen wie Freundinnen behandelte, so erklärte sie doch immer wieder gern, dass sie nicht aus »dem gleichen Holz geschnitzt« seien.

Bisweilen machte sie in der Woche mit einem Teil ihrer Mädchen in einer Mietkutsche einen Ausflug; und dann spielten sie ausgelassen auf den Wiesen am Ufer des Flüsschens, das die Täler von Valmont durchzieht. Diese Unternehmungen glichen den Ausbrüchen von Pensionatsfräulein, tolle Tobereien waren das, kindliche Spiele, es herrschte die ganze Freude von Eingeschlossenen, welche frische Luft in Rausch versetzt. Man speiste Würstchen und Braten auf der Wiese, man trank Cidre und kehrte bei Einbruch der Nacht wohlig müde und sanft bewegt zurück; und im Wagen umarmten alle Madame wie eine gute Mutter, die so voller Sanftmut und Güte war.

Das Haus besaß zwei Eingänge. An der Ecke öffnete eine Art Spelunke den Leuten aus dem Volk und den Matrosen ihre Türe. Zwei der Mädchen, die für die besonderen Erfordernisse des Hauses eingestellt worden waren, waren eigens für die Bedürfnisse dieses Teils der Kundschaft zuständig. Sie trugen unter Mithilfe des Kellners mit Namen Frédéric, eines kleinen blonden, bartlosen und bullenstarken Burschen, die Weinschoppen und die Bierkrüge auf die wackligen Marmortische. Sie warfen ihre Arme um den Hals der Trinker, hockten quer auf ihrem Schoß und ermunterten sie zum Verzehr.

Die drei anderen Damen (es waren insgesamt nur fünf) bildeten sozusagen die Aristokratie und waren für die Gesellschaft im ersten Stock reserviert, es sei denn, sie würden unten gebraucht, und der erste Stock wäre leer.

Der Jupitersalon, in dem sich die ehrbaren Bürger des Ortes versammelten, war blau tapeziert und mit einem großen Bild geschmückt, das Leda darstellte, wie sie ausgestreckt unter einem Schwan liegt. Zu diesem Ort gelangte man über eine Wendeltreppe, welche an einer schmalen Tür endete, die bescheiden wirkte und zur Straße hin zeigte. Über ihr brannte die ganze Nacht eine kleine Ampel, wie man sie mancherorts zu Füßen von Madonnen entzündet, die hinter eingelassenen vergitterten Mauernischen aufgestellt sind.

Das Gebäude war feucht und alt, es roch leicht nach Moder. Ab und zu zog ein Duft von Kölnisch Wasser durch die Gänge, oder es dröhnte durch eine offen stehende Tür im unteren Teil wie ein Donnerschlag das pöbelhafte Gebrüll der Leute, die im Erdgeschoss zechten, durch das Haus, was die Herren im ersten Stock peinlich berührt und angewidert zusammenfahren ließ.

Madame, die mit ihren Gästen gut Freund war, verließ den Salon nicht, sie hörte gern, was man so in der Stadt redete. Ihre ernsthafte Art der Unterhaltung stand in lebhaftem Gegensatz zu dem Geplapper der drei Damen, sie war ein ruhender Pol in dem ausschweifenden Geschwätz der wohlbeleibten Ehrenmänner, die sich allabendlich der achtbaren und in keiner Weise außergewöhnlichen Lust hingaben, in der Gesellschaft käuflicher Mädchen ein Glas Likör zu trinken.

Die drei Damen im ersten Stock hießen Fernande, Raphaële und Rosa, das Luder.

Da das Personal knapp war, hatte man sich darum bemüht, dass jede von ihnen eine Art Musterbeispiel darstellte, den Inbegriff eines Frauentyps, so dass jeder Gast hier annähernd die Verwirklichung seines Ideals vorfinden konnte.

Fernande verkörperte die schöne Blondine, sehr groß, fast dick, rund wie ein Bauernmädchen, dessen Sommersprossen nicht weichen wollten. Ihr flachsgelbes, gestutztes helles und ausgebleichtes Haar glich gehäckseltem Hanf und bedeckte nur dürftig ihren Schädel.

Raphaële aus Marseille, die Dirne der Hafenstädte, spielte die unverzichtbare Rolle der schönen Jüdin. Sie war mager und hatte vorstehende Backenknochen, die sie mit Rouge vollkleisterte. Ihre schwarzen Haare, die vor Rinderfett glänzten, ringelten sich an ihren Schläfen zu Schmachtlocken. Ihre Augen hätte man als schön bezeichnen können, wenn das rechte nicht durch einen weißen Hornhautfleck verunstaltet gewesen wäre. Ihre Nase bog sich zu einem vorstehenden Gebiss hinunter, in dem zwei neue Zähne im Oberkiefer von den unteren Zähnen abstachen, die mit der Zeit den dunklen Ton alten Holzes angenommen hatten.

Rosa, das Luder, eine kleine Fleischkugel, die lediglich aus Bauch und winzigen Beinen bestand, sang von früh bis spät mit heiserer Stimme bald zotige, bald sentimentale Liedchen, erzählte nicht enden wollende belanglose Geschichtchen, hörte nur auf zu plappern, um zu essen, und zu essen, um zu plappern, war immer in Bewegung, geschmeidig wie ein Eichkätzchen trotz ihrer Fettleibigkeit und der Winzigkeit ihrer Pfötchen; ihr Lachen erklang unablässig, einem Wasserfall spitzer Schreie gleich, bald hier, bald da, im Zimmer, im Dachstock, in der Schenke, überall und ohne Grund.

Die zwei Damen von unten, Louise, die auch »die Kokette« gerufen wurde, und Flora, genannt »die Schaukel«, weil sie ein wenig hinkte, die eine immer als Freiheitsgöttin mit einem blau-weiß-roten Gürtel, die andere als Spanierin kostümiert, mit Kupfermünzen in ihrem rübenroten Haar, die bei jedem ihrer ungleichen Schritte tanzten, sie glichen zwei Küchenmägden, die sich für den Karneval herausstaffiert haben. Sie waren so rechte Frauen aus dem Volk, weder hässlicher noch schöner, richtige Schankmädchen; im ganzen Hafen waren sie unter dem Spitznamen »die zwei Pumpen« bekannt.

Unter den fünf Damen herrschte ein von Eifersüchteleien bedrohter, doch selten gestörter Friede, was das Werk der vernünftigen, versöhnlichen Art von Madame und ihrer nie versiegenden guten Laune war.

Das Etablissement, das einzige seiner Art in der kleinen Stadt, erfreute sich eines regen Zulaufs. Madame hatte es verstanden, ihm den Anstrich der Wohlanständigkeit zu verleihen. Sie gab sich so liebenswürdig, so zuvorkommend gegenüber jedermann, ihre Gutherzigkeit war so bekannt, dass man ihr allenthalben mit echter Wertschätzung begegnete. Die Stammgäste stürzten sich in Unkosten für sie, triumphierten, wenn sie durch irgendeine Freundlichkeit ausgezeichnet wurden; und wenn sie einander tagsüber bei ihren Geschäften begegneten, sagten sie: »Auf heute Abend, Sie wissen schon«, wie man auch sagt: »Bis dann im Café, nicht wahr? Nach dem Abendessen!« Alles in allem, das Haus Tellier war eine Lebensquelle, und nur selten fehlte einer beim täglichen Beisammensein.

Eines Abends aber, gegen Ende Mai, fand der erste Gast, Monsieur Poulin, ein Holzhändler und ehemaliger Bürgermeister, die Tür verschlossen. Die kleine Laterne hinter dem Gitter brannte nicht; kein Geräusch drang aus dem Haus, es wirkte wie ausgestorben. Er klopfte, zunächst zart, dann kräftiger; niemand rührte sich. Da ging er mit kleinen Schritten die Straße zurück und traf, als er auf dem Marktplatz ankam, auf Monsieur Duvert, den Reeder, der dem gleichen Ort zustrebte. Sie kehrten zusammen zurück, ohne größeren Erfolg. Plötzlich erhob sich ganz in ihrer Nähe ein gewaltiger Lärm, und als sie um das Haus gingen, erblickten sie eine

Ansammlung englischer und französischer Soldaten, die mit den Fäusten gegen die geschlossenen Läden der Schenke trommelten.

Die beiden Ehrenmänner ergriffen die Flucht, um nicht kompromittiert zu werden, doch ließ ein leises »pst« sie innehalten; es war Monsieur Tourneveau, der Salzhändler, der sie erkannt hatte und sie anrief. Sie erzählten ihm die Geschichte, die ihn umso mehr traf, als er, ein Ehemann und Familienvater, streng überwacht wurde und lediglich samstags kam, »securitatis causa«, wie er sich ausdrückte, dabei auf die Gesundheitspolizei anspielend, deren periodische Kontrollzeiten ihm Dr. Borde, sein Freund, verraten hatte. Das war nun gerade sein Abend, und so hätte er die ganze Woche lang darben müssen.

Die drei Männer gingen in einem großen Bogen bis zum Kai, lasen unterwegs den jungen Monsieur Philippe, den Sohn des Bankiers auf, einen Stammgast, und Monsieur Pimpesse, den Steuereinnehmer. Alle zusammen kamen sie durch die Judengasse zurück, um einen letzten Versuch zu unternehmen. Doch die tobenden Matrosen belagerten noch das Haus, warfen Steine und brüllten, und die fünf Klienten vom ersten Stock traten so rasch wie möglich den Rückzug an und nahmen ihre Irrwege durch die Stadt wieder auf.

Sie trafen noch Monsieur Dupuis, den Versicherungsagenten, dann Monsieur Vasse, den Richter am Handelsgericht, und nun unternahmen sie einen ausgedehnten Spaziergang, der sie zunächst zur Mole führte. Sie setzten sich nebeneinander auf die Granitbrüstung und schauten in die sich kräuselnden Wellen. Der Schaum auf den Wogenkämmen ließ im Dunkel weiße Lichter aufscheinen, die fast ebenso rasch erloschen, wie sie aufleuchteten, und das monotone Rauschen des Meeres, das sich an den Klippen brach, lief in der Nacht die ganze Felsküste entlang. Nachdem die traurigen Spaziergänger einige Zeit verweilt hatten, erklärte Monsieur Tourneveau: »Das ist ja nicht gerade lustig.«

– »Nein, gewiss nicht«, meinte auch Monsieur Pimpesse; und sie schlenderten langsam zurück.

Nachdem sie die Straße entlanggegangen waren, die unten am Berg verläuft und die man allgemein »Unter den Bäumen« nennt, kamen sie über die Holzbrücke zum Stausee, zogen an der Eisenbahn vorbei und gelangten erneut zum Marktplatz, wo sich plötzlich ein Streit zwischen dem Steuereinnehmer, Monsieur Pimpesse, und dem Salzhändler, Monsieur Tourneveau, entspann, und zwar wegen eines genießbaren Pilzes, den der eine von ihnen in der Gegend gefunden zu haben beteuerte.

Da die Gemüter durch den Ärger gereizt waren, wäre man vielleicht gar tätlich geworden, wenn die anderen nicht eingegriffen hätten. So zog Monsieur Pimpesse sich wütend zurück. Alsbald aber entstand eine neue Auseinandersetzung zwischen dem ehemaligen Bürgermeister, Monsieur Poulin, und dem Versicherungsagenten, Monsieur Dupuis, diesmal wegen der Bezüge des Steuereinnehmers und der Vorteile, die er sich verschaffen konnte. Von beiden Seiten hagelte es Beleidigungen, als es plötzlich wie ein wahrer Sturm losjohlte und die Gruppe der Matrosen, die es satt hatten, vor verschlossener Tür zu warten, auf den Platz strömte. Sie hielten einander untergehakt, immer zwei und zwei, bildeten einen langen Zug und brüllten markerschütternd. Die Gruppe der Bürger verbarg sich in einem Toreingang, und die heulende Meute verschwand in Richtung Abtei. Noch lange hörte man ihr Geschrei, dann wurde es leiser, wie ein Gewitter, das abzieht; und Ruhe trat wieder ein.

Monsieur Poulin und Monsieur Dupuis schieden voller Zorn voneinander, ein jeder in seine Richtung, grußlos.

Die vier anderen setzten sich wieder in Bewegung und gingen instinktiv erneut zum Haus Tellier. Es war noch immer geschlossen, stumm, unzugänglich. Ein Betrunkener klopfte still und hartnäckig mit kleinen Schlägen gegen die Scheibe der Schenke und hielt dann inne, um mit verhaltener Stimme den Kellner Frédéric zu rufen. Als er merkte, dass er keine Antwort erhielt, entschloss er sich, auf der Eingangsstufe hocken zu bleiben und den Gang der Dinge abzuwarten.

Die Bürger wollten sich gerade zurückziehen, als die tobende Meute der Hafenleute am Ende der Straße wieder auftauchte. Die französischen Soldaten grölten die »Marseillaise«, die englischen »Rule Britannia«. Es erfolgte ein Generalsturm auf die Mauern, dann zog der Schwarm der Randalierer wieder zur Uferpromenade, wo ein Kampf zwischen den Seeleuten beider Nationen ausgetragen wurde. Bei dieser Schlägerei brach sich ein Engländer den Arm und ein Franzose das Nasenbein.

Der Betrunkene, der vor der Tür sitzen geblieben war, weinte nun, wie es Säufer tun oder Kinder, die ihren Willen nicht durchsetzen können.

Die Bürgersleute gingen schließlich auseinander. Nach und nach kehrte Ruhe in der aufgewühlten Stadt ein. Hier und da erhob sich noch eine Stimme und verscholl dann in der Ferne.

Nur ein Mann irrte noch umher, Monsieur Tourneveau, der Salzhändler, der zutiefst betrübt war, dass er bis nächsten Samstag warten sollte. Er hoffte auf irgendeinen Zufall, verstand überhaupt nichts mehr und war ganz außer sich, dass die Polizei es zuließ, dass eine Einrichtung von öffentlichem Nutzen, die sie doch überwachte und die unter ihrer Obhut stand, einfach schließen konnte.

Er kehrte zurück, schnupperte förmlich die Mauern ab, suchte nach einem Grund und bemerkte schließlich, dass am Fensterladen ein Zettel angeschlagen war. Er entzündete rasch ein Wachsstreichholz und las die folgenden, in unregelmäßiger, großer Schrift gemalten Worte: »Wegen Erstkommunion geschlossen«.

Da entfernte er sich und begriff, dass alles verloren war.

Der Betrunkene schlief nun, er lag der Länge nach quer vor der ungastlichen Tür ausgestreckt.

Am nächsten Tag gingen alle Stammgäste, einer nach dem anderen, unter irgendeinem Vorwand durch die Straße, mit Papieren unter dem Arm, um den äußeren Schein zu wahren; und jeder richtete einen hastigen Blick auf den geheimnisvollen Zettel und las: »Wegen Erstkommunion geschlossen«.

II

Nun hatte Madame einen Bruder, der als Tischler in ihrem Heimatort Virville, im Departement Eure, lebte. Als Madame noch Wirtin in Yvetot war, hatte sie die Tochter ihres Bruders über das Taufbecken gehalten und ihr den Namen Constance gegeben, Constance Rivet, da sie selbst eine geborene Rivet war. Der Tischler, der wusste, dass seine Schwester in guten Verhältnissen lebte, verlor sie nicht aus den Augen, wenngleich sie einander nicht oft trafen. Schließlich waren sie beide durch ihre Arbeit gebunden und wohnten auch weit voneinander entfernt. Da aber das Mädchen bald zwölf Jahre alt wurde und dieses Jahr zur Erstkommunion ging, nahm er das Ereignis zum Anlass für ein Wiedersehen; er schrieb seiner Schwester, dass er zu diesem Fest mit ihrem Kommen rechne. Die alten Eltern waren tot, sie konnte daher ihrem Patenkind dies nicht verweigern; sie nahm an. Ihr Bruder, der Joseph hieß, hoffte, dass er ihr vielleicht als Geschenk abschmeicheln könnte, ein Testament zu Gunsten der Kleinen abzufassen, denn Madame war kinderlos.

Der Beruf seiner Schwester erweckte keine Skrupel in ihm, schließlich wusste auch niemand in der Gegend davon. Wenn man von ihr sprach, sagte man lediglich: »Madame Tellier lebt in Fécamp«, woraus man schließen mochte, dass sie von ihren Zinseinkünften lebte. Von Fécamp bis Virville waren es mindestens zwanzig Meilen; und zwanzig Meilen zu Lande waren für einen Bauern schwerer zu überwinden als der Ozean für einen Städter. Die Leute von Virville waren niemals über Rouen hinausgekommen; und die Bewohner von Fécamp zog nichts in ein kleines Dorf von fünfhundert Seelen, das verloren inmitten der weiten Ebenen liegt und zu einem anderen Departement gehört. Man wusste also nichts.

Als der Zeitpunkt der Kommunion näherrückte, wurde Madame von großer Unruhe befallen. Sie besaß keine Vertreterin und wagte es nicht, auch nur für die Spanne eines Tages ihr Haus zu verlassen. Die schwelenden Feindseligkeiten zwischen den Damen von oben und denen von unten würden unweigerlich ausbrechen. Dazu würde sich Frédéric gewiss betrinken, und wenn er betrunken war, verprügelte er die Leute für ein Ja oder ein Nein am falschen Platz. So entschied sie sich, alle mitzunehmen, außer dem Kellner, dem sie bis zum übernächsten Tag freizugeben gedachte.

Der Bruder wurde gefragt und machte keinerlei Einwände. Er wollte es übernehmen, die ganze Gesellschaft für eine Nacht unterzubringen. So fuhr also am Samstag der Achtuhrfrühexpress mit Madame und ihren Damen in einem Wagen zweiter Klasse ab.

Bis Beuzeville waren sie allein und kreischten durcheinander wie die Elstern. An dieser Station stieg dann ein Ehepaar zu. Der Mann, ein alter Bauer, trug einen blauen Kittel mit gefälteltem Kragen und weiten, an den Handgelenken mit weiß gestickten Bündchen gefassten Ärmeln. Auf dem Kopf saß ein altertümlicher Hut aus rötlichem, struppigem Fell. In der einen Hand hielt er einen gewaltigen grünen Regenschirm, in der anderen einen riesigen Korb, aus dem völlig verschreckt drei Enten herauslugten. Die Frau, ganz steif in ihrem ländlichen Staat, sah mit ihrer schnabelähnlichen spitzen Nase wie ein Huhn aus. Sie ließ sich ihrem Mann gegenüber nieder und verhielt sich reglos, ganz ergriffen von dem Gefühl, inmitten einer solch schönen Gesellschaft zu sein.

In der Tat, es strahlte in dem Waggon nur so von schreienden Farben. Madame war ganz in Blau, sie trug von Kopf bis Fuß blaue Seide, darüber einen Schal aus französischem Kaschmirimitat in blendendem, feurigem Rot. Fernande schnaufte in einer schottischen Robe, deren Mieder von ihren Gefährtinnen mit aller Kraft geschnürt worden war, so dass ihr schon etwas schlaffer Busen unter dem Stoff zu zwei ständig in Bewegung befindlichen Doppelkuppeln angehoben war. Raphaële zierte eine federngeschmückte Frisur, die ein Vogelnest vorstellen sollte. Sie trug eine lila Toilette mit Goldpailletten, die orientalisch anmutete und zu ihrer jüdischen Erscheinung passte. Rosa, das Luder, in ihrem rosa Rock mit den breiten Volants wirkte wie ein zu dick geratenes Kind oder eine fette Zwergin; und die beiden Pumpen hatten sich einen seltsamen Putz vermutlich aus alten Vorhängen geschneidert, jenen alten geblümten Vorhängen, die zur Zeit der Restauration in Mode waren.

Sobald sie nicht mehr allein im Abteil waren, nahmen die Damen eine ernste Haltung an und begannen eine gehobene Unterhaltung, um einen guten Eindruck zu machen. Da stieg in Bolbec ein Herr mit blondem Backenbart zu, beringt und mit einer goldenen Kette geschmückt. In das Gepäcknetz über ihnen hob er mehrere in Wachstuch gewickelte Pakete. Er sah lustig aus, ein wenig wie ein braver Junge. Er grüßte, lächelte und fragte ungezwungen: »Die Damen wechseln wohl die Garnison?« Diese Frage stürzte die Gruppe in tiefste Verlegenheit. Schließlich gewann Madame die Fassung wieder und entgegnete trocken, um die Ehre des Standes zu retten: »Sie dürften sich etwas mehr der Höflichkeit befleißigen!« Er entschuldigte sich: »Oh, Verzeihung, ich wollte sagen, das Kloster.« Madame wusste keine Antwort darauf, hielt vielleicht die Richtigstellung auch für ausreichend. Sie nickte würdevoll und kniff die Lippen zusammen.

Nunmehr begann der Herr, der zwischen Rosa, dem Luder, und dem alten Bauern saß, den drei Enten, deren Köpfe aus dem großen Korb herausschauten, zuzuwinkern. Als er dann merkte, dass er sein Publikum gewonnen hatte, fing er an, die Tiere unter dem Schnabel zu kitzeln, wobei er drollige Gespräche mit ihnen führte, um die Gesellschaft aufzuheitern. »Da sind wir nun heraus aus unserem kleinen Entenpfuhl! Quak! Quak! Quak! – Um Bekanntschaft mit dem kleinen Bratspieß zu schließen – quak! quak! quak!« Die unglücklichen Tiere verdrehten die Hälse, um seinen Liebkosungen zu entkommen, unternahmen schreckliche Anstrengungen, um aus ihrem Korbgefängnis zu entrinnen, stießen dann plötzlich alle zugleich einen herzerweichenden Verzweiflungsschrei aus: »Quak! Quak! Quak! Quak!« Die Frauen schrien vor Lachen: sie beugten sich herab, stupsten einander, um sehen zu können; sie waren wie wild auf die Enten; und der Herr verdoppelte seinen Charme, seine Neckereien und seine Hänseleien.

Rosa griff nun ein, sie beugte sich über die Beine ihres Nachbarn und küsste die drei Tiere auf die Nase. Augenblicklich wollte jede der Frauen sie ihrerseits küssen; und der Herr nahm die Damen auf seinen Schoß, ließ sie hopsen und zwickte sie dabei, um sie alsdann unvermittelt zu duzen.

Die zwei Bäuerlein waren noch entsetzter als ihr Geflügel; sie rollten mit den Augen, als ob sie den Verstand verloren hätten, wagten keine Bewegung, und auf ihren faltenreichen Gesichtern wollte sich kein Lächeln zeigen, nicht einmal ein Zucken.

Nun bot der Herr, der als Handelsreisender unterwegs war, den Damen im Scherz Hosenträger zum Kauf an, griff nach einem seiner Pakete und öffnete es. Er hatte aber nur Spaß gemacht, das Paket enthielt Strumpfbänder. Sie waren aus blauer Seide, aus rosa Seide, aus roter Seide, aus violetter Seide, aus malvenfarbener Seide, aus mohnroter Seide mit Metallverschlüssen aus sich umschlingenden vergoldeten Amorpaaren. Die Mädchen stießen Freudenschreie aus, prüften dann die Muster und waren ganz von dem einer jeden Frau angeborenen Ernst ergriffen, der zur Prüfung eines

Kleidungsstückes gehört. Sie befragten einander mit einem Augenzwinkern oder einer getuschelten Bemerkung, antworteten in gleicher Weise, und Madame befühlte mit Begehren ein paar orangefarbene Strumpfbänder, die größer und auffallender waren als die anderen, so rechte Strumpfbänder, die einer Chefin gebührten.

Der Herr wartete ab und brütete eine Idee aus. »Nun, meine kleinen Kätzchen«, sagte er, »ihr müsst sie natürlich anprobieren.« Da brach ein Sturm der Entrüstung los, sie pressten ihre Röcke zwischen die Beine, als ob man ihnen Gewalt antun wollte. Er wartete ganz ruhig seine Stunde ab. »Wenn ihr nicht wollt, packe ich sie wieder ein«, verkündete er und fügte listig hinzu: »Denjenigen, die anprobieren, schenke ich ein Paar nach ihrer Wahl.« Aber sie wollten nicht, ganz würdevoll und kerzengerade saßen sie da. Die beiden Pumpen indes schienen dabei so unglücklich, dass er sein Angebot erneuerte. Besonders Flora, die Schaukel, wurde von Verlangen gequält und zögerte sichtlich. Er drängte sie: »Nur zu, mein Kind, ein wenig Mut! Hier, das lilafarbene Paar würde prächtig zu deinem Kleid passen.« Da entschloss sie sich, zog ihren Rock hoch und zeigte das kräftige Bein einer Kuhmagd, das schlecht und recht in einem groben Strumpf steckte. Der Herr beugte sich nieder, befestigte das Strumpfband zunächst unter dem Knie, dann darüber, kitzelte das Mädchen sacht, um ihm kleine Schreie zu entlocken und es plötzlich erschauern zu lassen. Als er die Anprobe beendet hatte, reichte er ihr das lila Paar und erkundigte sich: »Wer ist die Nächste?« Da schrien alle zusammen: »Ich! Ich!« Er begann mit Rosa, dem Luder, die ein ganz formloses, rundes Etwas ohne Knöchel enthüllte, eine wahre »Wurst von Bein«, wie Raphaële sagte. Fernande bekam Komplimente von dem Handelsreisenden, denn ihre mächtigen Säulen begeisterten ihn. Die mageren Schienbeine der schönen Jüdin fanden dagegen weniger Beifall. Louise, die Kokotte, breitete Monsieur aus Spaß ihren Rock über den Kopf, und Madame sah sich gezwungen, diesen unziemlichen Späßen ein Ende zu machen. Endlich streckte Madame selbst ihr Bein hin, das schöne Bein einer Normannin, rund und muskulös; und der Reisende zog vor Überraschung und Entzücken galant den Hut, um diesen meisterlichen Waden als wahrer französischer Kavalier seine Ehrerbietung zu bezeigen.

Die beiden Bäuerlein waren starr vor Staunen, sahen verstohlen mit einem Auge zu, und ihre Ähnlichkeit mit zwei Hühnern war so verblüffend, dass der Herr mit dem blonden Backenbart sich erhob und ihnen ein »Kikeriki« mitten ins Gesicht schrie, was einen neuen Orkan von Heiterkeit entfesselte.

Die beiden Alten stiegen in Motteville aus, mit ihrem Korb, ihren Enten und ihrem Regenschirm; und man hörte, wie die Frau beim Weggehen zu ihrem Mann sagte: »Das sind Dirnen, die in dieses Satansnest von Paris abziehen.«

Der lustige Handelsreisende stieg seinerseits in Rouen aus, nachdem er sich so rüpelhaft aufgeführt hatte, dass Madame genötigt war, ihn unverblümt in seine Schranken zu verweisen. Gleich einer Moralpredigt hatte sie hinzugefügt: »Das wird uns eine Lehre sein, uns nicht mit dem Erstbesten in Plaudereien einzulassen.«

In Oisel stiegen sie um und trafen an der nächsten Station Monsieur Joseph Rivet, der sie mit einem großen Wagen voller Stühle erwartete, vor den ein Schimmel angeschirrt war.

Der Schreiner begrüßte höflich alle Damen mit Küssen auf beide Wangen und half ihnen in das Gefährt. Drei setzten sich auf drei Stühle hinten; Raphaële, Madame und ihr Bruder auf die drei Stühle vorn, und Rosa, die keinen Sitzplatz hatte, nahm, so gut es ging, mit den Knien der großen Fernande fürlieb; dann setzte sich die Kutsche in Bewegung. Doch alsbald wurde durch den stoßweisen Trab des kleinen Pferdchens der Wagen so erbärmlich geschüttelt, dass die Stühle zu tanzen begannen und die Reisenden in die Luft flogen, bald nach rechts, bald nach links, wie Hampelmänner, mit entsetzten Gesichtern und Schreckensschreien, die gelegentlich durch stärkere Stöße abgeschnitten wurden. Sie hielten sich krampfhaft an den Seiten des Gefährtes fest; die Hüte rutschten den Rücken hinunter, auf die Nase oder die Schulter; und das weiße Pferdchen trabte unermüdlich, den Kopf vorangestreckt, mit steilem Schwanz, einem kleinen, haarlosen Rattenschwanz, mit dem es sich hin und wieder auf die Seiten schlug. Rivet hatte einen Fuß auf der Deichsel, den anderen unter sich und hielt mit angehobenem Ellenbogen die Zügel; aus seiner Kehle drang alle Augenblicke ein glucksendes Geräusch, das das Pferdchen veranlasste, die Ohren zu spitzen und seinen Lauf zu beschleunigen.

Zu beiden Seiten der Straße erstreckte sich das grüne Land. Der Raps stand in Blüte und wogte hier und dort wie ein gelbes Tuch, aus dem ein gesunder, mächtiger Duft emporstieg, ein durchdringender, süßer Geruch, den der Wind weit trug. Aus dem schon hoch stehenden Roggen lugten die kleinen blauen Köpfe der Kornblumen hervor, die die Damen gern pflücken wollten, aber Monsieur Rivet lehnte es ab anzuhalten. Dann schien ein ganzes Feld wie in Blut getaucht, so dicht war es von Mohn überwuchert. Und inmitten dieser Felder, die von den Blumen der Erde so bunt geschmückt waren, schien der Wagen selbst einen Strauß Blumen in den leuchtendsten Farben zu tragen, er zog im Trab des weißen Pferdes dahin, verschwand hinter den großen Bäumen einer Farm, um am Ende des grünen Laubwerks wieder aufzutauchen und durch die gelben und grünen Erntefelder, aus denen es rot und blau hervorleuchtete, erneut die blendende Fuhre von Frauen zu tragen, die unter der Sonne dahinflog.

Ein Uhr läutete es, als sie an der Tür des Schreiners ankamen.

Sie fielen um vor Müdigkeit und waren blass vor Hunger, da sie seit ihrer Abreise nichts zu sich genommen hatten. Madame Rivet überschlug sich bald, half ihnen einer nach der anderen beim Aussteigen, küsste sie, sobald sie festen Boden unter den Füßen hatten, und wurde vor allem nicht müde, ihre Schwägerin abzuküssen, weil sie sie für sich gewinnen wollte. Sie aßen in der Werkstatt, die man bereits für das Essen am folgenden Tag leergeräumt hatte.

Ein schmackhaftes Omelett, dem eine gebratene Wurst folgte, mit gutem Cidre begossen, löste bei allen wieder gute Laune aus. Rivet ergriff sein Glas, um anzustoßen, und seine Frau trug auf, besorgte die Küche, schaffte die Platten herbei, deckte sie ab und murmelte einer jeden ins Ohr: »Ist auch alles recht?« Stapel von Brettern lehnten an den Wänden, und die Haufen zusammengekehrter Holzspäne in den Ecken verbreiteten einen Duft von gehobeltem Holz, einen Duft von Schreinerei, jenen harzigen Geruch, der tief in die Lungen eindringt.

Man fragte nach der Kleinen, doch sie war in der Kirche und sollte erst am Abend zurückkehren. Die ganze Gesellschaft brach auf, um sich die Gegend anzuschauen.

Es war ein ganz kleines Dorf, durch das eine Hauptstraße lief. Ungefähr zehn Häuser, die entlang dieser einzigen Durchfahrt lagen, beherbergten die Kaufleute des Ortes, den Metzger, den Krämer, den Schreiner, den Wirt, den Schuster und den Bäcker. Die Kirche, die am Ende der so gestalteten Straße lag, war von einem kleinen Friedhof umgeben; und vier gewaltige Linden, die vor ihrem Portal aufragten, legten alles in Schatten. Sie war aus behauenem Stein erbaut, ohne besonderen Stil, und wurde von einem schiefergedeckten Glockenturm gekrönt. Dahinter begann gleich wieder das Feld, das hier und da von Baumgruppen durchsetzt war, unter denen sich die Höfe verbargen.

Rivet trug zwar noch seinen Arbeitskittel, hatte aber formvoll den Arm seiner Schwester genommen und führte sie würdevoll des Wegs. Seine Frau war ganz betört von dem golddurchwirkten Kleid, das Raphaële trug; sie ging zwischen ihr und Fernande. Die Kugel Rosa trottete hinterdrein, zusammen mit Louise, der Koketten, und Flora, der Schaukel, die erschöpft dahinhinkte.

Die Dorfbewohner traten aus den Türen, die Kinder hielten inne bei ihren Spielen, ein gehobener Vorhang gab einen Kopf mit einer bunten Kattunhaube frei; eine nahezu erblindete Alte auf Krücken bekreuzigte sich wie bei einer Prozession, und jeder folgte lange mit den Augen all den schönen Damen aus der Stadt, die zur Erstkommunion der Kleinen von Joseph Rivet gekommen waren. Welch gewaltige Achtung strahlte da auf den Schreiner zurück! Als sie an der Kirche vorbeizogen, hörten sie den Gesang der Kinder; ein Choral wurde von den schrillen Stimmchen zum Himmel empor gesandt. Madame ließ nicht zu, dass man hineinging; sie wollte die Engelchen nicht stören.

Nach einem Gang durch die Felder, wo über die großen Höfe, über Bodenerträge und Viehzucht gesprochen wurde, führte Joseph Rivet seinen Frauentrupp wieder heim und sorgte für ihre Unterkunft.

Da der Platz knapp bemessen war, hatte man sie paarweise auf die Zimmer verteilt. Rivet würde diesmal in der Werkstatt auf den Hobelspänen nächtigen, seine Frau würde das Bett mit ihrer Schwägerin teilen, und in dem Zimmer daneben sollten Fernande und Raphaële zusammen schlafen. Louise und Flora waren in der Küche auf einem Matratzenlager auf dem Boden untergebracht; Rosa bewohnte allein einen kleinen Verschlag über der Treppe, neben dem Eingang zu einer engen Dachkammer, in der das Kommunionskind die Nacht verbringen sollte.

Als das kleine Mädchen heimkam, regnete es Küsse, alle Frauen wollten es streicheln mit diesem Bedürfnis nach zärtlicher Berührung, mit dieser berufsmäßigen Gewohnheit zu liebkosen, die sie im Zug sogar dazu getrieben hatte, die Enten zu küssen. Jede nahm es auf den Schoß, befühlte seine feinen blonden Haare, presste es in heftigen und spontanen Liebesausbrüchen in die Arme. Das brave Kind, das ganz von Frömmigkeit durchdrungen war und durch die Absolution wie verschlossen schien, ließ sie geduldig und gefasst gewähren.

Da der Tag für alle anstrengend gewesen war, begab man sich nach dem Essen rasch zu Bett. Nun umfing ein grenzenloses, fast heilig anmutendes Schweigen der Felder das kleine Dorf, ein friedvolles, durchdringendes Schweigen, das bis zu den Gestirnen reichte. Die Mädchen, die die bewegten Abende des öffentlichen Hauses gewohnt waren, schienen beunruhigt durch die stumme Ruhe über dem schlafenden Lande. Schauer liefen ihnen über die Haut, nicht der Kälte, sondern Schauer der Einsamkeit, die von ihren erregten und aufgewühlten Herzen herrührten.

Sobald sie in ihren Betten lagen, immer zwei und zwei, klammerten sie sich aneinander, wie um sich gegen den überwältigenden Einbruch der Stille und den tiefen Schlaf der Erde zu wehren.

Rosa, das Luder, die allein in ihrem finsteren Verschlag lag und es nicht gewohnt war, mit leeren Armen zu schlafen, fühlte sich seltsam und peinvoll bewegt. Sie wälzte sich auf ihrem Lager und konnte keinen Schlaf finden, als sie hinter dem Holzverschlag an ihrem Kopfende die schwachen Schluchzer eines weinenden Kindes vernahm. Erschreckt rief sie leise nach ihm, und ein von Schluchzen unterbrochenes Stimmchen gab Antwort. Es war das kleine Mädchen; es fürchtete sich in seiner schmalen Dachkammer, da es sonst im Zimmer seiner Mutter schlief.

Rosa war entzückt, sie stand auf und machte sich leise, um niemand zu wecken, auf die Suche nach dem Kind. Sie brachte es in ihr herrlich warmes Bett, küsste es, drückte es an ihre Brust, liebkoste es, bedeckte es mit übertriebenen Zärtlichkeiten und schlief dann, nachdem sie selbst darüber ganz ruhig geworden war, ein. Bis zum Morgen ruhte die Stirn des Kommunionskindes an dem nackten Busen des Freudenmädchens.

Ab fünf Uhr läutete die kleine Kirchenglocke kräftig zum Frühgebet und weckte die Damen, die normalerweise den ganzen Vormittag schliefen, um sich von dem nächtlichen Treiben zu erholen. Die Bauern aus dem Dorf waren schon alle auf den Beinen. Die Landfrauen liefen geschäftig von Tür zu Tür, führten lebhafte Gespräche und brachten vorsichtig die kurzen, brettsteif gestärkten Musselinkleidchen herbei; außerdem riesige Kerzen, die in der Mitte von einer mit Goldfransen verzierten Seidenschleife steckten und eine Einbuchtung zum Festhalten besaßen. Die Sonne stand bereits hoch und strahlte von einem blauen Himmel herab, der zum Horizont hin noch die schwache Spur der Morgenröte trug und rosig schimmerte. Hühnerfamilien spazierten vor ihren Häusern einher, hier und dort erhob ein schwarzer Hahn mit leuchtendem Hals seinen purpurgekrönten Kopf, schlug mit den Flügeln und ließ seinen metallischen Schrei in den Wind auffahren, worauf andere Hähne ihm Antwort gaben.

Wagen aus den benachbarten Gemeinden rollten an, luden vor den Türen große Normanninnen ab, in dunklen Roben, das Tuch, das von uraltem Silberschmuck gehalten wurde, über der Brust gekreuzt. Die Männer hatten die blauen Kittel über den neuen Gehrock oder über die alte Jacke aus grünem Tuch gezogen, deren Schöße nun hervorlugten.

Als die Pferde im Stall waren, stand die ganze Straße entlang eine Doppelreihe von wackligen Bauernkarren, Wagen, leichten Einspännern, offenen Zweisitzern, Kremsern, von Fuhrwerken jeglicher Art, jeglichen Alters, nach vorn oder nach hinten geneigt und die Deichseln in die Luft gestreckt.

Im Hause des Schreiners ging es so geschäftig zu wie in einem Bienenstock. Die Damen waren noch in Mieder und Unterrock, die Haare hingen ihnen den Rücken herunter, dünne und spärliche Haare, stumpf und spröde von der ewigen Kämmerei. Sie waren eifrig dabei, das Kind anzukleiden.

Die Kleine stand auf dem Tisch und rührte sich nicht, indes Madame Tellier die Handreichungen ihrer fliegenden

Truppe lenkte. Man wusch sie, kämmte sie, frisierte sie, zog sie an und ordnete mit Hilfe einer Unzahl von Nadeln die Falten des Kleides. Man schnürte die zu weit geratene Taille enger und sorgte für die Eleganz der Toilette. Als dann das Werk vollendet war, hieß man das Objekt solcher Mühen niedersitzen und legte ihm ans Herz, keinerlei Bewegung zu riskieren, dann eilte die erregte Frauengesellschaft, sich nunmehr selbst zu putzen.

Die kleine Kirche begann erneut zu läuten. Das gebrechliche Bimmeln der armen Glocke verlor sich im Himmel wie eine schwächliche Stimme, die rasch in die blaue Unendlichkeit eintaucht.

Die Kommunionskinder traten jetzt aus allen Türen, zogen zum Gemeindehaus, in dem beide Schulen und das Bürgermeisteramt untergebracht waren und das ganz am Ende des Ortes lag, während das Gotteshaus gerade entgegengesetzt gelegen war.

Die Eltern, im Festgewand, mit verlegener Miene und den linkischen Bewegungen von Leuten, die stets über ihre Arbeit geneigt sind, folgten ihren Sprösslingen. Die kleinen Mädchen verschwanden in einer Wolke aus Tüllschnee, der wie Schlagsahne aussah, während die kleinen Herren wie Miniaturausgaben von Kellnerjungen wirkten; den Kopf mit Pomade eingeölt, schritten sie breitbeinig einher, um sich die schwarzen Hosen nicht schmutzig zu machen.

Es war der Stolz einer Familie, wenn eine große Anzahl Verwandter, die von weither angereist kamen, das Kind umgaben; so war der Triumph des Schreiners vollkommen. Das Regiment Tellier, die Befehlshaberin an der Spitze, folgte Constance, der Vater reichte seiner Schwester den Arm, die Mutter schritt neben Raphaële, Fernande neben Rosa, und die zwei Pumpen marschierten nebeneinander. Die Truppe entfaltete einen Prunk wie ein Generalstab in Galauniform.

Die Wirkung im Dorf war umwerfend.

In der Schule sammelten sich die Mädchen unter der Flügelhaube der guten Schwester, die Buben unter dem Hut des Lehrers, eines schönen Mannes, der etwas vorstellte; dann zogen sie los und stimmten dazu einen Choral an.

Die Buben an der Spitze gingen in Zweierformation zwischen den beiden Reihen ausgespannter Wagen hindurch, die Mädchen folgten in gleicher Ordnung, und da die Ortsansässigen den Damen aus der Stadt höflich den Vortritt gelassen hatten, schritten diese direkt hinter den Kleinen und verlängerten die Zweierreihe der Prozession. Drei zur Linken, drei zur Rechten, glitzerten sie in ihren Roben wie der Lichterstrauß eines Feuerwerks.

Bei ihrem Einzug in die Kirche gebärdete sich die Gemeinde wie toll. Es gab ein Drängen, ein Hälseverdrehen und Stoßen, um sie nur ja zu sehen. Fromme Kirchgängerinnen vergaßen fast, mit gedämpfter Stimme zu reden, so sehr versetzten sie die Damen in Staunen, strahlten doch deren Prunkgewänder prächtiger als die Messgewänder. Der Bürgermeister bot seine Bank an, die erste Bank zur Rechten, nahe dem Altarraum, und Madame Tellier nahm dort mit ihrer Schwägerin, mit Fernande und Raphaële Platz. Rosa, das Luder, und die beiden Pumpen ließen sich zusammen mit dem Schreiner auf der zweiten Bank nieder.

Der Altarraum der Kirche war voll von knienden Kindern, Mädchen auf der einen Seite, Jungen auf der anderen, und die langen Kerzen, die sie in den Händen hielten, glichen Lanzen, die in alle Richtungen stachen.

Vor dem Gebetspult standen drei Männer und sangen, so laut sie nur konnten. Sie dehnten die klangvollen lateinischen Laute ins Unermessliche und zogen das »Amen« mit grenzenlos langem »A – A« in ewige Längen, welche das Schlangenhorn mit seinem monotonen Bass untermalte, der unermüdlich ertönte und aus dem riesigen Maul des Blechapparates gleichsam herausgestoßen wurde. Die schrille Stimme eines Kindes sang die Antwort, und von Zeit zu Zeit erhob sich ein Hilfsgeistlicher, ein viereckiges Barett auf dem Kopf, in seinem Chorgestühl, murmelte etwas herunter und setzte sich wieder, indes die drei Vorsänger von Neuem anhoben, den Blick starr auf das große Chorbuch geheftet, das offen vor ihnen auf den ausgebreiteten Flügeln des hölzernen Adlers lag, der auf einer gedrehten Stütze stand.

Dann wurde es still. Die ganze Gemeinde kniete wie auf ein Zeichen nieder, und der Priester erschien, alt, ehrwürdig, weißhaarig, über den Kelch geneigt, den er in der linken Hand trug. Vor ihm schritten die beiden Ministranten in roten Gewändern, dahinter eine Fülle von grobbeschuhten Chorknaben, die sich zu beiden Seiten des Altars aufreihten. Ein kleines Glöcklein bimmelte in das Schweigen hinein. Die heilige Messe nahm ihren Anfang. Der Geistliche schritt langsam vor dem goldenen Heiligenschrein auf und ab, kniete nieder und leierte mit brüchiger Stimme, die vor Alter zitterte, die Eingangsgebete herunter. Sobald er schwieg, setzten die Vorsänger und das Horn zu einem gemeinsamen Schlussakzent an, und auch die Leute in der Kirche sangen, ein wenig leiser, ein wenig demutsvoller, wie es Kirchgängern geziemt.

Plötzlich brach das »Kyrie eleison« zum Himmel empor, hervorgestoßen aus jeder Brust, aus jedem Herzen. Da rieselte es Staub und wurmstichiges Holzmehl von den altehrwürdigen Gewölben herab, so sehr wurden sie von der Gewalt der Stimmen erschüttert. Die Sonne schien voll auf das Schieferdach und verwandelte die kleine Kirche in einen Backofen; eine große Bewegung, eine angstvolle Erwartung, das Nahen des Allerheiligsten erstickte die Kinderherzen und schnürte den Müttern die Kehle zu.

Der Priester, der sich für einige Zeit gesetzt hatte, stieg wieder zum Altar hoch und leitete nun barhäuptig, den Kopf von silbernem Haar bedeckt, mit zitternden Bewegungen die heilige Wandlung ein. Er wandte sich zu den Gläubigen, streckte ihnen die Hände entgegen und rief: »Orate, fratres! Betet, meine Brüder!« Alle beteten. Der alte Geistliche murmelte nunmehr ganz leise die heiligen, göttlichen Worte; das Glöckchen bimmelte wieder und wieder; die Menge rief kniend Gott an; den Kindern schwand vor übermächtiger Beklommenheit fast das Bewusstsein.

Da entsann sich Rosa, die die Stirn in die Hände gelegt hatte, plötzlich ihrer Mutter, der Dorfkirche, ihrer ersten Kommunion. Sie glaubte sich an den Tag zurückversetzt, da sie selbst so klein war, da sie in dem weißen Tüll ihres Kleidchens fast unterging, und sie begann zu weinen. Zunächst weinte sie leise; langsam liefen die Tränen von ihren Wimpern herab, dann aber wuchs mit den Erinnerungen ihre Erregung und mit ihr der Kloß in ihrem Hals, das Herz schlug, sie schluchzte. Sie hatte ihr Taschentuch hervorgezogen, wischte sich die Augen, tupfte sich Nase und Mund ab, um nicht losheulen zu müssen, umsonst; ein Röcheln drang aus ihrer Brust und wurde von zwei anderen tiefen, herzzerreißenden Seufzern erwidert, denn ihre Nachbarinnen, die neben ihr knieten, wurden von den gleichen fernen Erinnerungen geplagt und schwammen ebenfalls in einem Tränenmeer.

Weil aber Tränen nun einmal ansteckend sind, fühlte Madame ihrerseits, wie ihre Wimpern feucht wurden, und als sie sich zu ihrer Schwägerin wandte, sah sie, dass auch ihre ganze Bank weinte.

Der Priester vollzog die Wandlung. Die Kinder lagen hingegeben, in einer Art demutsvoller Furcht auf den Steinfliesen; und in der Kirche wurde nun von Platz zu Platz eine Frau, eine Mutter, eine Schwester von dem seltsamen Mitgefühl mit einer so tiefen Bewegung ergriffen, sie wurden mitgerissen auch vom Anblick der schönen knienden Damen, die von Schauern und Schluchzern nur so geschüttelt wurden, und manch eine weinte ihr kariertes Kattuntaschentuch durch und presste mit der Linken heftig ihr pochendes Herz.

Wie ein Funke, der ein reifes Feld in Flammen stecken kann, so überwältigten die Tränen von Rosa und ihren Gefährtinnen im Nu die ganze Menge. Männer, Frauen, Greise, junge Leute in ihren neuen Hemden, sie alle schluchzten alsbald, und über ihnen schien etwas Übermenschliches zu schweben, ein Geist, der wunderbare Odem eines unsichtbaren und allmächtigen Wesens.

Nun erscholl im Altarraum der Kirche ein harter kleiner Schlag; die Ordensschwester hatte auf ihr Gesangbuch geklopft, um das Zeichen zur Kommunion zu geben, und die Kinder kamen, wie von göttlichem Fieber geschüttelt, zum Tisch des Herrn.

Eine ganze Reihe kniete nieder. Der alte Priester trat, den Kelch aus vergoldetem Silber in der Hand, vor sie hin und reichte ihnen zwischen zwei Fingern die geweihte Hostie, den Leib des Herrn, den Erlöser der Welt. Sie öffneten mit krampfhaften Bewegungen, nervösen Grimassen den Mund, die Augen geschlossen, das Gesicht aschfahl. Und das lange Tuch, das unter ihrem Kinn ausgebreitet war, zitterte, wie von Wellen bewegt.

Plötzlich breitete sich in der Kirche eine Art Wahnsinn aus, das Rumoren einer verzückten Menge, ein Sturm von Schluchzern und erstickten Schreien. Es fuhr über sie her wie Windstöße, die ganze Wälder zu Fall bringen, und der Priester stand da, unbeweglich, eine Hostie in der Hand, wie gelähmt vor Ergriffenheit, und sprach zu sich selbst: »Das ist Gott, Gott ist unter uns, er zeigt sich, er steigt durch meine Stimme zu dem knienden Volk herab.« Und er stammelte wie von Sinnen Gebete daher, ohne Worte zu finden, Stoßgebete, die er aus innerster Seele in wilder Verzückung zum Himmel schickte.

Er brachte die Kommunionsfeier im Zustand solch einer Ekstase zu Ende, dass ihm die Beine schier den Dienst versagen wollten, und als er selbst vom Blut des Herrn getrunken hatte, versank er in glühenden Dankesgebeten.

Hinter ihm beruhigten sich die Leute nach und nach. Die Vorsänger, der Würde ihrer weißen Chorhemden entsprechend, begannen wieder zu singen, allerdings mit nun etwas weniger festen, noch tränenrauen Stimmen; ja, das Blashorn selbst schien heiser, als ob es gleichfalls geweint hätte.

Nun hob der Priester die Hände und gab ihnen ein Zeichen zu schweigen. Er schritt zwischen den zwei Reihen der Kommunionskinder hindurch, die von ihrem Glück ganz benommen waren, und trat bis an das Gitter des Altarraumes vor.

Die Gemeinde hatte sich unter heftigem Stuhlrücken niedergelassen, und alle Welt war nunmehr beschäftigt, sich kräftig zu schnäuzen. Als der Priester vortrat, kehrte Ruhe ein, und er begann, mit zögernder und verschleierter Stimme leise zu ihnen zu sprechen: »Meine lieben Brüder, meine lieben Schwestern, ich danke euch aus tiefstem Herzen; ihr habt mir die größte Freude meines Lebens geschenkt. Ich habe Gottes Nähe gefühlt, er hat mich erhört und ist zu uns herabgestiegen. Er ist gekommen, er war da, gegenwärtig, er erfüllte eure Seelen, er ließ eure Augen überquellen. Ich bin der älteste Priester der Diözese und bin heute auch ihr glücklichster. Ein Wunder ist heute unter uns geschehen, ein echtes, ein großes, ein göttliches Wunder. Als heute Jesus Christus zum ersten Male Eingang in diese Kleinen fand, ist der heilige Geist, der himmlische Vogel, der Odem Gottes über euch gekommen, er hat Besitz von euch ergriffen, er hat euch erfasst und gebeugt wie ein Schilfrohr im Winde.«

Dann wandte er sich mit erhobener Stimme zu den beiden Bänken, auf denen die Gäste des Schreiners saßen: »Vor allem euch sei Dank, meine lieben Schwestern, die ihr von so weit her kommt. Eure Gegenwart, euer offenkundig tiefer Glaube, eure lebendige Frömmigkeit waren für uns alle ein heilbringendes Beispiel. Ihr bringt meine Gemeinde zur inneren Besinnung; eure Betroffenheit hat die Herzen zum Glühen gebracht. Ohne euch hätte dieser große Tag vielleicht nicht den wahrlich göttlichen Charakter gehabt. Es genügt oft ein einziges auserwähltes Schäflein, um den Herrn zu bewegen, zu seiner Herde herabzusteigen.«

Die Stimme versagte ihm den Dienst. Er fügte noch hinzu: »Möge der Herr euch segnen. So sei es.« Dann stieg er wieder zum Altar hinauf, um den Gottesdienst zu beenden.

Nun drängte jedermann zum Aufbruch. Die Kinder wurden unruhig, sie waren erschöpft von der langen geistigen Anspannung. Außerdem hatten sie Hunger, und so zogen die Familien nach und nach ab, ohne die Verlesung des Evangeliums abzuwarten, denn die Vorbereitungen für das Festmahl mussten zu Ende gebracht werden.

Am Ausgang herrschte Gedränge, ein lärmendes Durcheinander, ein Gewirr von schrillen Stimmen, aus dem man deutlich den normannischen Tonfall heraushörte. Die Leute bildeten zwei Reihen, und als die Kinder erschienen, stürzte sich jede Familie auf ihr Kind.

Constance fühlte sich sogleich von der ganzen Frauengesellschaft gepackt, umringt und umarmt. Rosa vor allem wurde nicht müde, sie zu drücken. Endlich nahm sie sie an die Hand, und Madame Tellier fasste die andere. Raphaële und Fernande hoben ihre langen Musselinröcke hoch, damit sie nicht im Straßenstaub schleiften; Louise und Flora bildeten mit Madame Rivet den Schluss des kleinen Zuges; und das Kind machte sich gesammelt und ganz durchdrungen von Gott, den es in sich trug, inmitten der Ehrengarde auf den Weg.

Das Festmahl wurde in der Werkstatt auf langen Brettern, die auf Holzböcken lagen, serviert.

Durch die offene Tür, die zur Straße hinausging, drang die ganze Freude des Dorfes herein. Allenthalben wurde getafelt. Durch jedes Fenster sah man Tische mit sonntäglich gekleideten Menschen; lustige Schreie dröhnten aus den weinselig gestimmten Häusern heraus. Die Bauern saßen in Hemdsärmeln, tranken Cidre aus randvollen Gläsern, und inmitten einer jeden Gesellschaft sah man zwei Kinder, hier zwei Mädchen, dort zwei Jungen, die in einer der beiden Familien ihr Mahl einnahmen.

Bisweilen fuhr in der schweren Mittagshitze ein Wagen mit Bänken im Zockeltrab eines alten Kleppers durch den Ort, und der Kutscher in seinem Kittel warf einen sehnsüchtigen Blick auf das üppige Schlemmen.

Im Hause des Schreiners wahrte die Fröhlichkeit noch eine gewisse Form der Zurückhaltung, einen Rest von der Stimmung des Vormittags. Rivet allein war in Fahrt und trank ohne Maß. Madame Tellier schaute alle Augenblicke auf die Uhr, denn wenn sie nicht zwei Ruhetage hintereinander einlegen wollte, mussten sie den Zug um 15.55 Uhr nehmen, der gegen Abend in Fécamp eintreffen sollte.

Der Schreiner unternahm jegliche Anstrengung, um seine Gäste abzulenken und bis zum nächsten Tage dazubehalten, doch Madame ließ sich nicht verleiten; wenn es ums Geschäft ging, verstand sie keinen Spaß.

Sobald sie den Kaffee ausgetrunken hatten, befahl sie ihren Damen, sich rasch fertig zu machen; dann wandte sie sich zu ihrem Bruder: »Du spannst augenblicklich an!« und ging selbst daran, die letzten Vorbereitungen zu treffen.

Als sie wieder herunterkam, erwartete sie ihre Schwägerin, um mit ihr über die Kleine zu sprechen; es gab ein langes Gespräch, in dem es aber zu keiner Entscheidung kam. Die Bäuerin versuchte es mit allen möglichen Mitteln, weinte falsche Tränen, während Madame Tellier das Kind auf ihrem Schoß hielt, sich auf nichts einließ und lediglich vage Versprechungen machte: Man würde sich ihrer annehmen, es sei ja noch Zeit, man werde sich ja wiedersehen.

Das Fuhrwerk aber kam nicht, und die Damen noch weniger. Dafür hörte man von oben lautes Gelächter, Gepolter, Geschrei und Händeklatschen. Da begab sich die Schreinersfrau zum Pferdestall, um zu sehen, ob der Wagen bereit war, und Madame stieg schließlich hinauf.

Rivet, total betrunken und halb ausgezogen, versuchte vergebens, Rosa, die vor Lachen bald umkam, Gewalt anzutun. Die beiden Pumpen hielten ihn bei den Armen zurück und versuchten, ihn zu beruhigen; sie waren schockiert über eine solche Szene nach der morgendlichen Feier. Raphaële und Fernande aber stachelten ihn an, wanden sich vor Kichern, hielten sich die Seiten, und stießen bei jedem vergeblichen Versuch des Trunkenboldes spitze Schreie aus.

Der Mann war wütend, sein Gesicht glänzte rot, die Kleider hingen ihm herunter, und er versuchte heftig, die beiden Frauen, die ihn festhielten, abzuschütteln. Er wollte mit aller Gewalt an Rosas Rock und stotterte: »Schlampe, was, du willst nicht?« Aber Madame stürzte nun entrüstet hinzu, packte ihren Bruder bei den Schultern und stieß ihn so heftig hinaus, dass er gegen die Wand schlug.

Eine Minute später hörte man ihn unten im Hof, wie er Wasser hochpumpte und es sich über den Kopf schüttete; und als er in seinem Gefährt wieder erschien, war er schon ganz friedlich geworden.

Die Fahrt ging los wie am Tag zuvor, das kleine weiße Pferd setzte sich in seiner lebhaften, tänzelnden Gangart in Bewegung.

Unter der glühenden Sonne brach sich der ganze Übermut Bahn, den man beim Essen unterdrückt hatte. Jetzt amüsierten sich die Mädchen über die Stöße, die der klapprige Wagen austeilte, stießen selbst die Stühle ihrer Nachbarinnen umher, mussten fortwährend lachen, hatten doch die vergeblichen Anstrengungen von Rivet sie so recht in Schwung gebracht.

Ein grelles Licht gleißte über den Feldern, gaukelte den Augen allerlei Schauspiele vor, und die Räder stieben zwei Staubwolken auf, die hinter dem Fahrzeug lange Zeit auf der Landstraße herumwirbelten.

Plötzlich bat die musikliebende Fernande Rosa um ein Lied, und diese stimmte frohgelaunt das *Lied vom dicken Curé aus Meudon* an. Aber Madame brachte sie umgehend zum Schweigen, da sie dieses Lied an einem solchen Tag für unpassend hielt. Dann meinte sie: »Sing uns lieber etwas von Béranger.« Rosa zögerte einige Sekunden, traf dann ihre Wahl und begann mit ihrer ausgeleierten, rauen Stimme das *Lied vom Großmütterchen.*

Am Namensfest trank ausnahmsweise
Großmütterchen ein Gläschen Wein,
Da seufzte sie kopfschüttelnd leise:
Wie viel Anbeter nannt ich mein!

Süßschwellende Glieder,
Um euch tut mir's leid!
Ach, hätt ich dich wieder
Verlorene Zeit!

Und der Chor der Mädchen, den Madame selbst dirigierte, wiederholte den Refrain:

Süßschwellende Glieder,
Um euch tut mir's leid!
Ach, hätt ich dich wieder
Verlorene Zeit!

»Gelungen!«, schrie Rivet, den das Lied in Fahrt brachte; und Rosa fuhr alsbald fort:

Wie? Großmama, du warst nicht spröde!
– Ach nein, ich zählte fünfzehn kaum,
Als sich in meinem Herzen blöde
Geregt der ersten Liebe Traum.

Alle zusammen brüllten den Refrain; und Rivet trat im Takt auf die Deichsel und schlug den Rhythmus mit den Zügeln auf den Rücken des weißen Pferdchen, das seinerseits, als ob es der Schwung des Liedes mitgerissen hätte, in Galopp fiel, einen stürmischen Galopp, der die Damen alle durcheinander in die hinterste Ecke des Wagens kugeln ließ.

Sie erhoben sich unter tollem Gelächter. Und weiter ging das Lied, aus Leibeskräften über die Felder gebrüllt, unter dem brennenden Himmel, inmitten der reifenden Ernte, im wilden Lauf des kleinen Pferdes, das jetzt bei jeder Wiederkehr des Refrains durchging und zum großen Jubel der Reisenden seine hundert Meter Galopp hinlegte.

Hier und dort richtete sich ein Steinklopfer auf und schaute durch seinen Drahtschutz dieser wilden, heulenden Fuhre nach, die in einer Staubwolke dahinpreschte.

Als sie am Bahnhof ausstiegen, überkam den Schreiner die Rührung: »Schade, dass ihr reist, wir hätten noch viel Spaß miteinander gehabt.« Madame gab die nüchterne Antwort: »Jedes Ding hat seine Zeit, man kann sich nicht fortwährend vergnügen.« Da kam Rivet eine Idee: »Weißt du was«, sagte er, »ich komme euch nächsten Monat in Fécamp besuchen.« Dabei sah er verstohlen zu Rosa hinüber und seine Augen glänzten vor Lust. »Sei vernünftig«, sagte Madame, »wenn du willst, dann komm, aber mach keine Dummheiten!«

Er gab keine Antwort, und da man bereits den Zug pfeifen hörte, begann er alsbald alle Damen zu küssen. Als die Reihe an Rosa kam, bemühte er sich krampfhaft, ihren Mund zu treffen, den sie ihm indessen, hinter geschlossenen Lippen lachend, jedes Mal durch eine rasche Bewegung zur Seite entzog. Er hielt sie in seinen Armen, konnte aber nicht zum Ziel kommen, da ihn seine große Peitsche behinderte, die er in der Hand behalten hatte und hinter dem Rücken des Mädchens verzweifelt hin- und herdrehte.

»Reisende nach Rouen, einsteigen!«, schrie der Schaffner; sie stiegen ein.

Es ertönte ein kurzer Pfiff, der alsbald von dem schwerfälligen Pfeifen der Maschine aufgenommen wurde, die zischend ihre erste Rauchwolke ausstieß, während die Räder sich langsam mit sichtlicher Anstrengung in Bewegung setzten.

Rivet lief aus dem Bahnhof heraus zur Schranke, um Rosa noch einmal zu sehen, und als der Zugwaggon mit seiner menschlichen Fracht an ihm vorbeifuhr, ließ er seine Peitsche knallen und sprang und sang aus Leibeskräften:

Süßschwellende Glieder,
Um euch tut mir's leid!
Ach, hätt ich dich wieder
Verlorene Zeit!

Dann sah er ein weißes winkendes Taschentuch in der Ferne verschwinden.

III

Sie schliefen bis zur Ankunft den friedlichen Schlaf der Gerechten, und als sie zu ihrer Behausung zurückkehrten, erholt und ausgeruht für das abendliche Geschäft, konnte Madame nicht umhin zu sagen: »Ist schon recht so; ich habe mich bereits auf zu Hause gefreut.«

Rasch wurde zu Abend gegessen, und als das Kampfkostüm angelegt war, wartete man auf die gewohnte Kundschaft; und die brennende kleine Laterne, das kleine Madonnenlämpchen, zeigte den Vorübergehenden an, dass die Herde in den Stall zurückgekehrt war.

Im Handumdrehen verbreitete sich die Nachricht, niemand weiß wie oder durch wen.

Monsieur Philippe, der Sohn des Bankiers, ging in seiner Liebenswürdigkeit so weit, Monsieur Tourneveau, der bei seiner Familie festhing, einen Boten zu schicken.

Der Salzhändler hatte gerade wie jeden Sonntag mehrere Vettern zum Essen da, und man trank soeben den Kaffee, als ein Mann mit einem Brief in der Hand auftauchte. Monsieur Tourneveau riss erregt den Umschlag auf und wurde blass; der Brief enthielt nur die mit Bleistift hingekritzelten Worte: »Ladung Kabeljau wiedergefunden, Schiff im Hafen eingelaufen, gutes Geschäft für Euch. Kommt rasch.«

Er kramte in den Taschen, gab dem Überbringer zwanzig Centimes und erklärte, indem er bis über die Ohren rot wurde: »Ich muss fort!« Und er hielt seiner Frau den lakonischen, geheimnisvollen Zettel hin. Er läutete, und als das Mädchen erschien, sagte er: »Meinen Überzieher, schnell, schnell, und meinen Hut!« Kaum war er auf der Straße, als er zu laufen begann und dazu ein Liedchen pfiff, und der Weg kam ihm doppelt so lang vor, so groß war seine Ungeduld.

Das Haus Tellier schien wie zu einem Fest gerüstet. Im Erdgeschoss veranstalteten die polternden Stimmen der Hafenleute einen ohrenbetäubenden Lärm. Louise und Flora wussten nicht, wem sie sich zuerst widmen sollten, sie tranken mit dem einen, tranken mit dem anderen und verdienten mehr denn je den Beinamen »die zwei Pumpen«. Allenthalben rief man nach ihnen; sie wurden des Ansturms nicht Herr, und die Nacht versprach arbeitsreich für sie zu werden.

Der Kreis im ersten Stock war ab neun Uhr vollzählig. Monsieur Vasse, der Richter beim Handelsgericht, der ständige, wenngleich platonische Verehrer von Madame, plauderte leise mit ihr in einer Ecke, und sie lächelten alle beide, so als ob sie kurz vor einer Einigung stünden. Monsieur Poulin, der ehemalige Bürgermeister, ließ Rosa auf seinen Knien reiten, und sie ließ, Nase an Nase mit ihm, ihre Hände in dem kurzen weißen Backenbart spielen. Ein Stück nackter Schenkel lugte unter dem hochgeschlagenen Seidenrock hervor, stach von dem schwarzen Stoff der Hose ab, und die roten Strümpfe wurden von einem blauen Strumpfband gehalten, dem Geschenk des Handelsreisenden.

Die große Fernande, die ausgestreckt auf dem Sofa lag, hatte die Füße auf den Bauch von Monsieur Pimpesse, dem

Steuereinnehmer, gelegt, den Körper auf die Weste des jungen Monsieur Philippe, dessen Hals sie mit der rechten Hand umfing, während sie in der Linken eine Zigarette hielt.

Raphaële schien in Verhandlungen mit Monsieur Dupuis, dem Versicherungsagenten, zu stehen, und rief zum Schluss der Unterhaltung: »Ja, mein Liebling, heute Abend, einverstanden.« Dann tanzte sie im flotten Walzerschritt allein durch den Salon: »Heute Abend«, schrie sie, »kriegt ihr alles, was ihr wollt!«

Da ging plötzlich die Tür auf, und Herr Tourneveau erschien. Begeistertes Geschrei empfing ihn: »Es lebe Tourneveau!« Raphaële, die sich immer noch drehte, sank ihm an die Brust. Er packte sie in einer heftigen Umarmung, hob sie, ohne ein Wort zu verlieren, wie eine Feder auf, durchquerte den Salon, erreichte die hintere Tür und verschwand unter heftigem Applaus mit seinem lebendigen Bündel auf der Hintertreppe, die zu den Zimmerchen führte.

Rosa, die dem ehemaligen Bürgermeister einheizte, indem sie ihn unablässig küsste und gleichzeitig an beiden Seiten seines Backenbärtchens zog, um seinen Kopf im Gleichgewicht zu halten, wollte von dem Beispiel profitieren: »Na komm, mach's ihm nach«, sagte sie. Der gute Mann erhob sich, richtete seine Weste und folgte dem Mädchen, wobei er in seiner Tasche kramte, in der das Geld steckte.

Fernande und Madame blieben allein mit den vier Männern, und Monsieur Philippe rief: »Ich gebe einen aus! Madame Tellier, lassen Sie drei Flaschen Champagner holen.« Da umschlang ihn Fernande und flüsterte ihm ins Ohr: »Spiel uns doch zum Tanz auf, magst du?« Er stand auf und setzte sich an das uralte Spinett, das in einer Ecke schlief, und entlockte dem ächzenden Leib des Instruments einen Walzer, einen heiseren, kläglichen Walzer. Das große Mädchen umfasste den Steuereinnehmer, Madame überließ sich den Armen von Monsieur Vasse; und die beiden Paare drehten sich unter unablässigen Küssen. Monsieur Vasse, der ehedem in der feinen Gesellschaft zu tanzen gewohnt war, war galant, und Madame wandte kein Auge von ihm; ihre Augen signalisierten ein »Ja«, das viel feiner und süßer war als ein gesprochenes Wort.

Frédéric brachte Champagner. Der erste Korken knallte, und Monsieur Philippe spielte die Aufforderung zu einer Quadrille.

Die vier Tänzer setzten ihre Schritte nach der feinen Art, ganz wie es sich gehörte, voller Würde, mit dem gebührenden Anstand, mit den Verneigungen, den Gesten des Grüßens.

Danach ließ man sich zum Trinken nieder. Jetzt tauchte auch Monsieur Tourneveau wieder auf, zufrieden, erleichtert, strahlend. Er schrie: »Ich weiß nicht, was mit Raphaële ist, aber heute Abend ist sie perfekt.« Als man ihm ein Glas hinstreckte, trank er es in einem Zug aus, wobei er vor sich hinmurmelte: »Verdammt, man gönnt sich ja sonst keinen Luxus!«

Auf der Stelle stimmte Monsieur Philippe eine wilde Polka an, und Monsieur Tourneveau stürmte mit der schönen Jüdin dahin, wobei er sie in die Luft hielt und mit den Füßen nicht auf die Erde kommen ließ. Monsieur Pimpesse und Monsieur Vasse walzten mit neuem Schwung dahin. Von Zeit zu Zeit hielt eines der Paare am Kamin inne, um einen Kelch Sekt zu picheln; und diese Tanzerei wollte fast schon kein Ende finden, als Rosa, eine Kerze in der Hand, die Tür öffnete. Sie hatte die Haare offen, stand in Pantoffeln und bloßem Hemd da, ganz erregt und rot im Gesicht. »Ich will tanzen«, schrie sie. Raphaële fragte: »Und dein Alter?« Rosa lachte laut heraus: »Der? Der schläft schon, der schläft doch immer gleich ein.« Sie packte Monsieur Dupuis, der müßig auf dem Diwan saß, und die Polka legte wieder los.

Aber die Flaschen waren leer: »Ich spendiere eine«, erklärte Monsieur Tourneveau. »Ich auch«, verkündete Monsieur Vasse. »Und ich desgleichen«, schloss sich Monsieur Dupuis an. Alle spendeten Beifall.

Die Sache bekam Formen, es wurde ein richtiger Ball. Von Zeit zu Zeit kamen sogar Louise und Flora schnell herauf, drehten rasch eine Runde Walzer, während ihre Klienten im Erdgeschoss unruhig wurden; dann kehrten sie im Laufschritt und schweren Herzens in ihre Schenke zurück.

Um Mitternacht wurde noch immer getanzt. Gelegentlich verschwand eines der Mädchen, und wenn man nach ihm suchte, weil jemand eine Partnerin brauchte, merkte man plötzlich, dass auch einer der Herren fehlte.

»Wo kommt ihr denn her?«, erkundigte sich scherzhaft Monsieur Philippe, als Monsieur Pimpesse mit Fernande zurückkam.

»Vom Besuch des schlafenden Monsieur Poulin«, erwiderte der Steuereinnehmer. Er erntete mit dieser Bemerkung großen Beifall, und so stiegen alle, um Monsieur Poulin schlafen zu sehen, nacheinander mit der einen oder der anderen der Damen, die in dieser Nacht von unfasslicher Gefälligkeit waren, hinauf. Madame schloss die Augen; sie führte im stillen Eckchen lange Gespräche mit Monsieur Vasse, als ginge es darum, die letzten Details einer bereits beschlossenen Sache zu regeln.

Endlich, um ein Uhr, erklärten die zwei verheirateten Herren, Monsieur Tourneveau und Monsieur Pimpesse, dass sie sich zurückziehen und ihre Schulden begleichen wollten. Man berechnete lediglich den Champagner und den nur zu sechs Francs die Flasche statt der gewöhnlichen zehn. Und als sie ihr Erstaunen über eine solche Großzügigkeit äußerten, entgegnete Madame strahlend: »Es ist doch nicht alle Tage ein Festtag.«

(1881)

Die Heirat des Oberleutnants Laré

Gleich zu Beginn des Feldzugs konnte Oberleutnant Laré den Preußen zwei Kanonen abnehmen. Sein General sprach zu ihm: »Ich danke Ihnen, Oberleutnant«, und verlieh ihm das Kreuz der Ehrenlegion.

Da er nicht nur tapfer, sondern auch umsichtig, scharfsinnig und einfallsreich war, alle Listen und Schleichwege kannte, vertraute man ihm eine Hundertschaft Männer an, und er baute einen Kundschafterdienst auf, der bei den Rückzügen so manches Mal die Rettung der Armee war.

Doch die Invasionstruppen traten gleich überlaufenden Meeresfluten allenthalben über die Grenzen. Große Menschenmassen strömten eine um die andere herein und brachten einen Abschaum von Plünderern mit sich. Die Brigade von General Carrel, die von ihrer Division getrennt worden war, zog sich kontinuierlich zurück, kämpfte jeden Tag, hielt sich aber nahezu unversehrt, dank der Wachsamkeit und Wendigkeit des Oberleutnants Laré, der überall gleichzeitig zu sein schien, alle Listen des Feindes vereitelte, seine Planungen durchkreuzte, seine Ulanen versprengte, seine Vorhut vernichtete.

Eines Morgens ließ ihn der General rufen:

»Oberleutnant«, sagte er, »hier ist eine Depesche von General Lacère. Er ist verloren, wenn wir ihm nicht morgen bei Sonnenaufgang zu Hilfe kommen. Er steht in Blainville, acht Meilen von hier. Sie brechen bei Einbruch der Nacht mit dreihundert Mann auf, die Sie staffelförmig den ganzen Weg entlang aufstellen. Ich folge Ihnen zwei Stunden später. Prüfen Sie die Straße sorgfältig. Ich habe Sorge, dass wir auf eine feindliche Einheit treffen könnten.«

Seit acht Tagen fror es gewaltig. Um zwei Uhr begann es zu schneien, am Abend war alles schneebedeckt, und dichtes weißes Schneegestöber verhüllte die nächstliegenden Dinge. Um sechs Uhr brach der Trupp auf.

Zwei Männer marschierten allein als Kundschafter dreihundert Meter voraus. Es folgte eine Schar von zehn Männern, die der Oberleutnant selbst anführte. Der Rest rückte in zwei langen Kolonnen vor. Auf dreihundert Meter Distanz flankierten zur Linken und zur Rechten einige Soldaten paarweise die kleine Gruppe.

Der Schnee, der immer noch fiel, stäubte sie im Dunkel mit seinem weißen Puder ein; er schmolz nicht auf ihren Kleidern, so dass sie sich in der dunklen Nacht kaum von der gleichförmigen Fahlheit der Landschaft abhoben.

Ab und zu machten sie Halt. Dann hörte man nur noch das kaum zu beschreibende Rieseln des herabfallenden Schnees, das man eher fühlte, als dass man es hörte, ein schwaches, unheimliches und unbestimmtes Geräusch. Ein Befehl wurde mit leiser Stimme erteilt, und wenn der Trupp sich wieder in Marsch setzte, ließ er eine Art weißes Phantom aufrecht im Schnee hinter sich zurück. Nach und nach löste es sich auf und verschwand endlich ganz. Sie bildeten die lebende Staffel, die die Armee führen sollte.

Die Kundschafter verlangsamten ihren Marsch. Dunkle Umrisse zeichneten sich vor ihren Augen ab. »Haltet euch rechts«, sagte der Oberleutnant, »das ist der Wald von Ronfi; das Schloss liegt mehr zur Linken.«

Bald ging der Befehl »Halt!« um. Die Abteilung blieb stehen und wartete auf den Oberleutnant, der in Begleitung von nur zehn Leuten einen Erkundungsgang zum Schloss unternahm.

Sie bewegten sich unter den Bäumen kriechend voran. Plötzlich hielten sie bewegungslos inne. Eine schreckliche Stille lastete auf ihnen. Dann durchbrach ganz in der Nähe ein helles klangvolles und junges Stimmchen das Schweigen des Waldes. Es sagte: »Vater, wir werden uns in dem Schnee verirren. Wir kommen nie bis Blainville.« Eine kräftigere Stimme antwortete: »Fürchte nichts, Töchterchen, ich kenne die Gegend wie meine Hosentasche.«

Der Oberleutnant murmelte ein paar Worte, und vier Männer entfernten sich geräuschlos wie Schatten.

Dann stieg ein spitzer Frauenschrei in die Nacht auf. Zwei Gefangene wurden herbeigeführt, ein Greis und ein Mädchen. Der Oberleutnant Laré verhörte sie mit noch immer leiser Stimme:

»Name?«

»Pierre Bernard.«

»Beruf?«

»Kellermeister des Grafen von Ronfi.«

»Ist das Ihre Tochter?«

»Ja.«

»Was tut sie?«

»Sie ist Wäscherin im Schloss.«

»Wo geht ihr hin?«

»Wir sind auf der Flucht.«

»Warum?«

»Zwölf Ulanen sind heute Abend vorbeigezogen, haben drei Wachen erschossen und den Gärtner aufgehängt. Ich habe Angst um die Kleine.«

»Wohin wollt ihr?«

»Nach Blainville.«

»Warum?«

»Weil dort ein französisches Heer steht.«

»Kennen Sie den Weg?«

»Sehr gut.«

»In Ordnung, folgen Sie uns.«

Sie stießen wieder zum Trupp, und der Marsch durch die Felder begann aufs Neue. Schweigsam hielt sich der Alte an der Seite des Oberleutnants, seine Tochter ging neben ihm. Plötzlich blieb sie stehen: »Vater«, sagte sie, »ich bin so erschöpft, ich kann nicht weitergehen.« Und sie setzte sich nieder. Sie zitterte vor Kälte und schien dem Tode nahe. Ihr Vater wollte sie tragen. Er war zu alt und zu schwach.

»Herr Oberleutnant«, sagte er schluchzend, »wir behindern Ihren Marsch. Frankreich geht vor. Lassen Sie uns nur zurück.«

Der Offizier hatte einen Befehl erteilt. Einige Männer waren weggegangen; sie kehrten mit geschnittenen Zweigen zurück. Im Handumdrehen war eine Trage gefertigt. Die ganze Abteilung hatte sie gebaut.

»Hier ist eine Frau, die vor Kälte stirbt«, erklärte der Oberleutnant Laré, »wer will seinen Mantel geben, um sie zuzudecken?«

Zweihundert Mäntel wurden abgelegt.

»Wer will sie nun tragen?«

Alle Arme boten sich an. Das junge Mädchen wurde in die warmen Soldatenmäntel gehüllt und sanft auf die Trage gelegt, dann hoben vier starke Schultern sie hoch. Wie eine Königin aus dem Orient, von Sklaven getragen, wurde sie in die Mitte des Trupps gebracht, der nun seinen Marsch kräftiger, mutiger, munterer fortsetzte, wie erwärmt durch die Gegenwart einer Frau, diese erhabene Quelle der Inspiration, die das alte französische Blut so viele Wunderdinge hat vollbringen lassen.

Nach einer Stunde hielt man erneut an, und jedermann legte sich in den Schnee. Da hinten lief inmitten der Ebene ein großer schwarzer Schatten. Er glich einem fantastischen Monster, das sich gleich einer Schlange ausdehnte, sich dann plötzlich zu einer Kugel zusammenrollte, zu schwindelerregenden Sprüngen ansetzte, anhielt, aufbrach, ohne Unterlass. Befehle liefen im Flüsterton durch die Männerreihen, und von Zeit zu Zeit ertönte ein kleines trockenes und metallisches Geräusch. Die umherirrende Gestalt näherte sich plötzlich, und man sah im großen Galopp, einen hinter dem anderen, zwölf Ulanen, die in der Nacht vom Weg abgekommen waren. Ein schrecklicher Schein enthüllte ihnen plötzlich zweihundert Männer, die vor ihnen im Schnee lagen. Eine rasche Detonation verlor sich im Schweigen des Schnees, und alle zwölf mit ihren zwölf Pferden fielen.

Sie warteten lange. Dann setzten sie sich wieder in Marsch. Der Greis, den sie gefunden hatten, diente als Führer. Endlich eine weit entfernte Stimme: »Wer da!« Eine andere, näher klingende, gab die Parole.

Sie warteten noch, Unterhandlungen wurden geführt. Der Schneefall hatte nachgelassen. Ein kalter Wind fegte die Wolken fort, und über ihnen, viel höher, glänzten unzählige Sterne. Sie wurden blasser, und der Himmel färbte sich im Osten rosa.

Ein Offizier des Generalstabs empfing die Abteilung. Als er fragte, wer dort auf der Trage liege, bewegte sie sich; zwei kleine Hände stießen die groben blauen Mäntel zur Seite, und, wie das Morgenrot, die Augen heller als die inzwischen verschwundenen Sterne, mit einem Lächeln so strahlend wie der neue Tag, entgegnete ein entzückendes Gesichtchen: »Ich, mein Herr.«

Die Soldaten klatschten wie verrückt vor Freude in die Hände und trugen das junge Mädchen im Triumph in die Mitte des Lagers, das sich zum Kampf rüstete. Bald darauf traf General Carrel ein. Um neun Uhr griffen die Preußen an. Mittags trommelten sie zum Rückzug.

Abends, als der Oberleutnant Laré erschlagen vor Müdigkeit auf einem Haufen Stroh eingeschlafen war, bestellte ihn der General zu sich. Er stand in seinem Zelt und plauderte mit dem Greis, auf den sie in der Nacht gestoßen waren. Sobald er eingetreten war, nahm ihn der General bei der Hand und wandte sich an den Unbekannten:

»Hier, lieber Graf«, sprach er, »ist der junge Mann, von dem Sie soeben erzählten; er ist einer meiner besten Offiziere.«

Er lächelte, dämpfte seine Stimme und fügte hinzu: »Der beste.«

Dann wandte er sich dem verdatterten Oberleutnant zu und stellte vor: »Graf von Ronfi-Quédissac.«

»Mein lieber Oberleutnant«, sagte dieser, »Sie haben das Leben meiner Tochter gerettet, ich habe nur ein Mittel, Ihnen zu danken ... kommen Sie in einigen Monaten und lassen Sie mich wissen ... ob sie Ihnen gefällt ...«

Ein Jahr danach, auf den Tag genau, heirateten in der Kirche Saint-Thomas-d'Aquin Hauptmann Laré und Mademoiselle Louise Hortense Geneviève von Ronfi-Quédissac.

Sie brachte eine Mitgift von sechshunderttausend Francs mit und war, wie man sich erzählte, die schönste Braut, die man in diesem Jahr zu Gesicht bekam.

(Mai 1878)

Fettklößchen

Seit einer Reihe von Tagen hatten versprengte Reste der in voller Auflösung begriffenen Armee die Stadt durchzogen. Sie glichen kaum noch Soldaten, weit eher ungeordneten Horden. Die Mannschaften trugen lange, schmutzige Bärte; ihre Uniformen waren zerlumpt; sie marschierten in schlaffer Haltung, ohne Fahnen, ohne Führung. Alle waren, wie es schien, hundemüde, zu Tode erschöpft, keines Gedankens, keines Entschlusses fähig; sie marschierten einfach, weil sie es gewohnt waren, und wenn haltgemacht wurde, fielen sie vor Müdigkeit um. Zumeist handelte es sich um Ersatzreservisten, friedfertige Bürger, ruhige Rentner, die unter dem Gewicht der Gewehre keuchten; um flinke kleine Rekruten, panischem Schrecken und lohender Begeisterung in gleicher Weise geneigt, ebenso bereit zum Sturmangriff wie zu kopfloser Flucht; mitten unter ihnen ein paar Rothosen, traurige Reste einer in einer großen Schlacht aufgeriebenen Division; zwischen diesem mannigfachen Fußvolk Artilleristen in dunklen Uniformen und ab und zu der schimmernde Helm eines zu Fuß gehenden Dragoners, der schwerfällig und mühsam dem behänderen Marsch der Linientruppen folgte. Dann kamen ganze Legionen von Freischärlern mit heroischen Namen: ›Rächer der Niederlage‹ – ›Grabgenossen‹ – ›Todesbrüderschaft‹. Wie Banditen sahen sie aus.

Ihre Führer, ehemalige Tuch- oder Sämereienhändler, Exkaufleute in Talg oder Seife, Gelegenheitshelden, zu Offizieren ernannt um ihres Geldes oder ihres langen Schnurrbarts willen, mit Waffen, Flanell und Tressen ausstaffiert, sprachen mit dröhnender Stimme, beredeten Feldzugspläne und verkündeten prahlerisch, einzig auf ihren Schultern ruhe das verröchelnde Frankreich; allein mitunter hatten sie vor ihren eigenen Soldaten Angst, Schnappsäcken, reif für den Galgen, bisweilen tapfer bis zum Äußersten und dabei räuberisch und ungezügelt.

Der Einzug der Preußen in Rouen stünde bevor, so ging das Gerücht.

Die Nationalgarde hatte während der beiden letzten Monate unter Aufwendung beachtlicher Vorsichtsmaßregeln Streifzüge durch die Wälder in der Umgebung der Stadt unternommen, wobei sie oft genug die eigenen Posten beschossen und sich gar zum Kampf gerüstet hatte, sobald nur ein armseliges Kaninchen im Dickicht raschelte; nun aber war sie zum häuslichen Herd zurückgekehrt. Waffen, Uniformen, all die Mordwerkzeuge, mit denen sie bislang die Chausseesteine auf drei Meilen in der Runde in Furcht und Entsetzen gejagt hatte, waren urplötzlich verschwunden.

Schließlich hatten die letzten französischen Soldaten die Seine überschritten, in Richtung auf Pont-Audamer, über Saint-Sever und Bourg-Achard; als allerletzter der verzweifelte General, der mit diesen zusammengewürfelten Truppenresten nichts zu unternehmen vermochte und für seine Person gleichfalls hineingerissen war in den großen Zusammenbruch eines sieggewohnten Volkes, das nun, trotz seiner legendären Tapferkeit, eine verhängnisvolle Niederlage hatte auf sich nehmen müssen; der General ging zu Fuß, zwischen zwei Ordonnanzoffizieren.

Dann hatten tiefe Stummheit, entsetzte, schweigende Erwartung über der Stadt geschwebt. Viele der feisten, durch den Handel verweichlichten Bürger harrten angstvoll der Sieger; sie zitterten bei dem Gedanken, dass ihre Bratspieße oder ihre langen Küchenmesser als Waffen angesehen werden könnten.

Scheinbar stockte das Leben; die Läden waren geschlossen, die Straßen menschenleer. Manchmal drückte sich ein Einwohner, beklommen ob der Stille, hastig die Hausmauern entlang.

Das Warten war dermaßen quälend, dass das Nahen des Feindes herbeigesehnt wurde.

Am Nachmittag des dem Abrücken der französischen Truppen folgenden Tages sprengten ein paar Ulanen – niemand wusste, woher sie gekommen waren – durch die Stadt. Wenig später schob sich eine schwarze Menschenmasse den Sankt-Katharinen-Hügel herab; zwei weitere eroberungswillige Heerhaufen tauchten auf den Landstraßen nach Darnetal und Boisguillaume auf. Die Vorhuten der drei Korps kamen fast im gleichen Augenblick auf dem Rathausplatz an; dann zog durch alle Seitenstraßen die deutsche Armee ein und entfaltete ihre Bataillone, unter deren hartem, rhythmischem Marschtritt das Pflaster dröhnte.

Kommandorufe in fremden Kehllauten gellten an den Häusern empor, die, wie es schien, tot und verlassen waren; hinter den geschlossenen Jalousien jedoch spähten Augen hinab zu den Siegern, den Herren der Stadt, der Vermögen und der Leben, auf Grund des ›Kriegsrechts‹. Die Einwohner in ihren verdunkelten Zimmern waren in äußerster Verwirrung, als wäre eine Sintflut oder ein mörderisches Erdbeben über sie hereingebrochen, gegen die alle Weisheit und alle Macht nichts vermochte. Denn es geschieht immer das Gleiche, wenn die bestehende Ordnung der Dinge umgestürzt wird, wenn es keine Sicherheit mehr gibt, wenn alles, was unter dem Schutz menschlicher oder göttlicher Gesetze steht, sich der Gnade einer blinden, wilden Brutalität preisgegeben sieht. Das Beben der Erde, das unter stürzenden Häusern ein ganzes Volk zerschmettert; der über die Ufer tretende Strom, der ertrunkene Bauern, Rinderkadaver, losgerissene Dachbalken mit sich führt; oder ein glorreiches Heer, das die sich Verteidigenden hinmordet, andere in die Gefangenschaft fortschleppt, im Namen des Faustrechts plündert und bei Kanonendonner einen Gott lobpreist: Sie alle sind Geißeln, die allen Glauben an eine ewige Gerechtigkeit zerstören, alles uns eingeimpfte Vertrauen auf himmlische Güte und menschliche Vernunft erschüttern.

Und an alle Türen pochten kleine Abteilungen und verschwanden dann in den Häusern. Der Invasion folgte die Okkupation. Für die Besiegten begann die Pflicht, sich den Siegern gegenüber liebenswürdig zu zeigen.

Nach einer Weile, nachdem der erste Schrecken überstanden war, herrschte wieder Ruhe. In vielen Familien aß der preußische Offizier am gemeinsamen Tisch mit. Häufig erwies er sich als gut erzogen, aus Höflichkeit bedauerte er Frankreichs Schicksal und sagte, dass er nur widerstrebend diesen Krieg mitmache. Man wusste ihm Dank für diese Gefühlsäußerung; überdies konnte man eines schönen Tages auf seine Protektion angewiesen sein. Wenn man nett zu ihm war, brauchte man vielleicht ein paar Mann weniger durchzufüttern. Und warum jemanden kränken, von dem man voll und ganz abhängig war? Das wäre nicht Tapferkeit, sondern Unbesonnenheit gewesen. – Und Unbesonnenheit gehört heutzutage nicht mehr zu den Untugenden der Bürger von Rouen wie einstmals in den Tagen des heroischen Abwehrkampfes, der den Namen der Stadt berühmt gemacht hat. – Höchst vernünftig, wie es der französischen Urbanität gemäß ist, sagte man sich schließlich, innerhalb der eigenen vier Wände dürfe man schon höflich sein, unter der Voraussetzung natürlich, dass man sich nicht draußen, in aller Öffentlichkeit, in vertraulichem Umgang mit dem fremden Soldaten sehen ließ. Draußen kannte man sich nicht, aber daheim plauderte man gern miteinander, und der Deutsche saß Abend für Abend länger am gemeinsamen Kamin und wärmte sich.

Allmählich gewann die Stadt wieder ihr gewohntes Aussehen. Zwar gingen die Franzosen noch immer nicht aus, aber preußische Soldaten schlenderten durch die Straßen. Übrigens schienen die Offiziere der blauen Husaren, die hochmütig ihre großen, mörderischen Säbel über das Pflaster nachschleppen ließen, gegenüber den gewöhnlichen Bürgern nicht sonderlich mehr Verachtung an den Tag zu legen als die Chasseuroffiziere, die vor einem Jahre in denselben Kaffeehäusern gesessen hatten.

Und dennoch lag irgendetwas in der Luft, etwas Subtiles und Ungreifbares, eine unerträgliche, fremde Atmosphäre, wie ein sich ausbreitender Geruch, der Geruch der Invasion. Er war in den Wohnungen und auf den öffentlichen Plätzen spürbar, er veränderte den Geschmack der Nahrungsmittel und rief den Eindruck hervor, als sei man auf Reisen, in weiter Ferne, unter gefährlichen Barbarenhorden.

Die Sieger forderten Geld, viel Geld. Die Einwohnerschaft zahlte stets; Rouen war übrigens eine reiche Stadt. Aber je mehr das Vermögen eines normannischen Geschäftsmannes wächst, desto grimmiger schmerzen ihn jedes Opfer, jeder Bruchteil seines Besitzes, den er in andere Hände übergehen sieht.

Mittlerweile zogen Schiffer und Fischer, zwei bis drei Meilen unterhalb der Stadt, längs des Flusslaufes, in der Nähe von Croisset, Dieppedalle oder Biessart, Leichname von Deutschen aus dem Wasser; die Körper staken aufgedunsen in den Uniformen; sie waren erstochen oder erschlagen, die Köpfe von einem Stein zerschmettert, oder von einer Brücke herab in den Fluss gestoßen. Der Uferschlamm begrub diese dunklen, wilden und dennoch erlaubten Vergeltungen, Taten unbekannter Helden, diese stummen Überfälle, die gefahrvoller waren als Schlachten am hellen Tage und die kein Ruhmeswiderhall belohnte.

Denn der Hass gegen den Fremden leiht stets ein paar Tollköpfen Waffen, Kerlen, die für eine Idee zu sterben bereit sind.

Als schließlich die Eroberer, wenngleich sie der Stadt ihre unbeugsame Disziplin aufzwangen, auch nicht eine jener Gräueltaten begingen, die sie dem Gerücht nach auf ihrem ganzen langen Triumphzuge vollführt hatten, fasste man wieder Mut, und in den Herzen der Kaufleute der Gegend regte sich der alte Handelsgeist. Für manche standen große Interessen in Le Havre auf dem Spiel, das die französische Armee besetzt hielt, und sie wollten versuchen, in diese Hafenstadt zu gelangen, indem sie auf dem Landwege nach Dieppe reisten und sich dort einschifften.

Sie bedienten sich des Einflusses der deutschen Offiziere, die sie kennen gelernt hatten, und erlangten so eine Ausreisebewilligung vom Kommandierenden General.

Es wurde also eine große vierspännige Postkutsche für diese Reise gemietet, und nachdem sich zehn Personen bei dem Wagenhalter eingeschrieben hatten, kam man überein, an einem Dienstagmorgen abzufahren, in aller Frühe, um jeder Menschenansammlung aus dem Wege zu gehen.

Schon seit einiger Zeit hatte Frost die Erde hart gemacht; am Montagnachmittag gegen drei zogen von Norden her dicke schwarze Wolken auf, und es schneite ununterbrochen während des ganzen Abends und der ganzen Nacht.

Morgens um halb fünf fanden sich die Reisenden im Hof des ›Hôtel de Normandie‹ ein, von wo abgefahren werden sollte.

Sie waren samt und sonders noch schlaftrunken und klapperten vor Kälte unter ihren Umhüllungen. Sie konnten sich der Dunkelheit wegen nur schlecht erkennen, und in den schweren Winterkleidern, in die sie sich gewickelt hatten, glichen sie behäbigen Pfarrern in langen Soutanen. Aber da erkannten sich zwei Männer, ein dritter redete sie an, und sie kamen ins Gespräch: »Ich bringe meine Frau weg«, sagte der eine. – »Ich auch.« – »Und ich ebenfalls.« – Der Erste sprach weiter: »Wir kommen nicht wieder nach Rouen zurück, und wenn die Preußen auf Le Havre marschieren, reisen wir nach England.« Sie hatten alle den gleichen Plan, denn ihre Temperamente waren sich ebenfalls gleich.

Noch immer wurde nicht angespannt. Eine kleine, von einem Stallknecht getragene Laterne tauchte hin und wieder in einer dunklen Tür auf und verschwand unmittelbar danach in einer andern. Pferdehufe stampften; das Geräusch wurde vom Dünger der Streu erstickt; hinten im Gebäude sprach eine Männerstimme fluchend auf die Tiere ein. Leises Schellengeklingel zeigte an, dass am Zaumzeug hantiert wurde; dieses Geklingel wurde bald zu einem hellen, gleichmäßigen Geläut, das dem Bewegungsrhythmus der Tiere folgte, bisweilen innehielt und dann mit einem jähen Schütteln von Neuem begann; dazu gesellte sich das gedämpfte Klirren eisenbeschlagener Hufe.

Unvermittelt ging die Tür zu. Jedes Geräusch erstarb. Die frierenden Bürger schwiegen; sie standen regungslos, mit steifen Gliedern.

Ein Gewebe weißer Flocken wirbelte unablässig zur Erde nieder; es verschleierte alle Umrisse, überzog alle Dinge mit Eisschaum; und im großen Schweigen der ruhenden, vom Winterleichentuch bedeckten Stadt war nichts zu vernehmen als das sachte, unnennbare Geriesel fallenden Schnees, mehr Nervenreiz denn Geräusch, Staubgeflimmer leichtester Atome, die den Raum zu erfüllen, die Welt einzuhüllen schienen.

Abermals kam der Bursche mit der Laterne und zog am Strick ein Pferd nach sich, das den Kopf hängen ließ und nur sehr ungern mitkam. Er drängte es gegen die Deichsel, machte die Zugriemen fest und ging fortgesetzt um das Tier herum, um das Geschirr nachzusehen; er konnte sich nur einer Hand bedienen, die andere hielt die Laterne. Als er das zweite Pferd holen wollte, bemerkte er die regungslosen, schon ganz eingeschneiten Reisenden und rief ihnen zu: »Warum steigen Sie eigentlich nicht in den Wagen? Da sind Sie doch wenigstens unter Dach!«

Darauf war nun freilich keiner gekommen, und jetzt stiegen sie in aller Hast ein. Die drei Männer brachten ihre Frauen im Wagenschlag unter und kletterten nach; dann setzten sich andere undefinierbare, vermummte Gestalten auf die noch freien Plätze, ohne dass dabei ein Wort laut wurde.

Auf den Wagenboden war Stroh geschüttet, in das sich die Füße verkrochen. Die Damen auf dem Rücksitz, die kleine Messing-Fußwärmer mit Brikettheizung bei sich hatten, zündeten diese Apparate an, und nach einer Weile begannen sie flüsternd die Vorzüge dieser Erfindung zu rühmen, wobei sie sich längst bekannte Tatsachen vorerzählten.

Endlich waren die Pferde vor der Postkutsche, sechs statt der üblichen vier, um der mühsameren Fahrt willen. Von draußen fragte eine Stimme: »Alles drin?« – Eine Stimme von drinnen antwortete: »Ja!« – Es ging los.

Langsam, langsam schwankte der Wagen vorwärts, Schritt für Schritt. Die Räder wühlten sich in den Schnee ein; der ganze Kasten ächzte und knirschte dumpf; die Pferde rutschten aus, schnaubten, dampften, und des Kutschers riesige Peitsche klatschte unermüdlich, wirbelte nach allen Seiten, verknotete und entwirrte sich wie eine dünne Schlange und hieb dann plötzlich auf ein pralles Pferdehinterteil, das sich sofort unter heftigerer Anstrengung strammte.

Unmerklich dämmerte der Tag herauf. Das schwache Flockengeriesel, das ein Reisender unverfälschten Rouener Geblüts mit einem Baumwollregen verglichen hatte, hörte auf. Schmutziges Licht stahl sich durch dicke, schwere Wolken, von denen das weiße Land sich desto strahlender abhob; nun erschien eine Reihe hoher, raureifbedeckter Bäume, dann ein kleines Haus mit einer Schneekapuze.

Im Wagen betrachtete man einander neugierig in der tristen Helle dieses Dämmerlichtes.

Auf dem Rücksitz, den besten Plätzen, dösten, sich gegenübersitzend, Monsieur Loiseau, Weinhändler en gros in der Rue Grand-Pont, und Frau Gemahlin.

Loiseau war ehedem Gehilfe eines Kaufmanns gewesen, der dann hatte Pleite machen müssen; Loiseau hatte das Lager gekauft und es zum reichen Manne gebracht. Er verkaufte zu sehr billigem Preis sehr schlechte Weine an kleine Gastwirte auf dem Lande und galt unter seinen Bekannten und Freunden als ein Gerissener, als ein echter Normanne voller List und Jovialität.

Sein Ruf als Gauner war so wohlbestallt, dass eines Abends in der Präfektur Monsieur Tournel, Verfasser von Fabeln und Liedchen, ein heller Kopf, nicht ohne Bissigkeit, eine Lokalgröße, den schon ein wenig schläfrigen Damen vorgeschlagen hatte, doch ein wenig ›Loiseau vole‹* zu spielen, und dieser Wortwitz flatterte alsbald durch die Salons des Präfekten, dann durch die der ganzen Stadt, und einen Monat lang wackelten alle Provinzlerkinnbacken vor Lachen.

Überdies genoss Loiseau einen gewissen Ruf seiner mannigfachen derben Späße wegen, seiner netten oder üblen Scherze, und man konnte schlechterdings nicht von ihm sprechen, ohne sogleich hinzuzufügen: »Unbezahlbar ist er, dieser Loiseau!«

Er war klein von Gestalt, trug einen kugelrunden Schmerbauch zur Schau und darüber ein gerötetes Gesicht mit graumeliertem Backenbart.

Seine Frau, groß, starkknochig, resolut, mit lauter Stimme und schneller Entschlussfähigkeit, war die Ordnung und das Zahlenbewusstsein des Geschäftshauses, in das er mit seiner munteren Tatkraft Leben brachte.

Neben diesen beiden saß, als Vertreter einer höheren Gesellschaftsklasse mit desto größerer Würde, Monsieur Carré-Lamadon, eine Respektsperson, großes Tier in der Baumwoll-

* Unübersetzbares Wortspiel mit »l'oiseau vole«, der Vogel fliegt, und »Loiseau vole«, Loiseau stiehlt.

branche, Besitzer dreier Spinnereien, Offizier der Ehrenlegion und Mitglied des Generalrates. Unter dem Kaiserreich war er stets Führer der wohlwollenden Opposition geblieben, lediglich um sich seinen Übertritt zu der Sache, die er mit ritterlichen Waffen bekämpfte, wie er zu sagen pflegte, teuer bezahlen zu lassen. Madame Carré-Lamadon war weit jünger als ihr Gatte; sie bildete den Trost der Offiziere aus guter Familie, die in die Garnison Rouen versetzt wurden.

Sie saß ihrem Gatten gegenüber, sehr klein, sehr zierlich, sehr hübsch, in ihren Pelz gekuschelt, und überschaute mit wehleidigem Blick das jämmerliche Innere des Wagens.

Das folgende Paar, Graf und Gräfin Hubert de Bréville, trug einen der ältesten Adelsnamen der Normandie. Der Graf, ein bejahrter Edelmann von fabelhafter Haltung, versteifte sich darauf, durch Toilettenkünste seine natürliche Ähnlichkeit mit König Heinrich IV. hervorzuheben, der nach einer für die Familie ruhmvollen Legende eine Dame de Bréville geschwängert hatte; deren Gatte war um dieses Ereignisses willen Graf und Statthalter der Provinz geworden.

Graf Hubert war Monsieur Carré-Lamadons Kollege im Generalrat, und zwar war er der Abgeordnete der Orleanisten des Departements. Die Geschichte seiner Heirat mit der Tochter eines kleinen Reeders aus Nantes war stets ein Geheimnis geblieben. Da indes die Gräfin vornehm aussah, besser als irgendjemand zu empfangen verstand, ja sogar von einem Sohn Louis-Philippes geliebt worden sein sollte, lag ihr der gesamte Adel zu Füßen, und ihr Salon galt als der erste der Gegend, der einzige, in dem die alte Etikette gewahrt wurde, und in dem zugelassen zu werden mit Schwierigkeiten verknüpft war.

Das durchweg in Grundbesitz angelegte Vermögen der Brévilles warf, so hieß es, eine Rente von fünfhunderttausend Francs ab.

Diese sechs Leute nahmen den Rücksitz des Wagens ein, diejenige Seite also, welche den wohlsituierten, selbstzufriedenen, machtbewussten Gesellschaftsklassen zukam, Menschen mit dem Privileg der Ehrbarkeit, mit Religion und sittlichen Grundsätzen.

Ein seltsamer Zufall hatte es gefügt, dass alle Frauen auf derselben Bank saßen; die Gräfin hatte als Nachbarinnen zwei Nonnen erhalten, die lange Rosenkränze abhaspelten und dabei ihre Paternoster und Ave murmelten. Die eine war alt und hatte ein blatternarbiges Gesicht, das aussah, als hätte sie aus nächster Nähe eine Kartätschenladung mitten hineinbekommen. Die andere, sehr elend, trug einen hübschen, von Krankheit gezeichneten Kopf auf schwindsüchtiger Brust, die von verzehrendem, Märtyrer und Schwarmgeister schaffendem Glauben ausgehöhlt schien.

Den beiden Nonnen gegenüber saßen ein Mann und eine Frau, die die Blicke aller auf sich zogen.

Der Mann war der wohlbekannte Demokrat Cornudet, der Schrecken der guten Gesellschaft. Seit zwanzig Jahren ließ er seinen langen roten Bart in die Biergläser aller demokratischen Cafés hängen. Er hatte mit seinen Parteigenossen und Freunden ein recht beachtliches Vermögen durchgebracht, das ihm sein Vater, ein ehemaliger Zuckerbäcker, hinterlassen hatte, und wartete voller Ungeduld auf die Ausrufung der Republik, von der er ein mittels solcher ausgiebigen revolutionären Wirtshaustätigkeit verdientes Amt zu erlangen hoffte. Am vierten September hatte er, möglicherweise auf Grund eines schlechten Scherzes, allen Ernstes geglaubt, er sei zum Präfekten ernannt worden; als er jedoch seinen Amtspflichten nachgehen wollte, weigerten sich die Büroschreiber, nach wie vor die einzigen Gebieter der Stadt, ihn anzuerkennen, und das zwang ihn, den Rückzug anzutreten. Er war übrigens ein ausnehmend guter Kerl, harmlos und gefällig, und hatte sich mit unvergleichlichem Eifer der Organisation der Landesverteidigung gewidmet. Im Flachland hatte er Löcher graben, sämtliche jungen Bäume der nahen Wälder abhauen, alle Landstraßen mit Fallstricken spicken lassen; als dann aber der Feind heranrückte, hatte er, höchlich befriedigt über seine Vorbereitungen, sich schleunigst in die Stadt verzogen. Jetzt war er in dem Glauben, er würde in Le Havre besser am Platz sein, denn dort bedurfte man notwendigerweise neuer Schanzarbeiten.

Die Frau, eine jener, die man galant nennt, war berühmt ihres vorzeitigen Bäuchleins wegen, das ihr den Spitznamen ›Fettklößchen‹ eingetragen hatte. Sie war klein, überall rundlich, speckig, mit aufgequollenen, kurzgliedrigen Fingern, die wie Bündel kurzer Würstchen aussahen; mit glänzender, glatter Haut und einem ungeheuren Busen, der ihr Kleid spannte. Trotz alledem war sie appetitlich und hatte großen Zulauf, denn ihre Frische war vergnüglich anzusehen. Ihr Gesicht glich einem roten Apfel, einer Pfingstrosenknospe, die eben erblühen will; und oben taten sich zwei wundervolle schwarze Augen auf, umschattet von großen, dichten Wimpern, unten ein entzückender, winziger, feuchter Kussmund mit einer Klaviatur schimmernder, ganz kleiner Zähne. Überdies hatte sie, wie es hieß, eine Fülle unschätzbarer Eigenschaften.

Sobald sie erkannt wurde, begann ein Geflüster zwischen den anständigen Frauen, und Worte wie ›Dirne‹, ›öffentlicher Skandal‹ wurden so vernehmlich geflüstert, dass sie aufschaute. Sie blickte ihre Reisegefährten so fest und provozierend an, dass sogleich tiefstes Schweigen eintrat und alle die Augen niederschlugen, bis auf Loiseau, der sie ermunternd musterte.

Aber bald begannen die drei Damen aufs Neue zu plaudern; die Anwesenheit jenes Mädchens hatte sie mit einem Schlag zu Freundinnen gemacht. Sie mussten, so schien es ihnen, ihre Gattinnenwürde zu gemeinsamer Abwehr zusammentun gegenüber der schamlosen käuflichen Person; denn die gesetzlich geregelte Liebe schaut ihre freie Schwester stets über die Achsel an.

Auch die drei Herren, die sich als Konservative instinktiv gegen Cornudet verbündet hatten, fingen an, von Gelddingen zu reden, und zwar in einem gewissen Ton der Geringschätzung in Bezug auf die Armen. Graf Hubert sprach von dem Schaden, den er durch die Preußen erlitten hatte, den Verlusten, die ihm durch die Wegführung von Vieh und die Verwüstung von Ernten erwachsen würden, mit der Unbeirrbarkeit eines großen Herrn und zehnfachen Millionärs, den Einbußen dieser Art kaum ein Jahr lang kränken konnten. Monsieur Carré-Lamadon, der, wie die gesamte Baumwollindustrie, empfindlich heimgesucht worden war, hatte vorsorglich sechshunderttausend Francs nach England überweisen lassen, für den Notfall, wie er sich bei jeder Gelegenheit auszudrücken beliebte. Und Loiseau hatte ebenfalls das Ding zu drehen gewusst, indem er der französischen Intendantur den ganzen Vorrat an billigem Wein verkaufte, den er noch im Keller hatte, so dass der Staat ihm eine Riesensumme schuldig war, die er in Le Havre zu erheben gedachte.

Alle drei warfen einander geschwind freundschaftliche Blicke zu. Obgleich sie von unterschiedlicher sozialer Stellung waren, fühlten sie sich brüderlich vereint im Zeichen des Geldes, in der großen Freimaurerschaft der Besitzenden, denen das Gold in der Hosentasche klimpert.

Der Wagen kam so langsam vorwärts, dass man um zehn Uhr morgens noch keine vier Meilen zurückgelegt hatte. Die Herren stiegen dreimal aus und stapften zu Fuß einher, wenn es bergauf ging. Man begann leise unruhig zu werden, denn in Tôtes sollte es ein Mittagessen geben; und nun hatte man kaum noch Hoffnung, vor Nacht hinzukommen. Alle hielten Ausschau nach einer Chausseewirtschaft; da blieb die Postkutsche in einer Schneewehe stecken, und es dauerte zwei Stunden, bis sie wieder frei war.

Der Hunger wurde immer größer und drückte auf die Stimmung; aber nirgendwo zeigte sich eine Kneipe, ein Weinausschank – der preußische Vormarsch und der Durchzug der ausgehungerten französischen Truppen hatten das ganze Erwerbsleben lahmgelegt.

Die Herren liefen die Bauernhöfe am Straßenrande nach Nahrungsmitteln ab; aber sie vermochten nicht einmal Brot zu ergattern, denn der misstrauische Bauer hielt seine Vorräte verborgen, aus Furcht vor plündernden Soldaten, die, da sie nichts zu brechen und zu beißen hatten, mit Gewalt nahmen, was sie auftreiben konnten.

Gegen ein Uhr nachmittags verkündete Loiseau, dass er sich ganz entschieden hohl im Magen fühle. Seit geraumer Zeit schon litten alle gleich ihm; der heftige, immerfort sich verschärfende Essensdrang ließ die Gespräche verstummen.

Hin und wieder gähnte einer; fast unverzüglich folgte ein anderer diesem Beispiel; und jeder riss, wenn die Reihe an ihm war, den Mund auf, je nach Charakter, Lebensart und sozialer Stellung mit Wucht oder bescheiden, schnell die Hand vor die klaffende Öffnung haltend, aus der dampfender Atem kam.

Fettklößchen bückte sich ein paar Mal, als wolle sie etwas unter ihren Röcken hervorholen. Sie zögerte eine Sekunde, schaute auf ihre Nachbarn und rückte sich gelassen wieder zurecht. Aller Gesichter waren bleich und verzerrt. Loiseau versicherte, dass er für einen Lachsschinken tausend Francs zahlen würde. Seine Frau machte eine Bewegung, als wolle sie Protest einlegen; aber sie beruhigte sich schnell. Es war ihr eine Qual, von Geldverschwendung reden zu hören, und sie verstand es nicht, wenn nur gescherzt wurde. – »Also wirklich, ich fühle mich nicht recht wohl«, äußerte der Graf, »wie konnte ich auch nur vergessen, Proviant mitzunehmen?« – Und alle warfen sich das Gleiche vor.

Cornudet jedoch hatte ein Fläschchen Rum mit; er bot an; man dankte kühl. Einzig Loiseau trank ein paar Schlucke, und als er die Flasche zurückreichte, gab er seinem Dank mit den Worten Ausdruck: »Schließlich tut es doch gut, es macht warm und hilft über den Hunger weg.« – Der Alkohol machte ihn munter, und er schlug vor, man solle es doch so halten wie auf dem kleinen Schifflein im Volkslied: den feistesten Passagier schlachten. Diese indirekte Anspielung auf Fettklößchen verschnupfte die wohlerzogenen Herrschaften. Keiner gab eine Antwort; nur Cornudet lächelte in sich hinein. Die beiden Nonnen murmelten längst nicht mehr ihren Rosenkranz; sie hatten die Hände in ihre weiten Ärmel geschoben, saßen steif da, hielten hartnäckig die Blicke gesenkt und brachten offenbar dem Himmel die Leiden dar, die er ihnen auferlegt hatte.

Um drei Uhr endlich, als eine unermessliche Ebene durchfahren wurde, ohne dass auch nur ein einziges Dorf sichtbar gewesen wäre, beugte sich Fettklößchen rasch nieder und zog unter der Bank einen großen, mit weißer Serviette zugedeckten Henkelkorb hervor.

Zunächst kamen ein kleiner Steingutteller und ein hübscher, silberner Becher zum Vorschein, dann eine bauchige Terrine mit zwei tranchierten, im eigenen Gallert eingekochten Hühnchen; des Weiteren war in dem Korbe eine Fülle anderer, säuberlich eingewickelter Dinge zu bemerken, Pasteten, Früchte, Leckerwerk, Vorräte für eine dreitägige Reise, die der Besitzerin sämtliche Gasthausküchen entbehrlich machten. Vier Flaschenhälse schauten zwischen den Futterpaketen hervor. Sie langte sich einen Hühnerflügel und begann ihn zierlich mit einem jener Weißbrötchen zu verspeisen, die in der Normandie Regentenbrötchen genannt werden.

Aller Augen hingen an ihr. Dann verbreitete sich der Duft, so dass die Nasenflügel sich blähten und das Wasser im Mund zusammenlief, während die Kinnbacken unterhalb der Ohren krampfhaft schmerzten. Die Verachtung der Damen gegen diese Dirne wurde zu flammendem Hass; sie hatten nicht übel Lust, sie umzubringen oder zum Wagen hinauszuwerfen, in den Schnee, und den Becher und den Korb und die Fressalien hinterher.

Indessen verschlangen Loiseaus Augen die Hühnerterrine. Er sagte: »Donnerwetter, Madame, Sie sind vorsichtiger gewesen als wir. Manche Menschen sind so schlau, dass sie rein an alles denken.« – Sie blickte zu ihm hin: »Wollen Sie was ab, Monsieur? Es ist scheußlich, seit dem frühen Morgen mit nüchternem Magen dazusitzen.« – Er zog den Hut: »Wahrhaftig, aber gewiss doch, ich lange zu, ich kann einfach nicht mehr. Krieg ist Krieg, meinen Sie nicht auch, Madame?« – Er schaute von einem zum andern und sprach weiter: »In solch einer Situation freut es einen, wenn man auf zuvorkommende Menschen stößt.« – Er strich eine Zeitung glatt, um sich nicht die Hose schmutzig zu machen, spießte mit dem Taschenmesser, das er immer bei sich trug, ein Hühnerbein in Gelee auf, biss kräftig hinein und kaute dann mit so unzweideutiger Genugtuung, dass ein tiefer Verzweiflungsseufzer im Wagen aufschwoll.

Da fragte Fettklößchen demutsvoll und sanft die beiden Nonnen, ob sie nicht ebenfalls mitessen möchten. Sie bejahten augenblicklich, stotterten Dankesworte und begannen hastig zuzulangen, ohne den Blick zu erheben. Auch Cornudet verhielt sich gegenüber dem Anerbieten seiner Nachbarin keineswegs unzugänglich und verfertigte zusammen mit den Nonnen auf den Knien eine Art Tisch aus entfalteten Zeitungen.

Unablässig gingen die Münder auf und zu, schluckten, kauten, schlangen heftig. Loiseau in seiner Ecke leistete Schwerarbeit und flüsterte seiner Frau zu, sie solle doch mitmachen. Sie widerstand lange, aber als es ihr in den Eingeweiden zu zucken begann, gab sie nach. Mit wohlgesetzten Worten erkundigte sich der Herr Gemahl bei der liebenswürdigen Reisegefährtin, ob er seiner Frau ein Häppchen abgeben dürfe. Sie lächelte verbindlich: »Aber freilich!« und reichte die Terrine hin.

Verlegenheit entstand, als die erste Flasche Bordeaux entkorkt wurde; es war ja doch nur ein Becher da. Er wurde weitergereicht und einfach ausgewischt. Nur Cornudet, sicherlich aus Galanterie, trank an der Stelle, die noch feucht von den Lippen seiner Nachbarin war.

Nun aber litten Graf und Gräfin von Bréville und ebenso Monsieur und Madame Carré-Lamadon, lästig umfächelt vom Duft der Speisen, im wahrsten Sinne des Wortes Tantalusqualen. Plötzlich seufzte die junge Fabrikantengattin so tief, dass alle zu ihr hinsahen; sie war so bleich wie der Schnee draußen; ihre Augen schlossen sich, ihr Kopf fiel nach vorn; sie war ohnmächtig geworden. Der bestürzte Gatte flehte um Beistand. Alle waren ratlos und verwirrt; da stützte die ältere der beiden Nonnen den Kopf der Kranken, schob ihr Fettklößchens Becher zwischen die Lippen und flößte ihr ein paar Tropfen Wein ein. Die hübsche kleine Frau bewegte sich, schlug die Augen auf, lächelte und erklärte mit verlöschender Stimme, nun ginge es ihr schon wieder ganz gut. Aber damit so etwas nicht noch einmal vorkäme, zwang die Nonne sie, ein volles Glas Bordeaux auszutrinken, und dabei sagte sie: »Das ist der Hunger, weiter gar nichts.«

Fettklößchen sah der Reihe nach die vier Reisegenossen an, die noch nicht gegessen hatten, und stammelte puterrot und verlegen: »Ach Gott, wenn ich mir gestatten dürfte, den Herrschaften anzubieten ...« Sie stockte, da sie eine schroffe Zurechtweisung befürchtete. Loiseau erhob seine Stimme: »Zum Donnerwetter noch mal, in solch einer Situation sind alle Menschen Brüder und müssen sich helfen. Los, meine Damen, machen Sie keine Umstände und langen Sie zu, zum Teufel! Wissen wir denn überhaupt, ob wir ein Gasthaus zum Übernachten finden? Wenn wir so weiterzuckeln, sind wir morgen Mittag noch nicht in Tôtes!« – Sie zierten sich, denn keiner wollte die Verantwortung übernehmen, als Erster ja gesagt zu haben.

Da fand der Graf das erlösende Wort. Er wandte sich der schüchternen Dicken zu und sprach, jeder Zoll ein Edelmann: »Wir nehmen dankbar an, Madame.«

Aller Anfang ist schwer. Aber nachdem der Rubikon einmal überschritten war, gab es kein Halten mehr. Der Korb leerte sich. Es waren darin noch eine Gänseleberpastete, eine Lerchenpastete, ein Stück Räucherzunge, Crassaner Birnen, Pont-l'Evêque-Käse, Petits-Fours und ein Gefäß mit Pfeffergurken und Zwiebeln, denn wie alle Frauen war Fettklößchen wild auf scharfe Sachen.

Nun konnte man aber nicht gut die gesamten Vorräte dieses Mädchens aufessen, ohne sich mit ihm zu unterhalten. So begann man denn mit Fettklößchen zu plaudern, anfänglich ein wenig reserviert, dann jedoch, als sie sich recht gut benahm, immer freundlicher. Die Damen Bréville und Carré-Lamadon, die über große gesellschaftliche Fähigkeiten verfügten, legten Anmut und Zartgefühl an den Tag. Besonders die Gräfin entwickelte jene reizende Herablassung sehr distinguierter Damen, die ein Zufallsumgang nicht entwürdigen kann; sie war einfach charmant. Nur die stämmige Madame Loiseau mit ihrer Wachtmeisterseele blieb spröde, sprach wenig und aß desto mehr.

Selbstverständlich kam die Rede auf den Krieg. Fürchterliche Untaten der Preußen wurden aufgezählt, heldenhafte Leistungen der Franzosen; und alle diese sich schmählich drückenden Menschen priesen begeistert den Mut der andern. Sehr bald begann man persönliche Erlebnisse zu schildern, und Fettklößchen erzählte mit ungespielter Erregung, mit jener feurigen Lebendigkeit des Wortes, wie sie Dirnen bisweilen bei der Darstellung sie tief bewegender Geschehnisse eigen ist, warum sie Rouen den Rücken gekehrt habe. »Anfangs glaubte ich, ich könnte dableiben«, sagte sie, »mein Haus war mit Vorräten vollgepfropft, und ich hätte weiß Gott lieber ein paar Soldaten durchgefüttert, als so in die Fremde zu ziehen, ins Ungewisse. Aber als ich sie dann gesehen habe, diese Preußen, da war es zu viel für mich! Ich hätte vor Wut bersten mögen; den ganzen Tag lang habe ich vor Scham geweint. Oh – wenn ich ein Mann wäre! Ich hab sie mir vom Fenster aus angesehen, diese fetten Schweine mit ihren Pickelhauben, und mein Mädchen hat mir die Arme festhalten müssen, damit ich ihnen nicht meine Möbel auf den Buckel warf. Dann sind sie gekommen und wollten Quartier haben; da bin ich dem Ersten an die Gurgel gesprungen. Man kann ihnen ebenso leicht den Hals umdrehen wie andern Menschen auch. Und ich hätte ihn kaltgemacht, diesen Kerl, wenn mich die andern nicht an den Haaren zurückgezerrt hätten. Nach dieser Geschichte musste ich mich natürlich verstecken, und bei der ersten besten Gelegenheit bin ich abgereist, und da sitze ich nun.«

Man gratulierte ihr allerseits. Sie wuchs in der Achtung ihrer Reisegenossen, die sämtlich weniger kühn gewesen waren. Cornudet lächelte beim Zuhören ein billigendes, wohlwollendes Apostellächeln; so wie ein Priester lächelt, wenn er einen Gott preisenden Frommen vor sich hat, denn die Demokraten mit den langen Bärten haben den Patriotismus gepachtet wie die Soutanenmänner die Religion. Nun hub er seinerseits zu sprechen an, in doktrinärem Ton, mit einem Wortschwall, den er sich bei der Lektüre der tagtäglich an die Mauern geklebten Proklamationen angeeignet hatte; er schloss mit einer rednerischen Glanzpointe, indem er für ›diesen Schuft Napoleon, den Badinguet‹ allen Ernstes die Prügelstrafe in Vorschlag brachte.

Aber das ärgerte Fettklößchen, denn sie war Bonapartistin. Sie wurde röter als eine Kirsche und antwortete, vor Entrüstung stotternd: »Euch hätte ich an seiner Stelle sehen mögen, ihr Herren! Das wäre eine schöne Bescherung gewesen! Verraten habt ihr ihn, den Ärmsten! Da bliebe einem nichts, als Frankreichs Staub vom Schuh zu schütteln, wenn solches Pack wie ihr Demokraten regierte!« – Der unerschütterliche Cornudet lächelte verächtlich und überlegen, aber alle ahnten, dass nun eine fürchterliche Schimpferei losgehen würde; da legte sich der Graf ins Mittel und beschwichtigte nicht ohne Mühe das empörte Freudenmädchen, indem er autoritativ verkündete, jede aufrichtige Überzeugung sei ehrenhaft. Indessen fühlten sich die Gräfin und die Fabrikantengattin, in deren Seelen der unvernünftige Hass aller Leute von Stand gegen die Republik schwelte und die instinktive Neigung aller Frauen für despotisch-militaristische Regierungen glomm, zu dieser Prostituierten hingezogen, die so viel Würde hatte und deren Gesinnung der ihrigen so sehr ähnelte.

Der Korb war leer. Zu zehnt hatte man seinen Inhalt ohne Mühe bewältigt und lediglich bedauert, dass er nicht beträchtlicher gewesen war. Die Unterhaltung plätscherte noch eine Weile hin, wenngleich um ein paar Grade kühler, seit man mit Essen aufgehört hatte.

Die Nacht sank, die Dunkelheit wurde nach und nach immer tiefer, und Fettklößchen bibberte trotz ihres molligen Fettpolsters, denn während der Verdauung empfindet man die Kälte stärker. Da bot Madame de Bréville der Dicken ihren Fußwärmer an, dessen Kohlenfeuerung seit dem Morgen mehrfach erneuert worden war, und das Mädchen nahm ohne Weiteres an, denn es hatte eiskalte Füße. Die Damen Carré-Lamadon und Loiseau überließen ihre Öfchen den Nonnen.

Der Kutscher hatte die Laternen angezündet. Sie beleuchteten scharf den wolkigen Dunst über den schwitzenden Kruppen der Stangenpferde sowie den Schnee an beiden Wegseiten, der unter den gleitenden Lichtreflexen dahinzurollen schien.

Im Wagen war nichts mehr zu unterscheiden; aber plötzlich entstand zwischen Fettklößchen und Cornudet eine Bewegung; und Loiseau, der im Dunkel einigermaßen zu sehen vermochte, glaubte zu bemerken, dass der langbärtige Mann mit einem Ruck zur Seite flog, als hätte er heimlich einen mächtigen Rippenstoß bekommen.

Winzige feurige Punkte glitzerten vorn an der Straße auf. Es war Tôtes. Elf Stunden Fahrt hatte man hinter sich, und mit den beiden Ruhestunden, die man in vier Stationen den

Pferden gegönnt hatte, damit sie fressen und verschnaufen konnten, waren es dreizehn. Sie fuhren in den Ort ein und hielten vor dem ›Hôtel du Commerce‹.

Der Wagenschlag wurde geöffnet! Ein wohlbekanntes Geräusch ließ alle Passagiere erbeben: das Klirren einer Säbelscheide auf dem Straßenpflaster. Und dann rief die Stimme eines Deutschen irgendetwas.

Obwohl die Kutsche hielt, stieg keiner aus, als ob sie Angst hätten, beim Herunterklettern abgemurkst zu werden. Da erschien der Kutscher; er hielt eine der Wagenlaternen in der Hand und beleuchtete damit brüsk das Innere des Wagens und die beiden Reihen bestürzter Gesichter mit den aufgesperrten Mäulern und den vor Überraschung und Entsetzen starrenden Augen.

Neben dem Kutscher stand im vollen Licht ein deutscher Offizier, ein hochgewachsener, übertrieben schmaler und blonder junger Mensch, der in seine Uniform eingezwängt war wie ein Mädchen in sein Korsett; er trug eine schiefgerückte flache Mütze mit Lacklederschirm, so dass er wie der Boy eines englischen Hotels aussah. Sein unglaublich langer Schnurrbart stand horizontal und wurde nach beiden Seiten immer dünner, bis er schließlich in ein einziges blondes Haar auslief, so spitz, dass man das Ende nicht sehen konnte; der Bart schien auf den Mundwinkeln zu lasten; er zog die Wangen herab und presste in die Lippen eine senkrechte Falte. Der Offizier forderte die Reisenden in einem elsässisch gefärbten Französisch zum Verlassen des Wagens auf, indem er trocken sagte: »Bitte steigen Sie aus, meine Damen und Herren!«

Zuerst gehorchten die beiden Nonnen, mit der Bereitwilligkeit an jegliche Unterwerfung gewöhnter Klosterfrauen. Dann erschienen Graf und Gräfin, nach ihnen der Fabrikant und seine Frau, dann Loiseau, der seine robuste Ehehälfte vor sich her drängte. Als er den Fuß auf den Boden setzte, sagte er zu dem Offizier: »Guten Abend!« – sicherlich mehr aus Klugheit denn aus Höflichkeit. Der Preuße, insolent wie alle Mächtigen, blickte ihn an und antwortete nicht.

Fettklößchen und Cornudet stiegen zuletzt aus, obwohl sie nahe an der Wagentür saßen; sie verhielten sich dem Feind gegenüber ernst und selbstbewusst. Die Dicke war bemüht, sich zu beherrschen und zur Ruhe zu zwingen; der Demokrat fuhr mit tragischer und etwas zittriger Geste in seinen langen roten Bart. Sie wollten die Würde wahren, denn sie überlegten sich, dass bei solcherlei Zusammentreffen jeder ein wenig sein Vaterland repräsentiert; und in gemeinsamer Auflehnung gegen die Fügsamkeit ihrer Reisegefährten versuchte Fettklößchen, stolzer zu erscheinen als ihre Nachbarinnen, die tugendsamen Frauen, während Cornudet, der sehr wohl empfand, dass es eines Beispiels bedurfte, in seiner ganzen Haltung jenen passiven Widerstand zum Ausdruck brachte, den er mittels der Zerstörung der Landstraßen propagiert hatte.

Alle gingen in die geräumige Küche des Gasthauses, und der Deutsche ließ sich die vom Generalkommando ausgefertigte Reisebewilligung vorweisen, auf der Namen, Personenbeschreibung und Beruf jedes der Passagiere angeführt waren, musterte alle der Reihe nach eine ganze Weile und verglich sie mit den schriftlich fixierten Kennzeichen.

Dann sagte er kurz: »In Ordnung!« und ging fort.

Alle atmeten auf. Sie hatten noch Hunger, und so wurde das Abendessen bestellt. In einer halben Stunde sollte es fertig sein, und während zwei Mägde so taten, als kümmerten sie sich darum, nahm die Gesellschaft die Schlafzimmer in Augenschein. Sie waren sämtlich an einem langen Korridor gelegen, den eine Tür abschloss, auf deren Milchglasscheibe ein vielsagendes Zahlenpaar gemalt war.

Als man schließlich zu Tisch gehen wollte, kam der Wirt in eigener Person. Er war früher einmal Pferdehändler gewesen; ein beleibter Asthmatiker, in seinem Kehlkopf pfiff und röchelte es unaufhörlich und sang verschleimt. Sein Vater hatte ihm den Namen Follenvie hinterlassen.

Er fragte: »Mademoiselle Elisabeth Rousset?«

Fettklößchen durchrann ein Schauer; sie wandte sich dem Wirt zu: »Ja?«

»Mademoiselle, der preußische Offizier will Sie gleich sprechen.«

»Mich?«

»Ja, wenn Sie wirklich Mademoiselle Elisabeth Rousset sind.«

Sie war verwirrt, dachte einen Augenblick nach und erklärte dann rundheraus: »Schon möglich, dass er mich sprechen will; aber hingehen werde ich nicht.«

Eine Bewegung entstand um sie; alle redeten durcheinander, alle versuchten die Ursache dieses dienstlichen Befehls zu ergründen. Der Graf trat zu ihr: »Madame, daran tun Sie Unrecht, denn Ihre Weigerung kann beträchtliche Folgen nach sich ziehen, nicht nur für Sie selbst, sondern zugleich für alle Ihre Reisegenossen. Niemals darf man sich dem Stärkeren widersetzen. Ganz bestimmt laufen Sie dabei keinerlei Gefahr; sicherlich handelt es sich um irgendeine vergessene Formalität.«

Alle pflichteten ihm bei; sie baten Fettklößchen, sie drängten, sie beschworen die Dicke, und endlich ließ sie sich überzeugen; alle befürchteten nämlich Komplikationen, die sich aus einer Unbesonnenheit ergeben könnten. Fettklößchen sagte: »Ich tue es nur Ihnen zuliebe, ganz bestimmt!«

Die Gräfin drückte ihr die Hand: »Und wir sind Ihnen dafür dankbar.«

Fettklößchen ging hinaus. Man wartete auf sie mit dem Essen.

Jeder Einzelne bedauerte insgeheim, dass nicht er an Stelle des aufgebrachten, heißblütigen Mädchens gerufen worden war, und legte sich im Geiste ein paar platte Redensarten zurecht, für den Fall, dass die Reihe doch noch an ihn käme.

Nach zehn Minuten erschien Fettklößchen wieder auf der Bildfläche, schnaufend, zum Platzen rot, außer sich vor Wut. Sie stammelte: »So eine Canaille! So eine Canaille!«

Alle umdrängten sie, um etwas zu erfahren, aber es war nichts aus ihr herauszubekommen; und als der Graf in sie drang, sagte sie würdevoll: »Nein, das geht Sie nichts an; ich kann es nicht sagen.«

So wurde denn rings um eine große Suppenschüssel Platz genommen, aus der Kohldunst wehte. Trotz dieses Zwischenfalles verlief die Mahlzeit heiter. Der Apfelwein war trefflich; das Ehepaar Loiseau und die Nonnen tranken welchen, aus Sparsamkeit. Die andern bestellten Wein, Cornudet Bier. Er verstand es auf ganz besondere Weise, die Flasche zu entkorken und die Flüssigkeit hervorschäumen zu lassen; dann neigte er das Glas und hob es langsam gegen die Lampe, um die Farbe zu prüfen. Wenn er trank, wackelte sein großer Bart, der rötlich war wie sein Leibgetränk, vor Rührung; er schielte, um seinen Schoppen ja nicht aus den Augen zu lassen; er sah aus, als erfüllte er die einzige Pflicht, für die er geboren war. Man konnte meinen, dass sich in seinem Geiste eine Annäherung, eine Verschmelzung vollzogen habe zwischen seinen beiden großen Lebensleidenschaften: dem Ale-Bier und der Revolution; sicherlich vermochte er nicht, sich am einen zu erlaben, ohne an das andere zu denken.

Follenvie und Frau aßen unten am Tisch. Der Mann keuchte wie eine defekte Lokomotive und hatte viel zu viel Luft in der Brust, um beim Essen reden zu können; aber die Frau hielt nicht einen Augenblick den Mund. Sie schwatzte alle ihre Erlebnisse beim Anmarsch der Preußen heraus, was die Feinde jetzt trieben, was sie sagten, und dann wünschte sie sie zum Teufel, erstens, weil die Okkupation mit Kosten verknüpft war, und zweitens, weil ihre beiden Söhne bei der Armee standen. Sie redete immerfort auf die Gräfin ein, selig, dass sie mit einer großen Dame sprechen durfte.

Dann senkte sie die Stimme, um heikle Dinge aufs Tapet

zu bringen, und von Zeit zu Zeit fiel ihr der Mann ins Wort: »Willst du nicht lieber den Mund halten, Madame Follenvie?« Aber dem schenkte sie keinerlei Beachtung, sondern salbaderte weiter: »Ja, Frau Gräfin, diese Preußen, das tut nichts als Kartoffeln und Schweinefleisch essen und dann Schweinefleisch und Kartoffeln. Und Sie müssen nicht etwa glauben, dass sie reinlich sind. O nein! Überall machen sie was hin, mit Verlaub zu sagen. Und dann müssten Sie mal sehen, wie sie stundenlang und tagelang exerzieren; dann gehen sie auf ein Feld, und dann Vorwärtsmarsch und Rückwärtsmarsch und so rum und so rum. Wenn sie wenigstens Feldarbeit täten und daheim die Landstraßen in Ordnung hielten! Nein, Frau Gräfin, dieser Militarismus, da kommt nichts bei raus! Das arme Volk muss die Soldaten ernähren, und dann lernen sie nichts als Mord und Totschlag! Ich bin bloß eine einfache alte Frau, bin ich bloß, aber wenn ich mit ansehen muss, wie sie sich kaputt machen und von morgens früh bis abends spät herumhampeln, dann sag ich mir: Wo es nun doch so viele Menschen gibt, die nützliche Erfindungen machen, muss es da gleich wieder andere geben, die ganz wild darauf sind, Schaden zu stiften? Wahrhaftig, ist es etwa nicht abscheulich, Menschen tot zu machen, ganz gleich, ob sie nun Preußen oder Engländer oder Polen oder Franzosen sind? Wenn man sich an einem rächt, der einem was getan hat, dann ist es ein Verbrechen und dann wird man verurteilt. Aber wenn unsere Jungens niedergeknallt werden wie Hasen, dann ist es eine feine Sache, und wer die meisten abschießt, bekommt einen Orden! Nein, sehen Sie, das begreif ich niemals!«

Cornudet hob die Stimme: »Der Krieg ist etwas Barbarisches, wenn ein friedlicher Nachbar überfallen wird; er ist eine heilige Pflicht, wenn es die Verteidigung des Vaterlandes gilt.«

Die alte Frau ließ den Kopf hängen: »Ja, Verteidigung; das ist etwas anderes; aber sollte man nicht alle Könige um die Ecke bringen, die aus purem Vergnügen Krieg machen?«

Cornudets Augen leuchteten auf: »Bravo, Bürgerin!«, sagte er.

Monsieur Carré-Lamadon versank in tiefes Nachsinnen. Obwohl er fanatischer Verehrer der großen Heerführer war, brachte ihn der gesunde Menschenverstand dieser Bauersfrau dahin, sich zu überlegen, welch einen Reichtum so viele unbeschäftigte und deshalb schädliche Arme, so viele brachliegende Kräfte dem Staate zuführen könnten, wenn man sie zu großen industriellen Arbeiten verwendete, deren Vollendung ganze Jahrhunderte erfordern würde.

Loiseau jedoch stand auf, setzte sich neben den Wirt und begann, sich mit ihm im Flüstertone zu unterhalten. Der dicke Mann lachte, hustete, spuckte; sein enormer Fettwanst wackelte vor Vergnügen bei den Späßen seines Nachbarn, und er bestellte sechs Fässchen Bordeaux, für das Frühjahr, wenn die Preußen abgerückt sein würden.

Kaum war das Essen beendet, gingen alle schlafen, denn sie waren gerädert vor Müdigkeit.

Aber Loiseau, der scharf Umschau gehalten hatte, ließ seine Frau ins Bett schlüpfen und hielt dann abwechselnd sein Ohr und sein Auge an das Schlüsselloch, um zu belauschen, was er ›die Geheimnisse des Korridors‹ zu nennen beliebte.

Ungefähr nach einer Stunde hörte er ein Rascheln, spähte schnell hinaus und erblickte Fettklößchen, die in ihrem mit weißen Spitzen besetzten blauen Kaschmirnachtgewand noch rundlicher aussah. Sie trug in der Hand einen Leuchter und lenkte ihre Schritte auf die Tür mit der großen Nummer am Ende des Korridors. Da tat sich seitlich ein Türspalt auf, und als sie nach ein paar Minuten den Rückweg antrat, folgte Cornudet ihren Spuren, in Hosenträgern. Sie redeten leise hin und her, dann blieben sie stehen. Fettklößchen schien energisch ihre Zimmertür zu verteidigen. Unglücklicherweise verstand Loiseau kein Wort, nur gegen Schluss, als die beiden lauter wurden, erhaschte er einiges. Cornudet ließ nicht locker. Er sagte: »Na, hören Sie mal, Sie sind blöd, was macht Ihnen denn das aus?«

Sie schnitt ein gekränktes Gesicht und antwortete: »Nein, mein Lieber, es gibt eben Momente, wo so etwas nicht geht; und übrigens, hier – das wäre einfach schändlich.«

Er sah das offensichtlich nicht ein und fragte, wieso. Da wurde sie böse und fuhr ihn an: »Wieso? Sie können nicht verstehen, wieso? Wo doch Preußen im Hause sind und vielleicht sogar im Nebenzimmer!«

Er verstummte. Diese patriotische Schamhaftigkeit einer Dirne, die sich, wenn der Feind nahe war, nicht liebhaben ließ, musste in seinem Herzen die schon ins Schwanken geratene Würde gefestigt haben; er gab der Dicken einfach einen Kuss und schlich dann wie auf Katzenpfötchen in sein Zimmer zurück.

Der einigermaßen angeregte Loiseau richtete sich vom Schlüsselloch auf, tat einen Tanzschritt durchs Zimmer, band sein Madrashalstuch um, lüpfte die Decke, unter der das dürre Klappergestell von Ehegespons lag, weckte die Teure mit einem Kuss und wisperte ihr ins Ohr: »Hast du mich lieb, Schatz?«

Dann wurde es still im ganzen Hause. Aber alsbald erhob sich irgendwo, durchaus im Ungewissen, es konnte ebenso gut im Keller sein wie auf dem Dachboden, ein machtvolles, monotones, gleichmäßiges Schnarchen, ein dumpfes, gedehntes Geräusch, vibrierend wie ein Dampfkessel unter Hochdruck. Follenvie schlief.

Es war verabredet worden, am folgenden Tage morgens um acht weiterzufahren, und so fanden sich denn alle in der Küche ein; jedoch der Wagen, der ein Schneedach bekommen hatte, stand einsam mitten im Hofe, ohne Pferde und ohne Kutscher. Der Letztere wurde umsonst in den Ställen, den Futterkammern, den Remisen gesucht. Da beschlossen die Herren, draußen nach ihm Ausschau zu halten, und sie traten vor die Tür. Sie befanden sich auf dem Markt; hinten lag die Kirche, zu beiden Seiten standen niedrige Häuser, in denen preußische Soldaten zu sehen waren. Der erste, den die Reisegesellschaft erblickte, schälte Kartoffeln. Der zweite, ein paar Schritte weiter, schrubbte einen Friseurladen. Ein anderer, mit einem Bart bis zu den Augen, küsste ein brüllendes Balg und wiegte es auf den Knien, um es zu beruhigen; und die dicken Bäuerinnen, deren Männer ›im Felde‹ waren, diktierten den gehorsamen Siegern mit Hilfe der Zeichensprache die Arbeit zu, die getan werden musste: Holz hacken, Suppe rühren, Kaffee mahlen; einer wusch sogar seiner Quartiermutter, einer entkräfteten Greisin, die Wäsche.

Der verwunderte Graf fragte den Küster, der gerade aus dem Pfarrhaus kam. Der alte Kirchendiener antwortete: »Oh, die hier sind nicht bösartig; sie sollen übrigens gar keine Preußen sein. Sie sind von noch weiter her; woher eigentlich, weiß ich nicht so recht; und alle haben Frau und Kinder daheim lassen müssen; denen macht der Krieg keinen Spaß, weiß Gott nicht! Ganz sicher weint man auch in Deutschland den Männern nach; da drüben ist genau dasselbe scheußliche Elend wie bei uns. Hier im Ort ist es für den Augenblick gar nicht einmal so fürchterlich schlimm, weil sie sich nichts zuschulden kommen lassen und arbeiten, als wären sie daheim. Sehen Sie, Monsieur, arme Leute müssen schon einander helfen … Schuld am Krieg haben die Großen.«

Cornudet verdross das herzliche Einvernehmen zwischen Siegern und Besiegten; er trottete davon und sagte, er wolle sich lieber im Gasthof aufhalten. Loiseau machte einen Witz: »Sie sind am Wiederbevölkern.« Monsieur Carré-Lamadon sagte ernst: »Sie sind am Wiedergutmachen.« Aber den Kutscher fand man nicht. Schließlich stöberten sie ihn im Café des Ortes auf; brüderlich saß er mit dem Burschen des Offiziers an einem Tisch. Der Graf stellte ihn zur Rede: »War Ihnen nicht befohlen worden, um acht Uhr anzuspannen?«

»O ja, das schon; aber nachher kam der Gegenbefehl.«
»Welcher?«
»Überhaupt nicht anzuspannen.«
»Wer hat Ihnen denn das befohlen?«
»Na, der preußische Ortskommandant natürlich!«
»Warum?«
»Ich weiß von nichts. Da müssen Sie schon selber nachfragen. Ich soll nun mal nicht anspannen, und da spanne ich eben nicht an. Voilà.«
»Hat er Ihnen das persönlich gesagt?«
»Nein, aber der Wirt, der hat mir den Befehl von ihm überbracht.«
»Wann war das?«
»Gestern Abend, als ich gerade ins Bett wollte.«
Die drei Herren machten sich äußerst beunruhigt auf den Rückweg.
Sie verlangten Follenvie zu sprechen, aber die Magd setzte ihnen auseinander, der Wirt stehe seines Asthmas wegen niemals vor zehn Uhr auf. Er habe sogar streng verboten, ihn früher zu wecken, außer, wenn es brenne.
Sie wollten sich bei dem Offizier melden lassen, aber das war unmöglich, obwohl er im Gasthaus logierte. Einzig Follenvie hatte die Erlaubnis, in Gemeindesachen mit ihm zu unterhandeln. So hieß es denn also warten. Die Damen gingen wieder hinauf in ihre Zimmer und verplemperten die Zeit.
Cornudet ließ sich an dem hohen Küchenkamin häuslich nieder, in dem ein mächtiges Feuer flammte. Er ließ sich einen der kleinen Tische aus der Gaststube bringen, des Weiteren einen Schoppen Bier, dann zückte er seine Pfeife, die bei den Demokraten fast die gleiche Achtung wie er selber genoss, wie wenn sie dem Vaterland gedient hätte, indem sie Cornudet diente. Es war eine prachtvolle, wunderbar angerauchte Meerschaumpfeife, genauso schwarz wie die Zähne ihres Besitzers, nur wohlriechender, schön geschwungen,

glänzend, seiner Hand vertraut, notwendige Ergänzung seines Gesichts. Und da saß er dann regungslos und starrte bald in die Flammen, bald auf die Blume, deren Schaum seinen Schoppen krönte; und jedes Mal, wenn er getrunken hatte, fuhr er selbstzufrieden mit seinen langen, magern Fingern durch sein langes, fettiges Haar, derweil er seinen vom Nass triefenden Schnurrbart ausschlürfte.

Loiseau ging unter dem Vorwand, er wolle sich die Beine vertreten, in die Schankstätten der Umgegend und brachte seine Weine an den Mann. Der Graf und der Fabrikant begannen ein politisches Gespräch. Sie orakelten über Frankreichs Zukunft. Der eine glaubte fest an die Orleans, der andere an einen unbekannten Retter, einen Helden, der erstehen werde, wenn alles am Verzweifeln sei: einen Du Guesclin, eine Jeanne d'Arc wohl gar oder einen neuen Napoleon I. Ach, wenn der kaiserliche Prinz doch älter wäre! Der zuhörende Cornudet lächelte, wie ein des Schicksals Kundiger. Sein Pfeifenrauch duftete durch die ganze Küche.

Als es zehn schlug, erschien Follenvie. Man überhäufte ihn sogleich mit Fragen; aber er vermochte lediglich zweioder dreimal diese Worte zu wiederholen, und zwar ohne Variante: »Der Offizier hat mir gesagt: ›Monsieur Follenvie‹, hat er gesagt, ›Sie werden dafür sorgen, dass morgen der Wagen jener Reisegesellschaft nicht angespannt wird. Ich bestimme, dass die Leute ohne meinen ausdrücklichen Befehl nicht abreisen. Kapiert? Abtreten.‹ «

Nun wollten sie den Offizier aufsuchen. Der Graf sandte ihm seine Karte, auf die Monsieur Carré-Lamadon seinen Namen und seine sämtlichen Titel geschrieben hatte. Der Preuße ließ antworten, dass er den beiden Männern gestatte, ihn zu sprechen, wenn er gegessen habe, so etwa gegen ein Uhr also.

Die Damen kamen herunter, und trotz aller Unruhe aß man ein wenig. Fettklößchen sah krank und außerordentlich verstört aus.

Gerade als der Kaffee gereicht wurde, kam der Bursche und holte die Herren.

Loiseau schloss sich ihnen an; doch als sie versuchten, Cornudet mitzuziehen, um den Protest noch feierlicher zu gestalten, erklärte der Demokrat stolz, dass er unter keinen Umständen in irgendwelche Beziehungen zu den Deutschen zu treten gewillt sei; dann setzte er sich wieder an seinen Kamin und bestellte einen neuen Schoppen.

Die drei Herren gingen hinauf und wurden in das schönste Zimmer des Gasthofes geleitet, wo sie der Offizier empfing; er lag ausgestreckt in einem Sessel, die Füße auf dem Kamin, rauchte eine lange Pfeife mit Porzellankopf und war mit einem flammend bunten Schlafrock bekleidet, der sicherlich aus der verlassenen Wohnung eines Bürgers mit schlechtem Geschmack stammte. Er erhob sich nicht, grüßte nicht, schenkte ihnen keinen Blick. Er war ein Musterbeispiel jener Ungezogenheit, wie sie für siegreiche Militärs charakteristisch ist.

Schließlich, nach einer Weile, fragte er: »Was wollen Sie?«

Der Graf nahm das Wort: »Wir möchten abreisen.«

»Nein.«

»Dürfte ich nach der Ursache des Verbotes fragen?«

»Weil ich nicht will.«

»Ich bitte Sie höflichst, doch zu bedenken, dass Ihr Kommandierender General uns eine Reiseerlaubnis nach Dieppe hat ausfertigen lassen; meines Wissens haben wir nichts begangen, was Ihr Verbot rechtfertigte.«

»Ich will nicht ... Schluss ... Sie können gehen.«

Alle drei machten eine Verbeugung und zogen sich zurück.

Während des Nachmittags war die Stimmung kläglich. Keiner vermochte sich den Starrsinn des Deutschen zu erklären, und die merkwürdigsten Gedanken setzten die Köpfe in Verwirrung. Sie blieben alle in der Küche, redeten endlos hin und her und stellten die unmöglichsten Mutmaßungen an. Vielleicht sollten sie als Geiseln zurückgehalten werden – aber zu welchem Zwecke? Oder waren sie nun Gefangene? Oder hatte man es auf ein hohes Lösegeld abgesehen? Bei dieser Erwägung brach eine Panik aus. Wer am reichsten war, hatte am meisten Angst, weil er sich schon gezwungen sah, ganze Säcke voll Gold diesem unverschämten Soldaten in den Rachen zu schütten, um das nackte Leben zu erkaufen. Sie zermarterten sich das Gehirn mit der Erfindung halbwegs glaubhafter Lügen, um ihr Vermögen zu vertuschen und als arm, als sehr arm zu gelten. Loiseau nestelte sich die Uhrkette ab und steckte sie in die Tasche. Mit der hereinbrechenden Nacht wurde die Furcht noch größer. Die Lampe wurde angezündet, und da es noch zwei Stunden bis zum Essen waren, regte Madame Loiseau eine Partie Trente-et-un an. Das bringe auf andere Gedanken. Alle waren einverstanden. Sogar Cornudet ließ höflich seine Pfeife ausgehen und machte mit.

Der Graf mischte – gab – Fettklößchen gewann gleich das erste Spiel; und bald beschwichtigte das Interesse an der Partie die furchtgepeinigten Gemüter. Aber Cornudet sah ganz deutlich, dass das Ehepaar Loiseau gemeinsam mogelte.

Als zu Tisch gegangen wurde, kam, wie am Vortage, Follenvie und fragte nachdrücklich mit seiner verschleimten Stimme: »Der preußische Offizier will wissen, ob Mademoiselle Elisabeth Rousset sich noch immer nicht eines Besseren besonnen hat.«

Fettklößchen stand bleich und starr; dann wurde sie plötzlich krebsrot; ein so heftiger Wutanfall packte sie, dass sie nicht zu sprechen vermochte. Schließlich brach es heraus: »Sagen Sie diesem Wüstling, diesem Schweinehund, diesem Aas von Preußen, dass ich niemals will, hören Sie, niemals, niemals, niemals.«

Der dicke Wirt trollte sich. Fettklößchen wurde umringt, mit Fragen überschüttet, von allen flehentlich gebeten, das Geheimnis ihres Besuchs zu lüften. Anfangs sträubte sie sich; aber nach kurzer Zeit riss die Empörung sie hin: »Was er will? ... Was er will? ... Schlafen will er mit mir!«, schrie sie. Niemand nahm Anstoß an dem Wort, so groß war die Entrüstung. Cornudet zerschmetterte sein Glas auf der Tischplatte. Allgemeiner Abscheu machte sich Luft gegen diesen ordinären Söldner, eine Sturmflut von Wut, einträchtiger Trotz wider ihn erhob sich, als wenn jeder an dem von Fettklößchen verlangten Opfer beteiligt gewesen wäre. Der Graf erklärte angeekelt, jene Menschen führten sich tatsächlich auf wie ehemals die Barbaren. Namentlich die Frauen bezeigten Fettklößchen ein energisches und zärtliches Mitgefühl. Die beiden Nonnen, die immer nur zu den Mahlzeiten herunterkamen, hielten die Köpfe gesenkt und sagten gar nichts.

Trotz alledem wurde zu Tisch gegangen, als die erste Wut verraucht war; allein das Mahl verlief schweigsam: alle überlegten.

Die Damen zogen sich zeitig zurück; die Herren rauchten und rückten zu einer Partie Écarté zusammen, zu der auch Follenvie aufgefordert wurde; man wollte ihn nämlich geschickt aushorchen, wie die Hartnäckigkeit des Offiziers zu erweichen sei. Aber Follenvie kümmerte sich einzig um seine Karten, hörte weder zu noch antwortete, sondern fragte nur immer: »Wer gibt? Wer gibt?« Das Spiel nahm ihn so gefangen, dass er darüber auszuspeien vergaß, so dass es in seiner Brust bisweilen zu einer Fermate kam. Seine Lungen pfiffen die ganze Tonleiter des Asthmas, von den dumpfen tiefen Tönen bis zu dem hellen Krächzen junger Hähne, die Gesangsübungen machen.

Sogar als seine Frau, die vor Müdigkeit fast umfiel, ihn holen wollte, weigerte er sich, mit hinaufzukommen. So zog sie denn allein ab, denn sie war eine Frühaufsteherin und stets mit der Sonne auf den Beinen, ihr Mann indessen blieb gern lange auf und saß die halbe Nacht bei seinen Freunden. Er rief ihr zu: »Vergiss nicht, meine Eiermilch ans Feuer zu stellen!« und spielte weiter. Als die Herren sahen, dass aus ihm nichts herauszuholen sei, erklärten sie, es sei spät geworden, und alle gingen zu Bett.

Am folgenden Tag stand man ziemlich früh auf, in einer unbestimmten Hoffnung, einem gesteigerten Verlangen, abzureisen, einem Schauder vor jedem weiteren Tag, den es in dieser widerlichen kleinen Herberge zu verbringen galt.

Ach, die Pferde blieben im Stall, der Kutscher ließ sich nicht blicken. Aus Mangel an Beschäftigung spazierten sie alle rund um den Wagen herum.

Das Mittagessen verlief recht traurig; es ließ sich ein Erkalten der Gefühle gegenüber Fettklößchen feststellen; denn nachdem man die Geschichte eine Nacht beschlafen hatte, nahmen sich die Dinge ein wenig anders aus. Jetzt grollte man der Dicken beinahe, dass sie sich nicht herbeigelassen hatte, den Preußen heimlich zu besuchen, um ihren Reisegefährten beim Erwachen eine freudige Überraschung zu bereiten. Es wäre doch so einfach gewesen! Und wer hätte dann etwas davon erfahren? Sie hätte ja die Würde wahren können, indem sie dem Offizier sagte, dass sie es aus Mitleid für die Not der andern tue. So einer kam es doch gewiss nicht darauf an!

Aber solche Erwägungen behielt jeder noch für sich.

Nachmittags, als alle sich zum Sterben langweilten, schlug der Graf einen Spaziergang in die Umgebung des Dorfes vor. Jeder wickelte sich sorgsam ein, und die kleine Gesellschaft marschierte los, bis auf Cornudet, der lieber am Kamin hockte, und die beiden Nonnen, die den ganzen Tag über in der Kirche oder beim Pfarrer saßen.

Der Frost, der von Tag zu Tag grimmiger wurde, zwickte grausam Nasen und Ohren; die Füße taten so weh, dass jeder Schritt eine Qual war; und als sich das flache Land ihren Blicken bot, kam es ihnen in seiner grenzenlosen Weiße so erschreckend trostlos vor, dass sie stracks umkehrten, eisigen Gemütes und schweren Herzens.

Die vier Damen gingen voran, in einigem Abstand folgten

die drei Herren. Loiseau, der durchaus Herr der Lage war, fragte unvermittelt, wie lange ›das Mensch‹ sie nun eigentlich noch in diesem unmöglichen Nest festhalten würde. Der Graf, der in jeder Lebenslage ein feiner Mann war, meinte, man dürfe von einer Frau ein so peinliches Opfer nicht fordern; sie müsse es von sich aus bringen. Monsieur Carré-Lamadon äußerte, wenn die Franzosen, wie das Gerücht umging, eine Gegenoffensive über Dieppe unternähmen, müsse die Entscheidungsschlacht notwendigerweise bei Tôtes stattfinden. Diese Überlegung machte auch die beiden andern besorgt. »Einfach zu Fuß auskneifen!«, sagte Loiseau. Der Graf zuckte die Achseln: »Ist das Ihr Ernst, bei diesem Schnee, mit unsern Damen? Und überdies würden wir sogleich verfolgt werden, in zehn Minuten gefasst, als Gefangene zurückgebracht und dann der Gnade der Soldaten preisgegeben sein.« Das stimmte; man schwieg.

Die Damen sprachen über die Mode; aber irgendeine Hemmung schien sie uneins zu machen.

Urplötzlich erschien am Ende der Straße der Offizier. Vor dem Schnee, der sich bis zum Horizont erstreckte, hob sich seine uniformierte Wespenschlankheit ab; er marschierte mit gespreizten Knien, der allen Militärs eigentümlichen Haltung, die streng darauf achten müssen, dass ihre sorgsam gewichsten Stiefel keine Schmutzspritzer bekommen.

Er verbeugte sich, als er an den Damen vorüberging, und maß die Herren verächtlichen Blickes; sie hatten übrigens so viel Ehrgefühl, nicht die Hüte zu ziehen, obwohl Loiseaus Hand bedenklich nach der Kopfbedeckung zuckte.

Fettklößchen wurde rot bis über beide Ohren, und die drei verheirateten Frauen schämten sich schrecklich, dass der Soldat sie in der Gesellschaft dieser Dirne treffen musste, die er so rücksichtslos behandelt hatte.

Und dann wurde von ihm gesprochen, von seinem Wuchs, seinem Gesicht. Madame Carré-Lamadon, die viele Offiziere kannte und sachverständig zu urteilen vermochte, fand, er sei gar nicht ohne; sie bedauerte sogar, dass er kein Franzose sei, denn er hätte sicher einen schmucken Husaren abgegeben, auf den alle Frauen geflogen wären.

Nach der Rückkehr ins Gasthaus wusste keiner, was in aller Welt er anfangen sollte. Unbedeutender Anlässe wegen wurden spitzige Worte gewechselt. Das Essen verlief schweigend und ging schnell vorüber; alle legten sich zu Bett und hofften zu schlafen, um die Zeit totzuschlagen.

Am nächsten Morgen kamen sie mit erschöpften Gesichtern und einem Gefühl der Bitterkeit im Herzen herunter. Die Damen sprachen kaum ein Wort mit Fettklößchen.

Ein Glöckchen bimmelte. Eine Taufe fand statt. Das dicke Mädchen hatte ein Kind, das bei Bauern in Yvetot aufgezogen wurde. Sie sah es kaum einmal im Jahr und gedachte seiner überhaupt nicht; aber da hier nun ein Kleines getauft werden sollte, entbrannte ihr Herz in jäher und heftiger Zärtlichkeit für ihr eigenes Kind, und sie wollte unbedingt der Feier beiwohnen.

Als sie draußen war, blickten die Übrigen einander an; dann rückten sie die Stühle zusammen, denn selbstverständlich musste es nun zu irgendeiner Entscheidung kommen. Loiseau überkam es wie eine Offenbarung; er meinte, man solle dem Offizier vorschlagen, er möge Fettklößchen allein dabehalten und die andern abreisen lassen.

Follenvie übernahm auch diesen Auftrag, aber er kam schnell wieder herunter. Der Deutsche, der die menschliche Natur kannte, hatte ihn kurzerhand vor die Tür gesetzt. Er erklärte, er werde die ganze Gesellschaft hier festhalten, bis sein Wunsch erfüllt sei.

Da aber entlud sich das Proletentemperament der Madame Loiseau: »Wir wollen doch nicht hierbleiben, bis wir alt und grau sind! Sie lebt doch nun mal von so was, die Schlampe, sie treibt es doch mit allen Männern, und deshalb, meine ich, hat sie kein Recht, den einen zu nehmen und den andern abzuweisen. Ich bitte Sie, in Rouen hat sie genommen, was sie kriegen konnte, sogar Kutscher! Ja, Frau Gräfin, den Kutscher von der Präfektur! Ich weiß es ganz genau, er kauft seinen Wein bei uns. Und heute, wo sie uns rausreißen könnte, tut sie wer weiß wie, dies Stück, dies! ... Meiner Meinung nach benimmt sich der Offizier tadellos. Vielleicht lebt er schon lange ohne was, und uns dreien hätte er ganz sicher den Vorzug gegeben. Aber nein, er begnügt sich mit einer, die für alle zu haben ist. Er bezeigt der Gattin Achtung. Bedenken Sie doch, dass er hier der Herr ist. Er brauchte nur zu sagen ›Ich will!‹, und dann könnte er uns durch seine Soldaten mit Gewalt zwingen.«

Ein Schauer durchrieselte die beiden Damen. Die Augen der hübschen Madame Carré-Lamadon glänzten, sie war ein wenig bleich, als fühlte sie schon, wie sie von dem Offizier mit Gewalt bezwungen würde.

Die Herren, die sich ein wenig abseits beredeten, kamen heran. Im aufwallenden Zorn wollte Loiseau ›diese Kreatur‹ an Händen und Füßen gefesselt dem Feind ausliefern. Aber der drei Botschaftergenerationen entsprossene Graf, der übrigens auch das Äußere eines Diplomaten hatte, war für die Taktik der Klugheit. »Man muss sie zu einem freiwilligen Entschluss bringen«, sagte er.

Und nun begann die Verschwörung.

Die Damen steckten die Köpfe zusammen, man sprach mit gedämpfter Stimme, jeder hatte etwas vorzubringen, alle mischten sich ein. Es geschah übrigens in den Formen der Wohlanständigkeit. Besonders die Damen bedienten sich zarter Wendungen, entzückend subtiler Umschreibungen für die verfänglichsten Dinge. Ein Fremder würde nicht das Geringste verstanden haben, so behutsam drückten sie sich aus. Aber da der leichte Schleier der Scham, der jede Frau umhüllt, nur die Oberfläche bedeckt, genossen sie dieses schlüpfrige Abenteuer; im Grunde amüsierten sie sich toll dabei, sie fühlten sich in ihrem Element und wühlten in der Liebe herum mit der gleichen sinnlichen Lust, die ein feinschmeckerischer Koch empfindet, wenn er für einen andern das Souper bereitet.

Die Fröhlichkeit kam ganz von selbst wieder, so spaßig erschien ihnen nun die Geschichte. Der Graf machte ein paar gewagte Scherze, die indes so hübsch ausgedrückt waren, dass sie lediglich belächelt wurden. Loiseau seinerseits fuhr Zoten schwereren Kalibers auf, aber keiner fühlte sich verletzt; alle beherrschte der Gedanke, den Madame Loiseau so brutal ausgedrückt hatte: »Sie lebt doch nun mal von so was, und deshalb hat sie kein Recht, den einen zu nehmen und den andern abzuweisen!« Die hübsche Madame Carré-Lamadon schien sogar zu denken, dass sie an Fettklößchens Stelle gerade den in Frage Kommenden weniger abweisen würde als einen beliebigen andern.

Die Belagerung wurde weitschweifig vorbereitet, wie die einer eingeschlossenen Festung. Jeder erhielt die Rolle zugewiesen, die er zu spielen hatte, die Argumente, auf die er sich stützen sollte, die Manöver, die er vollführen musste. Der Angriffsplan wurde geregelt, die Kriegslisten wurden durchgesprochen, die überraschenden Angriffe, durch die diese lebende Zitadelle gezwungen werden sollte, sich dem Feind zu ergeben.

Einzig Cornudet hielt sich abseits; er wollte mit dem Kuhhandel nichts zu schaffen haben.

Sie waren so ungemein gefesselt, dass sie Fettklößchens Rückkehr völlig überhörten. Der Graf machte leise »Pst!«, worauf sie sich alle umdrehten. Vor ihnen stand Fettklößchen. Jäh brach das Gespräch ab, und anfänglich hinderte sie eine gewisse Verlegenheit, die Dicke anzureden. Die Gräfin, die das Doppelspiel gesellschaftlichen Lebens geschmeidiger als die andern gemacht hatte, fragte: »War sie nett, die Taufe?«

Die Dicke, die noch ganz erbaut war, schilderte alles haarklein, die Gesichter, die Bewegungen der Taufgäste, sogar das Kircheninnere. Sie äußerte: »Es ist so schön, ab und zu mal zu beten!«

Bis zum Mittagessen indessen begnügten sich die Damen, liebenswürdig zu ihr zu sein, um ihr Vertrauen zu gewinnen und sie gewissen Ratschlägen geneigter zu machen.

Sobald man sich zu Tische gesetzt hatte, wurde mit dem Anschleichen begonnen. Zunächst handelte das Gespräch ganz allgemein vom Opfermut. Beispiele aus dem Altertum wurden zitiert: Judith und Holofernes, und dann, reichlich unvermittelt, Lukretia und Sextus, Kleopatra, die allen feindlichen Feldherren ihr Lager preisgab und sie dadurch zu Sklavengehorsam erniedrigte. Und dann wurde eine fantastische Geschichte vorgefabelt, die in den Köpfen dieser dummen Millionäre erblüht war, wonach die römischen Bürgerinnen bei Capua den Hannibal in ihren Armen eingeschläfert hatten und mit ihm seine Unterfeldherren und seine Söldnertruppen. Alle Frauen wurden genannt, die je Eroberer aufgehalten, die aus ihrem Leib ein Schlachtfeld gemacht hatten, ein Werkzeug zur Herrschaft, eine Waffe; alle Frauen, die mittels heroischer Liebkosungen widerliche oder verhasste Eroberer niedergerungen und ihre Keuschheit der Rache, der Hingabe an das Vaterland geweiht hatten.

Man sprach sogar durch die Blume von jener Engländerin aus großem Hause, die sich eine fürchterliche und schimpfliche Krankheit hatte übertragen lassen, um Bonaparte damit anzustecken, der nur durch ein Wunder gerettet worden war, durch eine plötzliche Schwäche zur Stunde des verhängnisvollen Stelldicheins.

Aber das alles wurde in schicklichen und maßvollen Worten vorgebracht, und nur zuweilen machte sich eine absichtliche Begeisterung bemerkbar, die zur Nachahmung anstacheln sollte.

Ein zufälliger Belauscher des Gesprächs hätte schließlich zu der Überzeugung kommen können, dass es auf dieser Welt die einzige Aufgabe der Frau sei, sich immerfort zu opfern, sich andauernd der Willkür irgendeiner Soldateska preiszugeben.

Die beiden Nonnen schienen nicht das Mindeste zu hören; sie hingen wohl tiefsinnigen Gedanken nach. Fettklößchen sagte kein Wort.

Man ließ ihr den ganzen Nachmittag als Bedenkzeit. Aber anstatt sie mit ›Madame‹ anzureden, wie bisher, sagte man schlecht und recht ›Mademoiselle‹ zu ihr, ohne dass jemand wusste, weshalb das geschah; es war, als solle sie um einen Grad in der gesellschaftlichen Achtung, die sie sich erworben hatte, erniedrigt werden, damit sie ihre schmähliche Situation empfinde.

Gerade als die Suppe aufgetragen wurde, erschien wiederum Follenvie und repetierte seinen Satz vom Vortage: »Der preußische Offizier lässt fragen, ob Mademoiselle Elisabeth Rousset sich noch immer nicht eines Besseren besonnen hat.«

Fettklößchen gab trocken zur Antwort: »Nein.«

Beim Abendessen wurden die Verschworenen matt. Loiseau sagte dreimal etwas sehr Peinliches. Jeder zerbrach sich den Kopf nach neuen Beispielen, allein vergebens, bis die Gräfin, vielleicht völlig unabsichtlich, lediglich in dem Bedürfnis, der Religion Ehre widerfahren zu lassen, die ältere der beiden Nonnen nach großen Opfertaten der Heiligen fragte. Nicht wahr, manch einer hätte doch getan, was in unsern Augen als Verbrechen gilt; aber stets vergab die Kirche diese Sünden, sofern sie zum Ruhme Gottes und zum Besten des Nächsten begangen worden waren. Das war ein Argument von durchschlagender Kraft; die Gräfin zog Nutzen daraus. Sei es im verschwiegenen Einverständnis, in verhüllter Gefälligkeit, wie sie jeder Träger eines kirchlichen Gewandes meistert, oder sei es einfach aus einer glücklichen Geistesverfassung, einer dienstfertigen Dummheit heraus – die alte Nonne half den Verschwörern mit schwerstem Kaliber nach. Man hatte sie für schüchtern gehalten, nun erwies sie sich als furchtlos, beredt, fanatisch. Die Irrgänge der Kasuistik hatten sie nicht verwirrt; ihre Doktrin schien von Eisen; ihr

Glaube war felsenfest; ihr Gewissen kannte keine Skrupel. Abrahams Opfer kam ihr ganz selbstverständlich vor, denn sie selber hätte unverzüglich Vater und Mutter geschlachtet, wenn der Himmel es sie geheißen hätte; und ihrer Meinung nach konnte nichts dem Herrn missfallen, wenn die Absicht löblich war. Die Gräfin nützte die geweihte Autorität dieser unerwarteten Bundesgenossin weidlich aus und regte sie zu einer erbaulichen Paraphrase an über das Moralaxiom: »Der Zweck heiligt die Mittel.«

Sie fragte: »Dann also glauben Sie, Schwester, dass Gott alle Wege erlaubt und jede Tat verzeiht, wenn nur der Beweggrund rein ist?«

»Wer würde daran zweifeln, Frau Gräfin? Eine an sich verwerfliche Handlung wird häufig verdienstlich durch den Gedanken, der sie auslöst.«

Und so redeten sie hin und her und machten sich Gottes Willen klar, ahnten seine Beschlüsse voraus und mischten ihn in Dinge, mit denen er wahrhaftig nichts zu tun hatte.

All das wurde geschickt und diskret entwickelt. Und jedes Wort der Klosterfrau in der Haube schlug eine Bresche in den entrüsteten Widerstand der Kurtisane. Als sich das Gespräch dann ein wenig vom Thema abwandte, erzählte die alte Nonne mit den baumelnden Rosenkränzen von den Klöstern ihres Ordens, von ihrer Oberin, von sich selbst, von ihrer niedlichen Gefährtin, der guten Schwester Sainte-Nicéphore. Sie waren nach Le Havre beordert worden, um in den Spitälern Hunderte von Soldaten zu pflegen, die an den Blattern daniederlagen. Sie schilderte diese Ärmsten und beschrieb ihre Krankheit bis in alle Einzelheiten. Und derweil sie beide die Willkür dieses Preußen unterwegs festhielt, starb womöglich eine große Menge Franzosen, die sie vielleicht gerettet haben würden! Es war ihre, der Alten, Spezialität, Soldaten zu pflegen; sie war auf der Krim gewesen, in Italien, in Österreich, und indem sie von ihren Feldzügen erzählte, wurde sie plötzlich zu einer jener Schwestern, die gleichsam auf das Kalbsfell geschworen haben, die dazu geschaffen scheinen, dem Feldlager zu folgen, Verwundete im Schlachtengewühl zu bergen und, weit besser als ein Vorgesetzter, mit einem einzigen Wort die ungeschlachten, disziplinlosen Kerle im Zaum zu halten vermögen; eine richtige Trommelschwester, deren zerstörtes, von zahllosen Narben gekerbtes Gesicht gleichsam ein Symbol war für die Verwüstungen des Krieges.

Alle schwiegen, als sie geendet hatte, so vortrefflich schienen ihre Worte zu wirken.

Unmittelbar nach dem Essen suchten alle rasch die Zimmer auf und kamen erst am nächsten Tage zu ziemlich vorgerückter Stunde wieder herunter.

Das Mittagessen verlief friedlich. Man ließ der am Vorabend gesäten Saat Zeit, aufzugehen und Frucht zu tragen.

Für den Nachmittag schlug die Gräfin einen Spaziergang vor; bei dieser Gelegenheit bot der Graf, wie verabredet worden war, Fettklößchen den Arm und blieb mit ihr hinter den andern zurück.

Er sprach zu ihr in jenem familiären, väterlichen, ein wenig gönnerhaften Ton, dessen sich gesetztere Herren jungen Mädchen gegenüber bedienen, nannte sie ›liebes Kind‹ und behandelte sie von der Höhe seiner gesellschaftlichen Stellung, seiner unanfechtbaren Korrektheit herab. Er kam sogleich auf den Kern der Sache zu sprechen: »Sie wollen uns also lieber hier sitzen lassen, wo wir alle, genau wie Sie selber, den Gewalttaten ausgesetzt sind, die ein Misserfolg der preußischen Truppen im Gefolge haben dürfte, statt dass Sie sich zu einer der Gunstbezeigungen bereit finden, die Sie Ihr Lebtag so oft gewährt haben?«

Fettklößchen gab keine Antwort.

Er drang mit Sanftmut, mit Vernunftgründen, mit Sentimentalitäten in sie. Dabei wusste er stets ›der Herr Graf‹ zu bleiben und gab sich dennoch galant, wenn es nötig war, verbindlich, schließlich sogar liebenswürdig. Er malte in leuchtenden Farben den Dienst, den sie ihnen allen erweisen würde, sprach von ihrer aller Dankbarkeit; dann duzte er sie urplötzlich mit der heitersten Miene: »Und überdies, Kindchen, kann er doch nur stolz sein, von einem so hübschen Mädchen gekostet zu haben, wie du eins bist; solche gibt es in seiner Heimat nur wenige.«

Fettklößchen gab keine Antwort und schloss sich der Gesellschaft wieder an.

Bei der Rückkehr in das Gasthaus ging sie hinauf und ward nicht mehr gesehen. Aller Unruhe wuchs bis zum Übermaß. Was würde sie tun? Wenn sie hartnäckig blieb – wie peinlich wäre das!

Die Stunde des Abendessens schlug; vergeblich wartete man. Da kam Follenvie ins Zimmer und teilte mit, Mademoiselle Rousset fühle sich nicht wohl, man möge ohne sie zu Tisch gehen. Alle spitzten die Ohren. Der Graf trat an den Wirt heran und fragte ganz leise: »Klappt es?« – »Ja.« Aus Gründen der Schicklichkeit sagte der Graf seinen Reisegefährten nichts, er nickte lediglich leicht. Da entrang sich jeder Brust ein tiefer Seufzer der Erleichterung, auf allen Gesichtern malte sich unbändige Heiterkeit. Loiseau schrie: »Zum Donnerwetter! Ich schmeiße Champagner, wenn es in dieser Spelunke welchen gibt!« Und Madame Loiseau stand das Herz still, als der Wirt tatsächlich mit vier Flaschen zurückkam. Jeder war plötzlich mitteilsam und laut geworden; überschäumende Freude erfüllte alle Herzen. Der Graf schien mit einem Male zu bemerken, dass Madame Carré-Lamadon entzückend war; der Fabrikant machte der Gräfin den Hof. Die Unterhaltung wurde lebhaft, heiter bewegt, bunt.

Plötzlich brüllte Loiseau mit ängstlichem Gesicht und erhobenen Händen: »Ruhe!« – Überrascht, fast entsetzt schwiegen alle. Da lauschte er nach oben und winkte mit beiden Händen: »Pssst!«, äugte zur Zimmerdecke empor, lauschte wiederum und sprach dann mit seiner gewöhnlichen Stimme: »Keine Sorge, es funktioniert.«

Er wurde nicht gleich verstanden, aber bald glitt ein Lächeln über alle Gesichter.

Nach Ablauf einer Viertelstunde wiederholte er den gleichen Scherz, und im Verlauf des Abends tat er es noch ein paar Mal; er gestikulierte, als spräche er mit jemandem im oberen Stockwerk, und gab ihm zweideutige Ratschläge, wie er sie als Handlungsreisender parat hatte. Manchmal machte er ein trauriges Gesicht und seufzte: »Armes Mädchen!«, oder er murmelte wütenden Blickes zwischen den Zähnen: »Raus, Saupreuße!« Hin und wieder, wenn keiner sich dessen gewärtig war, stöhnte er mit zitternder Stimme: »Aufhören, aufhören!«, und dann sagte er, gleichsam im Selbstgespräch: »Hoffentlich sehen wir sie wieder! Hoffentlich macht er sie nicht kaputt, der Kerl!«

Obwohl diese Witze von erbärmlich schlechtem Geschmack zeugten, amüsierten sie und taten keinem weh; denn wie alles hängt die sittliche Entrüstung von der Umgebung ab, und die Atmosphäre, die sich allmählich gebildet hatte, war mit lüsternen Gedanken geladen.

Beim Nachtisch machten sogar die Damen geistreiche und diskrete Anspielungen. Die Blicke entflammten sich; alle hatten viel getrunken. Der Graf, der, auch wenn er sich gehen ließ, unnahbare Würde bewahrte, fand einen lebhaft beklatschten Vergleich vom Ende der Überwinterungszeit am Pol und dem Jubel der Schiffbrüchigen, denen sich eine Fahrstraße nach Süden auftut.

Der bedenklich angeheiterte Loiseau stand mit dem Sektglas in der Hand auf: »Ich trinke auf unsere Befreiung!« – Alle erhoben sich und applaudierten. Sogar die beiden Nonnen zeigten sich bereit, von den Damen aufgefordert, ihre Lippen mit dem schäumenden Wein zu feuchten, den sie niemals zuvor gekostet hatten. Sie meinten, es sei fast wie Brauselimonade, nur ein bisschen feiner.

Loiseau traf den Nagel auf den Kopf: »Ein Jammer, dass kein Klavier hier ist, sonst könnten wir Quadrille tanzen!«

Cornudet hatte schweigend und unbeweglich dagesessen; er schien tiefsinnigen Gedanken nachzuhängen und zupfte bisweilen wütend an seinem mächtigen Bart, als wolle er ihn noch länger ziehen. Schließlich, gegen Mitternacht, als man im Begriff stand auseinander zu gehen, tippte der schwankende Loiseau ihn auf den Bauch und lallte: »Na, Sie, Ihnen ist wohl die Petersilie verhagelt; Sie sagen ja kein Wort, Bürger?« – Doch Cornudet hob jäh den Kopf, maß die Gesellschaft mit einem furchtbaren Funkelblick und sprach: »Ich sage Ihnen, was Sie da getan haben, ist eine Schweinerei!« – Er stand auf, ging zur Tür, drehte sich um, sagte noch einmal: »Eine Schweinerei!« und war verschwunden.

Das ernüchterte. Der verdutzte Loiseau machte ein Schafsgesicht; aber er war schnell wieder obenauf, er wälzte sich vor Lachen und rief immerfort: »Sie sind zu sauer, alter Freund, sie sind zu sauer!« – Da man ihn nicht verstand, erzählte er von den ›Geheimnissen des Korridors‹. Da platzte aufs Neue schallende Heiterkeit los. Die Damen lachten wie toll. Dem Grafen und Monsieur Carré-Lamadon rannen die Tränen über die Wangen. Sie wollten es nicht glauben.

»Unmöglich! Sie wissen es ganz bestimmt? Er wollte ...?«

»Ich sage Ihnen ja, ich hab's mit eigenen Augen gesehen!«

»Und sie, sie hat nicht gewollt?«

»Weil der Preuße im Nebenzimmer war!«

»Nicht menschenmöglich!«

»Ich schwör's Ihnen!«

Der Graf verschluckte sich vor Lachen. Der Fabrikant hielt sich mit beiden Händen den Bauch. Loiseau erzählte weiter: »Und nun ist natürlich klar, dass ihm das heute Abend keinen Spaß macht.«

Und dann lachten alle drei wieder los, bis sie Leibschmerzen hatten und nach Luft schnappen mussten.

Dann verabschiedete man sich. Madame Loiseau indes, die ein wahres Reibeisen war, sagte ihrem Mann beim Zubettgehen, ›diese Ziege‹, die kleine Carré-Lamadon, habe den ganzen Abend nur gezwungen gelacht: »Nicht wahr, wenn so ein Weibsstück eine Uniform sieht, dann fliegt sie drauf, gleichgültig, ob es ein Franzose oder ein Preuße ist. Wenn das keine Schande ist! Großer Gott im Himmel!«

Und während der ganzen Nacht glitt es durch den finsteren Korridor wie ein Rascheln, wie leise Geräusche, kaum vernehmlich, wie Atemzüge, wie das Tappen nackter Füße, wie leises Krachen der Diele. Und anscheinend schliefen alle erst spät ein, denn unter den Türen schimmerte lange Licht. Dergleichen kommt eben vom Champagner; er stört, so heißt es, den Schlaf.

Am nächsten Morgen leuchtete der Schnee blendend weiß im Schein der klaren Wintersonne. Die endlich angespannte Postkutsche hielt wartend vor dem Tor, während ein Schwarm weißer, ihr dichtes Gefieder aufplusternder Tauben mit roten, in der Mitte schwarzgepunkteten Augen gravitätisch zwischen den Beinen der sechs Pferde einherstolzierte und die dampfenden Äpfel anpickte und umherstreute.

Der in seinen Schafspelz gehüllte Kutscher rauchte auf dem Bock seine Pfeife, und die samt und sonders froh gelaunten Passagiere ließen sich in aller Eile Wegzehrung für den Rest der Fahrt einpacken.

Es wurde nur noch auf Fettklößchen gewartet. Sie kam.

Sie schien ein wenig verwirrt und schamhaft; schüchtern trat sie zu den Reisegenossen hin, die sich sämtlich mit einer einzigen Bewegung abkehrten, als hätten sie sie nicht gesehen. Würdevoll nahm der Graf den Arm seiner Gattin und zog sie fort aus der unreinen Nähe.

Das dicke Mädchen blieb verblüfft stehen, dann raffte sie all ihren Mut zusammen und bot der Fabrikantengattin ein demütig gemurmeltes »Guten Morgen, Madame«. Die Angeredete nickte nur einen kaum angedeuteten, impertinenten Gruß, den sie mit einem Blick gekränkter Tugend begleitete. Alle taten, als seien sie beschäftigt; alle mieden Fettkloßchen, als habe sie eine ansteckende Krankheit in den Röcken. Dann stürmten sie auf den Wagen los; Fettklößchen kam allein an, als Letzte, und nahm schweigend den Platz wieder ein, den sie während des ersten Teils der Reise innegehabt hatte.

Sie war für alle Luft, keiner schien sie zu kennen; nur Madame Loiseau betrachtete sie aus der Entfernung voller Entrüstung und sagte halblaut zu ihrem Mann: »Glücklicherweise brauche ich nicht neben ihr zu sitzen!«

Das schwere Gefährt schwankte, die Reise ging von Neuem los.

Anfänglich sprach niemand. Fettklößchen wagte nicht, die Augen aufzuschlagen. Sie war empört über ihre Reisegenossen und fühlte sich zugleich erniedrigt, dass sie nachgegeben, dass sie sich mit den Küssen dieses Preußen beschmutzt hatte, dem sie so heuchlerisch in die Arme geworfen worden war.

Doch die Gräfin brach bald dieses peinliche Schweigen; sie fragte Madame Carré-Lamadon: »Nicht wahr, Sie kennen Madame d'Etrelles?«

»Gewiss, ich bin mit ihr befreundet!«

»Sie ist doch eine reizende Frau!«

»Entzückend ist sie! Ein wahrhaft vornehmer Charakter, dabei hochgebildet, und Künstlerin bis in die Fingerspitzen; sie singt bezaubernd und zeichnet meisterlich.«

Der Fabrikant plauderte mit dem Grafen, und durch das Klirren der Scheiben waren einzelne abgerissene Worte vernehmlich: »Coupon - Wechsel - Provision - Termin.«

Loiseau hatte das alte Kartenspiel des Gasthofes geklaut, das vom fünfjährigen Gebrauch auf schlecht abgewischten Tischen ganz fettig geworden war; er begann mit seiner Frau Bésigue zu spielen.

Die Nonnen griffen zu den langen Rosenkränzen, die an ihren Gürteln baumelten, bekreuzigten sich beide, und unvermittelt fingen ihre Lippen an, sich hastig zu bewegen, immer geschwinder; ihr dumpfes Gemurmel ratterte nur so – es war ein Oremus-Wettrennen; und ab und zu küssten sie eine Medaille, bekreuzigten sich abermals und dann murmelten sie weiter, schnell und unentwegt.

Cornudet saß starr und grübelte.

Nach dreistündiger Fahrt schob Loiseau die Karten beiseite. »So langsam kriegt man Hunger.«

Da holte seine Frau ein verschnürtes Paket her und entnahm ihm ein Stück kalten Braten. Sie zerlegte es säuberlich in kleine, feste Häppchen, und das Ehepaar begann zu essen.

»Wollen wir es nicht ebenso machen?«, fragte die Gräfin. Die andern waren einverstanden, und sie packte die für die beiden Paare bestimmten Vorräte aus. In einer jener länglichen Schüsseln, deren Deckel ein Hase in Steingut ziert, um anzukünden, dass darunter ein Hase in Pastete ruht, lag saftstrotzendes Fleisch, und weiße Speckschnitzel zogen sich durch das braune Wildbret, das mit anderem feingehackten Fleisch vermischt war. Ein schöner Würfel Gruyère-Käse, der in Zeitungspapier gewickelt war, trug auf seiner Fettrahmschicht abgedruckt: »Vermischtes.«

Die beiden Nonnen wickelten runde Würste aus, die nach Knoblauch rochen; und Cornudet versenkte zu gleicher Zeit beide Hände in die weiten Taschen seines Mantels und brachte aus der einen vier hartgekochte Eier und aus der andern einen Brotknust zum Vorschein. Er pellte die Schale ab, warf sie in das Stroh unter seinen Füßen und stopfte die Eier in den Mund, so dass Eidotterbröckchen in seinen mächtigen Bart fielen und darin hafteten wie kleine Sterne.

Fettklößchen hatte in der Hast und Verwirrung ihres Aufbruchs an nichts denken können und schaute, außer sich, schluchzend vor Wut, all diesen Leuten zu, die da geruhsam futterten. Anfangs schüttelte sie wilder Zorn wie ein Krampf, und sie öffnete schon den Mund, um ihnen mit einer Flut von Schimpfworten, die in ihr aufschwoll, gründlich die

Wahrheit zu sagen; doch sie vermochte keinen Laut hervorzubringen, die Erregung schnürte ihr die Kehle zu.

Keiner schaute zu ihr hin, keiner kümmerte sich um sie. Sie fühlte, wie sie ertrank in der Verachtung dieser ehrpusseligen Schufte, die sie erst geopfert und dann wie einen unnützen Drecklappen fortgeworfen hatten. Dann gedachte sie ihres großen Korbes mit all den guten Dingen, die jene gierig verschlungen hatten, der beiden Hühnchen in Gelee, der Pasteten, der Birnen, der vier Flaschen Bordeaux, und plötzlich zerplatzte ihre Wut gleich einer zu straff gespannten Saite, die zerreißt, und sie fühlte sich dem Weinen nahe. Sie machte fürchterliche Anstrengungen, versuchte hart zu bleiben, schluckte das aufsteigende Schluchzen hinunter wie ein Kind, aber die Tränen quollen auf, glitzerten an den Lidern, und dann rollten zwei dicke Tropfen aus den Augen langsam über die Wangen. Die nächsten flossen rascher, sie rannen wie einem Felsen entquellende Wassertropfen und klatschten in regelmäßigen Abständen auf ihre gewölbte Brust. Dabei saß sie starr aufgerichtet, blickte gerade vor sich hin, bleich und verhärtet, und hoffte, keiner würde etwas merken.

Aber die Gräfin sah es und stieß ihren Gatten an. Er zuckte die Achseln, als wollte er sagen: »Nun ja, aber meine Schuld ist es nicht.« Madame Loiseau lachte triumphierend, halb unterdrückt, und zischte zwischen den Zähnen: »Sie weint über ihre Schande!«

Die beiden Nonnen fingen wieder an zu beten, nachdem sie den Rest ihrer Wurst eingewickelt hatten.

Da streckte der seine Eier verdauende Cornudet seine langen Beine bis unter die Bank gegenüber, richtete sich auf, schlug die Arme unter, lächelte wie einer, der einen guten Witz machen will, und begann die Marseillaise zu pfeifen.

Alle schnitten saure Gesichter. Sicherlich behagte ihnen das Lied des Volkes ganz und gar nicht. Sie wurden nervös, gereizt, sie setzten Mienen auf, als wollten sie heulen wie

Hunde, wenn eine Drehorgel spielt. Er merkte es und pfiff nun erst recht. Manchmal trällerte er sogar den Text:

Amour sacré de la patrie,
Conduits, soutiens nos bras vengeurs,
Liberté, liberté chérie,
Combats avec tes défenseurs!

Der Wagen flog schneller dahin, denn der Schnee wurde fester; und bis nach Dieppe, während der langen, trostlosen Reisestunden, im Holpern der Landstraße, in der hereinbrechenden Dämmerung, dann im undurchdringlichen Dunkel des Wagens, fuhr Cornudet fort, die Gesellschaft mit fanatischer Hartnäckigkeit durch sein monotones Rachepfeifen zu ärgern; er zwang sie, die Müden und Erbitterten, die Melodie von vorn bis hinten anzuhören, bei jedem Takt jedes einzelne Wort mitzudenken.

Fettklößchen weinte nach wie vor; und bisweilen drang ein Schluchzer, den sie nicht hatte unterdrücken können, zwischen zwei Strophen ins Dunkel der Nacht.

(April 1880)

Mademoiselle Fifi

Der preußische Kommandant, Major Graf Farlsberg, las seine Post zu Ende. Er lehnte behaglich in einem bestickten großen Sessel und hatte seine Füße mit den Stiefeln auf den edlen Marmor des Kamins gelegt, in den seine Sporen in den drei Monaten, solange er das Schloss Uville besetzt hielt, zwei ordentliche Löcher gebohrt hatten, die täglich ein wenig tiefer wurden.

Eine Tasse Kaffee dampfte auf einem mit Intarsien verzierten Tischchen, das von Likörflecken verdorben war, Brandstellen von Zigarren aufwies, Kerben von dem Taschenmesser des eroberungslustigen Offiziers erhalten hatte, der beim Bleistiftspitzen manchmal Zahlen oder Zeichnungen in das feine Möbel ritzte, gerade wie es ihm in seiner Langeweile in den Sinn kam.

Als er mit den Briefen fertig war und die deutschen Zeitungen durchgegangen war, die ihm sein Bursche gerade gebracht hatte, stand er auf, warf drei oder vier riesige, noch grüne Holzscheite ins Feuer - denn jene feinen Herren fällten nach und nach den ganzen Park, um sich zu wärmen - und trat ans Fenster.

Es regnete in Strömen; es war ein echt normannischer Regen, wie von einer wütenden Hand herabgeschleudert, ein schräg fallender Sturzbach, dicht wie ein Vorhang, eine Art gestreifte Mauer aus peitschendem, alles aufwühlendem, alles ertränkendem Wasser, ein Regen, wie er für Rouen, den Nachttopf Frankreichs, charakteristisch ist.

Der Offizier schaute lange auf die überfluteten Rasenflächen und weiter hinten auf die angeschwollene Andelle, die über die Ufer trat; er trommelte einen rheinischen Walzer auf der Fensterscheibe, als ihn plötzlich ein Geräusch veranlasste, sich umzuwenden; es war sein Stabsoffizier, Baron Kelwingstein, der im Rang eines Hauptmanns stand.

Der Major war ein Riese, breitschultrig mit einem langen fächerförmigen Bart, der wie ein Latz auf seiner Brust ruhte; seine ganze große Erscheinung entsprach der Vorstellung eines militärischen Pfaus, eines Pfaus, der sein Rad bis zum Kinn geschlagen hatte. Er besaß kalte und zugleich weiche Augen, eine Wange war von einem Säbelhieb im Krieg gegen Österreich gespalten worden. Er galt als tapferer Mann und tüchtiger Offizier.

Der Hauptmann war ein kleiner Mann mit rotem Gesicht und dickem Bauch, den er fest geschnürt hatte; er trug seinen leuchtenden Bart fast glatt geschoren, seine feurigen Fäden glitzerten bei bestimmter Beleuchtung, als ob er sein Gesicht mit Phosphor eingerieben hätte. In einer durchzechten Nacht hatte er zwei Zähne verloren, ohne dass er sich recht darauf besinnen konnte, wie es dazu gekommen war, und dieser Umstand ließ ihn die Worte oft so schwerfällig herausbringen, dass man sie nicht immer verstand; er war lediglich auf der Spitze seines Schädels kahl, trug also eine Tonsur wie ein Mönch mit einem Kreis lockiger Härchen, die golden und leuchtend das Rund bloßen Fleisches umringelten.

Der Kommandant drückte ihm die Hand, trank in einem Zug seine Tasse Kaffee aus (die sechste seit dem Morgen) und hörte den Bericht seines Untergebenen über die Vorfälle während des Dienstes an; dann traten beide ans Fenster und erklärten, dass dies alles keineswegs lustig sei. Der Major war ein ruhiger Mann; er war verheiratet und wusste sich mit allem abzufinden, aber der Baron, der Hauptmann, ein unverbesserlicher Lebemann, Dauergast in Spelunken, ein wilder Schürzenjäger, wütete darüber, dass er seit drei Monaten in der unfreiwilligen Abgeschiedenheit dieser gottverlorenen Stellung eingesperrt war.

Als es an der Tür klopfte, rief der Kommandant, man möge öffnen, und ein Mann, einer der Soldaten, die wie Automaten auftreten, erschien im Eingang und drückte durch seine bloße Gegenwart aus, dass das Mittagessen bereit sei.

Im Saal fanden sich drei Offiziere niederen Ranges ein, ein Leutnant, Otto von Grossling, zwei Unterleutnants, Fritz Scheunauburg und der Marquis Wilhelm von Eyrik, ein ganz kleiner Blonder, der hochfahrend und brutal mit seinen Leuten umging, sich hart gegenüber den Unterlegenen gab und die Gewalttätigkeit eines Gewehrkolbens besaß.

Seit seinem Einmarsch in Frankreich nannten ihn die Kameraden nur noch Mademoiselle Fifi. Diesen Spitznamen verdankte er seinem zierlich gewachsenen Körper, seiner feinen Taille, die wie in ein Korsett geschnürt wirkte, seinem bleichen Gesicht, dessen erster Flaum kaum den Ansatz eines Schnurrbartes erkennen ließ, und schließlich der

Angewohnheit, bei jeder Gelegenheit die französische Wendung »fi, fi donc«, die er leicht pfeifend vorbrachte, zu benutzen, um seine tiefe Verachtung allen Wesen und Dingen gegenüber deutlich zu machen.

Der Speisesaal des Schlosses Uville war ein langer, geradezu königlicher Raum, dessen alte Kristallspiegel durch Gewehrkugeln sternförmige Sprünge erhalten hatten, und dessen an den Wänden hochreichende Gobelins aus Flandern von Säbelhieben aufgeschlitzt waren und an manchen Stellen herunterhingen; sie gaben ein Bild davon, was Mademoiselle Fifi in seinen Mußestunden trieb.

An den Wänden prangten drei Familienporträts, ein Krieger in Rüstung, ein Kardinal und ein Präsident, die aus langen Porzellanpfeifen rauchten, während eine vornehme Dame mit hochgeschnürter Brust, mit hochmütigem Gesicht und mit einem kohlegeschwärzten, riesigen Schnurrbart aus ihrem verblassten Goldrahmen herabschaute.

Das Essen der Offiziere verlief nahezu schweigend in diesem verstümmelten Raum, den der Sturzregen draußen verdüsterte, der in seiner Zerstörung bedrückend wirkte und dessen altes Eichenparkett wie der Boden einer Kneipe vor Schmutz starrte.

Als sie mit dem Essen fertig waren und es ans Rauchen und Trinken ging, begannen sie wie gewöhnlich über ihre Langeweile zu reden. Die Kognak- und Likörflaschen wanderten von Hand zu Hand, und alle lagen in ihren Stühlen, tranken in kleinen Schlucken, im Mundwinkel die lange Pfeife mit dem Porzellankopf, der mit grellen Farben bemalt war, als sollten die Hottentotten in Versuchung geführt werden.

Immer wenn ihr Glas leer war, füllten sie es mit einer müden Bewegung nach. Doch Mademoiselle Fifi brach das seine alle Augenblicke in Stücke, und ein Soldat reichte ihm unverzüglich ein neues.

Sie saßen in einen Nebel von beißendem Rauch getaucht und schienen in einer schläfrigen, traurigen Trunkenheit zu versinken, in dieser bleiernen, satten Lethargie von Leuten, die nichts zu tun haben.

Da richtete der Baron sich plötzlich auf. Angewidert schüttelte er sich und fluchte: »Herrgott! Das geht nicht so weiter, wir müssen uns etwas einfallen lassen.«

Gleichzeitig erwiderten der Leutnant Otto und der Unterleutnant Fritz, zwei Deutsche, die durch schwere, ernste deutsche Gesichter hervorstachen: »Was, Herr Hauptmann?«

Er überlegte ein paar Sekunden und fuhr dann fort: »Was? Na, wir müssen ein Fest organisieren, wenn es der Kommandant gestattet.«

Der Major nahm die Pfeife aus dem Mund: »Was für ein Fest, Hauptmann?«

Der Baron rückte näher: »Ich erledige alles, Herr Kommandant. Ich schicke Le Devoir nach Rouen, der soll uns Damen bringen; ich weiß, wo sie zu haben sind. Wir bereiten hier ein Abendessen; es fehlt an nichts, und wir werden wenigstens einmal einen lustigen Abend verbringen.« Graf Farlsberg zuckte lächelnd die Schultern: »Sie sind verrückt, mein Freund.«

Aber alle Offiziere waren aufgestanden, umringten ihren Chef und bettelten: »Lassen Sie den Hauptmann gewähren, Herr Kommandant, es ist so traurig hier.«

Endlich gab der Major nach: »Na gut«, sagte er; und sogleich ließ der Baron Le Devoir rufen. Es war ein alter Unteroffizier, den man niemals lachen sah, der aber mit fanatischem Eifer alle Befehle seiner Herren ausführte, egal welche.

Aufrecht, mit unbewegtem Gesicht, nahm er die Befehle des Barons entgegen; dann ging er; und fünf Minuten später brauste ein großer Wagen des Militärtrosses, der von einer kuppelförmig gespannten Plane überdacht war, von vier galoppierenden Pferden gezogen, durch den wütenden Regen davon.

Wie ein Schauer des Erwachens lief es durch die Gemüter;

schläfrige Gestalten reckten sich, die Gesichter belebten sich, und man begann zu plaudern.

Obwohl der Regen unvermindert heftig niederging, versicherte der Major, dass es gar nicht mehr so finster sei; und Leutnant Otto erklärte mit dem Brustton der Überzeugung, dass der Himmel sich aufhelle. Ja, Mademoiselle Fifi selbst wollte nichts mehr am Platz halten. Er stand auf, setzte sich wieder. Seine hellen Augen suchten nach einem Objekt der Zerstörung. Plötzlich fixierte der blonde junge Kerl die Dame mit dem Schnurrbart und zog den Revolver.

»Das wirst du nicht sehen«, sagte er; ohne sich vom Platz zu rühren, zielte er, und zwei Kugeln stachen dem Porträt die Augen aus.

Dann schrie er: »Los, wir spielen Mine!« Und abrupt brach jegliches Gespräch ab, als ob diese gewichtige und neue Angelegenheit von den Gemütern aller Anwesenden Besitz ergriffen hätte.

Die Mine war seine Erfindung, seine Art der Zerstörung, seine Lieblingsbeschäftigung.

Als der rechtmäßige Besitzer, Graf Fernand d'Amoys d'Uville, sein Schloss verlassen musste, hatte er keine Zeit, etwas mitzunehmen oder zu verstecken, ausgenommen das Silber, das er in einem Mauerloch verbarg. Da er sehr reich war und die Pracht liebte, bot sein großer Salon, dessen Türe zum Speisesaal ging, vor der überstürzten Flucht seines Herren den Anblick einer Museumsgalerie.

An den Wänden hingen Gemälde, Zeichnungen, wertvolle Aquarelle, während sich auf den Möbeln, auf den Borden und in den feinen Vitrinen tausend Nippsachen, Porzellan aus Japan und China, Figürchen, Meißner Figuren, groteske Gestalten aus Porzellan, alte Elfenbeinschnitzereien und venezianische Gläser drängten und den riesigen Raum mit ihren kostbaren und bizarren Gestalten bevölkerten. Jetzt war kaum noch etwas da. Nicht, dass man geplündert hätte, das hätte Major Graf Farlsberg nicht gestattet, aber Mademoiselle

Fifi spielte von Zeit zu Zeit Mine; und alle Offiziere hatten an einem solchen Tag für fünf Minuten ihren Spaß.

Der kleine Marquis ging in den Salon und holte, was er brauchte. Er brachte eine ganz entzückende chinesische Teekanne aus der rosa Epoche, die er mit Schießpulver anfüllte. Durch den Schnabel führte er sorgfältig eine Zündschnur, zündete sie an und rannte los, um die Höllenmaschine ins Nachbarzimmer zurückzubringen. Dann kam er rasch zurück und schloss die Türe. Alle Deutschen warteten stehend, mit dem Lächeln eines neugierigen Kindes im Gesicht, und sobald die Explosion das Schloss erschüttert hatte, stürzten sie alle zusammen los.

Mademoiselle Fifi, der als Erster eingetreten war, klatschte angesichts einer Venus aus Terrakotta, deren Kopf endlich abgesprungen war, entzückt in die Hände, und ein jeder las Porzellanscherben auf und wunderte sich über die seltsamen Zacken der Splitter, prüfte die neuen Schäden, befand manche Zerstörung als Produkt der vorangehenden Explosion; und der Major betrachtete väterlich den großen Salon, der durch das Kugelfeuer à la Nero verwüstet und mit Bruchstücken von Kunstwerken übersät war. Er ging als Erster und erklärte mit wohlwollender Miene: »Voller Erfolg diesmal!«

Es war aber eine solche Rauchwolke in den Speisesaal eingedrungen und mengte sich dort mit den Rauchschwaden des Tabaks, dass man nicht mehr atmen konnte. Der Hauptmann öffnete das Fenster, und alle Offiziere, die auf ein letztes Glas Kognak zurückgekommen waren, traten zusammen.

Die feuchte Luft strömte in das Zimmer und führte eine Art Wasserschleier mit sich, der sich auf die Bärte legte und einen Geruch von Überschwemmung verbreitete. Sie sahen auf die großen Bäume, die Regenschauer niederdrückten, auf das weite Tal, das die Güsse aus den finsteren tiefen Wolken in Nebel hüllten, und auf den Kirchturm weit in der

Ferne, der wie eine graue Spitze in dem peitschenden Regen aufragte.

Seit ihrer Ankunft hatte er keinen Glockenton von sich gegeben. Das war übrigens der einzige Widerstand, auf den die Eindringlinge in der Gegend gestoßen waren: den des Glockenturms. Der Pfarrer hatte sich keineswegs geweigert, die preußischen Soldaten aufzunehmen und ihnen Nahrung zu gewähren; er hatte sogar des Öfteren auf Einladung des feindlichen Kommandanten, welcher ihn oft als wohlwollenden Vermittler benutzte, eine Flasche Bier oder Bordeaux mit ihm getrunken. Doch durfte man ihn nicht um das kleinste Läuten seiner Glocke bitten; er hätte sich lieber erschießen lassen. Das war seine ganz eigene Art, gegen die Invasion zu protestieren, ein friedlicher Protest, ein schweigender Protest, der einzige, so sagte er, der einem Pfarrer zukam, einem Mann der Milde und nicht der Macht; und alle Welt im Umkreis von zehn Meilen rühmte seine Standhaftigkeit, den Heldenmut des Abbé Chantavoine, der die allgemeine Trauer durch das hartnäckige Schweigen seiner Kirche zum Ausdruck zu bringen wagte.

Das ganze Dorf, begeistert von dieser Art Widerstand, war bereit, seinen Pfarrer bis zum Letzten zu stützen und allem zu trotzen. Man sah diesen schweigenden Protest gleichsam als Gewährleistung der nationalen Ehre an. Es schien den Bauern, als ob sie sich mehr als Belfort und Straßburg um das Vaterland verdient gemacht hätten, dass sie ein angemessenes Beispiel geliefert hätten und dass der Name des Dorfes unsterblich würde; abgesehen davon schlugen sie den preußischen Eroberern nichts ab.

Der Kommandant und seine Offiziere lachten insgeheim über diesen harmlosen Widerstand; und da sich die ganze Gegend ihnen gegenüber zuvorkommend und gefällig erwies, nahmen sie ihren stummen Patriotismus bereitwillig hin.

Der kleine Marquis allein hätte gern die Glocke zum

Läuten gezwungen. Er war wütend über die diplomatische Nachsichtigkeit seines Vorgesetzten gegenüber dem Geistlichen und flehte alle Tage den Kommandanten an, ihm nur ein einziges Bimbam abzufordern, ein einziges kleines Mal, um ein bisschen lachen zu können. Er bat darum mit allen Schmeicheleien einer Katze, den Schmeicheleien einer Frau, den süßen Tönen einer lustvoll erregten Geliebten; doch der Kommandant gab nicht nach, daher spielte Mademoiselle Fifi, um sich zu trösten, Mine im Schloss Uville..

Die fünf Männer verharrten einige Minuten beisammen und sogen die feuchte Luft ein. Leutnant Fritz erklärte mit einem schmierigen Lachen: »Die Demoiselles werden für ihre Ausfahrt kaum schönes Wetter haben.«

Darüber trennte man sich; ein jeder ging seinem Dienst nach, und der Hauptmann hatte mit den Vorbereitungen für das Festessen alle Hände voll zu tun.

Als sie bei Einbruch der Nacht wieder zusammentraten, mussten sie über sich selbst lachen, wie sie alle geschniegelt und glänzend wie zu Zeiten der großen Paraden dastanden, pomadisiert, parfümiert und frisch gerichtet. Die Haare des Kommandanten wirkten weniger grau als am Morgen, und der Hauptmann hatte sich rasiert; lediglich den Schnurrbart hatte er stehen lassen, der wie Feuer unter seiner Nase loderte.

Trotz des Regens ließ man das Fenster offen, und einer von ihnen lauschte hin und wieder. Um sechs Uhr zehn meldete der Baron entfernte Wagenräder. Alle stürzten auf; und da raste der große Wagen mit seinen vier Pferden heran, die noch immer im Galopp liefen, bis auf den Rücken hinauf mit Dreck bespritzt waren, dampften und keuchten.

Fünf Frauen stiegen auf der Freitreppe ab, fünf schöne Mädchen, die ein Kamerad des Hauptmanns mit Sorgfalt ausgesucht hatte. Le Devoir hatte ihm in dieser Angelegenheit ein Kärtchen überbracht. Sie hatten sich nicht bitten lassen, waren sie doch einer guten Bezahlung sicher. Im Übrigen kannten sie ja die Preußen, genossen sie seit drei Monaten und fanden sich mit den Männern wie mit den Umständen ab. »Das bringt der Beruf eben mit sich«, sagten sie auf dem Weg, vermutlich um auf ein heimliches Prickeln, einen Rest von Gewissen, zu antworten.

Sogleich trat man in den Speisesaal. Beleuchtet erschien er noch grausiger in seinem kläglichen Verfall; und der Tisch, der mit allerlei Fleisch, prächtigem Porzellan und dem Silber bedeckt war, das man in dem Mauerwerk aufgestöbert hatte, wo es von seinem Besitzer versteckt worden war, verlieh dem Ort das Aussehen einer Spelunke für Gauner, die nach einem Raubzug ihr Zechgelage abhalten. Der Hauptmann strahlte und machte sich an die Frauen heran, als ob er sie seit eh und je kannte, bedachte sie mit Komplimenten, umarmte sie, beschnupperte sie, schätzte ihren Wert als Freudenmädchen ab, und als die drei jungen Herren sich ein jeder eine nehmen wollten, stellte er sich dem mit Nachdruck entgegen und bestand darauf, die Aufteilung dem Dienstgrad entsprechend in aller Gerechtigkeit vorzunehmen, um durch nichts die Rangfolge zu verletzen.

Um jegliche Diskussion, jeden Streit und den Verdacht der Parteilichkeit zu vermeiden, stellte er sie der Größe nach auf und wandte sich im Kommandoton an die Größte von ihnen: »Dein Name?« Sie antwortete mit erhobener Stimme: »Pamela.« Darauf verkündete er: »Nummer eins, Pamela mit Namen, wird dem Kommandanten zugeteilt.«

Nachdem er Blondine, die Zweite, zum Zeichen der Besitzergreifung geküsst hatte, wies er dem Leutnant Otto die dicke Amanda zu, Eva, »die Tomate«, dem Unterleutnant Fritz und die Kleinste von allen, Rachel, eine ganz junge Brünette mit Augen so schwarz wie Tintenkleckse, eine Jüdin, deren Stupsnase die Regel bestätigte, die ihrer ganzen Rasse krumme Nasen zuschreibt, dem jüngsten Offizier, dem grazilen Marquis Wilhelm von Eyrik.

Im Übrigen waren alle hübsch und rund, ohne besonderen

Ausdruck, in Auftreten und Aussehen einander auf Grund der täglichen Liebesgeschäfte und des gemeinsamen Lebens in einem öffentlichen Hause sehr ähnlich.

Die drei jungen Leute wollten alsbald ihre Frauen unter dem Vorwand abschleppen, ihnen Bürsten und Seifen zum Waschen zu geben, doch der Hauptmann setzte sich dem vernünftigerweise entgegen. Er versicherte, dass sie sauber genug seien, um sich zu Tisch zu begeben, und dass die, die hinaufstiegen, beim Herunterkommen dann lediglich die Damen tauschen wollten und die anderen Paare durcheinanderbringen würden. Seine Erfahrung gewann die Oberhand.

So gab es nur viele Küsse, Küsse der Erwartung. Plötzlich würgte Rachel, hustete, dass ihr die Tränen kamen, stieß Rauch aus den Nasenlöchern hervor. Der Marquis hatte ihr, unter dem Vorwand, sie küssen zu wollen, einen Schwall Tabak in den Mund geblasen. Sie brauste nicht auf, sprach kein Wort, doch schaute sie ihren Peiniger starr an, mit einem Zorn, der aus der Tiefe ihrer schwarzen Augen hervorloderte.

Man setzte sich zu Tisch. Der Kommandant schien entzückt; er platzierte Pamela zu seiner Rechten, Blondine zu seiner Linken und erklärte, während er seine Serviette entfaltete: »Da haben Sie eine glänzende Idee gehabt, Hauptmann.« Die Leutnants Otto und Fritz, die sich ihren Nachbarinnen gegenüber so höflich erwiesen, als seien sie Damen der feinen Gesellschaft, schüchterten sie ein wenig ein; doch der Baron Kelwingstein war völlig enthemmt, strahlte, machte zotige Witze und schien im Kranz seiner roten Haare ganz Feuer zu sein. Er verteilte Komplimente in rheinischem Französisch, und seine Spelunkengalanterien, die er durch das Loch der beiden ausgebrochenen Zähne hervorzischelte, trafen die Mädchen mit einer deftigen Speichelsalve.

Diese verstanden ihn im Übrigen gar nicht; ihr Interesse wurde erst geweckt, als er schlüpfrige Parolen ausspuckte, grobe Ausdrücke, die durch seine Aussprache noch vergröbert wurden. Da begannen sie alle wie toll zu lachen, ließen sich auf den Bauch ihrer Nachbarn fallen, wiederholten die Ausdrücke, die der Baron nun nach Herzenslust abwandelte, um sie ihrerseits zu ordinären Aussprüchen zu verleiten. Da plapperten sie beliebig viel nach, waren sie doch nach der ersten Flasche Wein beschwipst; sie wurden wieder sie selbst, fanden zu ihrem gewöhnlichen Gehabe zurück, küssten die Schnurrbärte zur Rechten und zur Linken, zwickten in die Arme, stießen wilde Schreie aus, tranken aus allen Gläsern, sangen französische Verse und Fetzen deutscher Lieder, die sie in ihrem täglichen Umgang mit dem Feind gelernt hatten.

Bald verloren auch die Männer den Kopf; sie waren berauscht von diesem Frauenfleisch, das sich ihrer Nase und ihren Händen darbot, sie brüllten, zerschlugen Geschirr, indes Soldaten hinter ihrem Rücken sie unbewegt bedienten.

Der Kommandant allein bewahrte Haltung.

Mademoiselle Fifi hielt Rachel auf dem Schoß, er berauschte sich mit kühlen Sinnen, küsste bald wie wahnsinnig die ebenholzschwarzen Locken ihres Haares, sog durch den winzigen Schlitz zwischen Kleid und Haut die süße Wärme ihres Körpers und ihren Duft ein, dann wieder kniff er sie wie wild durch den Stoff hindurch, brachte sie zum Schreien, war gepackt von einer wütenden Rohheit, besessen von seinem Drang nach Verwüstung. Immer wieder nahm er sie fest in die Arme, drückte sie an sich, als wolle er eins werden mit ihr, presste lange die Lippen auf den frischen Mund der Jüdin und küsste sie bis zum Ersticken; doch plötzlich biss er sie so heftig, dass ein blutiger Streifen auf das Kinn der jungen Frau herabzog und in ihr Mieder floss.

Noch einmal blickte sie ihm fest ins Auge, wusch die Wunde und murmelte dabei: »Dafür wirst du bezahlen.« Er begann zu lachen, ein hartes Lachen. »Ich werde bezahlen«, sagte er.

Sie kamen zum Nachtisch; Champagner wurde eingeschenkt. Der Kommandant stand auf, und in der gleichen Art, wie er auf die Gesundheit der Kaiserin Augusta getrunken hätte, stieß er an: »Auf unsere Damen!« Dann setzte eine Serie von Trinksprüchen ein, Sprüche von der Feinheit eines alten Haudegens oder Trunkenboldes, vermengt mit schlüpfrigen Späßen, die durch die Unkenntnis der Sprache brutaler ausfielen.

Sie erhoben sich, einer nach dem anderen, versuchten, geistvoll zu sein, bemühten sich, witzig zu erscheinen; und die Frauen, die zum Umfallen betrunken waren, spendeten jedes Mal wie wild Beifall, mit verschwommenem Blick und verschmierten Lippen.

Der Hauptmann, der dieser Orgie wohl einen Hauch von Eleganz verleihen wollte, hob noch einmal das Glas und schrie: »Auf die Eroberungen unserer Herzen!« Da richtete sich Leutnant Otto, eine Art Bär aus dem Schwarzwald, auf, begeistert, volltrunken. Und plötzlich übermannt von alkoholbeschwingtem Patriotismus, brüllte er: »Auf unsere Siege über Frankreich!«

So betrunken sie nun waren, die Frauen schwiegen, und Rachel wandte sich schaudernd um: »Weißt du, ich kenne Franzosen, vor denen du das nicht sagen würdest.«

Aber der kleine Marquis, der sie noch immer auf dem Schoß hielt, begann zu lachen; er war durch den Wein ganz fröhlich geworden: »Oh, oh, oh! So einen habe ich noch nicht gesehen. Wenn wir kommen, hauen die gleich ab!«

Das Mädchen schrie ihm in seiner Verzweiflung ins Gesicht: »Du lügst, du Dreckskerl!«

Eine Sekunde lang heftete er seine hellen Augen auf sie, wie er sie auf die Gemälde heftete, deren Leinwand er mit Revolverschüssen durchlöcherte, dann begann er zu lachen: »Oh! Ja! Was ist denn mit ihnen, meine Schöne; wären wir denn hier, wenn sie so tapfer wären?« Er wurde ganz lebhaft: »Wir sind hier die Herren! Unser ist Frankreich!«

Sie sprang von seinem Schoß und fiel auf ihren Stuhl zurück. Er stand auf, streckte sein Glas über den Tisch hinweg und wiederholte: »Unser ist Frankreich und unser sind die Franzosen, die Wälder, die Felder und die Häuser von Frankreich!«

Die anderen, die vollkommen betrunken waren, wurden plötzlich von militärischer Begeisterung aufgerüttelt, der Begeisterung von Rohlingen. Sie ergriffen ihre Gläser, brüllten: »Es lebe Preußen!« und leerten sie in einem Zug.

Die Mädchen protestierten nicht, sie waren still geworden und ängstlich. Rachel selbst schwieg, unfähig zu antworten.

Da setzte der kleine Marquis seinen neu gefüllten Kelch Champagner auf den Kopf der Jüdin: »Unser«, schrie er, »unser sind alle Frauen von Frankreich!«

Sie fuhr so rasch hoch, dass das Kristallglas umfiel und der goldene Wein wie bei einer Taufe in ihre schwarzen Haare floss; dann fiel es herab und zersprang auf dem Boden. Mit zitternden Lippen trotzte sie dem Blick des Offiziers, der immer noch lachte, und stammelte mit wuterstickter Stimme: »Das, das, das ist nun einmal nicht wahr. Euch gehören keineswegs Frankreichs Frauen.« Er setzte sich, um herzhaft lachen zu können, und meinte, indem er sich im Pariser Tonfall versuchte: »Die ist schon gut, richtig gut, was machst du denn wohl hier, Kleine?« Verblüfft schwieg sie zunächst und verstand in ihrer Verwirrung nicht recht, doch dann, als sie begriffen hatte, was er sagte, warf sie ihm entrüstet und heftig entgegen: »Ich! Ich! Ich bin keine Frau, ich, ich bin eine Dirne, und das ist gerade gut genug für euch Preußen!«

Sie hatte noch nicht zu Ende gesprochen, da traf sie eine kräftige Ohrfeige; als er aber noch einmal ausholte, griff sie wie wahnsinnig vor Zorn ein kleines Dessertmesser mit Silbergriff vom Tisch und stieß es ihm so plötzlich, dass man zunächst gar nichts sah, geradewegs in den Hals, genau in die kleine Vertiefung, wo die Brust ansetzt.

Ein Wort, das ihm auf der Zunge lag, wurde ihm in der

Kehle abgeschnitten, und er verharrte mit aufgerissenem Mund und grausigem Blick.

Alle brüllten auf und stürzten tumultartig vor; sie aber warf Leutnant Otto ihren Stuhl zwischen die Beine, so dass er der Länge nach hinfiel, rannte zum Fenster, öffnete es, bevor jemand sie erreichen konnte, und schwang sich in die Nacht hinaus, in den Regen, der immer noch fiel.

Binnen Minuten war Mademoiselle Fifi tot. Da zogen Fritz und Otto die Degen und wollten die Frauen, die zu ihren Füßen lagen, massakrieren. Der Major verhinderte nicht ohne Mühe diese Schlächterei und ließ die vier aufgeregten Mädchen unter Bewachung von zwei Männern in ein Zimmer sperren. Dann organisierte er, als ob er seine Soldaten für eine Schlacht einteilte, die Verfolgung der Flüchtigen, deren er sich sicher glaubte.

Fünfzig Mann wurden mit wilden Verwünschungen aufgepeitscht und in den Park ausgesandt. Zweihundert weitere durchstöberten die Wälder und alle Häuser des Tals.

Der Tisch, der im Handumdrehen abgedeckt war, diente nun als Totenbett, und die vier Offiziere, unbeweglich, ernüchtert, mit den harten Mienen diensthabender Kriegsleute, standen aufrecht an den Fenstern, durchforschten die Nacht.

Der sintflutartige Regen hielt an. Ein ständiges Plätschern erfüllte das Dunkel, ein rauschendes Gemurmel von Wassern, die fallen, und Wassern, die fließen, von Wassern, die herabtropfen und hochspritzen. Plötzlich ertönte ein Schuss, dann ein zweiter, weiter entfernt; und über vier Stunden lang hörte man von Zeit zu Zeit nah und fern Schüsse und Losungsworte, fremdartige kehlige Worte, die zum Appell riefen.

Am Morgen kamen alle zurück. Zwei Soldaten waren getötet und drei andere von ihren eigenen Kameraden in der Hitze der Jagd und bei den Wirren der nächtlichen Verfolgung verwundet worden. Rachel hatte man nicht gefunden.

Nun wurden die Einwohner von Schrecken heimgesucht,

die Behausungen auf den Kopf gestellt, das ganze Land wurde durchstreift, durchwühlt und umgedreht. Die Jüdin schien auf ihrem Weg nicht die geringste Spur hinterlassen zu haben.

Der General, der informiert worden war, befahl, die Angelegenheit niederzuschlagen, um der Armee kein schlechtes Vorbild zu liefern. Er belegte den Kommandanten mit einer Disziplinarstrafe, der seinerseits seine Untergebenen bestrafte. Der General hatte gesagt: »Der Krieg ist nicht dazu da, sich mit Dirnen zu amüsieren und mit ihnen herumzuturteln!« Graf Farlsberg beschloss in seinem Ingrimm, sich an dem Land zu rächen.

Da er einen Vorwand benötigte, um zwanglos wüten zu können, ließ er den Geistlichen kommen und befahl ihm, zur Beerdigung des Marquis von Eyrik die Glocke läuten zu lassen.

Wider Erwarten erwies sich der Geistliche als fügsam, bescheiden und voller Rücksichtnahme. Und als der Leichnam von Mademoiselle Fifi, von Soldaten getragen und von Soldaten mit geschultertem Gewehr geführt, umgeben und gefolgt, das Schloss Uville verließ und zum Friedhof zog, da läutete die Glocke zum ersten Male das Totengeläute, doch mit so frohem Schwingen, als ob eine liebe Hand sie gestreichelt hätte.

Auch am Abend läutete sie noch und am folgenden Tage und an jedem Tag; sie läutete, so oft man wollte. Ja, manchmal setzte sie sich mitten in der Nacht in Bewegung und ließ sanft zwei oder drei Töne in das Dunkel hinausschwingen, wie von seltsamen Freuden bewegt, ohne dass man wusste, was sie zum Leben erweckt hatte. Alle Bauern am Ort hielten sie nun für verzaubert, und niemand außer dem Pfarrer und dem Küster näherte sich mehr dem Glockenturm.

So lebte nun ein armes Mädchen da oben in Angst und Einsamkeit und wurde von den beiden Männern heimlich mit Nahrung versorgt. Sie blieb dort bis zum Abzug der deutschen Truppen. Dann geleitete eines Abends der Pfarrer selbst, der vom Bäcker einen Kremser geliehen hatte, seine Gefangene bis zum Stadttor von Rouen. Dort angelangt, küsste sie der Pfarrer, sie stieg ab und erreichte eiligen Fußes das öffentliche Haus, dessen Herrin sie tot geglaubt hatte. Dort holte sie wenig später ein vorurteilsfreier Patriot, der sie um ihrer schönen Tat willen liebte, heraus, doch nachdem er sie um ihrer selbst willen lieb gewann, heiratete er sie und machte sie zu einer Dame, die sich durchaus mit manch anderer messen konnte.

(1881)

Die Irre

»Ach ja«, sagte Mathieu d'Endolin, »die Schnepfen erinnern mich an eine unheimliche Geschichte aus dem Krieg.

Sie kennen doch mein Gut in der Vorstadt von Cormeil. Ich wohnte dort, als die Preußen einmarschierten.

Ich hatte seinerzeit eine Art Irre zur Nachbarin, deren Geist durch schreckliche Schicksalsschläge verwirrt war. Sie hatte zuvor im Alter von fünfundzwanzig Jahren in einem einzigen Monat ihren Vater, ihren Mann und ihr neugeborenes Kind verloren.

Wenn der Tod einmal in ein Haus eingekehrt ist, kommt er fast immer sogleich dorthin zurück, so als ob er nun die Pforte kenne.

Die arme junge Frau, von ihrem Herzeleid wie erschlagen, wurde bettlägerig und verharrte sechs Wochen lang im Delirium. Dann folgte auf diese heftige Krise eine Art matter Müdigkeit, sie war ohne Bewegung, aß kaum, ließ lediglich die Augen wandern. Jedes Mal wenn man sie zum Aufstehen veranlassen wollte, schrie sie, als ob man sie umgebracht hätte. So ließ man sie fortan liegen und zog sie nur von ihren Laken, um sie zu pflegen und die Matratzen zu wenden.

Eine alte Dienerin blieb bei ihr, gab ihr ab und zu zu trinken oder ein Stück kaltes Fleisch zu beißen. Was ging wohl in dieser verzweifelten Seele vor? Niemand erfuhr es jemals, denn sie sprach nicht mehr. Dachte sie an die Toten? Träumte sie traurig vor sich hin ohne eine rechte Erinnerung? Oder stand ihr zerstörter Geist still wie ein Wasser ohne Strömung?

Fünfzehn Jahre blieb sie dergestalt verschlossen und regungslos.

Der Krieg kam, und in den ersten Dezembertagen drangen die Preußen nach Cormeil vor.

Ich erinnere mich daran, als ob es gestern gewesen wäre. Es fror Stein und Bein; ich selbst lag in meinem Sessel, von der Gicht gelähmt, als ich das schwere und rhythmische Stampfen ihrer Schritte vernahm; von meinem Fenster aus sah ich sie vorbeiziehen. Ihr Zug wollte nicht enden, alle waren sie gleich, mit diesen Hampelmannbewegungen, die für sie typisch sind. Dann verteilten die Anführer ihre Leute auf die Einwohner. Ich hatte siebzehn. Die Nachbarin, die Irre, bekam zwölf, darunter einen Kommandanten, einen wahren Haudegen, gewalttätig und grobschlächtig.

Die ersten Tage verlief alles normal. Man hatte dem Offizier von nebenan gesagt, dass die Dame krank sei; das störte ihn nicht. Doch bald irritierte ihn diese Frau, die man niemals zu Gesicht bekam. Er erkundigte sich nach ihrer Krankheit; er bekam die Antwort, dass seine Gastgeberin seit fünfzehn Jahren infolge schweren Kummers darniederliege. Er glaubte sicher kein Wort davon und meinte, dass die arme Irre ihr Bett aus Stolz nicht verlasse, dass sie die Preußen nicht sehen, nicht mit ihnen reden, nicht mit ihnen in Berührung kommen mochte. Er bestand darauf, dass sie ihn empfing; man ließ ihn in das Zimmer eintreten. Er verlangte in barschem Ton: ›Ich bitte Sie, Madame, sich zu erheben und herunterzukommen, damit man Sie sieht.‹

Sie wandte ihm ihre schweifenden Augen zu, ihre leeren Augen, und antwortete nicht. Er fuhr fort: ›Ich dulde keinen

Ungehorsam. Wenn Sie sich nicht freiwillig erheben, werde ich Mittel finden, Sie zum Gehen zu bringen.‹

Sie machte keine Bewegung, blieb weiter ohne Regung, als ob sie ihn nicht wahrgenommen hätte.

Er wurde wütend und deutete ihr ruhiges Schweigen als Zeichen höchster Verachtung. Er fügte hinzu: ›Wenn Sie morgen nicht herunterkommen …‹ Dann ging er.

Am nächsten Tag wollte die alte Dienerin sie voller Verzweiflung ankleiden, doch die Irre begann zu heulen und wehrte sich. Der Offizier kam rasch herauf, da warf sich die Dienerin ihm zu Füßen und rief: ›Sie will nicht, Herr, sie will nicht. Vergeben Sie ihr; sie ist so unglücklich!‹

Der Soldat blieb verlegen stehen und wagte trotz seiner Wut nicht, seinen Männern zu befehlen, sie von dem Bett herunterzuziehen. Doch plötzlich begann er zu lachen und erteilte Befehle in deutscher Sprache.

Bald darauf sah man eine Abordnung aus dem Haus kommen, die eine Liege mit sich führte, als ob sie einen Verwundeten abgeholt hätte. Auf diesem Bett, das man nicht angerührt hatte, ruhte zufrieden die Irre, immer noch schweigsam, gleichgültig gegenüber allem, was geschah, solange man sie nur liegen ließ. Hinterher ging ein Mann, der ein Bündel mit Frauenkleidern trug.

Und der Offizier meinte, sich die Hände reibend: ›Es wird Ihnen gut tun, da Sie sich doch nicht allein ankleiden können. Wir machen einen kleinen Spaziergang miteinander.‹

Dann sah man, wie sich der Zug in Richtung auf den Wald von Imauville entfernte.

Zwei Stunden später kamen die Soldaten ganz allein zurück.

Die Irre ward nicht mehr gesehen. Was hatten sie mit ihr gemacht? Wohin hatten sie sie gebracht! Man erfuhr es nie.

Der Schnee fiel nun Tag und Nacht, begrub die Ebene und die Wälder unter einem Leichentuch von überfrorenem Schaum. Die heulenden Wölfe kamen bis an unsere Türen.

Der Gedanke an die verschwundene Frau ließ mir keine Ruhe; ich unternahm mehrere Vorstöße bei den preußischen Behörden, um Näheres zu erfahren. Ich wäre deswegen beinahe standrechtlich erschossen worden.

Da wurde es wieder Frühling. Die Besatzungsarmee zog ab. Das Haus meiner Nachbarin blieb verschlossen; das Gras überwucherte die Wege.

Die alte Dienerin war während des Winters gestorben. Niemand beschäftigte sich noch mit dieser abenteuerlichen Geschichte; ich allein dachte unablässig daran.

Was hatten sie nur mit dieser Frau gemacht? War sie durch die Wälder entflohen? Hatte man sie irgendwo aufgenommen und in einem Krankenhaus behalten, ohne irgendwelche Auskünfte von ihr zu erhalten? Nichts wollte meine Befürchtungen lindern, doch allmählich besänftigte die Zeit die Sorge meines Herzens.

Im folgenden Herbst zogen die Schnepfen in Scharen einher, und da mir meine Gicht ein wenig Ruhe ließ, schleppte ich mich bis zum Wald. Ich hatte schon vier oder fünf von den langschnabeligen Vögeln getötet, als ich einen herunterschoss, der in einem Graben voller Zweige verschwand. Ich war gezwungen hinabzusteigen, um das Tier zu holen. Es war neben einen Totenkopf gefallen. Urplötzlich traf mich wie ein Donnerschlag die Erinnerung an die Tote. So manch anderer war in diesem schrecklichen Jahr vielleicht in diesem Wald verendet, doch ich war sicher, ich weiß nicht warum, ganz sicher, sage ich Ihnen, dass ich hier auf den Kopf dieser unseligen, wahnsinnigen Frau gestoßen war.

Und plötzlich begriff ich, erriet alles. Sie hatten sie auf dieser Liege in dem kalten, einsamen Wald allein gelassen; und, ihrer fixen Idee getreu, hatte sie den Tod unter dem dichten, leichten Flaum des Schnees hingenommen, ohne nur ein Glied zu rühren. Dann hatten die Wölfe sie gefressen. Und die Vögel hatten sich aus der Wolle ihres zerrissenen Bettes ein Nest gebaut. Ich habe dieses traurige Gebein behalten. Und mein innigster Wunsch ist, dass unsere Söhne nie einen Krieg erleben mögen.«

(Dezember 1881)

Das Grauen

Die laue Nacht brach langsam herein.

Die Frauen waren im Salon der Villa geblieben. Die Männer saßen oder hockten rittlings auf den Gartenstühlen vor der Tür und rauchten, rund um einen kreisförmigen Tisch, der mit Tassen und Gläschen beladen war.

Ihre Zigarren leuchteten hin und wieder wie Augen in dem dicht gewordenen Dunkel auf. Soeben hatte man von einem schrecklichen Unfall erzählt, der sich am Vortag ereignet hatte: Zwei Männer und drei Frauen waren vor den Augen der Gäste gegenüber im Fluss ertrunken.

General von G... erklärte: »Ja, solche Sachen sind erschütternd, aber sie sind nicht wirklich grauenvoll. Grauenvoll, dieses alte Wort besagt ja viel mehr als schrecklich. Ein schrecklicher Unfall wie dieser bewegt, erschüttert, erschreckt; aber er macht nicht wahnsinnig. Um Grauen zu empfinden, bedarf es mehr als der Bewegung der Seele und mehr als des Anblicks eines Toten, dazu gehört der Schauder des Geheimnisses oder die Empfindung eines ungewöhnlichen, eines außernatürlichen Schreckens. Ein Mensch, der stirbt, selbst unter den dramatischsten Umständen, ruft kein Grauen hervor; ein Schlachtfeld ist nicht grauenvoll; die gemeinsten Verbrechen sind selten grauenvoll.

Doch hören Sie, ich gebe Ihnen zwei persönliche Beispiele von Ereignissen, die mich den Begriff des Grauenvollen lehrten.

Es begab sich während des Krieges von 1870. Wir zogen uns nach Pont-Audemer zurück, nachdem wir Rouen durchquert hatten. Die Armee, ungefähr zwanzigtausend Mann, zwanzigtausend auf der Flucht, aufgelöst, entmutigt, erschöpft, sollte sich in Le Havre neu formieren.

Die Erde war mit Schnee bedeckt. Die Nacht brach herein. Seit dem Vorabend hatten sie nichts mehr gegessen. Sie flohen alle überstürzt und voller Hast. Die Preußen waren nicht weit.

Das ganze normannische Land, von fahler Blässe, die nur von den Schatten der Bäume rings um die Höfe durchbrochen wurde, erstreckte sich unter einem schwarzen, schweren und unheilvollen Himmel.

Nichts war zu hören in dem trüben Schein der Abenddämmerung als wirre Geräusche von Truppen, die kraftlos und unter unendlichen Mühen dahinmarschierten, ein Stampfen ohne Maß, durchzogen vom unbestimmten Geklapper der Essnäpfe und Säbel. Die Männer, gebeugt, gekrümmt, schmutzig, oft nur in Fetzen gehüllt, schleppten sich dahin, hasteten im Schnee einher mit langen, erschöpften Schritten.

Die nackten Hände klebten am Stahl der Gewehrkolben fest, denn es fror erbärmlich in dieser Nacht. Oft sah ich, wie ein kleiner Gardist die Stiefel auszog, um barfuß weiterzugehen, so sehr quälte ihn sein Schuhwerk; und mit jedem Fußtritt hinterließ er eine Blutspur. Dann ließ er sich nach einiger Zeit auf einem Feld nieder, um einige Minuten auszuruhen, und stand nicht wieder auf. Jeder Mann, der sich setzte, war ein toter Mann.

Wie viele haben wir zurückgelassen von diesen armen, erschöpften Soldaten, die doch glaubten, sogleich wieder aufzubrechen, sobald sich nur ihre steif gewordenen Beine etwas erholt hätten! Kaum hatten sie aufgehört, sich zu bewegen, ihr nahezu stockendes Blut in ihrem gefrorenen Fleisch zirkulieren zu lassen, als eine unüberwindliche Erschlaffung sie erstarren ließ, sie an die Erde nagelte, ihnen die Augen schloss, in Sekundenschnelle diesen erschöpften menschlichen Mechanismus lähmte. Sie sanken in sich zusammen, die Stirn auf die Knie geneigt, ohne dass sie indes gefallen wären, denn ihr Leib, ihre Glieder waren unbeweglich, waren steif wie Holz geworden, konnten nicht mehr gebeugt oder aufgerichtet werden.

Wir anderen, die Kräftigeren, marschierten noch immer, bis ins Mark erfroren, schritten voran, wie von fremden Kräften bewegt, in dieser Nacht, in diesem Schnee, in diesen kalten und todbringenden Weiten, zermürbt von Leid, Niederlage und Hoffnungslosigkeit und vor allen Dingen niedergedrückt durch das schreckliche Gefühl unserer Verlassenheit, von Ende, Tod, Nichts.

Ich bemerkte zwei Gendarmen, die einen kleinen, seltsamen alten Mann ohne Bart, von wahrlich merkwürdiger Erscheinung am Arm hielten. Sie suchten einen Offizier, da sie glaubten, einen Spion gefangen zu haben.

Das Wort ›Spion‹ machte alsbald die Runde bei den sich dahinschleppenden Soldaten, und sie umringten den Gefangenen. Eine Stimme erscholl: ›Den muss man erschießen!‹ Und alle Soldaten, die vor Erschöpfung fast umfielen und sich nur aufrecht hielten, weil sie sich auf ihre Gewehre stützten, überkam plötzlich der Rausch einer wilden und tierischen Wut, die die Massen zum Massaker treibt.

Ich wollte sprechen, ich war damals Bataillonskommandeur, aber die Kommandeure galten nichts mehr, sie hätten auch mich erschossen.

Einer der Gendarmen erklärte mir: ›Er folgt uns seit drei Tagen. Er fragt alle Welt nach Einzelheiten über die Artillerien.‹

Ich versuchte, dieses Wesen zu verhören: ›Was tun Sie? Was wollen Sie? Warum begleiten Sie die Armee?‹

Er stammelte einige Worte in einem unverständlichen Dialekt.

Es war wirklich eine seltsame Person, mit schmalen Schultern, heimtückischem Blick; so verwirrt stand sie vor mir, dass ich wirklich kaum einen Zweifel mehr hatte, dass es sich um einen Spion handelte. Er schien sehr alt und schwach. Er sah mich mit einer ergebenen, dümmlichen und arglistigen Art von unten an. Die Männer ringsum brüllten: ›An die Mauer! An die Mauer!‹

Ich sagte zu den Gendarmen: ›Ihr bürgt mir für den Gefangenen!‹ ... Ich hatte noch nicht aufgehört zu sprechen, als ein schrecklicher Stoß mich umwarf, und eine Sekunde später sah ich, wie der Mann von den tobenden Soldaten niedergetreten, geschlagen, ans Ende der Straße gezerrt und gegen einen Baum geworfen wurde. Er fiel, schon jetzt fast tot, um in den Schnee.

Sofort füsilierten sie ihn. Die Soldaten zielten auf ihn, luden erneut ihre Waffen, zielten erneut mit der Verbissenheit von Rohlingen. Sie schlugen sich darum, an die Reihe zu kommen, zogen an dem Kadaver vorüber und schossen immer wieder auf ihn, wie man an einem Sarg vorüberzieht, um Weihrauch zu spenden.

Plötzlich stieg ein Schrei auf: ›Die Preußen! Die Preußen!‹

Bis zum Horizont breitete sich das gewaltige Tosen der Armee aus, die vor Schrecken außer sich war und nur noch rannte.

Die Panik, die durch die Schüsse auf den Vagabunden ausgelöst worden war, hatte die Scharfrichter nun selbst ergriffen; doch ohne zu verstehen, dass sie die Urheber solchen Schreckens waren, brachten sie sich in Sicherheit und verschwanden im Dunkel.

Ich blieb bei dem Leichnam zurück, zusammen mit zwei Gendarmen, die ihr Pflichtgefühl bei mir ausharren ließ.

Sie hoben das Stück Fleisch auf, das zermalmt, zertreten war und blutete.

›Ihr müsst ihn durchsuchen‹, sagte ich zu ihnen. Und ich hielt ihnen eine Streichholzschachtel hin, die ich in der Tasche hatte. Einer der Soldaten leuchtete dem anderen. Ich stand aufrecht zwischen ihnen.

Der Gendarm, der den Körper betastete, stellte fest: ›Mit

einem blauen Kittel bekleidet, mit einem weißen Hemd, einer Hose und einem Paar Stiefel.‹

Das erste Streichholz erlosch, man entzündete das zweite. Der Mann nahm sein Geschäft wieder auf und wendete die Taschen: ›Ein Messer aus Horn, ein kariertes Taschentuch, eine Tabakdose, ein Stück Schnur, ein Kanten Brot.‹

Das zweite Streichholz ging aus. Man entfachte das dritte. Der Gendarm erklärte, nachdem er lange den Kadaver abgetastet hatte: ›Das war's.‹

Ich sagte: ›Entkleidet ihn. Vielleicht finden wir etwas auf der Haut.‹

Damit beide Soldaten gleichzeitig tätig werden konnten, war ich selbst bemüht, ihnen zu leuchten. Ich sah sie in dem flackernden, schnell erloschenen Schein des Streichholzes die Kleidungsstücke nacheinander abnehmen und dieses blutende, noch warme und tote Fleisch bloßlegen.

Plötzlich stammelte einer: ›Hilf Himmel, Kommandeur, es ist eine Frau!‹

Ich vermag nicht zu sagen, welch seltsames und stechendes Gefühl der Angst mein Herz bewegte. Ich konnte es nicht glauben und kniete nieder im Schnee vor dieser formlosen Masse, um besser zu sehen, es war eine Frau!

Die beiden Gendarmen, sprachlos und betroffen, warteten, dass ich meine Ansicht kundgab.

Doch ich wusste nicht, was ich denken, was ich vermuten sollte.

Da erklärte der Unteroffizier langsam: ›Vielleicht war sie auf der Suche nach ihrem Kind, das bei der Artillerie diente und von dem sie nichts mehr gehört hatte.‹

Der andere antwortete: ›Das kann schon gut sein.‹

Und ich, der ich doch so schreckliche Dinge gesehen hatte, ich begann zu weinen. Angesichts dieser Toten in dieser Eisesnacht, inmitten dieser schwarzen Ebene, vor diesem Geheimnis, vor dieser unbekannten Ermordeten, empfand ich, was das Wort ›Grauen‹ besagen will.

Ich hatte die gleiche Empfindung, die mich im Vorjahr gepackt hatte, als ich einen der Überlebenden der Mission Flatters, einen algerischen Schützen, befragte.

Sie kennen die Einzelheiten dieses grausigen Dramas. Eine davon ist Ihnen aber vielleicht verborgen geblieben.

Der Oberst zog durch die Wüste zum Sudan und durchquerte das gewaltige Gebiet der Tuareg, die in diesem Sandmeer, das vom Atlantik bis Ägypten und vom Sudan bis Algerien reicht, in gewissem Sinn Piraten sind, durchaus mit jenen vergleichbar, die einstmals die Meere unsicher machten.

Die Führer, die der Kolonne den Weg wiesen, gehörten zum Stamm der Chambaa, aus Ouargla.

Eines Tages wurde das Lager mitten in der Wüste aufgeschlagen, und die Araber erklärten, dass sie, da die Quelle noch ein wenig entfernt sei, mit den Kamelen Wasser holen wollten.

Ein einziger Mann unterrichtete den Oberst davon, dass er verraten sei: Oberst Flatters glaubte ihm kein Wort und begleitete den Zug mit den Ingenieuren, Ärzten und fast all seinen Offizieren.

Sie alle wurden um die Quelle herum niedergemetzelt und die Kamele als Beute weggeführt.

Der Hauptmann des arabischen Stützpunkts von Ouargla, der im Lager geblieben war, übernahm den Befehl über die Überlebenden, Reiter und Schützen, und der Rückzug begann, ohne Gepäck und ohne Lebensmittel, da man ja keine Kamele mehr zum Tragen hatte.

So machten sie sich in der schattenlosen, endlosen Einsamkeit, unter der verzehrenden Sonne, die von früh bis spät hernieder brannte, auf den Weg.

Ein Volksstamm kam, um seine Unterwerfung zu bezeugen; er brachte Datteln. Sie waren vergiftet. Fast alle Franzosen starben, unter ihnen der letzte Offizier.

Es blieben nur einige Reiter übrig, darunter der Quartiermeister Pobéguin, sowie eingeborene Schützen, die dem Stamm der Chambaa angehörten. Man besaß noch zwei Kamele. Sie verschwanden in der Nacht mit zwei der Araber.

Da begriffen die Überlebenden, dass sie einander verspeisen mussten, und sie trennten sich sofort, als die Flucht der beiden Männer mit den Kamelen bekannt wurde, und begannen einer hinter dem anderen den Marsch in dem weichen Sand, unter dem stechenden Feuer des Himmels, jeder mehr als eine Schussweite vom anderen entfernt.

So gingen sie den ganzen Tag und stiebten hier und dort in der verbrannten, flachen Weite kleine Sandsäulen auf, die von fern die Wanderer in der Wüste ankündigen.

Eines Morgens aber schwenkte einer der Gehenden plötzlich aus und näherte sich seinem Nachbarn. Alle blieben stehen, um zuzuschauen.

Der Mann, auf den der hungernde Soldat losmarschierte, floh nicht, sondern drückte sich platt auf den Boden und zielte auf den Näherkommenden. Als er ihn in der richtigen Entfernung glaubte, drückte er ab. Der andere wurde nicht getroffen und ging weiter auf ihn zu, dann legte er seinerseits an und erschoss seinen Kameraden.

Da rannten die anderen aus allen Himmelsrichtungen herbei, um ihr Teil zu holen. Und derjenige, der getötet hatte, zerlegte den Toten und verteilte.

Erneut gingen sie auf Abstand, diese nicht zu vereinenden Verbündeten, bis zu dem nächsten Mord, der sie wieder einander näher bringen würde.

Zwei Tage lebten sie von ihrem Teil Menschenfleisch. Dann stellte sich der Hunger wieder ein, und der, der als Erster getötet hatte, tötete erneut. Und wieder teilte er wie ein Metzger den Kadaver auf und reichte ihn seinen Kameraden, wobei er nur seine Portion behielt.

In dieser Weise ging der Rückzug der Menschenfresser weiter. Der letzte Franzose, Pobéguin, wurde am Rande eines Brunnens niedergemetzelt, am Abend, bevor Hilfe kam.

Begreifen Sie nun, was ich unter grauenvoll verstehe?«

Diese Geschichte erzählte uns neulich, am Abend, der General von G...

(Mai 1884)

Die Gefangenen

Nichts war zu hören im Wald außer dem feinen Rieseln des Schnees, der sich auf die Bäume legte. Er fiel seit Mittag, ein leichter dünner Schnee, der die Äste mit seinem eisigen Puder bestäubte, über die toten Blätter des Dickichts ein zartes Silberdach warf, auf den Straßen einen gewaltigen weichen, weißen Teppich ausbreitete und das grenzenlose Schweigen dieses Meeres von Bäumen verdichtete.

Vor der Tür des Forsthauses spaltete eine bloßärmelige junge Frau mit der Axt Holz auf einem Steinblock. Sie war groß, schlank und stark, ein Mädchen aus dem Wald, Försterstochter und Förstersfrau.

Eine Stimme rief aus dem Innern des Hauses: »Wir sind allein heute Abend, Berthine, komm herein! Die Nacht bricht ein, da streunen vielleicht ein paar Preußen oder Wölfe herum.«

Die Holzfällerin erwiderte, wobei sie einen Baumstumpf mit gewaltigen Schlägen spaltete und bei jedem Armheben die Brust hoch emporreckte: »Ich bin fertig, Mama. Da bin ich schon, nur keine Angst; es ist ja noch hell!«

Damit schleppte sie ihre Bündel und Holzscheite herein und stapelte sie am Kamin auf, ging wieder hinaus, um die Läden zu schließen, riesige Läden aus eichenem Kernholz, und als sie schließlich drin war, schob sie die schweren Riegel vor die Tür.

Ihre Mutter spann am Feuer, eine runzlige Greisin, die das Alter hatte ängstlich werden lassen: »Ich mag es nicht, wenn der Vater da draußen ist. Zwei Frauen sind nicht gerade stark.«

Die Junge gab zur Antwort: »Oh, ich bringe schon einen Wolf zur Strecke und einen Preußen dazu ...«

Und sie wies mit einem Blick auf einen großen Revolver, der über dem Herd hing.

Ihr Mann war zu Beginn der preußischen Invasion eingezogen worden, und die zwei Frauen waren mit dem Vater zurückgeblieben, dem alten Förster Nicolas Pichon, genannt die Stelze, der es hartnäckig abgelehnt hatte, seine Bleibe zu verlassen und in die Stadt zurückzukehren.

Die nächstgelegene Stadt war Rethel, eine ehemalige Festung, die auf einem Felsen lag. Hier war man patriotisch gesinnt, und die Einwohner waren entschlossen, den Eroberern Widerstand zu leisten, sich einzuschließen und gemäß der Tradition der Stadt eine Belagerung durchzuhalten. Bereits zweimal, unter Heinrich IV. und Ludwig XIV., hatten sich die Einwohner von Rethel durch ihre heldenhafte Verteidigung hervorgetan. Auch diesmal würden sie es tun! Verflucht nochmal! Oder man sollte sie in ihren Mauern verbrennen.

So hatten sie also Kanonen und Gewehre gekauft, eine Bürgerwehr damit ausgerüstet, Abteilungen und Kompanien gebildet, und übten nun alle Tage auf dem Exerzierplatz. Alle, die Bäcker und Krämer, Metzger, Notare, Anwälte, Schreiner, Buchhändler, selbst die Apotheker, waren dort regelmäßig im Wechsel zugange, unter dem Befehl des ehemaligen Unteroffiziers der Dragoner, Monsieur Lavigne, heute Kurzwarenhändler, nachdem er die Tochter von Monsieur Ravaudan, dem Älteren, geheiratet und dessen Laden geerbt hatte.

Er hatte den Rang eines befehlshabenden Majors des Ortes angenommen, und da alle jungen Leute zur Armee eingerückt waren, hatte er alle anderen eingezogen, die nun für den Widerstand trainierten. Die Dicken gingen nur noch im Gymnastikschritt durch die Gassen, um ihr Fett abzulaufen, und die Schwachen trugen Lasten, um ihre Muskeln zu stärken. So erwartete man die Preußen, aber die Preußen kamen nicht. Sie waren indes nicht weit, denn bereits zweimal waren ihre Kundschafter durch den Wald bis zu dem Forsthaus von Nicolas Pichon, genannt die Stelze, vorgedrungen.

Der alte Waldhüter, der wie ein Fuchs lief, war gekommen, um die Stadt zu warnen. Da hatte man die Kanonen gerichtet, aber der Feind hatte sich nicht gezeigt.

Das Haus der Stelze diente als Vorposten im Wald von Aveline. Zweimal in der Woche holte der Mann Vorräte und brachte den Städtern Neuigkeiten vom Lande.

*

An diesem Tag war er aufgebrochen, um zu melden, dass ein kleiner Trupp der deutschen Infanterie zwei Tage zuvor bei ihm Halt gemacht hatte, gegen zwei Uhr nachmittags, und nahezu unmittelbar darauf wieder aufgebrochen war.

Der befehlshabende Unteroffizier hatte französisch gesprochen.

Als der Alte aufbrach, nahm er seine beiden Hunde mit, zwei große Wachhunde mit Mäulern wie Löwen, denn er fürchtete die Wölfe, die blutrünstig zu werden begannen, und er ließ die beiden Frauen mit der Empfehlung zurück, sich bei Einbruch der Nacht zu verbarrikadieren.

Die Junge fürchtete sich vor nichts, aber die Alte zitterte fortwährend und sagte in einem fort:

»Es wird ein böses Ende nehmen, dies alles, ihr werdet schon sehen, es wird ein böses Ende nehmen.«

An diesem Abend war sie noch unruhiger als gewöhnlich. »Weißt du, wann der Vater zurückkommt?«, fragte sie.

»Oh! Vor elf Uhr sicher nicht. Wenn er beim Kommandanten zu Abend isst, kommt er immer spät heim.«

Berthine hängte den Kessel über dem Feuer auf, um die Suppe zu bereiten, da hielt sie im Rühren inne; ein unbestimmtes Geräusch drang durch das Kaminrohr an ihre Ohren.

Sie flüsterte: »Da marschiert jemand im Wald, sieben oder acht Leute mindestens.«

Die Mutter hielt entsetzt ihr Spinnrad an und stammelte: »Oh, mein Gott! Und Vater ist nicht da!«

Sie hatte kaum ausgesprochen, als heftige Stöße die Türe erzittern ließen.

Als die Frauen nicht öffneten, schrie eine kräftige und gutturale Stimme: »Aufmachen!«

Dann, nach einem Schweigen, dieselbe Stimme noch einmal: »Aufmachen, oder ich schlag die Tür ein!«

Da ließ Berthine den schweren Revolver vom Kamin in ihre Rocktasche gleiten, heftete ihr Ohr an die Tür und fragte: »Wer ist da?«

Die Stimme antwortete: »Die Abteilung von neulich.«

Die junge Frau fuhr fort: »Was wollt ihr?«

»Ich irre seit heute früh mit meiner Abteilung durch die Gegend. Öffnet, oder ich schlag die Tür ein!«

Die Försterin hatte keine Wahl; sie schob heftig den großen Riegel zurück, zog die schwere Türe auf und sah im fahlen Licht des Schnees sechs Männer, sechs preußische Soldaten, die gleichen, die am Vorabend gekommen waren. Mit fester Stimme fragte sie: »Was treibt ihr hier um diese Zeit?«

Der Unteroffizier wiederholte: »Ich habe mich verirrt, völlig verirrt, ich habe das Haus wiedererkannt. Ich habe seit heute früh nichts gegessen, meine Abteilung ebenso.«

Berthine erklärte: »Wissen Sie, ich bin heute Abend ganz allein mit Mama.«

Der Soldat, der einen ordentlichen Eindruck machte, entgegnete: »Das macht nichts. Ich habe nichts Böses im Sinn. Machen Sie uns etwas zu essen. Wir fallen um vor Hunger und Kälte.«

Die Försterin trat zurück: »Kommt herein«, sprach sie.

Sie kamen herein, schneebedeckt, ihre Helme waren wie mit Sahnecreme verziert und erinnerten an Baisers. Sie schienen müde, erschöpft.

Die junge Frau wies auf die Holzbänke zu beiden Seiten des großen Tischs.

»Setzt euch«, forderte sie sie auf, »ich koche euch eine Suppe. Ihr seht wirklich ganz erledigt aus.«

Damit verriegelte sie die Türe wieder. Sie füllte erneut Wasser in den Kessel, tat wiederum Butter und Kartoffeln hinein. Dann nahm sie ein Stück Speck aus dem Kamin, schnitt die Hälfte davon herunter und mengte ihn in die Brühe.

Die sechs Männer verfolgten ihre Bewegungen, und aus ihren Augen schaute der blanke Hunger. Sie hatten ihre Gewehre und ihre Helme in eine Ecke gelegt und warteten brav wie Kinder auf der Schulbank.

Die Mutter hatte das Spinnen wieder aufgenommen und sah alle Augenblicke mit verzweifelten Augen auf die feindlichen Eindringlinge. Nichts war zu hören als das leichte Schnurren des Spinnrades, das Knacken des Feuers und das Brodeln des Wassers, das heiß wurde.

Doch plötzlich ließ ein seltsames Geräusch sie alle erzittern, etwas wie heiseres Schnaufen drang unter der Türe durch, das Schnaufen eines Tieres, ein heißes, rasselndes Schnaufen.

Der deutsche Unteroffizier machte einen Satz zu den Gewehren hin. Die Försterin hielt ihn mit einer Geste zurück und meinte lächelnd: »Das sind Wölfe. Sie sind wie ihr; sie treiben sich draußen herum und haben Hunger.«

Der Mann glaubte ihr nicht; er wollte nachsehen und erblickte, sobald er die Tür geöffnet hatte, zwei riesige graue Tiere, die in raschem, gestrecktem Lauf flohen.

Er setzte sich wieder und murmelte: »Das hätte ich nicht geglaubt.«

Und er wartete auf die Zubereitung seines Mahls. Dann begannen sie zu essen, die Münder bis zu den Ohren aufgerissen, damit sie mehr hinunterschlingen konnten, mit runden Augen, die weit waren wie ihre Kiefer, und Geräuschen im Hals, die an das Gluckern von Abflussrinnen erinnerten.

Die zwei Frauen schauten stumm den hastigen Bewegungen der großen roten Bärte zu; die Kartoffeln schienen in diesen beweglichen Vliesen nur so zu verschwinden.

Da sie Durst hatten, stieg die Försterin in den Keller, um Apfelwein zu zapfen. Sie verharrte dort lange Zeit; es war ein kleiner gewölbter Keller, der, wie man sich erzählte, während der Revolution als Gefängnis und Schlupfwinkel gedient hatte. Erreichbar war er über eine enge Wendeltreppe, die durch eine Falltür am Ende der Küche geschlossen wurde.

Als Berthine wiederkam, lachte sie, sie lachte ein heimtückisches Lachen, lachte in sich hinein. Und sie gab den Deutschen ihren Krug mit dem Getränk.

Dann aß sie ebenfalls mit ihrer Mutter am anderen Ende der Küche zu Abend.

Die Soldaten waren mit dem Essen fertig und schliefen alle sechs rund um den Tisch ein. Von Zeit zu Zeit fiel eine Stirn mit dumpfem Schlag auf die Platte, dann fuhr der Mann, jäh hochgerissen, auf.

Berthine sagte zu dem Unteroffizier: »Legt euch vor dem Feuer nieder, Herrgott, da ist doch Platz für sechs. Ich klettere mit Mama in mein Zimmer nach oben.«

Und die zwei Frauen stiegen hinauf in den ersten Stock. Man hörte, wie sie ihre Tür abschlossen, einige Zeit umhergingen; dann war nichts mehr von ihnen zu hören.

Die Preußen streckten sich auf dem Boden aus, die Füße am Feuer, den Kopf auf ihren zusammengerollten Mänteln, und alsbald schnarchten die sechs in sechs verschiedenen Tonarten, hell oder tief, aber alle ausdauernd und fürchterlich.

*

Sie schliefen sicher schon lange, als ein Schuss losging, der so heftig war, dass man meinte, jemand habe gegen die Hausmauern geschossen. Die Soldaten zogen sich sogleich an. Zwei weitere Schüsse brachen los, drei andere folgten noch.

Die Tür vom ersten Stock wurde aufgerissen, und die Försterin erschien, barfüßig, im Hemd, mit einem kurzen Rock, eine Kerze in der Hand, ganz aufgelöst; sie stammelte: »Das sind Franzosen, es sind mindestens zweihundert. Wenn die euch hier finden, brennen sie mir das Haus ab. Steigt rasch in den Keller und haltet still. Wenn ihr Krach macht, sind wir verloren.«

Der Unteroffizier murmelte verschreckt: »Ja, gern, ja, gern! Wo geht es denn runter?«

Die junge Frau hob vorsichtig die schmale, viereckige Falltür, und die sechs Männer verschwanden über die kleine Wendeltreppe und versanken einer nach dem anderen rückwärts, um die Stufen zu ertasten, im Boden.

Als aber die Spitze des letzten Helmes verschwunden war, schlug Berthine die schwere Eichenplatte, die dick wie eine Mauer und hart wie Stahl war und durch solide Scharniere und ein wahres Kerkerschloss gehalten wurde, zu, und schloss zweimal um; dann begann sie zu lachen. Es war ein stummes, inbrünstiges Lachen, und sie verspürte eine tolle Lust, auf den Köpfen der Gefangenen herumzutanzen.

Die gaben keinen Laut von sich, so wie sie da gleichsam in einer festen Kiste eingesperrt waren, einer steinernen Kiste, die nur durch ein mit Eisenstäben versehenes Gitterfensterchen etwas Luft erhielt.

Berthine machte sogleich wieder Feuer, hängte ihren Kessel wieder darüber auf und bereitete erneut ihre Suppe, wobei sie murmelte: »Vater wird müde sein heute Nacht.«

Dann setzte sie sich und wartete. Lediglich das wohlklingende Pendel gab in dem Schweigen sein gleichmäßiges Ticken von sich.

Von Zeit zu Zeit warf die junge Frau einen Blick auf das Zifferblatt, einen unruhigen Blick, der zu sagen schien: »Das dauert aber heute!«

Bald aber kam es ihr vor, als ob unter ihren Füßen etwas murmelte. Leise, undeutliche Laute drangen durch das gemauerte Gewölbe des Kellers. Die Preußen begannen ihre List zu durchschauen, und bald stieg der Unteroffizier die kleine Treppe wieder hinauf und schlug mit der Faust gegen die Falltür. Er schrie von Neuem: »Aufmachen!«

Sie erhob sich, trat näher und äffte seinen harten deutschen Akzent nach: »Was wollt ihr?«

»Aufmachen!«

»Ich mache nicht auf.«

Der Mann wurde wütend.

»Aufmachen, oder ich schlag die Tür ein!«

Sie begann zu lachen: »Na, schlag doch, mein Guter, schlag doch, mein Guter!«

Da begann er, mit dem Gewehrkolben gegen die eichene Falltür zu hämmern, die über seinem Kopf verschlossen lag. Aber die hätte noch den Stößen einer Wurfmaschine widerstanden.

Die Försterin hörte ihn wieder hinuntersteigen. Dann kamen die Soldaten, einer nach dem anderen, ihre Kräfte zu erproben und die Absperrung zu prüfen. Da sie aber ihre Versuche wohl als nutzlos erkannten, stiegen sie alle wieder in den Keller hinunter und begannen erneut, miteinander zu reden.

Die junge Frau lauschte ihren Worten, dann ging sie, die Außentür zu öffnen, und horchte in die Nacht hinaus.

Ein fernes Bellen drang an ihr Ohr. Sie begann zu pfeifen, wie es die Jäger tun, und alsbald stürmten zwei riesige Hunde aus dem Dunkel, sprangen an ihr hoch und tollten um sie herum. Sie fasste sie am Hals und hielt sie fest, damit sie nicht wegliefen. Dann schrie sie aus Leibeskräften: »Hallo, Vater!«

Eine noch weit entfernte Stimme gab Antwort: »Hallo, Berthine!«

Sie wartete einige Minuten und rief dann: »Hallo, Vater!«

Die Stimme war nun näher und rief erneut: »Hallo, Berthine!«

Die Försterin fuhr fort: »Geh nicht am Kellerfenster vorbei! Es sind Preußen im Keller.«

Und plötzlich zeichnete sich zur Linken die große Gestalt eines Mannes ab, der zwischen zwei Baumstämmen stehen blieb. Er fragte beunruhigt: »Preußen im Keller? Was tun die denn da?«

Die junge Frau begann zu lachen: »Es sind die von gestern. Sie haben sich im Wald verirrt. Ich habe sie im Keller kaltgestellt.«

Und sie erzählte ihr Abenteuer, wie sie sie mit Revolverschüssen erschreckt und im Keller eingesperrt hatte.

Der Alte fragte mit noch immer ernster Miene: »Was sollen wir jetzt mit ihnen machen?«

Sie antwortete: »Lauf und hol Monsieur Lavigne und seine Truppe. Er soll sie gefangen nehmen. Der wird sich freuen!«

Und Vater Pichon lächelte: »Wohl wahr, der wird sich freuen.«

Seine Tochter fuhr fort: »Hier hast du noch Suppe, iss und mach dich wieder auf den Weg!«

Der alte Waldhüter setzte sich zu Tisch und begann, seine Suppe zu löffeln, nachdem er zwei volle Teller für seine Hunde auf den Boden gestellt hatte.

Die Preußen, die das Reden hörten, waren still. Die Stelze brach eine Viertelstunde später auf. Berthine aber legte den Kopf in die Hände und wartete.

Die Gefangenen wurden wieder unruhig. Sie schrien jetzt, riefen, schlugen unaufhörlich mit ihren Gewehrkolben gegen die unerschütterliche Falltür.

Dann begannen sie, mit ihren Gewehren aus dem Fenster zu schießen, offensichtlich in der Hoffnung, von irgendeiner deutschen Abteilung gehört zu werden, die gerade in der Gegend war.

Die Försterin rührte sich nicht mehr; aber der Lärm beunruhigte und irritierte sie. Ein böser Zorn stieg in ihr hoch; sie hätte sie töten mögen, diese Kerle, um sie zum Schweigen zu bringen. Dann begann sie mit wachsender Ungeduld auf die Uhr zu schauen und die Minuten zu zählen.

Der Vater war um halb zwei Uhr aufgebrochen. Er hatte jetzt die Stadt erreicht. Sie glaubte ihn vor sich zu sehen. Er erzählte Monsieur Lavigne die Geschichte, der vor Aufregung blass wurde, nach seiner Magd klingelte und seine Uniform und seine Waffen verlangte. Sie meinte, den Trommler zu hören, der die Straßen ablief. Verstörte Gesichter tauchten in den Fenstern auf. Die Bürgerwehr lief aus den Häusern, kaum bekleidet, außer Atem, schlossen noch ihre Gürtel und zogen im Laufschritt zum Hause des Kommandanten.

Dann setzte sich die Truppe, die Stelze an der Spitze, in Marsch, in Nacht und Schnee, in Richtung Wald.

Sie sah auf die Uhr: »Sie können in einer Stunde hier sein.«

Eine nervöse Unruhe erfasste sie. Die Minuten erschienen ihr endlos. Wie lange dauerte das! Endlich war der Zeiger an dem Punkt angelangt, den sie für ihre Ankunft berechnet hatte.

Erneut öffnete sie die Tür, um sie kommen zu hören. Sie nahm eine Gestalt wahr, die vorsichtig ausschritt. Sie bekam Angst und stieß einen Schrei aus. Es war ihr Vater.

Er erklärte: »Sie schicken mich vor, um nachzusehen, ob alles beim Alten ist.«

»Ja, alles!«

Da schickte er seinerseits einen grellen und langen Pfiff in die Nacht hinaus. Und alsbald sah man etwas Braunes langsam unter den Bäumen hervortreten; das war die Vorhut, die aus zehn Mann bestand.

Die Stelze wiederholte alle Augenblicke: »Nicht am Kellerfenster vorbeigehen!«

Und die Erstgekommenen machten die Hinzutretenden auf das gefürchtete Kellerfenster aufmerksam.

Endlich zeigte sich der Großteil der Truppe, alles in allem zweihundert Leute, von denen jeder zweihundert Patronen mit sich führte.

Monsieur Lavigne, aufgeregt und zitternd, verteilte sie so, dass sie von allen Seiten das Haus umstanden, aber einen breiten Freiraum vor dem kleinen schwarzen Loch zu ebener Erde ließen, durch das der Keller seine Luftzufuhr erhielt.

Dann ging er ins Haus und informierte sich über Stärke und Verhalten des Feindes, der so stumm geworden war, dass man glauben konnte, er sei verschwunden, aufgelöst, durchs Kellerloch entflogen.

Monsieur Lavigne stieß mit dem Fuß auf die Falltür und rief: »Herr preußischer Offizier?«

Der Deutsche gab keine Antwort.

Der Kommandant wiederholte: »Herr preußischer Offizier?« Umsonst, zwanzig Minuten lang forderte er den schweigsamen Offizier auf, sich mit Waffen und Ausrüstung zu ergeben, wobei er ihm zusicherte, ihn am Leben zu lassen und ihm und seinen Soldaten eine ehrenvolle Behandlung zukommen zu lassen. Doch er erhielt kein Zeichen von Zustimmung oder Feindschaft. Die Lage wurde schwierig.

Die Leute von der Bürgerwehr trampelten mit den Schuhsohlen im Schnee, schlugen sich weit ausholend mit den Armen die Schultern, wie es die Kutscher zum Aufwärmen tun, und betrachteten das Kellerfenster mit wachsender, kindlicher Lust, daran vorbeizugehen.

Einer von ihnen wagte es schließlich. Er hieß Potdevin und war sehr gelenkig. Er nahm Anlauf und lief flink wie ein Reh daran vorüber. Der Versuch glückte. Die Gefangenen schienen verstorben zu sein.

Eine Stimme schrie: »Da ist ja gar niemand!«

Und ein weiterer Soldat überquerte den freien Raum vor dem gefährlichen Loch. Da wurde die Sache zum Spiel. Jede Minute stürzte ein Mann vor, lief von einer Gruppe zur anderen, wie es die Kinder tun, wenn sie Barlauf spielen, und hinter ihm stoben Fontänen von Schnee auf, so schnell liefen seine Füße. Man hatte große Feuer aus abgelagertem Holz entfacht, um sich zu wärmen, und das Profil der Nationalgarde im Laufschritt, wie sie im raschen Zug vom rechten Lager zum linken überwechselte, erstrahlte im Feuerschein.

Jemand rief: »Du bist dran, Maloison!«

Maloison war ein dicker Bäcker, dessen Bauch oft Gegenstand der Spottlust seiner Kameraden war. Er zögerte. Sie hänselten ihn, so dass er einsehen musste, dass er sich nicht drücken konnte. Er setzte sich in Bewegung, mit knappem, regelmäßigem und kurzatmigem Laufschritt, und sein Schmerbauch tanzte.

Die ganze Abteilung weinte vor Lachen. Sie schrien, um ihn anzufeuern: »Bravo, Maloison!«

Er hatte ungefähr zwei Drittel seines Weges hinter sich, als ein langes, rasches rotes Feuer aus dem Kellerloch hervorschoss. Ein Knall, und der dicke Bäcker fiel mit einem furchtbaren Schrei zu Boden.

*

Niemand stürzte vor, um ihm zu helfen. Da sah man ihn auf allen vieren stöhnend im Schnee vorankriechen; als er aus dem schrecklichen Gefahrenbereich heraus war, verlor er die Besinnung.

Er hatte eine Kugel in seinem fetten Schenkel sitzen, ganz oben. Nach der ersten Überraschung und dem ersten Schrecken erhob sich neuerlich Gelächter.

Nun aber erschien Kommandant Lavigne auf der Schwelle des Forsthauses. Er hatte soeben seinen Angriffsplan festgelegt und befahl mit bebender Stimme:

»Der Klempner Planchot und seine Leute zu mir!«

Drei Männer traten heran.

»Montiert die Regenrinnen vom Haus ab!«

Innerhalb einer Viertelstunde hatten sie zwanzig Meter Rinne herbeigeschafft.

Alsdann ließ er unter tausend Sicherheitsvorkehrungen ein kleines Loch am Rand der Falltür anbringen und Wasser von der Pumpe zu dieser Öffnung leiten. Entzückt verkündete er: »Wir werden den Herren Deutschen zu trinken anbieten!«

Das löste ein wildes Hurra der Bewunderung aus, gefolgt von Freudengebrüll und tollem Gelächter. Der Kommandant stellte Arbeitskolonnen zusammen, die sich alle fünf Minuten ablösen sollten. Dann befahl er: »Pumpen!«

Als der eiserne Schwengel in Schwung gebracht war, lief es wie ein kleines Plätschern die Rinnen entlang und versank alsbald im Keller, lief von Stufe zu Stufe mit dem Murmeln eines kleinen Wasserfalls entlang, wie ein Felsquell voller Goldfische.

Sie warteten.

Eine Stunde ging dahin, dann zwei, dann drei.

Der Kommandant lief fiebernd in der Küche auf und ab, heftete ab und zu das Ohr an den Boden und versuchte zu erraten, was der Feind machte, ob er sich nicht bald ergeben wollte.

Der Feind rührte sich nunmehr. Man hörte, wie er die Fässer rückte, hörte ihn reden, herumplatschen. Dann, gegen acht Uhr morgens, kam eine Stimme aus dem Kellerfenster: »Ich möchte mit dem französischen Offizier sprechen!«

Lavigne antwortete vom Fenster aus, ohne den Kopf zu weit nach vorne zu strecken: »Ergebt ihr euch?«

»Ich ergebe mich.«

»Dann gebt die Gewehre heraus!«

Bald darauf sah man, wie eine Waffe aus dem Loch herauskam und im Schnee versank, dann zwei, drei, alle Waffen. Und die gleiche Stimme erklärte: »Ich habe keine Waffe mehr. Macht schnell! Ich bin am Ertrinken!«

Der Kommandant befahl: »Aufhören!«

Der Pumpenschwengel fiel untätig herab.

Nachdem er die Küche mit Soldaten angefüllt hatte, die Gewehr bei Fuß warteten, hob er langsam die eichene Falltür.

Vier Köpfe tauchten auf, durchnässt, vier blonde Köpfe mit langen fahlen Haaren, und man sah sie einen nach dem anderen heraussteigen, die sechs schlotternden, tropfenden, verschreckten Deutschen.

Sie wurden gepackt und geknebelt. Daraufhin brach man, da man einen Überraschungsangriff fürchtete, sogleich in zwei Kolonnen auf; die eine führte die Gefangenen, die andere trug Maloison auf einer Matratze, die auf Stangen ruhte.

Sie hielten einen triumphalen Einzug in Rethel.

Monsieur Lavigne wurde ausgezeichnet, weil er eine preußische Vorhut gefangen genommen hatte, und der dicke Bäcker erhielt eine Tapferkeitsmedaille wegen Verwundung vor dem Feind.

(Dezember 1884)

Simons Vater

Soeben verstummte die Mittagsglocke. Das Schultor flog auf, und die Jungen stießen und stürzten heraus, um schneller wegzukommen. Anstatt indes rasch auseinander zu laufen und zum Essen heimzugehen, wie sie es sonst immer taten, machten sie nach einigen Schritten Halt, traten in Gruppen zusammen und tuschelten miteinander.

An diesem Morgen war Simon, der Sohn der Blanchotte, zum ersten Mal in die Schule gekommen.

Alle hatten zu Hause von der Blanchotte reden hören: Obgleich man ihr nach außen hin freundlich begegnete, behandelten die Mütter sie unter sich doch mit einer Art verächtlichen Mitleids, und das hatte sich auf die Kinder übertragen, ohne dass sie es sich hätten erklären können.

Simon selbst kannten sie nicht, denn er spielte niemals draußen und trieb nicht mit ihnen sein Unwesen in den Dorfstraßen und an den Ufern des Flusses. Deshalb konnten sie ihn auch nicht gut leiden; und mit einer gewissen Freude, der sich durchaus Verwunderung zugesellte, hatten sie die Worte eines jungen Kerls von vierzehn oder fünfzehn Jahren aufgeschnappt und untereinander weitergegeben, der viel von der Sache zu wissen schien, da er so bedeutsam mit den Augen zwinkerte:

»Wisst ihr ... Simon ... nun ja, der hat keinen Papa.«

Der Sohn der Blanchotte erschien nun auf der Schwelle der Schule.

Er war sieben oder acht Jahre alt. Er war ein wenig blässlich, sehr reinlich gekleidet, wirkte scheu, fast linkisch.

Er machte sich auf den Heimweg zu seiner Mutter, als die Gruppen seiner Kameraden, die fortwährend flüsterten und ihn mit den bösen und grausamen Augen von Kindern anstarrten, die etwas Schlimmes aushecken, ihn nach und nach einkreisten und endlich ganz umschlossen. Da stand er mitten in dem Haufen, überrascht und verlegen, ohne zu begreifen, was man mit ihm vorhatte. Der junge Kerl aber, der die Sache aufgebracht hatte und sehr stolz auf seinen bereits errungenen Erfolg war, fragte ihn:

»Wie heißt du?«

Er antwortete: »Simon.«

»Simon, und weiter?«, warf der andere ihm entgegen.

Das Kind entgegnete ganz verwirrt: »Simon.«

Der Junge fuhr ihn an: »Man heißt Simon und noch weiter etwas ... das ist doch kein Name ... Simon.«

Und der Kleine, den Tränen nahe, erwiderte zum dritten Mal: »Ich heiße Simon.«

Die Dorfkinder fingen an zu lachen. Der junge Kerl aber rief triumphierend: »Da seht ihr's, der hat keinen Papa.«

Es wurde ganz still. Die Kinder waren wie vor den Kopf gestoßen von dieser ungewöhnlichen, unmöglichen, dieser ungeheuerlichen Enthüllung – ein Junge, der keinen Papa hatte; sie sahen ihn an wie eine Erscheinung, ein abartiges Wesen, und sie fühlten in sich die Verachtung aufsteigen, die sie sich bisher nicht erklären konnten, die Verachtung, die ihre Mütter für Blanchotte empfanden.

Simon hatte sich an einen Baum gelehnt, um nicht umzufallen; er stand dort wie von einem fürchterlichen Unheil niedergeschmettert. Er versuchte sich zu verteidigen, aber er fand keine Antwort, nichts, um diese schreckliche Sache niederzuschlagen, dass er keinen Papa hatte. Schließlich schrie er, ganz fahl im Gesicht, einfach los: »Aber ja, ich habe einen!«

»Wo ist er?«, fragte der junge Kerl.

Simon schwieg; er wusste es nicht. Die Kinder lachten, sie wurden ganz wild; diese Bauernkinder, die den Tieren noch nahe stehen, verspürten jenen grausamen Drang, der die Hühner auf dem Hofe dazu treibt, ein Huhn, sobald es verletzt ist, vollends zu töten. Plötzlich entdeckte Simon einen kleinen Nachbarn, den Sohn einer Witwe, den er, genau wie sich selbst, immer allein mit der Mutter gesehen hatte.

»Und du«, sagte er, »du hast auch keinen Papa.«

»Doch«, antwortete der andere, »ich habe einen.«

»Und wo ist er?«, war Simons prompte Frage.

»Er ist tot«, verkündete das Kind voll Stolz, »der ist auf dem Friedhof, mein Papa.«

Ein anerkennendes Murmeln lief durch die Reihen der kleinen Kerle, als ob ihr Kamerad durch die Tatsache, dass sein Vater tot auf dem Friedhof lag, an Macht gewonnen hätte, um diesen anderen niederzuschmettern, der überhaupt keinen besaß.

Und diese Spitzbuben, deren Väter zum Großteil üble Gesellen, Trunkenbolde, Gauner waren und ihre Frauen misshandelten, sie stießen einander, drängten enger und enger zusammen, als ob sie, die legitimen Kinder, durch ihren Druck den einen ersticken wollten, der außerhalb des Gesetzes stand.

Plötzlich streckte der, der Simon gegenüberstand, mit spöttischer Miene die Zunge heraus und schrie ihm ins Gesicht: »Kein Papa! Kein Papa!«

Simon packte ihn mit beiden Händen bei den Haaren und begann seine Beine mit Fußtritten zu traktieren, indes er ihn fürchterlich in die Backe biss. Es entstand ein gewaltiges Gerangel. Als die beiden Kämpfer getrennt wurden, lag Simon inmitten der Beifall klatschenden Straßenjungen auf der Erde – geschlagen, niedergerissen, verprügelt und herumgestoßen. Als er aufstand und mit der Hand mechanisch sein völlig verstaubtes Kittelchen abklopfte, rief ihm jemand zu: »Lauf doch und sag es deinem Vater.«

Da fühlte er, dass etwas in ihm zusammenbrach. Sie waren stärker als er, sie hatten ihn geschlagen, und er wusste ihnen nichts zu antworten, denn es war ihm ja klar, dass es stimmte, dass er keinen Vater hatte. Da er sehr stolz war, versuchte er für einige Sekunden gegen die Tränen anzukämpfen, die ihn im Hals würgten. Aber er erstickte schier, und so begann er, von starkem Schluchzen krampfhaft geschüttelt, lautlos zu weinen.

Eine grausame Freude brach da unter seinen Feinden aus. Sie fassten einander wie die Wilden bei ihren fürchterlichen Freudenfesten an den Händen und begannen, im Kreis um ihn herumzutanzen, dazu schrien sie wie einen Refrain: »Kein Papa! Kein Papa!«

Simon hörte plötzlich auf zu schluchzen, eine rasende Wut packte ihn. Steine lagen zu seinen Füßen; er las sie auf und schleuderte sie mit aller Kraft nach seinen Peinigern. Zwei oder drei wurden getroffen und brachten sich schreiend in Sicherheit; und er sah dermaßen furchterregend aus, dass unter den anderen eine Panik ausbrach. Feige, wie es die Menge stets angesichts eines Menschen ist, der außer sich gerät, liefen sie auseinander und flohen.

Allein zurückgeblieben, begann der kleine vaterlose Junge zu den Feldern hinüber zu laufen, denn ihm war ein Vorfall in Erinnerung gekommen, der einen großen Entschluss in ihm auslöste. Er wollte sich im Fluss ertränken.

In der Tat entsann er sich, dass acht Tage zuvor ein armer Teufel, der sich seinen Lebensunterhalt erbetteln musste, ins Wasser gegangen war, weil er kein Geld mehr hatte. Simon war dabei, als man ihn aus dem Wasser zog; und dieser arme Mann, der ihm für gewöhnlich erbärmlich, schmutzig und hässlich vorkam, hatte ihn durch seine Ruhe, seine bleichen Wangen, seinen langen, nassen Bart und seine offenen, so stillen Augen gerührt. Die Umstehenden hatten gesagt: »Der ist tot.« Jemand hatte hinzugefügt: »Der ist jetzt sehr glücklich.« Simon wollte sich auch ertränken, weil er keinen Vater hatte, wie dieser Unglückliche, der kein Geld hatte.

Er kam ganz nah ans Wasser und sah zu, wie es dahinfloss. Einige Fische schwammen ausgelassen und schnell in der hellen Flut. Von Zeit zu Zeit sprangen sie hoch und schnappten die Fliegen, die über der Wasseroberfläche schwebten. Er hielt inne in seinen Tränen, um ihnen zuzusehen, denn ihr Treiben interessierte ihn sehr. Doch dann, wie in der kurzen Stille eines Sturmes vor dem nächsten Ausbruch plötzlich mächtige Windböen aufkommen, die Bäume umwerfen, bevor sie am Horizont verschwinden, traf ihn der Gedanke wieder mit bitterem Schmerz: »Ich werde mich ertränken, weil ich keinen Papa habe.«

Es war sehr heiß und sehr schön. Die Sonne wärmte wohltuend das Gras, das Wasser glänzte wie ein Spiegel, Simon verlebte Minuten voller Glück in einem Zustand der Ermattung, wie er auf Tränen folgt, und ihn überkam eine große Lust einzuschlafen, hier, auf dem Gras, in der Hitze.

Ein kleiner grüner Frosch sprang zwischen seine Füße. Er versuchte, ihn zu fangen. Der Frosch entkam. Er verfolgte ihn und verfehlte ihn dreimal hintereinander. Endlich fasste er ihn am äußersten Ende seiner Hinterfüße und lachte über die Versuche des Tieres zu entkommen. Es hockte sich auf seine langen Beine und streckte sie dann mit einem heftigen

Ruck steif wie zwei Stöcke aus, indes, das Auge rund und goldumringelt, es mit seinen Vorderfüßen gleich Menschenhänden in die Luft schlug. Das erinnerte ihn an ein Spielzeug, bei dem schmale Holzbrettchen im Zickzack gegeneinander gesetzt waren und durch eine ähnliche Bewegung das Exerzieren kleiner Soldaten, die darauf angebracht waren, bewirkten. Er dachte an zu Hause, an seine Mutter, und überwältigt von übergroßem Kummer, begann er wieder zu weinen. Schauer durchliefen seinen Körper, er kniete nieder und sprach sein Abendgebet, doch er kam nicht zum Ende, denn das Schluchzen wurde stärker und immer mächtiger, bis es ihn ganz beherrschte. Er dachte nichts mehr, nahm nichts mehr um sich herum wahr und konnte nur noch weinen.

Plötzlich legte sich eine schwere Hand auf seine Schulter, und eine tiefe Stimme fragte: »Was macht dir denn solchen Kummer, kleiner Mann?«

Simon wandte sich um. Ein großer Handwerksbursche mit Bart und schwarzem Kraushaar betrachtete ihn gutmütig. Er entgegnete mit schwimmenden Augen und tränenerstickter Stimme: »Sie haben mich geschlagen ... weil ich ... ich ... ich ... keinen ... Papa habe ... keinen Papa.«

»Wieso?«, fragte der Mann lächelnd, »jedermann hat einen.«

Das Kind wiederholte mühsam, unterbrochen von krampfartigem Schluchzen: »Ich ... ich ... habe keinen.«

Da wurde der Mann ernst. Er hatte den Sohn der Blanchotte wiedererkannt, und obgleich er neu war in der Gegend, kannte er in etwa ihre Geschichte.

»Nun beruhige dich nur, mein Junge, und komm mit zu deiner Mama. Du wirst schon einen kriegen ... einen Papa.«

Sie machten sich auf den Weg, der Große führte den Kleinen an der Hand, und der Mann lächelte noch einmal, denn er war nicht böse darüber, diese Blanchotte zu sehen, von der man sich erzählte, sie sei eines der schönsten Mädchen der Gegend; er sagte sich auch, dass ein junges Ding, das einmal schwach geworden war, vielleicht wieder schwach werden könnte.

Sie kamen zu einem weißen, sehr ordentlich gehaltenen kleinen Haus. »Hier ist es«, sagte das Kind und rief: »Mama!«

Eine Frau erschien, und der Mann hörte unvermittelt auf zu lächeln, denn er begriff sogleich, dass man mit diesem großen bleichen Mädchen nicht mehr scherzte, das ernst in der Tür verharrte, als wollte es die Schwelle seines Hauses, in dem es bereits einmal verraten worden war, gegen jeden Mann verteidigen. Eingeschüchtert, die Mütze in der Hand, stammelte er: »Hier, Madame, da bringe ich Ihnen Ihren kleinen Jungen zurück. Er hatte sich am Flussufer verirrt.«

Aber Simon fiel seiner Mutter um den Hals, begann erneut zu weinen und erklärte: »Nein, Mama, ich wollte ins Wasser gehen, weil die anderen mich geschlagen haben, geschlagen, weil ich keinen Papa habe.«

Eine brennende Röte bedeckte die Wangen der jungen Frau, und bis ins Innerste getroffen, küsste sie heftig ihr Kind, indes ihr die Tränen übers Gesicht strömten. Der Mann verharrte tief bewegt und wusste nicht, wie er weggehen sollte. Da lief Simon plötzlich auf ihn los und rief: »Wollen Sie mein Papa sein?«

Ein tiefes Schweigen entstand. Die Blanchotte stand stumm und von Scham gequält gegen die Mauer gelehnt, beide Hände an die Brust gepresst.

Als ihm niemand antwortete, sagte das Kind erneut: »Wenn Sie nicht wollen, laufe ich zurück und gehe ins Wasser.«

Der Mann tat, als ob er Spaß mache, und rief lachend: »Aber klar, ich will doch!«

»Wie heißt du?«, fragte nun das Kind, »damit ich den andern eine Antwort geben kann, wenn sie nach deinem Namen fragen.«

»Philippe«, antwortete der Mann.

Simon schwieg einen Augenblick, um diesen Namen in seinem Kopf aufzunehmen, dann breitete er die Arme aus und sagte, nunmehr ganz getröstet: »Also gut, Philippe, du bist mein Papa.«

Der Mann hob ihn hoch, küsste ihn heftig auf beide Wangen und lief dann mit großen Schritten davon.

Als das Kind am nächsten Morgen in die Schule kam, empfing es ein hässliches Gelächter; doch beim Hinausgehen, als der junge Kerl wieder anfing, warf ihm Simon wie einen Stein die Worte an den Kopf: »Er heißt Philippe, mein Papa.«

Da brach wildes Freudengewieher von allen Seiten los: »Philippe wer? ... Philippe was? ... Was ist denn das, Philippe? ... Wo hast du den denn hergenommen, deinen Philippe?«

Simon antwortete nicht. Unerschüttert in seinem Glauben sah er sie trotzig an; er hätte sich eher von ihnen prügeln lassen, als dass er weggelaufen wäre. Der Lehrer befreite ihn schließlich, und er kehrte heim zu seiner Mutter.

Drei Monate lang ging der große Philippe oft am Hause der Blanchotte vorbei, ab und zu wagte er es, sie anzusprechen, wenn sie mit ihrer Näherei am Fenster saß. Sie gab ihm höflich Antwort, war stets ernst, lachte nicht mit ihm und bat ihn niemals herein. Aber ein wenig eitel, wie es alle Männer sind, bildete er sich ein, sie hätte ein wenig mehr Farbe im Gesicht als gewöhnlich, wenn er mit ihr sprach.

Ist aber der gute Ruf einmal dahin, so ist es schwer, ihn wieder zu gewinnen, und er bleibt stets sehr anfällig, so dass man bei aller scheuen Zurückhaltung von Seiten Blanchottes im Dorf bereits über sie zu reden begann.

Simon aber liebte seinen neuen Papa sehr und machte nahezu täglich, nach Feierabend, Spaziergänge mit ihm. Er besuchte fleißig die Schule, trat voll Selbstbewusstsein gegenüber seinen Kameraden auf und antwortete nicht auf ihre Fragen.

Eines Tages aber sagte der Halbwüchsige, der ihn als Erster angegriffen hatte, zu ihm: »Du hast gelogen, du hast keinen Papa, der Philippe heißt.«

»Wieso?«, fragte Simon tief getroffen.

Der Bursche rieb sich die Hände und fuhr fort: »Wenn du nämlich einen hättest, wäre das der Mann deiner Mama.«

Simon war zwar durch die Folgerichtigkeit dieser Überlegung verunsichert, entgegnete aber trotzdem: »Und doch ist er mein Papa.«

»Schon möglich«, meinte der andere grinsend, »aber er ist doch nicht richtig dein Papa.«

Der Kleine der Blanchotte senkte den Kopf und ging in Gedanken versunken zur Schmiede von Vater Loizon, wo Philippe arbeitete.

Diese Schmiede lag gleichsam unter Bäumen vergraben. Es war dort ganz dunkel, allein der rote Schein eines gewaltigen Ofens beleuchtete flackernd fünf Schmiede mit nackten Armen, die mit fürchterlichem Getöse auf ihren Amboss hieben. Sie standen aufrecht im Lichtschein wie Dämonen, die Augen auf das glühende Eisen gerichtet, das sie gewaltsam in eine Form zwangen. Schwer wie das Steigen und Fallen der Hämmer ging auch ihr Denken.

Simon kam unbemerkt herein und zog seinen Freund sanft am Ärmel. Der wandte sich um. Da brachen alle Männer die Arbeit ab und sahen aufmerksam zu ihnen hin. Inmitten des ungewohnten Schweigens wurde Simons schwache kleine Stimme laut: »Sag einmal, Philippe, der Junge von der Michaude, der hat mir gerade gesagt, dass du gar nicht so richtig mein Papa bist.«

»Warum denn nicht?«, fragte der Schmied.

Das Kind antwortete in aller Unbefangenheit: »Weil du nicht der Mann von meiner Mama bist.«

Niemand lachte. Philippe stand da, die Stirn auf die mächtigen Handrücken gedrückt, indes seine Hände auf dem Stiel seines Hammers ruhten, der auf dem Amboss stand. Er sann vor sich hin. Seine vier Kameraden betrachteten ihn, und inmitten all der Riesen wartete der Winzling Simon angsterfüllt. Plötzlich nahm einer der Schmiede den Gedanken aller auf und sagte zu Philippe: »Sie ist trotz allem ein gutes und tapferes Mädchen, die Blanchotte, tüchtig und ordentlich bei all ihrem Unglück. Die wäre die rechte Frau für einen anständigen Mann.«

»Das kann man sagen«, bestätigten die drei anderen. Der Mann fuhr fort: »Kann man ihm denn, diesem Mädel allein, die Schuld dafür anhängen, was da passiert ist? Man hatte ihr die Heirat versprochen, und ich kenne mehr als eine, die heute wohl geachtet ist und genauso gehandelt hat.«

»Das stimmt«, antworteten im Chor die drei Männer.

Er setzte fort: »Was sich die Arme geplagt hat, um ihren Jungen allein großzuziehen, und was sie geweint hat, seit sie nirgends mehr hingeht als in die Kirche, das weiß nur der liebe Gott allein.«

»Das stimmt«, sagten die drei anderen.

Nun hörte man nichts mehr außer dem Blasebalg, der das Ofenfeuer in Gang hielt. Da neigte sich Philippe plötzlich zu Simon herab: »Sag deiner Mutter, dass ich heute Abend mit ihr sprechen möchte.«

Dann nahm er das Kind bei den Schultern und schob es hinaus.

Er machte sich wieder an die Arbeit, und mit einem Schlag sausten die fünf Hämmer wieder auf ihren Amboss herab. So schmiedeten sie das Eisen bis in die Nacht hinein, stark, kraftvoll, fröhlich, wie Hämmer, die gern bei der Arbeit sind. Aber wie die große Glocke einer Kathedrale an Feiertagen das Läuten der anderen Glocken übertönt, so beherrschte der Hammer von Philippe das Getöse der anderen und fuhr von Sekunde zu Sekunde mit ohrenbetäubendem Krachen herab. Und er schmiedete leuchtenden Auges inmitten der Feuerfunken.

Der Himmel stand voller Sterne, als er an der Tür der Blanchotte klopfte. Er trug seine Sonntagsbluse, ein frisches

Hemd und hatte sich rasiert. Die junge Frau erschien auf der Türschwelle und sagte gequält: »Es ist nicht recht, dass Sie nach Einbruch der Dunkelheit kommen, Herr Philippe.«

Er wollte antworten, stammelte etwas und blieb verwirrt vor ihr stehen.

Sie fuhr fort: »Sie müssen doch verstehen, dass ich nicht wieder ins Gerede kommen will.«

Da entgegnete er plötzlich: »Was macht das schon, wenn Sie meine Frau werden wollen.«

Es kam keine Antwort, aber er glaubte, im Dunkel des Zimmers das Geräusch eines zu Boden sinkenden Körpers zu hören. Er trat rasch ein, und Simon, der in seinem Bett lag, hörte den Laut eines Kusses und ein leises Flüstern seiner Mutter. Dann fühlte er sich auf einmal von den Händen seines Freundes aufgegriffen und hoch auf seinen Herkulesarmen emporgehoben.

»Jetzt sagst du ihnen«, rief er, »sagst es deinen Kameraden, dass dein Papa Philippe Remy, der Schmied, ist, und dass er allen, die dir weh tun, die Ohren lang zieht.«

Am nächsten Morgen, als alle in der Schule waren und der Unterricht beginnen sollte, erhob sich der kleine Simon bleich und mit zitternden Lippen: »Mein Papa«, erklärte er mit klarer Stimme, »ist Philippe Remy, der Schmied, und er hat versprochen, dass er allen, die mir weh tun, die Ohren lang zieht.«

Diesmal lachte keiner, denn Philippe Remy, den Schmied, den kannten alle, und auf so einen Papa wie den wäre jeder stolz gewesen.

(Dezember 1879)

Die Schnur

Auf allen Straßen rund um Goderville zogen die Bauern mit ihren Frauen zum Städtchen, denn heute war Markttag. Die Männer schritten ruhig aus und schoben ihre Körper auf langen, krummen Beinen voran, die von der harten Arbeit verformt waren, vom Herabdrücken des Pfluges, bei dem man zugleich die linke Schulter hebt und die Hüfte wegbiegt, vom Mähen der Felder, wo man die Knie gespreizt halten muss, um einen festen Stand zu haben, von all den langwierigen und mühevollen Arbeiten, die das Landleben seinen Bewohnern abverlangt. Ihre blauen Blusen, gestärkt, glänzend, wie gelackt, am Kragen und an den Manschetten mit einer kleinen Stickerei aus weißem Garn verziert, standen steif um die knochigen Körper, gleich einem Ballon kurz vor dem Abflug, aus dem ein Kopf, zwei Arme und zwei Füße herausschauten.

Die einen zogen an einem Strick eine Kuh oder ein Kalb, und die Frauen gingen hinter dem Tier und peitschten ihm die Flanken mit Zweigen, an denen noch die Blätter hingen, um es anzutreiben. Sie trugen am Arm große Körbe, aus denen hier ein paar Hühner, dort ein paar Enten hervorlugten. Sie liefen mit kürzeren, lebhafteren Schritten als ihre Männer, die hagere, aufrechte Gestalt in ein kleines, knappes Umschlagtuch gehüllt, das auf der flachen Brust von einer Nadel gehalten wurde, während der Kopf von einem weißen, auf den Haaren aufliegenden Tuch bedeckt wurde, auf dem die Haube thronte.

Dann wieder kam ein Kremser, den ein Klepper im Trab ruckartig vorüberzog; zwei nebeneinander sitzende Männer wurden dabei ganz eigentümlich hin und her geschüttelt, dazu eine Frau, die im Fond des Gefährts saß und sich an den Seiten festhielt, um den harten Stößen zu begegnen.

Auf dem Marktplatz von Goderville brodelte eine große Menge, ein Gewühl von Menschen und Tieren. Die Hörner der Rinder, die hohen, haarigen Filzhüte der reichen Bauern und die Hauben der Bäuerinnen ragten aus dem Gewoge heraus. Und die schreienden, schrillen, kreischenden Stimmen vereinten sich zu einem anhaltenden, ohrenbetäubenden Lärm, der ab und zu durch den Ausbruch eines übermütigen Landburschen, der seiner kräftigen Lunge Luft machte, oder durch das langgezogene Muhen einer Kuh, die an einer Hausmauer angebunden war, noch übertönt wurde.

Alles roch nach Stall, Milch, Misthaufen, Stroh und Schweiß, alles setzte diesen bitteren, üblen Geruch von Mensch und Tier frei, der den Landleuten eigen ist.

Meister Hauchecorne aus Bréauté war soeben in Goderville angekommen und wollte zum Marktplatz gehen, als er auf dem Boden ein Stückchen Schnur liegen sah. Meister Hauchecorne, sparsam wie ein echter Normanne, dachte, dass man alles, was man noch brauchen könne, aufheben solle, und bückte sich schwerfällig, denn er litt an Rheumatismus. Er nahm das dünne Stück Schnur vom Boden auf und wollte es gerade sorgfältig aufwickeln, als er Meister Malandain, den Sattler, bemerkte, der auf der Schwelle seines Hauses stand und ihm zuschaute. Sie hatten einmal Streit miteinander wegen eines Halfters gehabt und waren seither Feinde geblieben, nachtragend wie sie nun einmal beide waren. Meister Hauchecorne empfand etwas wie Scham, von seinem Feind beobachtet zu werden, wie er im Straßenstaub ein Endchen Schnur auflas. Er versteckte seinen Fund rasch in seiner Bluse, dann in seiner Hosentasche; dann tat er so, als ob er noch etwas auf dem Boden suchte, was er nicht fand, und ging hierauf, den Kopf vorgestreckt und von Schmerzen gebeugt, zum Marktplatz.

Er verschwand sogleich in dem Geschrei und Geschiebe der Menge, die ein nicht enden wollendes Bieten und Feilschen in Bewegung hielt. Die Bauern befühlten die Kühe, gingen, kamen zurück, ratlos, immer in der Furcht, hereingelegt zu werden, unfähig sich zu entscheiden, mit misstrauischen

Blicken zum Verkäufer, immerfort darauf bedacht, Gaunereien der Menschen und Mängel der Tiere aufzuspüren.

Die Frauen hatten ihre großen Körbe zu ihren Füßen aufgestellt, hatten das Geflügel herausgenommen, das nun mit zusammengebundenen Füßen, erschrecktem Blick und scharlachrotem Kamm auf der Erde lag.

Sie hörten die Angebote an, blieben bei ihrem Preis, schroff und mit unbewegtem Gesicht, oder aber sie entschieden sich ganz plötzlich für den gebotenen niedrigeren Preis und schrien dem Kunden, der langsam davonging, nach: »Abgemacht, Meister Anthime. Da haben Sie's.«

Dann leerte sich nach und nach der Platz, die Glocke läutete zu Mittag, und die, die weiter entfernt wohnten, verteilten sich auf die Gasthöfe.

Bei Jourdain war der große Saal mit essenden Leuten angefüllt; der geräumige Hof stand voller Fuhrwerke jeglicher Art, Karren, Einspänner, Kremser, leichte Zweisitzer, unzählige Gefährte, gelb vom Straßendreck, ramponiert, zusammengeflickt, die Deichseln wie Arme gen Himmel gereckt oder die Nase auf die Erde gesenkt und das Hinterteil in die Luft gestreckt.

Neben den tafelnden Gästen strömte der gewaltige Kamin mit seinem mächtigen Feuer eine beißende Hitze in den Rücken der zur Rechten sitzenden Gäste aus. Drei Spieße, beladen mit Hühnern, Tauben und Keulen, drehten sich; und ein köstlicher Duft nach gebratenem Fleisch und nach Saft, der auf die knusprigen Seiten tröpfelte, stieg vom Herd auf, beschwingte alle und ließ ihnen das Wasser im Munde zusammenlaufen.

Die gesamte Ackeraristokratie speiste bei ihm, bei Meister Jourdain, dem Gastwirt und Rosstäuscher, einem Gauner, der es zu etwas gebracht hatte.

Die Platten kreisten, leerten sich wie die Krüge mit gelbem Apfelwein. Ein jeder plauderte über seine Geschäfte, seine Käufe und Verkäufe. Man hörte das Neueste von den Ernten. Das Wetter war gut fürs Grünfutter, etwas zu feucht fürs Getreide.

Plötzlich hörte man auf dem Hof vor dem Haus einen Trommelwirbel. Sofort war alle Welt auf den Beinen, von einigen Gleichmütigen abgesehen, man lief zur Tür, zum Fenster, mit vollem Mund, die Serviette in der Hand.

Nachdem er hinreichend getrommelt hatte, trug der Gemeindeausrufer in abgehackten, falsch betonten Sätzen vor: »Es wird den Bewohnern von Goderville und im Allgemeinen allen – Personen, die sich auf dem Markt befinden, zur Kenntnis gebracht, dass heute Morgen auf der Straße von Beuzeville, zwischen – neun und zehn Uhr eine Brieftasche aus schwarzem Leder verloren gegangen ist, die fünfhundert Francs und einige Geschäftspapiere enthielt. Es wird gebeten, sie auf dem – Bürgermeisteramt abzugeben, sofort, oder bei Meister Fortuné Houlbrèque aus Manneville. Es sind zwanzig Francs Belohnung ausgesetzt.«

Damit wandte sich der Mann zum Gehen. Man hörte in der Ferne noch einmal das dumpfe Trommeln und die schwächer werdende Stimme des Ausrufers.

Nun begann ein jeder über das Geschehnis zu sprechen und zählte die Möglichkeiten auf, die Meister Houlbrèque offen standen, seine Brieftasche wiederzufinden oder eben nicht.

So neigte sich das Mahl dem Ende zu. Gerade trank man den Kaffee aus, als der oberste Gendarm des Ortes auf der Schwelle erschien. Er fragte: »Meister Hauchecorne aus Bréauté, ist der da?« Meister Hauchecorne, der am anderen Ende des Tisches saß, entgegnete: »Hier bin ich.«

Und der Gendarm fuhr fort: »Meister Hauchecorne, wollen Sie so freundlich sein, mir zum Bürgermeisteramt zu folgen. Der Herr Bürgermeister möchte mit Ihnen sprechen.«

Der Bauer war überrascht und beunruhigt, trank sein Gläschen auf einen Sitz aus, stand auf und machte sich noch gebeugter als am Morgen auf den Weg, denn die ersten

Schritte nach jedem Aufstehen fielen ihm besonders schwer. Dabei wiederholte er: »Bin ja schon da! Bin ja schon da!« So folgte er dem Gendarmen.

Der Bürgermeister erwartete ihn in seinem Sessel. Er war der Notar der Gegend, ein gewichtiger, ernster Mann, der gewaltige Worte liebte.

»Meister Hauchecorne«, begann er, »man hat Sie heute Morgen auf der Straße von Beuzeville die Brieftasche aufheben sehen, die Meister Houlbrèque aus Manneville verloren hat.«

Der Bauer schaute den Bürgermeister verdutzt an; er war schon durch den Verdacht, der auf ihm lastete, eingeschüchtert, ohne zu verstehen, wieso.

»Ich, ich hätte die Brieftasche aufgelesen?«

»Ja, Sie.«

»Bei meiner Ehre, davon habe ich gar nichts gewusst.«

»Man hat Sie gesehen.«

»Man hat mich gesehen? Wer denn, wer hat mich gesehen?«

»Meister Malandain, der Sattler.«

Da erinnerte sich der Alte, ein Licht ging ihm auf, und er wurde rot vor Wut: »Aha, der will mich gesehen haben, dieser Bauernlümmel! Er hat mich dieses Stückchen Schnur aufheben sehen, da, Herr Bürgermeister!«

Und er suchte in den Tiefen seiner Tasche und zog das Schnürlein hervor.

Doch der Bürgermeister schüttelte ungläubig den Kopf: »Sie werden mir doch nicht weismachen wollen, Meister Hauchecorne, dass Meister Malandain, der ein vertrauenswürdiger Mensch ist, diese Schnur für eine Brieftasche gehalten hat.«

Der Bauer erhob wütend die Hand, spuckte aus, um seine Ehrenhaftigkeit zu unterstreichen, und wiederholte: »Es ist bei Gott die Wahrheit, Herr Bürgermeister. Hier, bei meinem Seelenheil, ich wiederhole es.«

Der Bürgermeister fuhr fort: »Nachdem Sie den Gegenstand aufgelesen hatten, hätten Sie sogar noch einige Zeit im Straßenstaub gesucht, ob Ihnen nicht ein Geldstück entgangen sei.«

Der gute Mann wollte vor Empörung und Angst schier ersticken. »Wie kann man nur ... wie kann man ... solche Lügengeschichten erzählen und einen anständigen Mann beschmutzen! Wie kann man nur! ...«

Er konnte reden, was er wollte, niemand glaubte ihm.

Sie stellten ihn Meister Malandain gegenüber, der seine Behauptung wiederholte und aufrechterhielt. Die beiden beschimpften sich wohl eine Stunde lang. Auf seine Bitten hin durchsuchte man Meister Hauchecorne und fand nichts bei ihm.

Endlich wusste sich der Bürgermeister keinen Rat mehr, schickte ihn fort und bedeutete ihm, dass er das Landgericht verständigen und dessen Anweisungen erbitten werde.

Die Neuigkeit hatte sich rasch verbreitet. Als der Alte das Bürgermeisteramt verließ, fand er sich umringt und mit ernsthafter, zum Teil auch spöttelnder Neugier ausgefragt, die jedoch frei von irgendwelcher Entrüstung war. Er erzählte seine Geschichte von der Schnur. Man lachte.

Er zog seines Wegs, wurde von jedermann angehalten, hielt seinerseits seine Bekannten an, begann immer wieder von Neuem seinen Bericht und seine Beteuerungen und drehte seine Taschen nach außen, zum Beweis, dass er nichts bei sich trug.

Doch jeder meinte: »Ach lass doch, du alter Schlaukopf!«

Und er ärgerte sich, geriet außer sich, war wie im Fieber, verzweifelte, dass ihm niemand glauben wollte, und da er sich keinen Rat wusste, was er noch tun konnte, erzählte er seine Geschichte immer wieder.

Die Nacht brach herein. Man musste aufbrechen. Er machte sich mit drei Nachbarn auf den Weg, zeigte ihnen die Stelle, wo er das Stück Schnur aufgelesen hatte, und redete während des ganzen Weges über sein Missgeschick.

Am Abend machte er in seinem Dorf noch die Runde, um es aller Welt zu erzählen. Er traf nur auf ungläubige Gesichter.

Daraufhin war er die ganze Nacht krank.

Am nächsten Tag gegen ein Uhr mittags brachte Marius Paumelle, der bei Meister Breton, einem Landwirt aus Ymauville, als Knecht arbeitete, die Brieftasche und ihren Inhalt dem Meister Houlbrèque aus Manneville zurück.

Der Mann erklärte in der Tat, er habe das Ding auf der Straße gefunden, da er aber nicht lesen könne, habe er es mit nach Hause genommen und seinem Herrn gegeben.

Die Neuigkeit verbreitete sich in der Gegend. Auch Meister Hauchecorne kam sie zu Ohren. Sogleich machte er seine Runde und erzählte wieder seine Geschichte, nun aber vervollständigt durch die Auflösung des Ganzen.

Er triumphierte.

»Was mich so erbittert hat«, sagte er, »ist gar nicht so sehr die Sache selbst, wisst ihr, sondern diese Lügerei. Nichts kann einen so fertig machen, wie wenn man wegen so einer Lügerei seinen guten Ruf verliert.«

Den lieben langen Tag tönte er mit seiner Geschichte, erzählte sie den Leuten auf der Straße, wenn sie gerade des Wegs kamen, den Schankgästen an der Theke, den Kirchgängern nach der Messe am folgenden Sonntag. Er hielt Unbekannte an, um seine Mär loszuwerden. Jetzt war er zufrieden, und doch störte ihn etwas, ohne dass er so recht wusste, was. Es kam ihm so vor, als mache man sich über ihn lustig, wenn man ihm zuhörte. Niemand gab sich so ganz überzeugt. Er meinte gar, man tuschele hinter seinem Rücken.

Am Dienstag der nächsten Woche begab er sich auf den Markt von Goderville, von dem einzigen Ziel besessen, seinen Fall darzulegen.

Malandain stand in seiner Tür und grinste, als er ihn vorbeigehen sah. Warum?

Er sprach einen Landwirt aus Criquetot an, doch der ließ

ihn gar nicht zu Ende sprechen, stupste ihn leicht auf den Bauch und rief ihm ins Gesicht: »Du alter Spitzbube, hör doch auf!« und drehte sich auf den Hacken um.

Meister Hauchecorne blieb verdutzt stehen und wurde von einer heftigen Unruhe befallen. Wieso hatte der ihn »alter Spitzbube« genannt?

Als er im Wirtshaus von Jourdain am Tisch saß, begann er wieder, seine Angelegenheit darzulegen.

Ein Pferdehändler aus Montivilliers rief: »Ach geh, ach geh, alter Freund! Ich kenn sie schon, deine Schnur!«

Hauchecorne stotterte: »Sie ist doch gefunden worden, die Brieftasche!«

Der andere fuhr fort: »Ach halt doch den Mund, Alter! Einer findet's, einer bringt's zurück. Nichts gesehen, nichts gewusst, du meinst wohl, du kannst mich für dumm verkaufen!«

Der Bauer glaubte, er müsse ersticken. Jetzt begriff er; die anderen beschuldigten ihn, die Brieftasche durch einen Spießgesellen, einen Komplizen haben zurückbringen lassen.

Er wollte sich zur Wehr setzen. Der ganze Tisch lachte. Er vermochte nicht, seine Mahlzeit zu beenden, und ging unter Spötteleien hinaus.

Er kehrte heim, schamerfüllt, entrüstet; Wut und Verwirrung schnürten ihm die Kehle zu, und er war umso mehr am Boden zerstört, als er mit seiner normannischen Bauernschläue durchaus fähig gewesen wäre, das zu tun, was man ihm zur Last legte, und sich dessen noch zu rühmen wie eines guten Streiches. Er hatte das dumpfe Gefühl, dass er seine Unschuld unmöglich beweisen konnte, da er für seine Gerissenheit bekannt war. Er fühlte sich zuinnerst getroffen von der Ungerechtigkeit einer solchen Verdächtigung.

Da begann er wieder, seine Geschichte zu erzählen, und er verlängerte sie jeden Tag, indem er immer neue Gründe anführte, immer kraftvollere Beteuerungen, feierlichere Eide, die er sich ausdachte, die er sich in den Stunden seiner

Einsamkeit zurechtlegte; sein ganzes Sinnen war auf die Geschichte von der Schnur gerichtet. Man glaubte ihm umso weniger, wie seine Verteidigung verwickelter, seine Argumentation versponnener wurde.

»Das sind so rechte Lügenmärchen«, sagte man hinter seinem Rücken.

Er fühlte es, es fraß in ihm, er mühte sich vergebens.

Man konnte zusehen, wie er dahinsiechte.

Die Spaßvögel ließen ihn zu ihrer Unterhaltung die Geschichte von der Schnur erzählen, wie man einen Soldaten seine Erlebnisse aus der Schlacht zum Besten geben lässt. Er aber war zutiefst verzweifelt, und sein Verstand trübte sich zusehends.

Gegen Ende Dezember legte er sich nieder.

Er starb in den ersten Januartagen und beteuerte noch im Todeskampf immer wieder seine Unschuld:

»Ein kleines Stück Schnur ... ein kleines Stück Schnur ... hier, sehen Sie, Herr Bürgermeister.«

(November 1883)

Der Teufel

Der Bauer und der Arzt standen einander am Bett der Sterbenden gegenüber. Ruhig, in ihr Schicksal ergeben und klaren Geistes beobachtete die Alte die beiden Männer und horchte auf das, was sie sprachen. Sie musste sterben; sie sträubte sich nicht, ihre Stunde war gekommen; zweiundneunzig Jahre war sie alt.

Fenster und Türen standen offen, und die Julisonne flutete herein und warf ihre Flammen über den braunen Lehmboden, den vier Bauerngenerationen mit ihren Holzschuhen festgestampft und ausgetreten hatten. Auch der Duft der Felder wehte herein; der warme Sommerwind trug ihn mit sich; es roch nach Heu, Korn und nach dem in der Mittagsonne sengenden Laub. Die Grillen zirpten und erfüllten die Luft mit einem hellen Knirschgeräusch, dem der hölzernen Schnarren ähnlich, die als Kinderspielzeug auf Jahrmärkten verkauft werden.

Der Arzt sprach nun lauter: »Honoré, Sie dürfen Ihre Mutter in diesem Zustand auf keinen Fall allein lassen. Jeden Augenblick kann es zu Ende sein!«

Und der Bauer antwortete betrübt: »Muss aber doch mein Korn einfahren; liegt schon viel zu lange auf dem Feld. Das Wetter ist gerade gut. Was meinst du, Mutter?«

Und die sterbende Greisin, die von der normannischen Habsucht noch immer wie mit glühenden Zangen gezwackt wurde, bejahte mit Augen und Stirn und bedeutete dem Sohn, er solle getrost sein Korn einfahren und sie allein sterben lassen.

Doch der Arzt wurde wütend und stampfte mit dem Fuß auf: »Ein Viechkerl sind Sie, verstanden? Ich lasse das einfach nicht zu, verstanden? Und wenn Sie Ihr Korn schon mit aller Gewalt heute einfahren müssen, so holen Sie doch wenigstens die Rapet, zum Donnerwetter! Die kann ja dann auf Ihre Mutter aufpassen. Ich verlange das, verstanden? Und wenn Sie jetzt nicht gehorchen, lasse ich Sie verrecken wie einen Hund, wenn Sie mal krank sind, verstanden?«

Der Bauer, ein hochgewachsener, hagerer Kerl mit langsamen Bewegungen, wand sich hin und her, schwankte gemartert zwischen der Angst vor dem Arzt einerseits und der fanatischen Liebe zu seinen Spargroschen andererseits; er zauderte, berechnete die Geschichte und stotterte: »Was nimmt denn die Rapet für eine Wache?«

Der Arzt brüllte: »Woher soll ich denn das wissen? Das kommt drauf an, wie lange Sie sie brauchen. Machen Sie das mit ihr ab, zum Donnerwetter nochmal! Aber ich verlange, dass sie innerhalb einer Stunde hier ist, verstanden?«

Der Mann gab klein bei: »Ich geh ja schon, ich geh ja schon; sei'n Se man nicht böse, Herr Doktor.«

Und der Arzt ging fort und drehte sich noch einmal um: »Sie wissen Bescheid! Nehmen Sie sich in Acht; ich mache keine Witze, wenn ich wütend bin.«

Als der Bauer allein war, wandte er sich seiner Mutter zu und sagte resigniert: »Ich geh und hol die Rapet; der will's doch nun mal, der Kerl. Bleib nur ruhig liegen, bis ich wieder da bin.«

Die Rapet, eine alte Plätterin, wachte bei Toten und Sterbenden in der Gemeinde und in der Umgegend. Wenn sie dann ihre Kunden in das Laken genäht hatte, aus dem keiner wieder aufstand, langte sie wieder zum Plätteisen und bügelte die Wäsche der Lebenden. Sie hatte Runzeln wie ein Apfel vom Vorjahr, war boshaft, neidisch und von einem Geiz, der geradezu ein Naturwunder war; sie ging krumm, als hätte das ewige Schwingen des Bügeleisens ihr das Kreuz eingeknickt, und für den Todeskampf hegte sie eine Art ungeheuerlicher und zynischer Schwärmerei. Sie redete in einem fort von Leuten, die sie hatte sterben sehen, von den verschiedenen Abschattungen der Todesart, deren Zeuge sie gewesen war; und sie erzählte mit peinlicher Genauigkeit immer die gleichen Einzelheiten, so wie ein Jäger Jagdgeschichten erzählt.

Als Honoré Bontemps zu ihr kam, färbte sie gerade ein paar Halskrausen für die Bäuerinnen.

Er sagte: »Tag auch; geht es nach Wunsch, Mutter Rapet?«

Sie wandte sich nach ihm um: »Immer so hin, immer so hin. Und bei euch?«

»Oh, mir geht's ja ganz gut, aber mit meiner Mutter ist es nicht mehr so recht.«

»Mit Ihrer Mutter?«

»Ja, mit der Mutter.«

»Was ist denn mit ihr?«

»Na, sie macht nun wohl demnächst die Augen zu.«

Die Alte nahm die Hände aus dem Wasser; blaue, durchsichtige Tropfen rannen bis zu den Fingerspitzen und fielen dann in den Waschtrog.

Mit unvermittelt erwachter Teilnahme fragte sie: »So schlecht geht es ihr?«

»Der Arzt meint, über die Nacht würde sie nicht mehr wegkommen.«

»Ja, dann steht es wohl schlimm!«

Honoré zögerte. Es bedurfte einiger einleitender Worte zu dem, was er ihr vorschlagen wollte. Aber da ihm nichts einfiel, sagte er kurz und bündig: »Was kostet es, wenn Sie bei ihr wachen, bis es zu Ende ist? Sie wissen ja, dass ich nicht reich bin. Bloß eine Magd kann ich halten. Darum ist sie ja auch so hin, die arme Mutter; immer die Arbeit und die Plackerei! Für zehn hat sie geschafft, trotz ihrer zweiundneunzig. So was gibt es heutzutage gar nicht mehr ...!«

Die Rapet antwortete stirnrunzelnd: »Ich habe zwei Preise: für Reiche pro Tag vierzig Sous und pro Nacht drei Franken. Für die anderen zwanzig Sous pro Tag und vierzig pro Nacht. Ihnen mache ich es für zwanzig und vierzig.«

Doch der Bauer überlegte. Er kannte seine Mutter. Er wusste, wie zäh, kräftig und widerstandsfähig sie war. Es konnte noch gut und gern acht Tage dauern, trotz der Meinung des Arztes.

Er sagte entschlossen: »Nein. Machen Sie mir lieber einen festen Preis, eine runde Summe, bis es aus ist. Dann tragen wir beide das Risiko. Der Arzt sagt, dass es rasch zu Ende sein kann. Wenn das stimmt, haben Sie den Vorteil und ich den Nachteil. Aber wenn sie bis morgen oder noch länger durchhält, habe ich den Vorteil und Sie den Nachteil!«

Die Leichenfrau schaute den Mann verdutzt an. Eine Pauschalleichenwache – das war ihr denn doch noch nicht vorgekommen. Sie zauderte, denn sie scheute das Risiko. Und dann argwöhnte sie, er wolle sie übers Ohr hauen.

»Ich kann weder ja noch nein sagen, ehe ich nicht Ihre Mutter gesehen habe«, antwortete sie.

»Dann kommen Sie nur und sehen Sie mal nach ihr.«

Sie trocknete die Hände ab und kam auf der Stelle mit.

Unterwegs schwiegen beide. Sie ging im Trippelschritt, während er Beine machte, als gälte es bei jedem Schritt einen Bach zu überspringen.

Auf den Feldern lagen Kühe, matt vor Hitze; sie hoben schwerfällig die Köpfe und brüllten leise, als wollten sie die beiden Vorübergehenden um frisches Gras bitten.

Als sie sich dem Hause näherten, murmelte Honoré: »Wenn es nun schon aus wäre?«

Und der unbewusste Wunsch, dass dem so sein möge, schwang in seiner Stimme mit.

Aber die Greisin war noch nicht tot. Noch immer lag sie auf dem Rücken, in dem jämmerlichen Bett. Ihre Hände hielt sie auf der violetten Kattunbettdecke, schrecklich magere Hände voller Gichtknoten, die wie fremdartige Tiere aussahen, wie Taschenkrebse; sie waren ganz verkrümmt von Rheumatismus und der mühevollen Arbeit, die sie fast ein Jahrhundert lang verrichtet hatten.

Die Rapet trat an das Bett und betrachtete die Sterbende. Sie fühlte ihr den Puls, beklopfte ihr die Brust, horchte auf den Atem und fragte sie etwas, um sie sprechen zu hören; nachdem sie sie noch eine ganze Weile angeschaut hatte, ging sie hinaus, und Honoré folgte ihr. Ihre Meinung stand fest. Die Greisin würde die Nacht nicht überleben. Er fragte: »Na?«

Die Leichenfrau antwortete: »Na ja, das kann noch zwei Tage dauern, vielleicht auch drei. Zahlen Sie mir sechs Franken, alles in allem.«

Er schrie: »Sechs Franken! Sechs Franken! Sind Sie denn verrückt geworden? Sie lebt doch bloß noch fünf oder sechs Stunden, sag ich Ihnen!«

Und so feilschten sie beide mit äußerster Hartnäckigkeit eine ganze Weile. Aber da die Leichenfrau gehen wollte, da die Zeit hinging und sein Korn sich schließlich nicht von selbst einfuhr, gab er nach: »Also schön, abgemacht, sechs Franken, alles eingeschlossen, auch die Leichenwäsche.«

»Abgemacht, sechs Franken.«

Und mit langen Schritten ging er fort, zum Feld, wo sein Korn in der heißen Sonne lag, die alles reifen lässt.

Die Leichenfrau kehrte ins Haus zurück.

Sie hatte sich eine Handarbeit mitgebracht; denn sie arbeitete stets bei den Sterbenden und Toten, bald für sich selbst, bald für die Familie, bei der sie gerade war, und die mittels einer kleinen Nachzahlung ihre Arbeitskraft doppelt ausnutzte.

Plötzlich fragte sie: »Haben Sie denn wenigstens die Letzte Ölung bekommen, Mutter Bontemps?«

Die Bäuerin schüttelte den Kopf, und die Rapet, die sehr fromm war, sprang eilig auf.

»Herr Gott, ist das möglich! Da will ich nur gleich den Pfarrer holen!«

Und sie stürzte dermaßen hastig zum Pfarrhaus, dass die Gassenjungen, die sie vorüberlaufen sahen, glaubten, es sei etwas passiert.

Der Priester machte sich sogleich auf den Weg, im Chorhemd; ein Chorknabe ging vor ihm her und läutete ein Glöckchen, das verkündete, Gott wandele über das schweigende, in der Hitze glosende Land. Die hinten auf den Feldern Arbeitenden nahmen ihre großen Hüte ab und verharrten regungslos, bis das weiße Priestergewand hinter einem Hof verschwunden war; die Garbenbinderinnen richteten sich auf und bekreuzigten sich; aufgescheuchte schwarze Hühner flüchteten die Gräben entlang und hasteten bis zu dem wohlbekannten Loch, in dem sie jäh verschwanden; ein auf einer Wiese angebundenes Füllen scheute beim Anblick des Chorhemdes und tobte an seinem Strick im Kreis umher und schlug aus. Der rotröckige Chorknabe ging schnell, und der Priester, dessen Kopf mit dem viereckigen Barett gegen die Schulter geneigt war, folgte ihm nach und murmelte Gebete; als Letzte ging die Rapet, ganz gebeugt, ganz eingeknickt, als wolle sie sich niederwerfen, mit gefalteten Händen, wie in der Kirche.

Von weitem sah Honoré, wie sie vorübergingen. Er fragte: »Wo mag er wohl hinwollen, unser Herr Pfarrer?«

Der ein bisschen schlauere Knecht antwortete: »Er bringt deiner Mutter den Leib des Herrn, zum Donnerwetter!«

Den Bauern wunderte das nicht weiter: »Ja, das ist wohl möglich.«

Dann machte er sich wieder an die Arbeit.

Die alte Bontemps beichtete, erhielt die Absolution und nahm das Abendmahl; dann ging der Priester wieder fort, und die beiden Frauen blieben allein in der zum Ersticken heißen Hütte.

Nun schaute sich die Rapet die Sterbende eingehend an und fragte sich, ob es wohl noch lange dauern werde.

Es wurde allmählich Abend; ein lebhafterer Windzug wehte frische Luft herein und ließ einen mit zwei Nadeln an der Wand befestigten Epinaler Bilderbogen hochflattern; die kleinen, ehemals weißen, nunmehr aber gelben, über und über mit Fliegendreck beschmutzten Fenstervorhänge taten, als wollten sie davonfliegen, sich losreißen, in die Weite, wie die Seele der Greisin.

Die lag regungslos, mit offenen Augen, und schien gleichmütig auf den Tod zu warten, der so nahe war und doch noch immer nicht kommen wollte. Ihr Atem ging kurz und pfiff ein wenig durch die angespannte Kehle. Bald würde sie nicht mehr atmen, dann gab es auf der Erde eine Frau weniger, und niemand würde das bekümmern.

Es wurde dunkel, Honoré kam heim. Als er am Bett stand und sah, dass seine Mutter noch lebte, fragte er: »Wie geht's denn?«, wie er es früher immer getan hatte, wenn sie nicht ganz auf der Höhe gewesen war.

Dann schickte er die Rapet nach Hause und schärfte ihr ein: »Morgen früh um fünf, aber pünktlich.«

Sie antwortete: »Ja, morgen um fünf.«

Tatsächlich kam sie dann auch bei Sonnenaufgang.

Bevor Honoré aufs Feld ging, löffelte er seine Suppe aus, er hatte sie sich selbst gekocht.

Die Leichenfrau fragte: »Na, hat es Ihre Mutter überstanden?«

Mit einem boshaften Zwinkern erwiderte er: »Es geht ihr sehr viel besser.«

Und damit ging er fort.

Die Rapet war unruhig geworden und trat zu der Sterbenden, die noch genauso dalag, bedrängt und gleichgültig, mit offenen Augen, die verschrumpften Hände auf der Bettdecke.

Der Leichenfrau wurde klar, dass es noch zwei Tage, vier Tage, selbst acht Tage so weitergehen könne; Furcht krampfte ihr habsüchtiges Herz zusammen, und zugleich schwoll rasende Wut in ihr auf gegen den Gauner, der sie überlistet hatte, und gegen die Frau da, die nicht sterben wollte.

Dennoch machte sie sich an ihre Arbeit und wartete ab; unablässig starrte sie auf Mutter Bontemps' Runzelgesicht.

Honoré kam zum Frühstück heim; er sah zufrieden aus, fast spöttisch; dann ging er wieder fort. Er brachte sein Korn tatsächlich wohlfeil unter Dach.

Immer wütender wurde die Rapet; jede verrinnende Minute dünkte sie jetzt gestohlene Zeit, gestohlenes Geld. Sie hatte Lust, tolle Lust, diese alte Ziege, diese alte starrköpfige, eigensinnige Person bei der Gurgel zu packen, ein bisschen zuzudrücken und so den kurzen, hastigen Atem zum Stillstand zu bringen, der ihr die Zeit und das Geld stahl.

Aber dann fiel ihr ein, dass das gefährlich sei; andere Gedanken durchkreuzten ihr Hirn, und sie trat an das Bett.

Sie fragte: »Haben Sie schon den Teufel gesehen?«

Mutter Bontemps murmelte: »Nein.«

Und nun fing die Leichenfrau an zu schwatzen und Geschichten zu erzählen, die die schwache Seele der Sterbenden in Schrecken setzen sollten.

Wenige Minuten vor dem Aushauchen, so sagte sie, erschiene allen Sterbenden der Teufel. Er trüge einen Besen in der Hand und einen Topf auf dem Kopf und schreie grässlich. Wenn man ihn gesehen habe, sei es aus, dann lebe man nur noch ein paar Augenblicke. Und dann zählte sie alle auf, denen in ihrer Gegenwart während des letzten Jahres der Teufel erschienen war: Josephine Loisel, Eulalie Ratier, Sophie Padagnau, Seraphine Grospied.

Schließlich wurde Mutter Bontemps ganz aufgeregt, sie rutschte hin und her, bewegte die Hände, versuchte den Kopf zu wenden, um das ganze Zimmer überschauen zu können.

Plötzlich verschwand die Rapet vom Fußende des Bettes. Sie nahm ein Tuch aus dem Schrank und wickelte sich hinein; sie stülpte sich einen Kochtopf auf den Kopf, dessen drei kurze, gebogene Beine sich wie drei Hörner ausnahmen; in die rechte Hand nahm sie einen Besen, in die linke einen Blecheimer, und den warf sie hoch in die Luft, damit er möglichst geräuschvoll niederfalle.

Das tat er denn auch; mit fürchterlichem Gepolter schepperte er auf den Fußboden. Darauf kletterte die Leichenfrau auf einen Stuhl, hob den Bettvorhang am Fußende auf und erschien mit fantastischen Bewegungen, unter dem Topf, der ihr Gesicht verdeckte, gellende Schreie ausstoßend und gegen die alte Bäuerin, die ihrem Ende nahe war, wie ein Kasperletheaterteufel den Besen schwingend.

Entsetzt, mit irrem Blick, starrte die Sterbende und machte übermenschliche Anstrengungen, sich aufzurichten und davonzulaufen; Schultern und Brust vermochte sie aus der Decke zu wickeln; dann sank sie mit einem tiefen Seufzer zurück. Es war aus.

Die Rapet stellte seelenruhig alle Dinge wieder an ihren Platz, den Besen in die Schrankecke, das Tuch kam hinein, der Topf auf den Herd, der Eimer aufs Brett und der Stuhl an die Wand. Dann schloss sie mit einer geschäftsmäßigen Bewegung die weit aufgerissenen Augen der Toten, stellte ein

Näpfchen aufs Bett, goss Weihwasser hinein, in das sie den Buchsbaumzweig von der Kommode tauchte, kniete nieder und sagte schwungvoll die Sterbegebete her, die sie, wie es ihr Handwerk mit sich brachte, auswendig wusste.

Als Honoré am Abend heimkam, fand er sie betend, und sogleich berechnete er sich, dass sie dennoch zwanzig Sous Profit machte; sie hatte ja doch nur drei Tage und eine Nacht gewacht, und das kostete im Ganzen bloß fünf Franken anstatt der sechs, die er ihr nun geben musste.

(August 1886)

An einem Frühlingsabend

Jeanne sollte ihren Vetter Jacques heiraten. Sie kannten sich von Kind an, und ihre Liebe hüllte sich nicht in zeremonielle Formen, wie es sonst auf der Welt üblich ist. Sie waren zusammen großgezogen worden, ohne zu ahnen, dass sie einander liebten. Das junge Mädchen war ein wenig kokett und schäkerte durchaus in unschuldiger Weise mit dem jungen Mann herum; sie fand überdies, dass er nett war, ein guter Kerl, und wann immer sie ihn wiedersah, umarmte sie ihn herzlich, doch ohne dieses Kribbeln, ohne dieses Erschauern, das unter die Haut geht, das von den Fingerspitzen bis hinunter zu den Füßen läuft.

Er seinerseits dachte ganz schlicht: »Sie ist süß, meine kleine Kusine!« Und er dachte an sie mit jener Art Rührung, die ein junger Mann instinktiv immer für ein hübsches Mädchen empfindet. Weiter gingen seine Gedanken nicht.

Da hörte eines Tages Jeanne zufällig, wie ihre Mutter zu ihrer Tante sagte (zu Tante Alberte, denn Tante Lison war eine alte Jungfer geblieben):

»Ich versichere dir, dass sie sich bald lieben werden, die Kinder; das sieht man doch! Was mich angeht, so ist Jacques der Schwiegersohn meiner Träume.«

Und sogleich hatte Jeanne begonnen, ihren Vetter Jacques anzubeten. Jetzt war sie rot geworden, wenn sie ihn sah, ihre Hand hatte in der Hand des jungen Mannes gezittert; sie schlug die Augen nieder, wenn sie seinem Blick begegnete, sie ließ sich nicht mehr ohne Weiteres von ihm küssen; so hatte er schließlich alles bemerkt. Er hatte verstanden, und mit einer Begeisterung, in der ebenso viel zufriedengestellte Eitelkeit wie echte Zuneigung lag, hatte er seine Kusine ungestüm in die Arme gezogen und hatte ihr ins Ohr geflüstert: »Ich liebe dich, ich liebe dich!«

Von dem Tag an war das ein Schmachten, Werben usw., die Entfaltung aller Liebesspiele, denen ihre alte Vertrautheit jegliche Ziererei und Verlegenheit nahm. Im Salon küsste Jacques seine Verlobte vor den drei alten Frauen, den drei Schwestern, seiner Mutter, der Mutter von Jeanne und Tante Lison. Sie gingen spazieren, sie beide allein, ganze Tage in den Wäldern, am Flüsschen entlang, durch feuchte Wiesen, wo das Gras voller Feldblumen stand. Und sie erwarteten den Zeitpunkt, der für ihren Bund bestimmt worden war, ohne zu große Ungeduld, doch eingehüllt, eingewoben in eine köstliche Zärtlichkeit; sie genossen den erlesenen Zauber unbedeutender Liebkosungen, von Händen, die sich drücken, und leidenschaftlichen Blicken, so tief, dass die Seelen zu verschmelzen schienen; und nur ganz fern quälte sie der unbestimmte Wunsch nach heftigen Umarmungen, empfanden sie etwas wie Unruhe auf ihren Lippen, die einander riefen, einander aufzulauern, zu erwarten, sich einander zu versprechen schienen.

Bisweilen, wenn sie den ganzen Tag in dieser sanften Leidenschaftlichkeit zugebracht hatten, mit derlei platonischen Zärtlichkeiten, überfiel sie am Abend eine eigenartige Müdigkeit, und sie stießen alle beide tiefe Seufzer aus, ohne zu wissen warum, ohne zu begreifen, Seufzer, die voll Erwartung waren.

Die beiden Mütter und ihre Schwester, Tante Lison, betrachteten die junge Liebe mit gerührtem Lächeln. Zumal Tante Lison war ganz bewegt, wenn sie die beiden sah.

Sie war eine kleine Frau, die wenig sprach, stets verschwand, keine Geräusche verursachte und nur zu den Essenszeiten auftauchte, dann sogleich wieder in ihr Zimmer hinaufstieg, wo sie fortwährend eingeschlossen lebte. Sie sah freundlich und verblichen aus, besaß sanfte traurige Augen und zählte nahezu gar nicht in der Familie.

Die beiden Schwestern, die verwitwet waren und ihren Platz in der Welt gehabt hatten, betrachteten sie wie einen Gegenstand, der ohne eigentlichen Nutzen war. Man behandelte sie mit einer zwanglosen Vertrautheit, in der eine Art herablassendes Wohlwollen für die alte Jungfer mitschwang.

Sie hieß Lise und war in den Tagen geboren, als Béranger in Frankreich den Ton angab. Als man merkte, dass sie nicht heiratete und wohl auch nie heiraten würde, machte man aus Lise Lison. Heute war sie »Tante Lison«, ein bescheidenes, altes sauberes Frauchen, das fürchterlich scheu selbst gegenüber den Ihren war, die es ihrerseits mit einer Zuneigung bedachten, die sich aus Gewohnheit, Mitleid und wohlwollender Gleichgültigkeit zusammensetzte.

Die Kinder stiegen nie zu ihr ins Zimmer hinauf, um ihr einmal einen Kuss zu geben. Allein die Magd drang zu ihr vor. Man schickte nach ihr, wenn man mit ihr sprechen wollte. Man wusste kaum, wo das Zimmer lag, dieses Zimmer, in dem dieses arme Leben so einsam dahinfloss. Tante Lison hatte keinen rechten Platz. Wenn sie nicht da war, sprach man nie von ihr, dachte nie an sie. Sie war eines jener ausgelöschten Wesen, die selbst ihren Nächsten unbekannt, gleichsam unerschlossen bleiben, und deren Tod einmal keine Leere im Hause hinterlassen würde, eines dieser Wesen, die weder in das Leben, noch in die Gewohnheiten, noch auch in die Liebe derer Eingang finden, die Seite an Seite mit ihnen leben.

Sie ging stets mit kleinen, eiligen, stummen Schritten, war nie laut, stieß nie etwas um, sie schien den Gegenständen die Eigenart zu vermitteln, keinen Ton von sich zu geben; ihre Hände schienen aus einer Art Watte gemacht, so fein und zart handhabten sie alles, was sie berührten.

Und wenn man sagte: »Tante Lison«, so erweckten diese zwei Worte keinerlei Vorstellung bei irgendjemandem. Es war, als hätte man »Kaffeekanne« oder »Zuckerdose« gesagt.

Die Hündin Loute besaß da ohne Zweifel eine sehr viel stärkere Persönlichkeit; man verhätschelte sie unablässig, man nannte sie »meine liebe Loute, meine schöne Loute, meine kleine Loute«. Man würde sie einmal unendlich viel mehr beweinen.

Die Hochzeit der beiden Cousins sollte Ende Mai stattfinden. Die jungen Leute hatten nur noch Augen füreinander, liefen mit verschlungenen Händen, hatten alle Gedanken bei dem anderen, das Herz im Herzen des anderen. Der Frühling, der dieses Jahr spät kam, zögerte und zitterte bislang unter den hellen Frostnächten und der nebligen Frische der Morgen; nun brach er auf einmal aus.

Einige warme Tage, ein wenig verhangen, hatten alle Säfte der Erde in Bewegung gebracht. Sie öffneten die Blätter wie durch ein Wunder und verbreiteten überall den guten, betörenden Duft von Knospen und ersten Blüten.

Dann, eines Nachmittags, hatte die siegreiche Sonne endlich die feuchten Dämpfe aufgesaugt und sich strahlend über das ganze Land gebreitet. Ihre helle Fröhlichkeit hatte das ganze Erdreich erfüllt, hatte alles durchdrungen, die Pflanzen, die Tiere und die Menschen.

Die verliebten Vögel flatterten umher, schlugen mit den Flügeln, riefen einander. Jeanne und Jacques, die von süßem Glück ganz benommen waren, aber scheuer als gewöhnlich umherliefen, beunruhigt durch die neuartigen Schauer, die sich mit dem Gären der Vegetation ihrer bemächtigten, waren den ganzen Tag Seite an Seite auf einer Bank vor dem

Schlosstor sitzen geblieben und wagten es nicht mehr, sich allein zu entfernen. Mit schwimmenden Augen betrachteten sie hinten im Wasser die großen Schwäne, die einander verfolgten.

Dann, als der Abend kam, hatten sie sich friedlicher, ruhiger gefühlt und nach dem Essen mit aufgestützten Ellenbogen am offenen Fenster des Salons geplaudert, während ihre Mütter in dem hellen Rund, das vom Schirm der Lampe gebildet wurde, Pikett spielten und Tante Lison für die arme Landbevölkerung Strümpfe strickte.

In der Ferne, hinter dem See, erstreckte sich erhaben ein Hochwald; in dem noch zarten Blattwerk der großen Bäume war plötzlich der Mond aufgegangen. Langsam war er durch das Gezweig gestiegen, dessen Formen sich vor seinem Hintergrund deutlich abzeichneten, und während er inmitten der Sterne, die er überstrahlte, den Himmel hinaufzog, hatte er ganz allmählich jenen melancholischen Schein über die Erde ausgegossen, in dem weiße Schimmer und Träume schweben, die den Empfindsamen, den Dichtern, den Liebenden so teuer sind.

Zunächst hatten die jungen Leute ihn betrachtet, dann waren sie, ganz durchtränkt von der zarten Süße der Nacht, von diesem verschleierten Leuchten der Täler und Höhen, mit langsamen Schritten hinausgegangen und spazierten nun über die große weiße Rasenfläche bis zu dem leuchtenden Wasser.

Als sie ihre allabendlichen vier Partien Pikett hinter sich gebracht hatten, nickten die zwei Mütter ein wenig ein und hatten Lust schlafen zu gehen.

»Wir müssen die Kinder rufen«, meinte die eine.

Die andere ließ den Blick über den bleichen Horizont wandern, wo zwei Schatten sanft dahinschritten: »Lass sie«, hielt sie entgegen, »es ist so schön draußen! Lison wird auf sie warten; nicht wahr, Lison?«

Das alte Fräulein hob seine unruhigen Augen und entgegnete mit schüchterner Stimme: »Aber ja, ich warte auf sie.«

Und die beiden Schwestern begaben sich zur Ruhe.

Da erhob sich Tante Lison, ließ die begonnene Arbeit auf der Lehne des Sessels liegen, ihre Wolle und die große Nadel, ließ sich mit aufgestützten Ellenbogen am Fenster nieder und schaute hinaus in die zauberhafte Nacht.

Die zwei Verliebten wanderten ziellos über die Wiese, vom See zur Freitreppe, von der Freitreppe zum See. Sie drückten einander die Finger und sprachen nicht mehr, so als seien sie aus sich herausgestiegen, aufgegangen in der Bild gewordenen Poesie, die der Erde entströmte. Jeanne entdeckte plötzlich im Fensterrahmen die Silhouette des alten Fräuleins, die sich im Lampenschein abzeichnete.

»Schau«, sagte sie, »Tante Lison beobachtet uns.«

Jacques hob den Kopf.

»Ja«, bestätigte er, »Tante Lison beobachtet uns.« Und sie fuhren fort zu träumen, langsam dahinzuschreiten, sich anzubeten.

Schon fiel der Tau aufs Gras. Die frische Nachtluft ließ sie erschauern. »Lass uns hineingehen«, bat sie. Sie gingen zurück.

Als sie in den Salon kamen, hatte sich Tante Lison wieder an ihr Strickzeug gesetzt; sie hielt die Stirn über ihre Arbeit geneigt, und ihre kleinen mageren Finger zitterten ein wenig, als ob sie sehr müde wären.

Jeanne trat näher: »Tante, wir gehen jetzt schlafen.«

Das alte Fräulein wandte die Augen ab. Sie waren rot, als ob sie geweint hätte. Jacques und seine Braut hatten nicht Acht darauf. Der junge Mann bemerkte aber nun, dass das feine Schuhwerk des jungen Mädchens völlig mit Wasser durchtränkt war. Von Unruhe ergriffen, fragte er zärtlich: »Frierst du nicht an deinen lieben kleinen Füßen?«

Da wurden die Finger der Tante plötzlich von einem solchen Zittern befallen, dass ihr die Arbeit entglitt; das Wollknäuel lief weit über das Parkett, sie verbarg auf einmal das Gesicht in den Händen und begann krampfhaft zu schluchzen.

Die beiden Kinder stürzten zu ihr hin, Jeanne breitete die Arme aus und wiederholte bestürzt: »Was hast du nur, Tante Lison? Was hast du nur, Tante Lison?« ...

Da stammelte das alte Fräulein mit tränenerstickter Stimme und von Leid gekrümmtem Körper: »Es ist ... es ist nur ... als er dich gefragt hat: ›Frierst du nicht an deinen lieben kleinen Füßen? ...‹ Zu mir hat nie jemand so etwas gesagt, zu mir! ... nie! ... nie!«

(Mai 1881)

Der erste Schnee

Die lange Promenade der Croisette verläuft im Bogen am Rand der blauen Wasserfläche entlang. Im Hintergrund, zur Rechten, ganz in der Ferne, ragt der Esterel ins Meer. Er versperrt den Blick, verschließt den Horizont mit dem hübschen südländischen Bild seiner zahlreichen spitzen, bizarr geformten Gipfel.

Zur Linken wölben die Inseln Sainte-Marguerite und Saint-Honorat ihre tannenbestandenen Buckel aus dem Wasser.

Und rundum in der großen Bucht, an den großen Bergen, die Cannes umrahmen, scheint die weiße Häuserschar in der Sonne dahinzudösen. Im Dunst sieht man sie liegen, die hellen Villen, über die Hügel von oben nach unten verstreut, wie Tupfer von Schneeflocken auf dunklem Grün.

Die nächst dem Wasser gelegenen öffnen ihre Tore zu der weiten Promenade hin, die die ruhigen Fluten umspülen. Schön ist es und so mild. Es ist ein warmer Wintertag, kaum ein Hauch von Kühle. Über die Gartenmauern sieht man Orangen- und Zitronenbäume, dick mit goldenen Früchten behangen. Damen ergehen sich langsamen Schrittes auf dem Sand der Promenade, gefolgt von Kindern, die ihre Reifen rollen, oder in Begleitung von Herren, in freundlichen Plaudereien begriffen.

Eine junge Dame tritt soeben aus ihrem kleinen schmucken Haus, dessen Tor auf La Croisette hinausgeht. Sie hält einen Augenblick inne, um die Spaziergänger zu betrachten, lächelt und erreicht unter Anzeichen großer Erschöpfung eine leere Bank, die aufs Meer schaut. Entkräftet von diesen zwanzig Schritten, lässt sie sich keuchend nieder. Ihr blasses Gesicht gleicht dem einer Toten. Sie hustet und führt ihre durchsichtigen Finger an die Lippen, als wolle sie diese Hustenstöße, die sie dergestalt ermatten, aufhalten.

Sie schaut in den Himmel voll Sonne und Schwalben, auf die eigenwilligen Gipfel des Esterel dort hinten und auf das nahegelegene Meer, so blau, so ruhig und so schön.

Sie lächelt immer noch und murmelt: »Oh, wie bin ich glücklich.«

Dennoch weiß sie, dass sie sterben wird, dass sie den Frühling nicht erleben wird und dass in einem Jahr auf dieser Promenade eben diese Menschen, die an ihr vorbeigehen, noch immer die milde Luft der lieblichen Landschaft atmen werden, mit ihren Kindern, die dann ein wenig größer sein werden, mit ihren Herzen, die immer voller Hoffnung sind, voller Zärtlichkeit und Glück, während das arme Restchen Körper, das ihr noch geblieben ist, im Grunde eines Eichensargs zerfallen sein wird, und lediglich ihre Knochen in dem seidenen Gewand ruhen werden, das sie sich als Totenhemd ausgesucht hat.

Sie würde nicht mehr da sein. Alle Dinge des täglichen Lebens würden für die anderen weitergehen. Für sie würde alles ein Ende haben, ein Ende für immer. Sie würde nicht mehr da sein. Sie lächelt und atmet, so viel sie nur kann, mit ihren kranken Lungen die Duftströme aus den Gärten ein.

Und sie denkt nach.

Sie ruft die Vergangenheit wach. Vor vier Jahren hat man sie mit einem normannischen Adligen verheiratet. Es war ein kräftiger, bärtiger junger Mann mit gesunder Gesichtsfarbe, breiten Schultern, von schlichtem Geist und froher Natur.

Die Verbindung erfolgte aus finanziellen Erwägungen, von denen sie nichts verstand. Gern hätte sie »nein« gesagt, aber sie bedeutete mit einem Kopfnicken ihr »Ja«, um Vater und Mutter nicht entgegenzustehen. Sie war Pariserin, lustig, lebensfroh.

Ihr Gatte nahm sie mit auf sein Schloss in der Normandie. Es war ein mächtiges steinernes Gebäude, umstanden von uralten Bäumen. Den Blick auf die Vorderseite versperrte eine Gruppe hochgewachsener Tannen. Zur Rechten öffnete eine Schneise den Blick auf die Ebene, die sich vollkommen kahl bis zu den fernen Höfen hinzog. Ein Seitenweg lief vor dem Eingangstor entlang und führte zur Hauptstraße, die drei Kilometer weit entfernt lag.

Oh! Wie ihr alles gegenwärtig war: ihre Ankunft, ihr erster Tag in dem neuen Zuhause und ihr einsames Leben, das folgte.

Als sie aus dem Wagen stieg, betrachtete sie das alte Gebäude und erklärte lachend: »Das sieht ja nicht gerade lustig aus!«

Ihr Gatte begann seinerseits zu lachen und entgegnete: »Ach, lass nur! Da gewöhnt man sich dran. Du wirst schon sehen. Ich jedenfalls langweile mich hier nie.«

Sie brachten diesen Tag mit Umarmungen zu, und die Zeit wurde ihr nicht lang. Am Tag darauf ging es ebenso, und buchstäblich die ganze Woche wurde mit Liebkosungen verbracht.

Dann machte sie sich daran, ihren Haushalt zu ordnen. Das dauerte wohl einen Monat. Die Tage vergingen einer nach dem anderen mit unbedeutenden und dennoch zeitraubenden Dingen. Sie lernte den Wert und die Wichtigkeit der kleinen Dinge des Lebens kennen. Sie erfuhr, dass man sich für den Preis von Eiern interessieren kann, die je nach Jahreszeit ein paar Centimes mehr oder weniger kosten.

Es war Sommerzeit. Sie ging auf die Felder und sah bei der Ernte zu. Die Heiterkeit der Sonne ließ auch ihr Gemüt heiter bleiben.

Der Herbst kam. Ihr Mann ging auf die Jagd. Morgens zog er mit seinen zwei Hunden Médor und Mirza los. So blieb sie nun allein, ohne übrigens traurig über die Abwesenheit von Henry zu sein. Sie hatte ihn herzlich gern, aber fehlen tat er ihr darum nicht. Wenn er heimkam, forderten ihr die Hunde all ihre Zärtlichkeit ab. Sie pflegte sie allabendlich mit mütterlicher Liebe, liebkoste sie unablässig, rief sie bei tausend süßen Kosenamen, die sie nicht im Traum für ihren Gatten gefunden hätte.

Er erzählte ihr stets von der Jagd. Er beschrieb die Plätze, wo er auf Rebhühner gestoßen war, äußerte sein Erstaunen, dass er keinen Hasen in der Falle von Joseph Ledentu gefunden hatte, oder war entrüstet über die Handlungsweise von Monsieur Lechapelier aus Le Havre, der immerfort an der Grenze seiner Ländereien entlangstrich, um Wild, das er aufgebracht hatte, zu schießen.

Sie gab zur Antwort: »Ja wirklich, das ist nicht richtig!« Dabei dachte sie an etwas anderes.

Der Winter kam, der Winter der Normandie, kalt und regnerisch. Unablässig strömten Regengüsse auf das große, kantige Schieferdach, das wie eine Klinge in den Himmel aufragte. Die Wege schienen in Schlammflüsse verwandelt; das Land war eine einzige Schlammwüste; nichts war zu hören außer dem niederrauschenden Regen; nichts war zu sehen außer den Raben, die wie ein Wirbelsturm vorüberflogen, sich über ein Feld hermachten und wieder aufflogen.

Gegen vier Uhr nahte das Heer der finsteren, flatternden Tiere, um sich in den großen Buchen links vom Schloss unter anhaltendem Kreischen niederzulassen. Fast eine Stunde lang flatterten sie von Baumspitze zu Baumspitze, schienen sich zu streiten, krächzten und durchzogen das gräuliche Gezweig mit schwarzen Kreisen.

Allabendlich schaute sie ihnen zu. Ihr Herz war gedrückt, ganz durchdrungen von der finsteren Schwermut der Nacht, die auf die verlassenen Felder fiel.

Dann läutete sie, damit man ihr eine Lampe brachte, und trat ans Feuer. Ganze Holzhaufen verfeuerte sie, ohne dass es ihr gelingen wollte, die riesigen, von Feuchtigkeit durchtränkten Zimmer zu erwärmen. Sie fror immerfort, überall, im Salon, bei den Mahlzeiten, in ihrem Zimmer. Sie fror bis in die Knochen, so kam es ihr vor. Ihr Mann kehrte erst zum Abendessen heim, denn er jagte unablässig oder beschäftigte sich mit den Sämereien, der Feldbestellung und allen Belangen der Landwirtschaft. Froh und schmutzig trat er ein, rieb sich die Hände und rief: »Was für ein ekliges Wetter!« Oder aber: »Mh! Wie gut am warmen Feuer!« Oder er fragte bisweilen: »Was gibt es zu erzählen heute? Alles in Ordnung?«

Er war glücklich, er fühlte sich wohl, er hatte keine Wünsche, träumte von nichts anderem als diesem einfachen, gesunden und friedlichen Leben.

Als mit dem Dezember die Schneefälle einsetzten, litt sie furchtbar an der eisigen Luft im Schloss, in diesem alten Schloss, das seit Jahrhunderten immer mehr Kälte in sich angesammelt zu haben schien, so wie es menschliche Wesen mit den Jahren tun. Und eines Abends sagte sie zu ihrem Gatten: »Hör mal, Henry, du solltest hier wirklich eine Heizung anbringen lassen, dann könnten die Mauern austrocknen. Ich versichere dir, ich werde vom Morgen bis zum Abend nicht mehr warm.«

Diese Idee, in seinem Schloss eine Heizung anbringen zu lassen, verschlug ihm zunächst die Sprache. Es wäre ihm natürlicher vorgekommen, seinen Hunden auf silbernem Tafelgeschirr zu servieren. Dann stieß er aus der Tiefe seiner mächtigen Brust ein gewaltiges Gelächter aus und wiederholte: »Eine Heizung hier? Ha! ha! ha! Was für ein Witz!«

Sie beharrte: »Ich versichere dir, man erfriert hier, mein Freund; du merkst das nicht, weil du dich immer bewegst, aber man friert hier.«

Er antwortete, noch immer lachend:

»Schluss damit! Daran gewöhnt man sich, und gesund ist es auch! Du wirst dich nur umso wohler fühlen! Wir sind keine Pariser, zum Teufel! Im Brennholz schmoren! Im Übrigen steht der Frühling vor der Tür!«

*

Anfang Januar traf sie ein großes Unglück. Ihr Vater und ihre Mutter kamen im Wagen bei einem Unfall ums Leben. Sie fuhr zum Begräbnis nach Paris. Und der Kummer beherrschte ihr Gemüt wohl sechs Monate lang.

Endlich gelang es dem Zauber der schönen Tage, sie aufzurütteln, und sie lebte traurig und kraftlos in den Herbst hinein.

Als wieder die Kälte einsetzte, sah sie erstmalig einer finsteren Zukunft ins Auge. Was sollte sie tun? Nichts. Was erwartete sie noch? Nichts. Welche Hoffnung, welche Aussichten vermochten ihr Herz zu beleben? Keine. Ein Arzt, der hinzugezogen worden war, hatte erklärt, dass sie niemals Kinder haben würde.

Schlimmer und unerbittlicher als im Vorjahr verursachte ihr die Kälte unablässig Schmerzen. Sie hielt ihre zitternden Hände über die hohen Flammen. Das lodernde Feuer brannte in ihrem Gesicht, doch schienen eisige Luftströme ihren Rücken entlangzugleiten, schienen unter ihre Haut und ihre Kleider zu kriechen. Sie zitterte von Kopf bis Fuß. Unzählige Zugwinde schienen in ihren Gemächern zu wohnen, lebendige Luftströme, hinterlistig, hartnäckig wie Feinde. Allenthalben begegnete sie ihnen, sie hauchten ihr mit heimtückischem, eisigem Hass unablässig bald übers Gesicht, bald über die Hände, bald über den Hals.

Erneut brachte sie die Sprache auf die Heizung, doch ihr Gatte sah sie an, als ob sie ihn um den Mond gebeten hätte. Die Anschaffung einer vergleichbaren Einrichtung in Parville erschien ihm ebenso unmöglich wie die Entdeckung des Steins der Weisen.

Eines Tages, als er von Geschäften in Rouen zurückkehrte, brachte er seiner Frau einen niedlichen kupfernen Kohlekessel zum Fußwärmen mit; er nannte ihn lachend eine »tragbare Heizung«, er schwor, dass diese ausreiche, um sie fortan vor jeglichem Frieren zu bewahren.

Gegen Ende Dezember wurde ihr klar, dass sie nicht mehr so leben konnte, und so fragte sie eines Abends beim Essen schüchtern: »Sag, mein Freund, könnten wir nicht vor dem Frühling eine oder zwei Wochen in Paris verbringen?«

Er war verblüfft: »In Paris? In Paris? Ach nein, wozu denn das? Es ist doch prachtvoll hier, in den eigenen vier Wänden; was du manchmal für komische Ideen hast!«

Sie stammelte: »Das würde uns ein wenig Zerstreuung bringen.«

Dafür fand er kein Verständnis: »Was brauchst du denn für Zerstreuung? Theater, Abendveranstaltungen, Essen in der Stadt? Du wusstest doch, als du hierher kamst, sehr gut, dass dich Zerstreuungen dieser Art hier nicht erwarten würden!«

Sie empfand einen Vorwurf in diesen Worten und in dem Ton, in dem sie gesprochen waren. Sie schwieg; sie war schüchtern und sanft, ohne Auflehnung und eigenen Willen.

Im Januar kehrte die Kälte mit aller Macht wieder. Dann bedeckte Schnee die Erde.

Eines Abends, als sie zusah, wie die große wirbelnde Wolke von Raben sich über die Bäume breitete, begann sie unwillkürlich zu weinen.

Ihr Mann kam herein. Er fragte ganz bestürzt: »Was hast du denn nur?«

Er war glücklich, vollkommen glücklich, hatte nie von

einem anderen Leben, von anderen Freuden geträumt. Er war in diesem traurigen Land geboren, er war hier aufgewachsen. Er fühlte sich hier wohl, zu Hause, mit Körper und Seele in Einklang.

Er begriff nicht, dass man sich danach sehnte, dass etwas geschah, dass man hungrig auf wechselnde Vergnügungen war; er begriff nicht, dass es manch einem nicht normal vorkam, alle vier Jahreszeiten am gleichen Ort zuzubringen; er schien nicht zu wissen, dass der Frühling, der Sommer, der Herbst, der Winter für die meisten Menschen neue Freuden an neuen Orten bedeuteten.

Sie war keiner Antwort fähig und wischte sich heftig die Augen. Endlich stammelte sie verwirrt: »Ich habe ... ich ... ich bin ein wenig traurig ... ich langweile mich ein wenig ...«

Doch dann fügte sie, ängstlich, so etwas gesagt zu haben, rasch hinzu: »Und dann ... mir ist ... mir ist ein wenig kalt.«

Dieses Wort machte ihn wild: »Ja, ja ... immer die fixe Idee von deiner Heizung! Aber nun sieh doch einmal, zum Donnerwetter! Du warst nicht einmal erkältet, seit du hier bist!«

*

Die Nacht brach herein. Sie stieg hinauf in ihr Zimmer, denn sie hatte sich ein eigenes Zimmer erbeten. Selbst im Bett fror sie. Sie dachte: »So wird das nun immer sein, immer, bis zum Tod!« Und sie dachte über ihren Mann nach. Wie hatte er nur sagen können: »Du warst ja nicht einmal erkältet, seit du hier bist!«

Sie musste also krank werden, husten, damit er einsah, wie sie litt!

Da stieg eine Empörung auf in ihr, eine aus Schwäche und Ängstlichkeit verzweifelte Empörung.

Sie musste also husten. Dann würde er sicher Mitleid mit ihr haben. Nun gut! Sie würde husten; er sollte sie husten hören; ein Arzt sollte geholt werden; er würde schon sehen, ihr Gatte, er würde schon sehen!

Sie war aufgestanden mit nackten Beinen, nackten Füßen, und eine kindliche Idee rief ein Lächeln auf ihre Lippen: »Ich will eine Heizung, und ich werde eine haben. Ich werde so husten, dass er sich dazu entschließen muss, eine einzubauen.«

Und sie setzte sich nahezu unbekleidet auf einen Stuhl. Sie wartete eine Stunde, zwei Stunden. Sie zitterte, aber sie erkältete sich nicht. Da beschloss sie, härtere Maßnahmen zu ergreifen.

Lautlos glitt sie aus ihrem Zimmer, stieg die Treppe hinunter, öffnete die Tür zum Garten. Der Boden war mit Schnee bedeckt und schien ohne Leben. Sie setzte rasch ihren nackten Fuß vor und tauchte ihn in die eisige Masse. Ein Gefühl von Eiseskälte stieg ihr, schmerzhaft wie eine Wunde, bis ins Herz hinauf; indessen streckte sie das andere Bein vor und begann langsam die Stufen hinabzusteigen.

Dann schritt sie vorsichtig über den Rasen und sprach zu sich: »Ich gehe bis zu den Tannen.«

Sie ging mit kleinen Schritten, keuchte, war jedes Mal dem Ersticken nahe, wenn sie ihren bloßen Fuß in den Schnee tauchte.

Sie berührte die erste Tanne mit der Hand, als wollte sie sich vergewissern, dass sie ihren Plan bis zum Ende durchgeführt hatte; dann kam sie zurück. Zwei- oder dreimal glaubte sie, sie werde fallen, so erstarrt und einer Ohnmacht nahe war sie. Ehe sie ins Haus zurückging, setzte sie sich noch einmal in diesen Schaum aus Eis und rieb sich die Brust damit ein.

Dann ging sie hinein und legte sich zu Bett. Nach einer Stunde hatte sie das Gefühl, einen Ameisenhaufen in der Kehle zu beherbergen. Weitere Ameisen liefen ihr die Glieder entlang. Dennoch schlief sie.

Am folgenden Tag hustete sie und konnte nicht aufstehen.

Sie hatte sich eine Lungenentzündung zugezogen. Sie lag im Fieberwahn und bat in ihren Fieberträumen um eine Heizung. Der Arzt verlangte, dass man eine solche installierte. Henry gab nach, verärgert und widerwillig.

Die Heilung wollte nicht voranschreiten. Die Lunge war schwer angegriffen und ließ um ihr Leben bangen. Wenn sie hier bleibe, werde sie bis zu den Frosteinbrüchen nicht mehr am Leben sein, sagte der Arzt.

So schickte man sie in den Süden. Sie kam nach Cannes, lernte die Sonne kennen, liebte das Meer, atmete den Duft der blühenden Orangenbäume.

Im Frühling kehrte sie in den Norden zurück.

Nun aber lebte sie in der Angst, gesund zu werden, in der Angst vor den langen Wintern der Normandie; und sobald es ihr besser ging, öffnete sie nachts ihr Fenster und dachte an die milden Gestade des Mittelmeers. Jetzt aber wird sie sterben; sie weiß es. Sie ist glücklich.

Sie entfaltet eine Zeitung, die sie noch nicht aufgeschlagen hat, und liest die Überschrift: »Der erste Schnee in Paris.«

Da fröstelt sie, um gleich darauf zu lächeln. Sie schaut auf den Esterel dort hinten, der von der untergehenden Sonne ganz in Rosa getaucht ist; sie schaut in den weiten blauen, so blauen Himmel, auf das weite blaue, so blaue Meer.

Dann kehrt sie mit langsamen Schritten zurück, bleibt nur stehen, um zu husten, denn sie ist zu lange draußen geblieben, es ist ihr kalt geworden, ein wenig kalt. Sie findet einen Brief von ihrem Mann vor. Sie öffnet ihn, lächelt noch immer und liest:

»Meine liebe Freundin,

ich hoffe, es geht dir gut und du sehnst dich nicht allzu sehr nach unserer schönen Heimat. Seit einigen Tagen herrscht hier kräftiger Frost, der ein Zeichen für baldigen Schnee ist. Was mich angeht, ich liebe diese Zeit im Jahr, und du verstehst sicher, dass ich mich hüte, deine verfluchte Heizung anzumachen ...«

Sie hält inne im Lesen und ist ganz glücklich in der Vorstellung, dass sie sie bekommen hat, ihre Heizung. Ihre rechte Hand, in der sie den Brief hält, sinkt langsam auf ihre Knie, indes sie ihre linke Hand zum Munde führt, als wolle sie den hartnäckigen Husten zum Schweigen bringen, der ihr die Brust zerreißt.

(Dezember 1883)

Menschliches Leid

Jean d'Espars wurde lebhaft: »Lasst mich doch in Ruhe mit eurem Maulwurfsglück, eurem Glück von Hohlköpfen, die ein flammendes Holzscheit zufrieden stellt, ein gutes Glas Wein oder die Berührung einer Frau. Ich sage euch, mich macht das menschliche Unglück wahnsinnig, ich sehe es überall, mit scharfem Auge, ich finde es, wo ihr nichts merkt, ihr, die ihr auf der Straße einherspaziert in Gedanken an das Fest am Abend oder das Fest am folgenden Tage.

Neulich erst sah ich auf der Avenue de l'Opéra, mitten in der quirligen, fröhlichen Menge, die von der Maisonne wie berauscht war, plötzlich ein Wesen vorüberziehen, ein unbeschreibliches Wesen, eine Alte, tief gebeugt, in Lumpen gehüllt, die wohl einmal Kleider gewesen waren, mit einem schwarzen Strohhut bedeckt, der seines ehemaligen Zierrats gänzlich beraubt war und seine Bänder und Blumen vor undenklichen Zeiten eingebüßt hatte. Sie ging dahin, schleppte ihre Füße so mühevoll voran, dass ich wie sie und mehr als sie bis ins Herzinnerste den Schmerz eines jeden ihrer Schritte verspürte. Zwei Stöcke hielten sie aufrecht. Sie zog vorüber, ohne irgendjemanden zu sehen, gleichgültig gegen alles, gegen den Lärm, die Leute, die Wagen, die Sonne. Wohin ging sie? Zu welchem Elendsquartier? Sie trug einen Gegenstand, der in Papier gewickelt an einem Stück Schnur herabbaumelte. Was war es? Brot? Ja, zweifelsohne. Niemand, kein Nachbar, hatte diesen Gang für sie übernehmen können oder wollen. Sie allein hatte diese schreckliche Reise von ihrer Mansarde zum Bäcker angetreten. Zwei Stunden Wegs waren das für sie, hin und zurück. Und welch schmerzensreicher Weg, welch ein Leidensweg, schrecklicher als der unseres Herrn Christus!

Ich hob die Augen zu den Dächern der gewaltigen Häuser. Dort wollte sie hinaufsteigen! Wann würde sie ankommen? Wie viele Pausen würde sie keuchend auf den Stufen einlegen, auf der kleinen finsteren, gewundenen Treppe? Alle Welt drehte sich um, schaute ihr nach! Ein Murmeln: ›Arme Frau!‹ Dann weiter! Ihr Rock, ein Fetzen von einem Rock, schleifte auf dem Gehweg, wollte kaum halten an diesen Überresten eines Körpers. Und doch wohnte ein Geist darin! Ein Geist? Nein, sondern ein furchtbares, ein unaufhörliches, quälendes Leiden! Oh! Dieses Leid der Alten ohne Brot, der Alten ohne Hoffnung, ohne Kinder, ohne Geld, ohne etwas anderes als den Tod vor Augen! Denken Sie daran? Denken Sie an diese alten, ausgemergelten Geschöpfe in den Dachkammern? Denken Sie an die Tränen dieser trüben Augen, die einstmals glänzend, lebhaft und fröhlich waren?«

*

Er hatte einige Sekunden geschwiegen. Dann fuhr er fort: »All meine ›Lebensfreude‹, um mich der Worte eines der gewaltigsten und tiefgründigsten Romanciers unseres Landes zu bedienen, Émile Zola, der wie niemand sonst das Unglück der Ärmsten der Armen gesehen, verstanden und erzählt hat, all meine Lebensfreude erstarb, flog plötzlich auf und davon in jenem Herbst vor drei Jahren während einer Jagd in der Normandie.

Es regnete, ich streifte allein durch Wiesen, durch schwere Schlammschollen, die unter meinen Füßen glibberten und glitschten. Gelegentlich flog ein aufgestörtes Rebhuhn hoch, das sich hinter einen Erdhügel geduckt hatte, und zog schwerfällig unter den Regenschauern davon. Der Schuss aus meinem Gewehrlauf wurde durch den Regenguss, der vom Himmel herabströmte, wie ausgelöscht, knallte kaum wie ein Peitschenhieb, und das graue Tier fiel mit blutigem Gefieder herab.

Mir war zum Weinen zumute, den Wolken gleich, die auf die Welt und auf mich herabweinten; ich war bis ins Herz hinein durchtränkt von Traurigkeit und von Müdigkeit so übermannt, dass ich kaum mehr die lehmverklebten Beine zu heben vermochte. Ich wollte schon umkehren, als ich inmitten der Felder den Einspänner unseres Arztes erblickte, der auf einem Seitenweg entlangfuhr.

Der schwarze, niedere Wagen mit seinem runden Verdeck rollte, von einem braunen Pferd gezogen, dahin, wie ein Vorbote des Todes an einem solch finsteren Tag durch das Land irrt. Plötzlich hielt er an; der Kopf des Arztes wurde sichtbar, und er rief: ›Ah! Monsieur d'Espars!‹

Ich trat heran, und er sagte zu mir: ›Fürchten Sie sich vor Krankheiten?‹

›Nein!‹

›Wollen Sie mir helfen, eine Diphtheriekranke zu versorgen? Ich bin allein und brauche jemanden, der sie hält, während ich den Belag aus ihrem Rachen entferne.‹

›Ich komme mit Ihnen‹, erklärte ich und stieg zu ihm in den Wagen.

Er erzählte mir folgende Geschichte: Die Rachendiphtherie, die fürchterliche Rachendiphtherie, an der die unglücklichen Menschen ersticken, war in den Hof der Martinets eingedrungen, dieser armen Leute!

Vater und Sohn waren zu Beginn der Woche gestorben. Mutter und Tochter gingen nun auch dahin.

Eine Nachbarin, die sie gepflegt hatte und plötzlich von einem Unwohlsein befallen worden war, hatte am Vorabend die Flucht ergriffen, hatte die Tür offen stehen und die beiden Kranken auf ihren Strohlagern zurückgelassen, ohne etwas zu trinken, allein, allein, keuchend, erstickend, im Todeskampf allein seit vierundzwanzig Stunden!

Der Arzt hatte soeben den Hals der Mutter gesäubert und ihr zu trinken gegeben, doch das Kind, wie von Sinnen vor Schmerz und Angst vor dem Ersticken, hatte den Kopf in sein Strohlager gesteckt und darin verborgen – es wollte sich nicht anrühren lassen.

Der Arzt, der solches Leid gewohnt war, wiederholte mit trauriger, resignierter Stimme: ›Ich kann doch nicht den ganzen Tag bei meinen Kranken zubringen. Verflixt! Diese aber drücken mir das Herz ab. Wenn man daran denkt, dass sie vierundzwanzig Stunden lang ohne Trinken waren. Der Wind peitschte den Regen bis an ihr Lager. Alle Hühner hatten sich in den Schutz des Kamins geflüchtet.‹

Wir kamen bei dem Hof an. Er band sein Pferd am Ast eines Apfelbaums vor der Tür fest, und wir traten ein. Ein intensiver Geruch nach Krankheit und Feuchtigkeit, nach Fieber und Fäulnis, nach Krankenhaus und Keller, nahm uns den Atem. Es herrschte Kälte, die Kälte eines Sumpfes, eines Morastes in diesem Haus, das ohne Feuer, ohne Leben, dumpf und finster war. Die Uhr war stehen geblieben, der Regen fiel durch den großen Kamin, die Hühner hatten die Asche umhergestreut, in einer finsteren Ecke hörte man ein raues, rasches Keuchen. Es war der Atem des Kindes.

Die Mutter, die in einer Art großer Holzkiste, dem typischen Bett der Bauern, lag und unter alten Decken und Lumpen verborgen war, schien ruhig. Sie wandte den Kopf leicht zu uns.

Der Arzt fragte: ›Haben Sie eine Kerze?‹

Sie antwortete mit leiser, erschöpfter Stimme: ›Im Schrank.‹

Er nahm das Licht und führte mich in die Tiefe des Zimmers, zum Lager des kleinen Mädchens. Es keuchte, seine Wangen waren hohl, seine Augen glänzend, die Haare wirr, es bot ein Bild des Schreckens. Bei jedem Atemzug bildeten sich in dem mageren, gestreckten Hals tiefe Höhlen. Auf dem Rücken liegend, presste es mit beiden Händen die Lumpen an sich, die es bedeckten; sobald es uns erblickte, drehte es sich auf die Seite, um sich im Stroh zu verbergen.

Ich hielt das Mädchen bei den Schultern fest, und der Doktor zwang es, den Mund zu öffnen, und riss einen großen Fetzen weißlicher Haut aus dem Rachen heraus, der mir trocken wie Leder vorkam.

Sogleich bekam es besser Luft und trank ein wenig. Die Mutter sah uns, auf einen Ellenbogen gestützt, zu. Sie lallte: ›Hat es geklappt?‹

›Ja, es hat geklappt.‹

›Werden Sie uns nun ganz allein lassen?‹

Angst, furchtbare Angst ließ ihre Stimme zittern, Angst vor dem Alleinsein, vor der Verlassenheit, vor dem Dunkel des Todes, den sie so nahe fühlte.

Ich entgegnete: ›Nein, gute Frau. Ich werde hier warten, bis Monsieur Parisson eine Krankenwache gefunden hat.‹

Ich wandte mich an den Doktor: ›Schicken Sie Mutter Mauduit. Ich bezahle sie.‹

›Ausgezeichnet. Ich schicke sie sogleich her.‹

Er drückte mir die Hand, ging hinaus, und ich hörte, wie sein Einspänner auf der nassen Straße davonrollte.

Ich blieb allein mit den beiden Sterbenden.

*

Mein Hund Paf hatte sich vor dem schwarzen Kamin niedergelegt und brachte mich auf den Gedanken, dass ein wenig Feuer für uns alle von Nutzen wäre. Ich ging also noch einmal hinaus, um Holz und Stroh zu suchen; und schon bald leuchtete eine große Flamme in die Tiefen des Zimmers hinein, bis zu dem Bett der Kleinen, die wieder zu keuchen begann.

Ich ließ mich nieder und streckte die Beine vor den Ofen.

Der Regen schlug gegen die Scheiben; der Wind rüttelte am Dach, ich hörte den kurzen, harten, pfeifenden Atem der zwei Frauen und den Atem meines Hundes, der zusammengerollt vor der hellen Feuerstelle lag und vor Wohlbehagen seufzte.

Das Leben! Das Leben! Was war das? Die beiden Elenden da, die immer auf Stroh geschlafen, schwarzes Brot gegessen, wie Tiere geschuftet und alles Leiden dieser Erde durchgemacht hatten, die sollten sterben! Was hatten sie getan? Der Vater war tot, der Sohn war tot, und diese bettelarmen Leute galten doch als gute Leute, die man schätzte und achtete, als einfache und ordentliche Leute!

Ich sah meine Stiefel dampfen und meinen Hund schlafen; eine ungekannte Freude stieg in mir auf, tief und voller Scham, wenn ich sie mit dem Schicksal dieser Geknechteten verglich.

Das kleine Mädchen begann wieder zu keuchen, und plötzlich wurde mir dieser raue Atem unerträglich; er nagte an mir gleich einer Feile, die mit jedem Stoß an meinem Herzen raspelte.

Ich trat zu ihm hin: ›Möchtest du trinken?‹, fragte ich.

Es bewegte den Kopf mit einer zustimmenden Geste, und ich goss ihm etwas Wasser in den Mund, das sein Ziel indes nicht recht erreichte.

Die Mutter, die ruhiger dalag, hatte sich umgedreht, um ihr Kind zu sehen; und plötzlich kam mich eine Furcht an, eine unheimliche Furcht, die mir unter die Haut ging wie die Berührung eines unsichtbaren Dämons. Wo war ich? Ich wusste es nicht mehr. Träumte ich? Welcher Alptraum bedrängte mich?

War es wahr, dass dergleichen passierte? Dass man so sterben konnte? Ich spähte in die dunklen Ecken der Strohhütte, als ob ich darauf wartete, zusammengekauert in einer finsteren Nische eine grässliche, unbeschreiblich grauenerregende Erscheinung zu erblicken. Eine Erscheinung, die auf das Leben der Menschen lauert, sie tötet, sie zerfrisst, sie zermalmt, sie erwürgt; die das rote Blut liebt, die fieberglänzenden Augen, die Falten, das Dahinwelken, die weißen Haare und den Verfall.

Das Feuer erlosch. Ich warf neues Holz hinein und wärmte mir den Rücken, so sehr war mir die Kälte in die Glieder gestiegen.

Ich hoffte doch, einmal in einem ordentlichen Zimmer zu sterben, mit Ärzten um mein Bett, Medikamenten auf dem Tisch!

Und diese Frauen waren vierundzwanzig Stunden lang allein und ohne Feuer in dieser Hütte gewesen, hatten nur Wasser zu trinken, lagen röchelnd auf dem Stroh! ...

Plötzlich vernahm ich das Traben eines Pferdes und das Rollen eines Wagens; dann trat die Krankenwärterin ein, ruhig, froh, eine Arbeit gefunden zu haben, und ohne Erstaunen angesichts solchen Elends.

Ich ließ ihr etwas Geld da und verschwand mit meinem Hund; ich machte mich davon wie ein Übeltäter, lief durch den Regen, glaubte noch immer das Keuchen aus den beiden Kehlen zu hören, lief zu meinem warmen Haus, wo mich meine Dienstboten erwarteten und mir ein gutes Abendessen bereiteten.«

(Juni 1886)

Der Esel

Kein Lüftchen regte sich in dem dichten Nebel, der über dem Fluss lag. Es war, als ob sich eine Wolke aus Watte über das Wasser gelegt hätte. Die Uferböschungen blieben verschwommen, verschwanden unter den bizarren, wie zu Gebirgen aufgetürmten Nebelschwaden. Da es aber kurz vor Tagesanbruch war, begann der Hügel schon sichtbar zu werden. Zu seinen Füßen, in dem erwachenden Morgenlicht, erschienen nach und nach als große weiße Flecken die weiß gekalkten Häuser. Die Hähne krähten in den Ställen.

Weiter hinten, am anderen Flussufer, unter dem Nebel begraben, gerade gegenüber von La Frette, durchbrach ab und zu ein leichtes Geräusch das große Schweigen des Raumes, in dem sich kein Lüftchen regte. Bald war es ein vages Plätschern, wie vom bedächtigen Zug eines Kahns, bald ein kurzer Schlag, wie der Stoß eines Ruders an den Bootsrand, bald etwas wie der Fall eines weichen Gegenstandes ins Wasser. Dann wieder nichts.

Und bisweilen leise Stimmen von wer weiß woher, vielleicht von sehr weit, vielleicht von sehr nah, die in diesen dichten Nebelschwaden umherirrten, vom festen Boden oder vom Fluss herrührten, die dahinglitten, scheu auch sie, die vorüberzogen wie die wilden Vögel, die im Rohr geschlafen haben und die beim ersten Fahlwerden des Himmels aufbrechen, um noch zu fliehen, immer zu fliehen, und die man eine Sekunde lang den Nebel rasch durchfliegen sieht, mit einem sanften und furchtsamen Schrei, der ihre Geschwister längs der Böschungen aufstört.

Plötzlich tauchte nahe am Ufer, beim Dorf, ein Schatten auf dem Wasser auf; er war zunächst kaum erkennbar, dann wuchs er, wurde deutlicher und trat aus dem Nebelschleier, der über dem Fluss lag, hervor, und ein flaches Boot, mit zwei Männern besetzt, lief ins Ufergras hinein.

Derjenige, der am Ruder stand, erhob sich und holte aus der Tiefe des kleinen Bootes einen Eimer voller Fische, dann hängte er sich das Wurfnetz, das noch tropfte, über die Schulter. Sein Gefährte, der sich nicht gerührt hatte, sagte: »Nimm dein Gewehr mit, wir werden in den Böschungen noch ein paar Kaninchen abknallen, was, Mailloche?«

Der andere entgegnete: »Alles klar. Warte auf mich, wir treffen uns hier wieder!«

Und er entfernte sich, um ihren Fang sicher abzustellen.

Der Mann, der im Schiff geblieben war, stopfte langsam seine Pfeife und zündete sie an.

Er hieß Labouise, genannt »der Stumpf«, und hatte sich mit seinem Kameraden Maillochon, der allenthalben »lange Latte« gerufen wurde, zusammengetan, um dem anrüchigen und unsicheren Gewerbe eines Wilderers nachzugehen.

Als bescheidene Flussfischer fuhren sie regelmäßig nur in den Monaten des Hungers aus. Die übrige Zeit wilderten sie. Tag und Nacht lungerten sie auf dem Fluss herum, spähten nach jedem Stücklein Beute, tot oder lebendig, Wilddiebe des Wassers, nächtliche Jäger, gewissermaßen Abwasserpiraten, bald auf der Lauer nach den Rehen im Wald von Saint-Germain, bald auf der Suche nach Ertrunkenen, die unter dem Wasser entlangtrieben und deren Taschen sie erleichterten, Sammler von schwimmenden Lumpen, von leeren Flaschen, die in der Strömung dahinzogen, den Hals in die Luft gestreckt, schwankend wie Betrunkene, von Holzstücken, die abgetrieben worden waren. Labouise und Maillochon ließen es sich gut gehen.

Bisweilen brachen sie gegen Mittag zu Fuß auf und zogen gemächlich davon. Sie aßen in irgendeinem Gasthaus am Ufer und machten sich dann Seite an Seite wieder auf den Weg. Sie blieben ein oder zwei Tage fort, dann sah man sie eines Tages wieder in dem Schmutzkasten, der ihnen als Boot diente, umherziehen.

Weiter unten in Joinville, in Nogent, suchten dann zwei verzweifelte Ruderer ihr Boot, das über Nacht abhanden gekommen, losgetäut, verschwunden, zweifellos gestohlen worden war; indes zwanzig oder dreißig Meilen entfernt auf der Oise sich ein Bürger die Hände rieb und das Boot bewunderte, das er am Vorabend so günstig für fünfzig Francs von zwei Männern gekauft hatte, die es ihm so im Vorbeigehen ganz spontan seines freundlichen Gesichts wegen abgetreten hatten.

Maillochon kam mit seinem Gewehr, das er in einen Lumpen gewickelt hatte, zurück.

Er war ein Mann von vierzig oder fünfzig Jahren, groß, mager, mit dem lebhaften Blick von Leuten, die ständig in Angst vor Verfolgung leben, oder von Tieren, die oft gehetzt werden. Sein offenes Hemd gab eine üppig behaarte, graupelzige Brust frei. Sein Bart hingegen schien seit jeher eine Bürste von kurzen Schnurrbarthaaren zu sein, mit wenigen starren Stoppeln unter der Unterlippe. An den Schläfen war er kahl. Wenn er den schmutzigen Deckel, der ihm als Mütze diente, vom Kopf nahm, wurde eine mit zartem Flaum, mit einem Anflug von Haar bedeckte Kopfhaut sichtbar, die der Haut eines gerupften Hühnchens glich, das zum Absengen ansteht.

Chicot dagegen war rot und picklig, dick, kurz und stark behaart; er bot den Anblick eines rohen Beefsteaks, dem man eine Pioniersmütze verpasst hat. Er hielt fortwährend das linke Auge geschlossen, so als ob er irgendetwas oder irgendjemanden anpeilte, so dass man sich schon über seinen Tick lustig machte und schrie: »Mach's Auge auf, Labouise!« Er pflegte dann in ruhigem Ton zu antworten: »Keine Angst, Schwester, ich mach's schon auf, wenn's Zeit ist!«

Er hatte nämlich die Angewohnheit, alle Welt »meine Schwester« zu nennen, sogar seinen Kameraden, seinen Wilderergenossen.

Er nahm nun seinerseits die Ruder, und das Boot tauchte erneut in den unbewegten Nebel auf dem Fluss ein, der sich unter dem von rötlichen Schimmern erhellten Himmel milchweiß färbte.

Labouise fragte: »Was für Schrot hast du genommen, Maillochon?«

Maillochon antwortete: »Von dem ganz kleinen, dem neuen, gerade recht für Kaninchen.«

Sie näherten sich so langsam, so lautlos der anderen Uferböschung, dass kein Ton sie verriet. Diese Böschung gehört zum Wald von Saint-Germain und bildet die Grenze für den Abschuss von Kaninchen. Sie ist übersät von Höhlen, die unter den Baumwurzeln versteckt liegen, und bei Sonnenaufgang toben dort die Tiere herum, gehen und kommen, laufen hinein, laufen heraus.

Maillochon lag vorn auf den Knien und spähte, das Gewehr auf dem Schiffsboden verborgen. Plötzlich riss er es hoch, zielte, und der Schuss hallte lange in der stillen Landschaft nach.

Labouise erreichte mit zwei Ruderschlägen die Böschung, sein Kamerad sprang an Land und packte ein kleines Kaninchen, es zuckte noch.

Dann tauchte das Boot erneut in den Nebel ein, um das andere Ufer zu gewinnen und sich vor den Wächtern in Deckung zu bringen.

Nun schienen die zwei Männer friedlich auf dem Wasser spazieren zu fahren. Die Waffe war unter der Planke, die als Versteck diente, verschwunden und das Kaninchen in Chicots bauschigem Hemd.

Nach einer Viertelstunde sagte Labouise:

»Mach zu, Schwester! Noch einen!«

Maillochon entgegnete: »Einverstanden, los!«

Und das Boot nahm wieder seine Fahrt auf und zog eilends die Strömung hinab. Die Nebel, die den Fluss bedeckten, begannen sich zu lichten. Wie durch einen Schleier hindurch gewahrte man die Bäume an den Ufern, und der Nebel verschwand mit der Strömung des Wassers in kleinen Wolken.

Als sie sich der Insel näherten, deren Spitze vor Herblay liegt, verlangsamten die zwei Männer die Fahrt und begannen, Ausschau zu halten. Alsbald wurde ein zweites Kaninchen erlegt.

Anschließend fuhren sie stromabwärts und hielten auf halbem Wege nach Conflans an; sie zurrten das Boot an einem Baum fest, legten sich auf seinem Boden nieder und schliefen ein.

Von Zeit zu Zeit richtete sich Labouise auf und ließ sein offenes Auge am Horizont entlangschweifen. Die letzten

Morgendämpfe hatten sich aufgelöst, die große Sommersonne ging auf und strahlte vom blauen Himmel herab.

Drüben, am anderen Flussufer, stand der weinbepflanzte Hügel im Halbkreis da. Ein einzelnes Haus erhob sich auf seiner Spitze inmitten einer Baumgruppe. Alles war still.

Auf dem Treidelpfad aber bewegte sich etwas langsam, kam kaum voran. Es war eine Frau, die einen Esel zog. Das Tier, steif, starr, widerspenstig, streckte von Zeit zu Zeit ein Bein vor und gab den Bemühungen seiner Begleiterin nach, wenn es gar nicht mehr anders ging; so bewegte es sich vorwärts, mit vorgestrecktem Hals und angelegten Ohren, so langsam, dass nicht vorauszusehen war, wann es aus dem Blickfeld verschwunden sein würde.

Die Frau zog, tief vorgebeugt, und wandte sich gelegentlich um, um den Esel mit einem Zweig zu schlagen.

Labouise, der sie entdeckt hatte, meinte: »Hei! Mailloche?«

Mailloche antwortete: »Was gibt's?«

»Willst du was zu lachen haben?«

»Na immer!«

»Dann auf, Schwester, wir kriegen Spaß!«

Und Chicot griff zu den Rudern.

Als er den Fluss überquert hatte und der Gruppe gegenüberstand, schrie er: »Heda! Schwester!«

Die Frau ließ ab, ihr störrisches Tier fortzuzerren, und schaute auf. Labouise fuhr fort: »Du gehst wohl auf einen Markt für Dampflokomotiven?«

Die Frau gab keine Antwort. Chicot redete weiter: »Heda! Sag mal! Der ist wohl beim Rennen prämiert worden, dein Esel! Wo führst du ihn denn hin in diesem Affenzahn?«

Die Frau antwortete endlich: »Ich gehe zu Macquart nach Champioux, um ihn töten zu lassen. Er taugt nichts mehr!«

Labouise erwiderte: »Das glaub ich dir. Und was wird er dir dafür noch geben, der Macquart?«

Die Frau wischte sich mit dem Handrücken über die Stirn

und zögerte: »Was weiß ich? Vielleicht drei Francs, vielleicht vier?«

Chicot schrie: »Ich gebe dir hundert Sous, dann hast du das Rennen gemacht; das ist nicht wenig!«

Die Frau erklärte nach kurzem Nachdenken: »Na gut!«

Und die Wilderer kamen an Land.

Labouise nahm das Tier beim Zügel. Maillochon fragte verdutzt: »Was hast du denn vor mit dem Balg?«

Chicot öffnete für dieses Mal sein anderes Auge, um seiner Freude Ausdruck zu verleihen. Sein ganzes rotes Gesicht zuckte vor Vergnügen. Er gluckste: »Keine Angst, Schwesterchen, ich weiß schon was!«

Er gab der Frau hundert Sous, und die setzte sich an den Graben, um zu sehen, was nun passieren würde. Da ging Labouise in Hochstimmung sein Gewehr holen und hielt es Maillochon vor die Nase: »Jeder hat seinen Schuss, alte Latte; wir werden das Hochwild schon jagen, meine Schwester. Nicht ganz so nah! Zum Teufel, du wirst ihn ja mit dem ersten Schuss umlegen. Der Spaß soll doch ein bisschen dauern!« Und er postierte seinen Kameraden vierzig Schritt entfernt von dem Opfer.

Der Esel, der die Freiheit spürte, versuchte, das hohe Gras auf der Böschung abzuweiden, doch war er so ermattet, dass er auf seinen Beinen schwankte, als ob er umfallen wollte.

Maillochon zielte in aller Ruhe auf ihn und sagte dazu: »Ein bisschen Salz auf die Ohren, Achtung Chicot!« Und er drückte ab.

Der feine Schrot kitzelte den Esel an den langen Ohren, und er begann, sie heftig zu schütteln. Bald wackelte er mit dem einen, bald mit dem anderen, bald mit allen beiden, um das Prickeln loszuwerden. Die Männer bogen sich vor Lachen, trampelten begeistert mit den Füßen. Doch die entrüstete Frau fuhr hoch, wollte es nicht dulden, dass man ihren Esel quälte, bot an, die hundert Sous zurückzugeben, wütete und schimpfte.

Labouise drohte ihr mit einer Tracht Prügel und tat, als ob er die Ärmel hochkrempeln wollte. Er hatte gezahlt, oder? Na also, Maul halten! Er würde ihr eins vor die Röcke knallen, um ihr zu zeigen, dass man nichts spürte!

Sie entfernte sich langsam und drohte ihnen mit der Gendarmerie. Lange hörten sie sie ihre Verwünschungen ausstoßen, die immer heftiger wurden, je weiter sie sich entfernte.

Maillochon reichte das Gewehr seinem Kameraden: »Du bist dran, Chicot.«

Labouise zielte und schoss. Der Esel erwischte eine Ladung in die Flanken, doch der Schrot war so winzig und aus einer solchen Entfernung abgegeben, dass er wohl glaubte, er sei von Brennnesseln gestochen worden. Denn er begann heftig seinen Schwanz zu bewegen und schlug sich auf Beine und Rücken.

Labouise hockte sich hin und wollte sich vor Lachen schier ausschütten, indes Maillochon sein Gewehr neu lud und dabei vor Heiterkeit so prustete, dass er ins Schießrohr zu niesen schien.

Er kam ein paar Schritte näher, zielte auf die gleiche Stelle wie sein Kamerad und schoss. Diesmal tat das Tier einen Satz, versuchte auszuschlagen, wandte den Kopf. Es floss ein wenig Blut. Der Esel war tief getroffen und litt deutlich heftige Schmerzen, denn er begann, in langsamem, hinkendem, ruckartigem Galopp über die Böschung zu entfliehen.

Die beiden Männer nahmen die Verfolgung auf; Maillochon in großen Sprüngen, Labouise mit eiligen Schrittchen, in kurzatmigem Lauf, wie er kleinen Männern eigen ist.

Doch der Esel, der am Ende seiner Kräfte war, war stehen geblieben und sah mit verzweifeltem Blick seine Mörder herankommen. Da streckte er plötzlich den Kopf aus und begann laut zu schreien. Labouise hatte keuchend das Gewehr ergriffen. Diesmal ging er ganz nah heran, denn er hatte keine Lust, den Wettlauf erneut aufzunehmen.

Als der Esel seinen Klageschrei, der wie ein Hilferuf klang, diesen Schrei der Ohnmacht, ausgestoßen hatte, kam dem Mann eine Idee. Er schrie: »Lange Latte, heda! Herzu, Schwester, ich will ihm eine Medizin verabreichen!« Und während er mit Gewalt das zusammengepresste Maul des Tieres öffnete, führte Chicot ihm den Gewehrlauf tief in den Schlund, als ob er ihm eine Medizin eingeben wollte. Dann sagte er: »Achtung, Schwesterchen! Da kommt ja dein Pillchen!« Und er drückte das Gewehr ab. Der Esel wankte drei Schritte zurück, fiel auf sein Hinterteil, versuchte aufzustehen, stürzte endlich auf die Seite und schloss die Augen. Sein ganzer armseliger Körper zuckte, seine Beine bewegten sich, als ob er loslaufen wollte. Ein Strom von Blut rann zwischen seinen Zähnen hervor. Bald rührte er sich nicht mehr. Er war tot.

Die zwei Männer lachten nicht, das Ende war zu schnell gekommen, sie fühlten sich betrogen.

Maillochon fragte: »Na, was machen wir jetzt mit dem?«

Labouise antwortete: »Keine Angst, Schwester, erst mal ins Boot. Wenn's Nacht wird, kriegen wir wieder unseren Spaß.«

Sie holten ihr Boot heran. Der Tierkadaver wurde auf den Schiffsboden gelegt, mit frischen Gräsern bedeckt, und die zwei Stromer streckten sich darauf aus und schliefen ein.

Gegen Mittag holte Labouise aus verborgenen Kisten ihres wurmstichigen und verdreckten Bootes einen Liter Wein, ein Brot, Butter und rohe Zwiebeln, und sie machten sich darüber her.

Nachdem sie ihr Mahl beendet hatten, legten sie sich erneut auf dem toten Esel nieder und verfielen wieder in Schlaf. Als die Nacht einbrach, erwachte Labouise und schüttelte seinen Kameraden, der wie eine Orgel pfiff. Er befahl: »Los, Schwester, auf jetzt!«

Und Maillochon begann zu rudern.

Sie fuhren die Seine ganz langsam wieder hinauf; sie hatten ja Zeit. Sie zogen an den Uferhängen entlang, die mit blühenden Wasserlilien bestanden waren und von Weißdornbüschen dufteten, deren weiße Blütenranken in die Strömung herabhingen; und das schwere, schlammfarbene Boot glitt über die großen flachen Blätter der Seerosen dahin und beugte die blassen, runden und wie Schellen gespaltenen Blüten, die sich anschließend wieder aufrichteten.

Als sie an der Mauer von L'Éperon waren, die den Wald von Saint-Germain vom Park von Maisons-Laffitte trennt, ließ Labouise seinen Kameraden anhalten und legte ihm seinen Plan dar, der bei Maillochon ein stilles, langes Gelächter auslöste.

Sie warfen die Gräser, die sie auf den Kadaver gelegt hatten, ins Wasser, packten das Tier bei den Füßen, luden es aus und machten sich daran, es im Unterholz zu verbergen.

Dann stiegen sie wieder in ihr Boot und erreichten Maisons-Laffitte. Es war pechschwarze Nacht, als sie bei Vater Jules, Wirt und Weinhändler, eintrafen. Sobald er sie sah, trat der Kaufmann näher, drückte ihnen die Hand und ließ sich an ihrem Tisch nieder, dann plauderten sie von diesem und jenem.

Gegen elf Uhr, als der letzte Gast aufgebrochen war, sagte Vater Jules mit einem Augenzwinkern zu Labouise: »Na, habt ihr was?«

Labouise wiegte das Haupt und meinte: »Vielleicht ja, vielleicht nein, schon möglich.«

Der Wirt beharrte: »Graue, nur Graue vielleicht?«

Da fuhr Chicot mit der Hand in sein Wollhemd, zog ein Kaninchen ein Stück weit bei den Ohren heraus und erklärte: »Macht drei Francs, das Paar.«

Nun entspann sich eine lange Diskussion um den Preis. Man einigte sich auf zwei Francs fünfundsechzig. Und die zwei Kaninchen wurden überreicht.

Als die Wilderer aufstanden, meinte Vater Jules, der sie scharf beobachtete: »Ihr habt doch noch etwas, wollt ihr nicht damit herausrücken?«

Labouise entgegnete: »Schon möglich, aber nicht für dich, du bist zu knausrig!«

Der Mann war nun neugierig geworden und drängte: »Ach, was Großes, sag halt, wir kommen schon klar!«

Labouise gab sich unschlüssig, zwinkerte fragend zu Maillochon hinüber und antwortete dann betont langsam: »Die Sache ist so. Wir liegen da bei L'Éperon, als etwas im ersten Busch links am Ende der Mauer an uns vorbeiläuft.

Maillochon lässt seinen Schuss los, es stürzt zu Boden. Und ich haue ab, wegen der Wachen! Ich kann dir nicht sagen, was es ist, ich weiß es nicht. Groß ist es, das kann man wohl sagen. Aber was? Wenn ich dir etwas sagte, könnte ich dich betrügen, und du weißt ja, Schwester, unter uns, Hand aufs Herz ...!«

Der Mann fragte zitternd: »Ist es vielleicht ein Rehbock?«

Labouise fuhr fort: »Kann schon sein, das oder was anderes. Ein Rehbock? ... Ja ... Ist es vielleicht größer? So etwas wie eine Hirschkuh? Oh, ich sag nicht, dass es eine Hirschkuh ist, weil ich es ja gar nicht weiß, aber möglich ist das schon.«

Der Kneipier beharrte: »Vielleicht ein Hirsch?«

Labouise streckte die Hand aus: »Das nicht! Ein Hirsch, nein, ein Hirsch ist es nicht, da täusche ich mich nicht, das ist kein Hirsch. Den hätte ich erkannt, wegen des Geweihs. Nein, ein Hirsch, ein Hirsch ist das nicht.«

»Warum habt ihr ihn denn nicht mitgenommen?«, fragte der Wirt.

»Warum, Schwester, weil wir von nun an vom Fleck weg verkaufen. Ich habe Abnehmer, verstehst du, man spaziert ein wenig herum, man findet die Sache, nimmt sie mit. Kein Risiko mehr für meine Wenigkeit. Das ist alles.«

Der Schankwirt meinte misstrauisch: »Und wenn nichts mehr da ist?«

Da aber hob Labouise die Hand: »Ob da was ist? Da ist etwas, das verspreche ich dir. Im ersten Busch links, das schwöre ich dir. Was es ist, weiß ich nicht. Ich weiß, dass es kein Hirsch ist, das nicht, da bin ich sicher. Was den Rest anlangt, so musst du selbst nachschauen. Das macht zwanzig Francs auf die Hand, einverstanden?«

Der Mann zögerte noch: »Du könntest ihn mir nicht herbringen?«

Maillochon ergriff das Wort: »Also, jetzt Spaß beiseite. Wenn's ein Bock ist, fünfzig Francs, wenn's eine Hirschkuh ist, siebzig; das sind unsere Preise.«

Der Wirt entgegnete: »Also zwanzig Francs, abgemacht.« Der Handel wurde mit einem Handschlag bekräftigt.

Dann zog der Wirt aus seiner Kasse vier dicke Hundert-Sous-Stücke, die die beiden Freunde einsteckten.

Labouise stand auf, leerte sein Glas und ging hinaus; bevor er ins Dunkle eintauchte, wandte er sich noch einmal um und stellte klar: »Es ist kein Hirsch, wirklich! Aber was? ... Ob was da ist? Da ist etwas! Ich gebe dir dein Geld zurück, wenn du nichts findest.«

Und er verschwand in der Nacht. Maillochon, der ihm folgte, schlug ihm vor Vergnügen mit der Faust in den Rücken.

(Juli 1883)

Coco

In der ganzen Gegend nannte man den Hof der Lucas »die Meierei«. Man hätte nicht zu sagen gewusst, warum. Die Bauern verbanden mit dem Wort »Meierei« die Vorstellung von Reichtum und Größe, und dieser Hof war sicher der größte, reichste und schmuckste.

Das gewaltige Anwesen, das von fünf prächtigen Baumreihen zum Schutz der kräftigen, köstlichen Apfelbäume gegen den heftigen Wind aus der Ebene umgeben war, umfasste langgestreckte, ziegelgedeckte Gebäude, die Futter und Getreide beherbergten, schöne, gemauerte Ställe, Boxen für dreißig Pferde und ein Wohnhaus aus rotem Backstein, das wie ein kleines Schloss aussah.

Die Misthaufen waren gut gepflegt, die Wachhunde hausten in Hütten, ein Heer von Federvieh stolzierte im hohen Gras umher.

Jeden Mittag setzten sich fünfzehn Personen, Meister, Knechte und Mägde, rund um den langen Küchentisch, auf dem die Suppe in einer großen, blau geblümten Porzellanschüssel dampfte.

Die Tiere, Pferde, Kühe, Schweine und Schafe, waren kräftig, gepflegt und sauber; und Meister Lucas, ein großer Mann, der langsam stark wurde, machte dreimal täglich seine Runde, wachte über alles, dachte an alles.

In der Tiefe des Pferdestalles hielt man aus Barmherzigkeit ein sehr altes, weißes Pferd, das die Herrin bis zu seinem natürlichen Tod durchfüttern wollte, weil sie es aufgezogen, stets bei sich behalten hatte und weil es Erinnerungen in ihr wachrief.

Ein junger Kerl von fünfzehn Jahren mit Namen Isidore Duval, der einfachheitshalber Zidore gerufen wurde, versorgte diesen Invaliden, gab ihm im Winter sein Maß Hafer und sein Heu und musste im Sommer viermal am Tag mit ihm den Platz wechseln, an dem man ihn anpflockte, damit er genügend frisches Gras bekam.

Das Tier, das nahezu lahm war, hob nur mit Mühe die schweren Beine, deren Knie ganz dick und bis herunter zu den Hufen geschwollen waren. Seine Mähne, die nie mehr gestriegelt wurde, glich weißem Haar, und die langen Wimpern verliehen seinen Augen Traurigkeit.

Wenn Zidore das Tier zum Grasen führte, musste er es an der Leine ziehen, so langsam ging es; und der Junge, gebückt, keuchend, verfluchte es, geriet außer sich, dass er diesen alten Gaul versorgen musste. Die Leute vom Hof, die wohl sahen, welchen Zorn der junge Kerl gegenüber Coco hegte, machten sich lustig über ihn, sprachen unablässig mit Zidore über das Pferd, um den Burschen zu ärgern. Seine Kameraden verspotteten ihn. Im Dorf nannte man ihn Coco-Zidore.

Der Junge tobte und fühlte den Wunsch in sich aufsteigen, sich an dem Pferd zu rächen. Er war ein mageres Kind, langbeinig, verschmutzt, mit einem roten, dichten, starren und bürstenähnlichen Haarschopf. Er machte den Eindruck eines Blöden, sprach nur stotternd und unter unendlichen Anstrengungen, so als ob sich die Gedanken in seiner dickfelligen, stumpfen Seele nicht recht zu ordnen vermöchten.

Schon seit langem wunderte er sich, dass man Coco behielt, und er entrüstete sich darüber, dass man solch eine Verschwendung für dieses unnütze Tier betrieb. Von dem Zeitpunkt an, da es nicht mehr arbeitete, erschien es ihm ungerecht, es noch zu ernähren. Es schien ihm empörend, Hafer zu verschleudern, Hafer, der doch so teuer war, für so einen gelähmten Gaul. Oft sparte er entgegen den Weisungen von Meister Lucas bei dem Pferd an Futter, gab ihm nur das halbe Maß, geizte mit Streu und Heu. Und der Hass wuchs in seinem konfusen Kinderkopf, der Hass eines habsüchtigen Bauern, eines heimtückischen, wilden, grausamen und feigen Bauern.

*

Als der Sommer wiederkam, musste er erneut losziehen, um das Tier auf seiner Weide umzupflocken. Der Weg war weit. Der Junge war jeden Morgen zorniger, wenn er seinen Gang antrat und in seiner schwerfälligen Art durch die Kornfelder marschierte. Die Leute, die auf ihren Äckern arbeiteten, riefen ihm scherzend zu: »Hallo, Zidore, grüß Coco von mir!«

Er gab keine Antwort, doch brach er sich im Vorübergehen an einer Hecke eine Rute, und sobald er den Pflock, an dem das Pferd angebunden war, verlegt hatte, ließ er es wieder weiden, trat dann hinterhältig heran und peitschte ihm in die Kniekehlen. Das Pferd versuchte zu fliehen, nach hinten auszuschlagen, den Hieben zu entkommen, es drehte sich am Ende seiner Leine, als ob es auf einer Rennbahn eingesperrt sei. Doch der Junge schlug es voll Wut, lief grimmig, mit zornig zusammengebissenen Zähnen hinterdrein.

Dann ging er langsam davon, ohne sich umzuschauen, während das Pferd ihm aus seinen alten Augen nachsah, mit zitternden Flanken, ganz außer Atem von der Jagd. Es neigte seinen knochigen, weißen Kopf erst wieder zum Gras hinab, als es den blauen Kittel des Bauernburschen in der Ferne verschwinden sah.

Da die Nächte heiß waren, ließ man Coco nunmehr draußen schlafen, am Rande des Baches, hinter dem Wald. Zidore allein kümmerte sich um ihn.

Das Kind machte sich einen Spaß daraus, es mit Steinen zu bewerfen. Es ließ sich in zehn Schritt Entfernung auf einer Böschung nieder, blieb dort eine halbe Stunde und warf ab und zu einen scharfen Kiesel nach dem Gaul, der aufrecht stehen blieb, gefesselt vor seinem Feind, und ihn unentwegt ansah, ohne sich ans Gras zu wagen, bevor dieser wieder fort war.

Und immer tiefer bohrte sich der Gedanke in den Kopf des jungen Kerls: »Warum sollte man dieses Pferd ernähren, das doch nichts mehr leistete?« Es schien ihm, als ob dieses arme Ross den anderen das Futter wegfraß, das Hab und Gut der Menschen, die Gabe Gottes stahl, ja, ihn, Zidore, beraubte, der doch arbeitete.

Da gab ihm der Junge jeden Tag ein bisschen weniger Weideland, wenn er den Holzpfahl, an dem der Strick befestigt war, versetzte.

Das Tier fastete, magerte ab, verfiel. Zu schwach, um seine Fessel zu zerreißen, streckte es den Kopf nach dem hohen, grünen, leuchtenden Gras aus, das so nah war, dessen Duft es atmete und das es doch nicht berühren konnte.

Eines Tages aber hatte Zidore eine Idee; er würde Coco nicht mehr umsetzen. Er hatte genug davon, so weit für dieses Gerippe zu laufen.

Er versäumte es aber nicht zu kommen, um seine Rache auszukosten. Das Tier betrachtete ihn beunruhigt. An diesem Tag schlug er es nicht. Er ging um es herum, die Hände in den Hosentaschen. Er tat sogar so, als wolle er den Platz ändern, doch steckte er den Pflock genau in dasselbe Loch und ging zufrieden davon, begeistert von seinem Einfall.

Als das Pferd merkte, dass er aufbrach, wieherte es, um ihn zurückzurufen, doch der Bursche begann zu rennen, ließ es allein, ganz allein in seinem kleinen Tal, fest angebunden und ohne ein Hälmchen Gras in Reichweite seines Mauls.

Ausgehungert wie es war, versuchte es, das fette Grün, das es mit seinen Nüstern gerade noch berührte, zu erreichen. Es ging in die Knie, reckte den Hals, spitzte seine großen geifernden Lippen. Umsonst. Den ganzen Tag lang verausgabte sich das alte Tier mit nutzlosen, mit furchtbaren Anstrengungen. Der Hunger wollte es verzehren, der noch viel fürchterlicher angesichts all des herrlichen grünen Futters war, das sich bis zum Horizont erstreckte.

An diesem Tag kehrte der Bursche nicht zurück. Er streifte auf der Suche nach Vogelnestern durch die Wälder.

Am nächsten Tag kam er wieder. Coco hatte sich erschöpft niedergelegt. Als er das Kind bemerkte, stand er auf und wartete darauf, dass er nun endlich zu einer anderen Stelle geführt würde.

Doch der Bauernjunge berührte nicht einmal den Holzpflock, der im Gras stak. Er kam heran, betrachtete das Tier, warf ihm einen Klumpen Erde an die Nase, der an dem weißen Fell zersprang, und zog pfeifend ab.

Das Pferd blieb stehen, solange es ihn sehen konnte; dann, als es fühlte, dass all seine Versuche, das nahe Gras zu erreichen, umsonst waren, legte es sich erneut auf die Seite und schloss die Augen.

Am folgenden Tag kam Zidore nicht.

Als er sich am Tag darauf Coco näherte, fand er ihn ausgestreckt auf dem Boden liegen und sah, dass er tot war.

Da blieb er stehen, betrachtete ihn, zufrieden mit seinem Werk und zugleich erstaunt, dass alles schon vorbei war. Er stieß ihn mit dem Fuß an, hob eines seiner Beine, ließ es herabfallen, setzte sich darauf nieder und verharrte so, die Augen aufs Gras geheftet, ohne an etwas zu denken.

Er kam zum Hof zurück, erzählte aber nicht, was geschehen war, denn er wollte weiterhin während der Zeiten, in denen er für gewöhnlich das Pferd zu einem anderen Weideplatz führte, herumstreifen.

Am nächsten Tag suchte er es wieder auf. Raben flogen bei seinem Kommen auf, unzählige Fliegen spazierten auf dem Kadaver herum und umkreisten ihn mit Gebrumm.

Als er heimkam, berichtete er, was sich zugetragen hatte. Das Tier war so alt, dass niemand darüber erstaunt war. Der Meister sagte zu zwei Knechten: »Nehmt eure Schaufeln und grabt ein Loch an der Stelle, wo es liegt.«

Die Männer begruben das Pferd genau an der Stelle, an der es vor Hunger gestorben war.

Und das Gras wuchs dicht, saftig grün und kräftig, genährt von dem armen Körper.

(Januar 1884)

Von Katzen

I

Auf einer Bank vor meiner Tür, im vollen Sonnenschein, einen Korb reich blühender Anemonen vor mir, las ich neulich ein kürzlich erschienenes Buch, ein treffliches Buch, ungewöhnlich und bezaubernd zugleich, *Der Küfer* von Georges Duval. Da sprang eine große weiße Katze, die dem Gärtner gehörte, auf meine Knie und schlug mit diesem Satz mein Buch zu, das ich zur Seite legte, um das Tier zu streicheln.

Es war heiß. Ein Duft von gerade erblühten Blumen, noch scheu, immer wieder vergehend und zart, lag in der Luft, die ab und zu von Kälteschauern durchzogen wurde. Sie rührten von den großen weißen Gipfeln her, die ich in der Ferne erblickte.

Die Sonne stach und brannte, eine Sonne, die die Erde aufwühlt, sie zum Leben erweckt, die die Körper sprengt, um den Samen aus dem Schlaf zu holen, die Knospen aufbricht, damit sich die jungen Blätter entfalten können. Die Katze rollte sich auf meinen Knien auf den Rücken, die Pfoten in der Luft, öffnete und schloss die Krallen, ließ aus ihrem Mäulchen die spitzen Zähne, aus dem fast geschlossenen Schlitz zwischen den Augenlidern ihre grünen Augen hervorlugen. Sie schnurrte verzückt und bereit zuzubeißen, denn sie kratzt ebenso gern, wie sie gern umschmeichelt wird. Sie streckte ihren Hals, wand sich, und wenn ich meine Hände von ihr nahm, stellte sie sich auf und stieß mit ihrem Kopf unter meine erhobene Hand.

Ich regte sie auf, und sie regte mich nicht minder auf, denn ich liebe und ich hasse sie, diese bezaubernden und falschen Geschöpfe. Es bereitet mir Vergnügen, sie zu berühren, ihr seidiges, knisterndes Fell unter meiner Hand entlangstreichen zu lassen, ihre Wärme in diesem feinen, zarten Fell zu spüren. Nichts ist süßer, nichts vermag der Haut eine köstlichere, edlere, feinere Empfindung zu vermitteln als das heiße, flimmernde Kleid einer Katze. Aber dieses lebende Kleid teilt meinen Fingern auch den seltsamen, rohen Wunsch mit, das Tier, das ich liebkose, zu erwürgen. Ich ahne ihre Lust, mich zu beißen und zu zerreißen, ich fühle sie und nehme sie auf, diese Lust, wie ein Elixier, das sie mir eingibt, ich nehme sie mit meinen Fingerspitzen in dieser warmen Haut auf, und sie steigt, sie steigt an meinen Nerven, meinen Gliedern bis zu meinem Herzen empor, bis zu meinem Kopf, sie erfüllt mich, läuft meine Haut entlang, lässt mich meine Zähne zusammenbeißen. Und noch immer, noch immer fühle ich in meinen Fingerspitzen das lebhafte und leichte Kitzeln, das mich durchdringt und überwältigt.

Und wenn das Tier ansetzt, wenn es zubeißt, mich kratzt, packe ich es am Hals, schleudere es im Kreis herum und werfe es weit fort wie den Stein einer Schleuder, so schnell und so kräftig, dass es nie Gelegenheit findet, sich zu rächen.

Ich erinnere mich, dass ich schon als Kind die Katzen liebte und dabei dieses plötzlich aufkommende Gelüste verspürte, sie mit meinen kleinen Händen zu erwürgen; und dass ich eines Tages am Ende des Gartens, dort wo der Wald anfängt, etwas Graues sich im hohen Grase wälzen sah. Ich lief hin, um nachzuschauen; es war eine graue Katze, die in einer Schlinge gefangen war; sie würgte, röchelte, lag im Sterben. Sie wand sich hin und her, zerwühlte die Erde mit ihren Krallen, sprang auf, fiel leblos zurück, begann erneut, und ihr rauer, schneller Atem klang wie eine Pumpe, ein fürchterliches Geräusch, das mir noch in den Ohren klingt.

Ich hätte einen Spaten nehmen und die Schlinge durchschlagen können, hätte einen Hausangestellten holen oder meinen Vater unterrichten können –, nein, ich rührte mich nicht; mit klopfendem Herzen sah ich sie sterben, mit einer bebenden, grausamen Lust; es war eine Katze! Wäre es ein Hund gewesen, so hätte ich den Kupferdraht eher mit meinen Zähnen durchgebissen, als ihn eine Sekunde länger leiden zu lassen.

Und als sie tot war, richtig tot, noch warm, fasste ich sie an und zog sie am Schwanz.

II

Sie sind dennoch köstlich, köstlich vor allem, weil man beim Streicheln, wenn sie sich an unserem Körper reiben, wenn sie schnurren und sich auf uns rollen, uns mit ihren gelben

Augen anschauen, die uns nie zu sehen scheinen, weil man dann die Unbeständigkeit ihrer Zärtlichkeit spürt, die treulose Selbstsucht ihres Vergnügens!

Auch Frauen erwecken in uns solche Gefühle, bezaubernde, sanfte Frauen mit hellen, falschen Augen, die uns erwählt haben, um sich der Liebe hinzugeben. In ihrer Nähe, wenn sie die Arme öffnen, die Lippen darbieten, wenn man sie mit klopfendem Herzen küsst, wenn man die sinnliche und köstliche Wonne ihrer feinen Liebkosungen spürt, dann fühlt man, dass man eine Katze umfängt, eine Katze mit Krallen und scharfen Zähnen, eine hinterhältige, heimtückische Katze, eine liebeskundige Gegnerin, die zubeißt, sobald sie der Küsse müde ist.

Alle Dichter haben die Katzen geliebt. Baudelaire hat sie göttlich besungen. Sein wunderbares Sonett kennt jeder:

Die innig Liebenden und strengen Weisen,
Sie schätzen beide in den reifen Jahren
Der sanften Katzen würdiges Gebaren,
Die auch so frösteln und nicht gerne reisen.

Die so zur Weisheit und zur Wollust neigen,
Trachten, die Nacht und Stille auszuloten;
Erebos nähme sie als düstre Boten,
Doch lässt ihr Stolz sich nicht zum Dienen beugen.

In edler Haltung sinnen sie in Weiten
Wie eine Sphinx am Grund der Einsamkeiten
In Schlummer sinkt und Träume, die nie enden;

Es sprühen magisch fruchtbar ihre Lenden,
Und Goldgesprenkel, das wie Sand so fein,
Besternt der Blicke rätselhaften Schein.

III

Ich habe einmal das seltsame Gefühl gehabt, in dem verzauberten Schloss der weißen Katze zu wohnen, in einem verzauberten Schloss, in dem eines dieser biegsamen, geheimnisvollen, beunruhigenden Tiere herrschte, vielleicht das einzige von allen Geschöpfen, dessen Tritt unhörbar ist.

Es war im letzten Sommer an eben diesem Gestade des Mittelmeers.

In Nizza herrschte eine erbarmungslose Hitze, und ich erkundigte mich, ob die Einheimischen nicht in den Bergen oben irgendein erfrischendes Tal hätten, in dem man aufatmen könnte.

Ich wurde auf das Tal von Thorenc verwiesen. Das wollte ich nun gern besuchen.

Zunächst galt es, nach Grasse zu reisen, der Stadt der Düfte, von der ich irgendwann schreiben werde und erzählen will, wie diese Blütenessenzen und ihre Verfeinerungen hergestellt werden, die bis zu zweitausend Francs pro Liter kosten. Ich verbrachte dort den Abend und die Nacht in einem alten Stadthaus, einer recht mittelmäßigen Herberge, in der die Qualität der Speisen ebenso zweifelhaft war wie die Sauberkeit der Zimmer. Am Morgen brach ich wieder auf.

Die Straße führte mitten in die Berge hinein, ging an tiefen Schluchten entlang, wurde von nackten, scharfen Felsspitzen überragt. Ich fragte mich, was das wohl für eine seltsame Sommerbleibe sein mochte, die man mir da empfohlen hatte; ich zögerte geradezu, ob ich nicht noch am gleichen Tage nach Nizza zurückreisen sollte, als ich plötzlich vor mir auf einem Berg, der das ganze Tal zu versperren schien, eine gewaltige, wundervolle Ruine erblickte, deren Türme und zerfallene Mauern die wundersame Architektur einer toten Festung in den Himmel zeichneten. Es war eine ehemalige Festung der Templer, die einst über die Lande von Thorenc herrschten.

Ich ließ meine Augen um den Berg herumwandern und entdeckte plötzlich ein langgestrecktes grünes Tal, frisch und erquickend. In der Tiefe Wiesen, fließendes Wasser und Weiden, an den Hängen Tannen, die in den Himmel hineinwuchsen.

Gegenüber der Festung, auf der anderen Seite des Tals, doch weiter unten, erhebt sich ein bewohntes Schloss, das Schloss Quatre-Tours, das um 1530 erbaut worden war, aber noch keine Spuren der Renaissance aufweist.

Der schwere, wehrhafte, viereckige Bau wirkt sehr mächtig; er wird von vier Wehrtürmen eingefasst, die ihm den Namen gaben.

Ich trug ein Empfehlungsschreiben für den Besitzer dieses Anwesens bei mir, und er hielt mich davon ab, ein Hotel aufzusuchen.

Das ganze Tal, in der Tat reizvoll, ist einer der bezauberndsten Orte, die man sich für den Sommer erträumen mag. Ich spazierte darin bis zum Abend herum, dann, nach dem Essen, stieg ich in das Zimmer hinauf, das für mich vorgesehen war.

Ich durchquerte zunächst eine Art Salon, dessen Wände mit altem Cordobaleder bespannt waren, dann ein anderes Zimmer, an dessen Wänden ich im Schein einer Kerze im Vorübergehen alte Porträts von Damen erblickte, Gemälde, von denen Théophile Gautier geschrieben hat:

Wie liebe ich sie in ihren ovalen Rahmen,
Die vergilbten Bilder der Schönen aus alter Zeit,
In ihren Händen die Rosen, ein wenig bleich,
So wie es sich schickt für Blumen im Alter von hundert Jahren.

Dann betrat ich das Zimmer, in dem mein Bett stand.

Als ich allein war, schaute ich es mir genauer an. Es war mit alten Draperien aus bemaltem Leinen bespannt, auf denen rosige Schlosstürme in der Tiefe blauer Landschaften und große fantastische Vögel im Geranke aus kostbaren Steinen zu sehen waren.

Mein Badezimmer befand sich in einem der Türme. Die Fenster, die zum Zimmer hin groß waren, sich aber nach außen, nachdem sie die dicken Mauern durchquert hatten, verjüngten, waren im Grunde nur Schießscharten, Öffnungen, durch die man Menschen tötete. Ich schloss meine Tür, legte mich zur Ruhe und schlief ein.

Ich hatte einen Traum; man träumt ja immer ein wenig von dem, was sich am Tage zugetragen hat. Ich war auf Reisen und kam dabei in eine Herberge, in der ich vor einem Feuer an einem Tisch einen Hausdiener in feiner Livree und einen Maurergesellen sitzen sah, eine seltsame Gesellschaft, die mich aber nicht erstaunte. Diese Leute unterhielten sich über Victor Hugo, der soeben gestorben war, und ich beteiligte mich an ihrem Gespräch.

Schließlich begab ich mich in einem Zimmer zur Ruhe, das man nicht abschließen konnte, und ich sah auf einmal, wie der Livrierte und der Maurer, mit Backsteinen bewaffnet, leise an mein Bett heranschlichen.

Ich fuhr abrupt in die Höhe, und es bedurfte einiger Momente, bis ich mich zurechtfand. Dann entsann ich mich der Ereignisse des Vorabends, meiner Ankunft in Thorenc und des liebenswürdigen Empfangs, den mir der Schlossherr bereitet hatte ...

Ich wollte gerade meine Augen wieder schließen, als ich im Dunkel, in der Nacht, mitten in meinem Zimmer, ungefähr in der Höhe eines menschlichen Kopfes zwei Feueraugen erblickte, die mich anschauten.

Ich griff nach einem Streichholz, und während ich es rieb, hörte ich ein Geräusch, ein leichtes Geräusch, ein dumpfes Geräusch, ähnlich dem Fall eines feuchten gerollten Wäschestücks; als ich Licht hatte, sah ich nichts mehr außer einem großen Tisch mitten im Raum.

Ich stand auf, durchsuchte die beiden Zimmer, schaute unter meinem Bett nach, unter den Schränken, nichts.

So dachte ich, ich hätte meinen Traum nach dem Erwachen vielleicht fortgeführt, und schlief nicht ohne Mühe wieder ein.

Ich träumte von Neuem. Auch diesmal reiste ich, doch in den Orient, in das Land, das ich so liebe. Ich kam zu einem Türken, der mitten in der Wüste lebte. Es war ein prächtiger Türke; kein Araber, ein Türke, kräftig, liebenswürdig, bezaubernd, in türkischer Kleidung, mit einem Turban und einem wahren Vorratslager an Seidentüchern auf dem Rücken, ein rechter Türke des Théâtre-Français, der mich freundlich empfing und mir auf einem Diwan eingemachte Früchte anbot.

Dann führte mich ein kleiner Neger zu meinem Zimmer – alle meine Träume endeten so –, in ein himmelblaues, duftendes Zimmer mit Tierfellen auf dem Boden, wo mich vor dem Feuer – der Gedanke an das Feuer verfolgte mich bis in die Wüste – auf einem niedrigen Stuhl eine kaum bekleidete Frau erwartete.

Sie war ein ganz und gar orientalischer Typ, trug Sterne auf den Wangen, auf der Stirn und dem Kinn, hatte übergroße Augen und einen bewundernswerten Körper, ein wenig braun, aber von einem warmen, einem berauschenden Braun.

Sie sah mich an, und ich dachte: »So stelle ich mir Gastfreundschaft vor. In einem unserer blödsinnigen Länder des Nordens, unseren Ländern mit ihrer albernen Prüderie, ihrer widerwärtigen Züchtigkeit und dümmlichen Moral, würde man einen Fremden nicht so aufnehmen.«

Ich trat zu ihr und sprach sie an, doch sie antwortete mir mit Zeichen, da sie nicht ein Wort meiner Sprache verstand, die mein Türke, ihr Herr, so gut beherrschte.

Ihre Schweigsamkeit machte mich indes nur umso glücklicher, und so nahm ich sie bei der Hand, führte sie zu meinem Lager und streckte mich an ihrer Seite aus ... Doch in solchen Augenblicken wacht man immer auf! So erwachte ich also und war gar nicht allzu überrascht, unter meiner Hand etwas Heißes und Weiches zu fühlen, das ich inbrünstig streichelte. Dann aber, als meine Sinne klarer wurden, merkte ich, dass es eine Katze war, eine dicke Katze, die sich gegen meine Wange gerollt hatte und voll Zutrauen schlief. Ich ließ sie gewähren und tat es ihr nach, ein weiteres Mal.

Als es Tag wurde, war sie verschwunden; und ich glaubte wirklich, ich hätte geträumt, denn ich verstand nicht, wie sie zu mir hatte vordringen können, da ich beim Herausgehen die Tür verschlossen fand.

Als ich mein Abenteuer, nicht das ganze, meinem liebenswürdigen Gastgeber erzählte, begann er zu lachen und sagte: »Sie ist durch das Katzenloch hereingekommen.« Dabei hob er einen Vorhang hoch und zeigte mir in der Wand ein kleines, schwarzes, rundes Loch.

So erfuhr ich, dass nahezu in allen alten Gebäuden dieser Gegend ähnlich lange, schmale Gänge durch das Mauerwerk führen, die vom Keller bis zum Speicher verlaufen, von der Dienstbotenkammer bis zum Zimmer des Herrn, und dass dergestalt die Katze der König und Herr des Hausinneren ist.

Sie kann umherstreichen, wie es ihr behagt, kann ihr Reich nach Belieben begehen, kann in allen Betten schlafen, alles sehen, alles hören, alle Geheimnisse erfahren, alle Gewohnheiten, alle Abgründe des Hauses.

Sie ist überall zu Hause, kann überall hinein, dieses Tier, das geräuschlos vorüberzieht, der schweigsame Herumschwärmer, der nächtliche Wanderer in den hohen Mauern.

Und mir kamen jene anderen Zeilen Baudelaires in den Sinn:

Sie ist der gute Geist in meiner Welt;
Sie richtet, herrscht und sie flößt Leben ein
Den Dingen allen, die ihr Reich enthält;
Sie scheint ein Gott, scheint eine Fee zu sein?

(Februar 1886)

Auf dem Wasser

Im vergangenen Sommer hatte ich einige Meilen vor Paris ein kleines Landhaus gemietet, das am Ufer der Seine lag und in das ich mich allabendlich zum Schlafen begab. Nach wenigen Tagen machte ich die Bekanntschaft eines meiner Nachbarn, eines Mannes zwischen dreißig und vierzig Jahren, der sicher eine der seltsamsten Erscheinungen war, denen ich jemals begegnet bin. Er war ein alter Bootsmann, aber so ein recht verschworener Bootsmann, der immer am Wasser war, immer auf dem Wasser, immer im Wasser. Er musste im Boot zur Welt gekommen sein, und er würde ganz sicher auf seiner letzten Bootsfahrt sterben.

Eines Abends, als wir am Ufer der Seine spazieren gingen, bat ich ihn, mir einige Geschichten aus seinem Leben auf dem Wasser zu erzählen. Da wurde der gute Mann ganz lebhaft, verwandelte sich, wurde zum Redner, ja, zum Dichter. Er hegte in seinem Herzen eine große Leidenschaft, eine verzehrende und unwiderstehliche Leidenschaft: den Fluss.

»Ach!«, sagte er zu mir, »wie viele Erinnerungen knüpfen sich für mich an diesen Fluss, den ihr da vor sich hinfließen seht! Ihr anderen, ihr Straßenbewohner, ihr wisst ja nicht, was ein Fluss ist. Und hört einmal zu, wie ein Fischer dieses Wort ausspricht. Für ihn liegt hier das absolute Geheimnis, abgründig, unbekannt, das Land der Wunder und der Blendwerke, wo man in der Nacht Dinge schaut, die es gar nicht gibt, wo man Geräusche vernimmt, die man nicht kennt, wo man zittert, ohne zu wissen warum, wie beim Durchschreiten eines Friedhofs; und es ist in der Tat der finsterste aller Friedhöfe, ein Friedhof ohne Grabmäler.

Die Erde hat für den Fischer Grenzen, der Fluss aber ist im Dunkel, wenn kein Mond scheint, uferlos. Ein Seemann empfindet für das Meer nicht das Gleiche. Es ist oft hart und böse, wohl wahr, aber es schreit, es brüllt, es ist ehrlich, das große Meer, während der Fluss verschwiegen ist und hinterhältig. Niemals tost er, er fließt stets geräuschlos dahin, und dieses ewige Fließen des Wassers hat für mich mehr Schrecken als die hohen Wogen des Ozeans.

Manche Träumer behaupten, das Meer berge in seinem Busen riesige blaue Reiche, wo die Ertrunkenen zwischen großen Fischen einhertreiben, inmitten seltsamer Wälder und Kristallgrotten. Der Fluss bietet lediglich schwarze Untiefen, wo man im Schlamm verfaulen kann. Aber er ist schön, wenn er im Licht der aufgehenden Sonne schimmert und wenn er sanft zwischen seinen Böschungen einherplätschert, die mit murmelndem Schilfrohr bestanden sind. Der Dichter sang dies Lied vom Meer:

O Flut, was weißt du doch für schauerliche Mären,
Ihr Wogen, die entsetzt die Mütter schaun am Strand?
Davon erzählt ihr euch, wallt auf das Meer im Grimme,
Drum klingt so hoffnungslos, so schaurig eure Stimme,
Wenn uns entgegen ihr euch abends wälzt zum Land.

Nun gut, ich glaube, dass die Geschichten, die das feine Schilfrohr mit seinen kleinen, sanften Stimmen flüstert, noch finsterer sein müssen als die unheimlichen Dramen, die das Brüllen der Wogen erzählt.

Doch weil Sie mich um ein paar Erinnerungen bitten, möchte ich Ihnen ein eigentümliches Abenteuer erzählen, das mir vor etwa zehn Jahren widerfahren ist.

Ich bewohnte wie heute das Haus der Mutter Lafon, und

einer meiner besten Kameraden, Louis Bernet, der inzwischen das Rudern aufgegeben und seine Stiefel und die lockere Kleidung an den Nagel gehängt hat, um in den Staatsrat einzuziehen, wohnte in dem Dorf C..., zwei Meilen flussabwärts. Wir aßen alle Tage miteinander, bald bei ihm, bald bei mir. Eines Abends, als ich ganz allein und müde zurückkam, mühselig mein schweres Boot vorantrieb, einen »Océan« von zwölf Fuß, dessen ich mich immer bei Nacht bediente, hielt ich einige Sekunden an, um Atem zu holen, dort unten, wo das Schilfrohr weit ins Wasser hineinragt, ungefähr zweihundert Meter vor der Eisenbahnbrücke. Das Wetter war herrlich, der Mond leuchtete, der Fluss glänzte, die Luft war ruhig und mild. Die Stille reizte mich; ich sagte mir, wie schön es wäre, an diesem Ort eine Pfeife zu rauchen. Die Tat folgte dem Gedanken, ich nahm meinen Anker und warf ihn in den Fluss.

Das Boot, das mit der Strömung weiter hinabtrieb, ließ die Kette bis zum Ende ausrollen, um dann still liegen zu bleiben; ich setzte mich hinten hin auf mein Schaffell, so bequem, wie es eben möglich war. Man hörte nichts, nur ab und an vermeinte ich, ein leises, fast unhörbares Plätschern des Wassers gegen das Ufer zu vernehmen, und gewahrte Gruppen von Schilfrohr, die höher gewachsen waren. Sie nahmen überraschende Formen an und schienen sich bisweilen gar zu bewegen.

Der Fluss war vollkommen ruhig, doch fühlte ich mich durch das außergewöhnliche Schweigen, das mich umgab, beunruhigt. Alle Tiere, Frösche und Kröten, diese nächtlichen Sänger der Sümpfe, schwiegen. Plötzlich quakte zu meiner Rechten, ganz nahe bei mir, ein Frosch. Ich erzitterte, er schwieg; ich hörte nichts mehr und beschloss, ein wenig zu rauchen, um mich abzulenken. Obgleich ich als begeisterter Pfeifenraucher bekannt bin, wollte es mir nicht gelingen; schon nach dem zweiten Zug wurde mir übel, und ich hielt inne. Ich begann, vor mich hinzusingen, der Klang meiner Stimme war mir unangenehm, und so streckte ich mich auf dem Boden des Schiffes aus und schaute zum Himmel hinauf. Eine Zeitlang verharrte ich still, doch bald beunruhigte mich ein leichtes Schaukeln des Bootes. Mir schien es, als ob es gigantische Schlingerbewegungen vollzöge, im Wechsel die beiden Uferböschungen des Flusses berührte; dann glaubte ich, ein Lebewesen oder eine unsichtbare Macht zöge es sanft in die Tiefe des Wassers hinab, höbe es alsbald wieder empor, um es erneut fallen zu lassen. Ich wurde hin- und hergeworfen wie in einem Sturm; ich vernahm Geräusche um mich her; ich sprang in die Höhe; das Wasser glänzte, alles war ruhig.

Ich begriff, dass meine Nerven ein wenig angegriffen waren, und beschloss aufzubrechen. Ich zog an meiner Kette, und das Boot setzte sich in Bewegung, dann fühlte ich einen Widerstand, ich zog stärker, der Anker wollte sich nicht lösen. Er hatte sich im Grund des Wassers in etwas verhakt, und ich vermochte nicht, ihn zu heben; ich begann erneut zu ziehen, doch vergebens. Dann brachte ich mit den Rudern das Boot zum Drehen und stellte es gegen den Strom, um die Lage des Ankers zu ändern. Es war umsonst, er hielt noch immer fest; mich packte die Wut, und ich rüttelte ingrimmig an der Kette. Nichts rührte sich. Ich ließ mich entmutigt nieder und begann, über meine Lage nachzudenken. Ich konnte nicht hoffen, die Kette zu zerreißen oder aus der Verankerung zu lösen, denn sie war gewaltig und vorne in ein Holzteil eingenietet, das dicker als mein Arm war; da aber das Wetter weiterhin schön war, dachte ich, dass es sicher nicht lange währen würde, bis irgendein Fischer auf mich stoßen würde, der mir zu Hilfe eilen könnte. Ich wurde ruhiger über meinem Missgeschick; ich setzte mich und konnte endlich meine Pfeife rauchen. Ich hatte eine Flasche Rum dabei; ich trank zwei oder drei Gläser, und meine Lage brachte mich zum Lachen. Es war sehr warm, so dass ich die Nacht zur Not leicht im Freien verbringen konnte.

Plötzlich spürte ich einen kleinen Stoß gegen die Bootswand. Ich tat einen Satz, und kalter Schweiß ließ mich von Kopf bis Fuß erstarren. Das Geräusch rührte vermutlich von einem Stück Holz her, das in der Strömung trieb, doch es reichte, mich erneut in eine seltsame Erregung zu versetzen. Ich griff nach meiner Kette und stemmte mich in einem Akt der Verzweiflung gegen sie. Der Anker hielt stand. Ich ließ mich erschöpft wieder niedersinken.

Inzwischen hatte sich der Fluss nach und nach mit einem undurchdringlichen weißen Nebel bedeckt, der dicht über dem Wasser dahinkroch, so dass ich, wenn ich mich aufrichtete, den Fluss nicht mehr sah, auch nicht meine Füße und mein Schiff, ich sah lediglich die Spitzen des Schilfrohrs und, weiter entfernt, im bleichen Licht des Mondes die weite Ebene, getupft mit schwarzen Flecken, die in den Himmel aufragten und von Pappelgruppen gebildet wurden. Bis zum Gürtel war ich gleichsam begraben in einer Wattewolke von eigentümlichem Weiß, und die fantastischsten Ideen überkamen mich. Ich stellte mir vor, dass jemand versuchte, in mein Boot zu steigen, das ich ja nicht mehr erkennen konnte, und dass der Fluss, den der dichte Nebel verbarg, voller seltsamer Wesen war, die um mich herumschwammen. Ich empfand ein schreckliches Unbehagen, meine Schläfen spannten, mein Herz schlug zum Zerspringen; dann verlor ich den Kopf, dachte daran, mich schwimmend zu retten, doch ließ mich diese Vorstellung vor Schrecken sogleich erzittern. Ich sah mich verloren, aufs Geratewohl in diesem dicken Nebel dahintreiben, sah, wie ich mich inmitten der Gräser und des Schilfs, denen ich nicht ausweichen konnte, abstrampelte, vor Angst keuchte, das Ufer nicht mehr sah und mein Boot nicht wiederfand, und es schien mir, als ob ich an den Füßen in die Tiefe dieser schwarzen Wasser hinabgezogen würde.

In der Tat hätte ich mindestens fünfhundert Meter gegen die Strömung schwimmen müssen, um einen Platz zu erreichen, der frei von Gräsern und Binsen war, und wo ich hätte Fuß fassen können; da war es so gut wie sicher, dass ich mich in dem Nebel nicht zurechtfinden würde und ertrinken musste, obgleich ich ein recht guter Schwimmer war.

Ich versuchte, bei klarem Verstand zu bleiben. Ich spürte in mir den festen Willen, keine Angst zu haben, doch regte sich in mir etwas anderes als mein Wille, und dieses andere hatte Angst. Ich fragte mich, wovor ich denn solche Furcht haben sollte; mein tapferes Ich machte sich über mein feiges Ich lustig, und niemals wieder habe ich so wie an jenem Tag den Gegensatz dieser zwei Wesen gespürt, die in uns sind, das eine ganz Willen, das andere ganz Widerstand, und eins um das andere gewann die Oberhand.

Diese dumme und unerklärliche Angst wuchs immerfort und weitete sich zu namenlosem Entsetzen aus. Ich verharrte unbeweglich, mit offenen Augen, gespitzten Ohren und wartete. Worauf? Ich wusste es nicht, doch musste es etwas Fürchterliches sein. Ich glaube, wenn es einem Fisch eingefallen wäre, aus dem Wasser zu springen, was ja oft geschieht, es hätte genügt, mich stocksteif und besinnungslos hinstürzen zu lassen.

Indessen gelang es mir durch verzweifelte Anstrengungen, meinen Verstand, der mich verlassen wollte, nach und nach zurückzugewinnen. Ich griff wieder zu meiner Rumflasche und trank in großen Zügen. Da kam mir eine Idee, und ich begann zu schreien, so laut ich nur konnte, wobei ich mich nacheinander in alle vier Himmelsrichtungen wandte. Als meine Kehle vollkommen leergeschrien war, lauschte ich. – Ein Hund heulte in der Ferne.

Ich trank weiter und streckte mich der Länge nach auf dem Schiffsboden aus. So verharrte ich vielleicht eine Stunde, vielleicht zwei, schlaflos, mit offenen Augen, bedrängt von Alpträumen. Ich wagte nicht, mich aufzurichten, und hatte doch ein heftiges Verlangen danach; von Minute zu Minute setzte ich neu an. Ich spornte mich selbst an: »Auf, hoch jetzt!« und hatte Angst, auch nur eine Bewegung zu machen.

Schließlich erhob ich mich unendlich vorsichtig, so, als ob mein Leben vom geringsten Geräusch, das ich verursachte, abhinge, und schaute über den Bootsrand.

Ich war wie geblendet von dem prächtigsten, erstaunlichsten Schauspiel, das man sich nur denken kann. Es war eines jener Blendwerke aus dem Feenreich, eines von diesen Wahngebilden, von denen die Reisenden, die aus weiten Fernen kommen, schwärmen, von denen wir uns erzählen lassen, ohne ihnen Glauben zu schenken.

Der Nebel, der zwei Stunden zuvor auf dem Wasser gelagert hatte, war allmählich gewichen und hatte sich an den Ufern zusammengeballt. Er hatte sich gänzlich vom Fluss zurückgezogen und auf beiden Uferböschungen eine ununterbrochene Kette von Hügeln aufgetürmt, etwa sechs oder sieben Meter hoch, die im Mondschein prachtvoll wie Schnee glänzte; man sah nichts außer dem silbergestreiften Fluss zwischen diesen beiden weißen Gebirgen, und oben, über meinem Kopf, rundete sich voll und groß der leuchtende Mond mitten in einem bläulich milchigen Himmel.

Alle Tiere des Wassers waren erwacht, die Frösche quakten wie wild, indes ich von Zeit zu Zeit, bald zur Rechten, bald zur Linken, diesen kurzen, eintönigen und traurigen Ton vernahm, den die blechernen Stimmen der Kröten zu den Sternen auffahren lassen. Seltsam, ich hatte keine Angst mehr; ich war eingewoben in diese außerordentliche Landschaft, so dass die eigentümlichsten Dinge mich nicht mehr zu erschrecken vermochten.

Wie lange dies dauerte, weiß ich nicht, denn ich war endlich eingeschlummert. Als ich die Augen wieder aufschlug, war der Mond untergegangen, der Himmel voller Wolken. Das Wasser schlug unheimlich an mein Boot, ein Wind ging, es war kalt, die Dunkelheit war unergründlich.

Ich trank den restlichen Rum, dann lauschte ich fröstelnd dem Rauschen des Schilfrohrs und dem unheilvollen Fließen des Stroms. Ich strengte meine Augen an, doch vermochte ich nicht die Umrisse meines Bootes, ja noch nicht einmal meine Hände vor den Augen klar zu erkennen.

Nach und nach löste sich die Undurchdringlichkeit der Finsternis. Plötzlich glaubte ich einen Schatten an mir vorübergleiten zu sehen. Ich stieß einen Schrei aus, eine Stimme gab Antwort, es war ein Fischer. Ich rief ihn heran, er kam, und ich erzählte ihm mein Missgeschick. Darauf legte er sein Boot Seite an Seite neben das meine, und wir zogen beide an der Kette. Der Anker rührte sich nicht. Der Tag kam, finster, grau, regnerisch, eiskalt, einer von diesen Tagen, die Traurigkeit und Unglück mit sich bringen. Ich sah einen anderen Kahn, und wir riefen ihn herbei. Sein Besitzer vereinte seine Kräfte mit den unseren; da, ganz allmählich, gab der Anker nach. Er kam hoch, aber langsam, langsam, von einem beträchtlichen Gewicht beschwert. Endlich erblickten wir eine schwarze Masse, und wir zogen sie auf mein Boot hinauf:

Es war der Leichnam einer alten Frau, die einen schweren Stein um den Hals trug.«

(1881)

Ein Verrückter?

Als man mir sagte: »Sie wissen doch, dass Jacques Parent geisteskrank in einer Privatklinik gestorben ist«, da lief mir ein schmerzhafter Schauer, ein Schauer der Furcht und Angst den Rücken hinunter, und ich hatte ihn plötzlich wieder vor Augen, diesen großen, seltsamen Burschen, der vielleicht schon seit langem geisteskrank war, besessen von einer beunruhigenden, ja erschreckenden Manie.

Er war ein Mann von vierzig Jahren, groß, mager, ein wenig gebeugt, mit den Augen eines Halluzinierenden, mit schwarzen Augen, so schwarz, dass man die Pupillen der unruhig umherirrenden, kranken und verfolgten Augen nicht erkennen konnte. Welch seltsames, verstörtes Wesen, das Unbehagen mit sich brachte und um sich verbreitete, ein vages Unbehagen der Seele und des Körpers, eine dieser unfasslichen Ausstrahlungen, die an etwas Übernatürliches glauben machen.

Er besaß eine peinliche Eigenart: die Manie, seine Hände zu verbergen. Fast niemals ließ er sie an Gegenständen, an Tischen entlanggleiten, wie wir alle es tun. Niemals nahm er umherliegende Dinge mit jener vertrauten Geste zur Hand, die nahezu allen Menschen eigen ist. Niemals ließ er sie unbedeckt, seine langen, knochigen, feinen, ein wenig fiebernden Hände.

Er vergrub sie in seinen Taschen, unter dem Aufschlag seiner Jacke, er versteckte sie unter seinen Achseln, indem er die Arme kreuzte. Man hätte meinen können, er habe Angst, dass sie wider seinen Willen irgendeine verbotene Tätigkeit verrichteten, dass sie irgendeine peinliche oder lächerliche Handlung vollzögen, sobald er sie nur frei und Herr über ihre Bewegungen sein ließe.

War er gezwungen, sich ihrer für die notwendigen Verrichtungen des Lebens zu bedienen, so tat er dies unvermittelt und ruckartig, mit raschen Stößen des Arms, als ob er ihnen nicht die Zeit zugestehen wollte, selbst zu handeln, sich seinem Willen zu widersetzen, etwas anderes zu tun. Bei Tisch griff er so hastig nach seinem Glas, seiner Gabel oder seinem Messer, dass man niemals die Zeit hatte vorauszusehen, was er tun wollte, bevor es nicht bereits geschehen war.

Eines Tages wurde mir die Enthüllung der seltsamen Krankheit seiner Seele zuteil.

Von Zeit zu Zeit verbrachte er einige Tage bei mir auf dem Land, und an jenem Abend schien er mir sonderbar erregt.

Nach einem fürchterlich heißen Tag zog am Himmel drückend und schwarz ein Gewitter auf. Kein Lufthauch rührte sich in den Blättern. Wie heißer Ofendampf zog es über die Gesichter, machte den Atem schwer. Ich fühlte mich nicht wohl, war unruhig und wollte zu Bett gehen.

Als er sah, dass ich mich anschickte hinaufzugehen, griff Jacques Parent verstört nach meinem Arm.

»O nein! Bleib noch ein wenig«, sagte er zu mir.

Ich betrachtete ihn überrascht und murmelte:

»Dieses Gewitter geht mir an die Nerven!«

Er stöhnte oder vielmehr schrie:

»Und mir erst! Oh! Ich bitte dich, ich möchte nicht allein bleiben!«

Er schien außer sich.

Ich sagte: »Was hast du? Verlierst du den Kopf?«

»Ja, bisweilen, an Abenden wie diesen, an Abenden, die wie elektrisch aufgeladen sind ..., habe ich ... habe ich ... Angst ... Angst vor mir selbst ... verstehst du mich nicht? Ich bin nämlich mit einer Fähigkeit begabt ... nein ... einer Macht ... nein ... einer Kraft ... Nun, ich kann nicht sagen, was es ist, doch geht in mir eine so außergewöhnliche magnetische Tätigkeit vor, dass ich Angst habe, ja, Angst vor mir selbst, wie ich dir soeben gesagt habe.«

Er verbarg mit heftigem Schaudern seine zitternden Hände unter dem Aufschlag seiner Jacke. Und ich selbst fühlte, wie ich plötzlich am ganzen Leibe zitterte vor unbestimmter, machtvoller, schrecklicher Angst. Ich wollte gehen, mich retten, ihn nicht mehr sehen, nicht mehr seine irrenden Augen sehen, die über mich hinglitten, entflohen, um die Decke kreisten, eine dunkle Ecke des Zimmers suchten, um sich dort festzuheften, als wollte er auch seinen furchtbaren Blick verbergen.

Ich stammelte:

»Das hast du mir niemals gesagt!«

Er entgegnete:

»Habe ich es überhaupt jemandem gesagt? Nun höre, heute Abend kann ich nicht schweigen, und es ist mir lieber, du weißt alles; übrigens kannst du mir helfen.

Der Magnetismus! Weißt du, was das ist? – Nein. Niemand weiß es. Man weiß jedoch um seine Existenz. Er ist anerkannt, die Mediziner selbst praktizieren ihn; einer der berühmtesten von ihnen, Herr Charcot, lehrt ihn öffentlich; also kein Zweifel, es gibt ihn.

Ein Mensch, ein Lebewesen hat die schreckliche und unbegreifliche Macht, auf Grund seiner Willenskraft ein anderes Wesen einzuschläfern, und während es schläft, ihm seine Gedanken zu stehlen, wie man einen Geldbeutel stiehlt. Er stiehlt ihm seine Gedanken, das heißt seine Seele, die Seele, dieses Asyl unaussprechbarer Ideen, all dessen, was man versteckt, was man liebt, was man vor jedem Menschen verbergen möchte, er bricht es auf, entheiligt es, trägt es zur Schau, wirft es vor die Öffentlichkeit! Ist das nicht furchtbar, verbrecherisch, schändlich?

Warum, wie geschieht dies? Weiß man es? Doch was weiß man schon?

Alles ist Geheimnis. Wir kommunizieren mit den Dingen durch unsere Sinne, die so erbärmlich, lückenhaft, kränklich sind und so schwach, dass sie kaum die Kraft haben wahrzunehmen, was sie umgibt. Alles ist Geheimnis. Denk an die Musik, diese göttliche Kunst, die die Seele aufwühlt, emporhebt, berauscht, betört, was ist sie? Ein Nichts.

Du verstehst mich nicht? Höre! Zwei Körper stoßen aneinander. Die Luft vibriert. Diese Vibrationen sind mehr oder weniger zahlreich, mehr oder weniger schnell, mehr oder weniger stark, je nach Art des Stoßes. Nun haben wir im Ohr eine kleine Haut, die diese Vibrationen der Luft aufnimmt und in Form eines Tons auf das Gehirn überträgt. Stell dir vor, dass sich ein Glas Wasser in deinem Mund zu Wein verwandelt. Das Trommelfell bewirkt diese unglaubliche Veränderung, dieses überraschende Wunder, Bewegung in Klang zu verwandeln. Genau das ist es.

Die Musik, diese schillernde und geheimnisvolle Kunst, exakt wie Algebra und vage wie ein Traum, die Kunst, die aus Mathematik und Windhauch gemacht ist, rührt also nur von der seltsamen Eigenart einer kleinen Haut her. Sie würde nicht existieren, diese Haut, wenn der Ton selbst nicht existierte, denn er ist in sich nur eine Vibration. Würde man ohne das Ohr Musik wahrnehmen? Nein. Nun gut! Wir sind umgeben von Dingen, die wir niemals vermuten würden, denn die Organe fehlen uns, die sie uns enthüllen könnten.

Der Magnetismus gehört vielleicht zu ihnen. Wir können diese Macht nur erfühlen, nur zitternd die Nachbarschaft der Geister erproben, dieses neue Geheimnis der Natur nur ahnen, denn wir besitzen nicht die Möglichkeit, sie zu vernehmen.

Was mich angeht ... Was mich angeht, so bin ich mit einer schrecklichen Kraft begabt. Man könnte meinen, ein anderes Wesen sei in mir verschlossen, das ohne Unterlass entkommen, gegen meinen Willen handeln will, das mich aushöhlt, erschöpft. Was ist das? Ich weiß es nicht, doch wir sind zwei in meinem armen Körper, und er, der andere, ist, wie heute Abend, oft der Stärkere.

Ich brauche die Leute nur anzusehen, um sie erstarren zu lassen, als ob ich ihnen Opium gegeben hätte. Ich brauche nur die Hände auszustrecken, um Dinge zu vollbringen ... Dinge ... schrecklich! Wenn du wüsstest! Ja, wenn du wüsstest! Meine Macht erstreckt sich nicht allein auf die Menschen, sondern auch auf die Tiere und selbst ... auf die Gegenstände.

Das quält mich und erschreckt mich. Ich habe oft Lust gehabt, mir die Augen auszukratzen und die Handgelenke zu durchtrennen.

Doch ich werde ... ich will, dass du alles weißt. Sieh, ich werde dir das demonstrieren ... nicht an menschlichen Kreaturen, wie man es überall tut, sondern an ... an ... Tieren. Ruf Mirza!«

Mit großen Schritten ging er einher und erweckte den Anschein eines Halluzinierenden. Er zog seine Hände hervor, die er an seiner Brust verborgen gehalten hatte. Sie schienen mir so furchtbar, als ob er zwei blanke Degen gezogen hätte.

Ich gehorchte ihm mechanisch, seinem Willen unterworfen, zitternd vor Furcht und verzehrt von dem heftigen Wunsch zu sehen. Ich öffnete die Türe und pfiff nach meiner Hündin, die in der Diele schlief. Ich hörte sogleich das eilige Tapsen ihrer Krallen auf den Treppenstufen, sie erschien freudig und wedelte mit dem Schwanz.

Dann bedeutete ich ihr durch ein Zeichen, sich auf einem Sessel niederzulassen. Sie sprang hinauf, und Jacques begann sie zu streicheln und sah sie an.

Zunächst schien sie unruhig; sie fröstelte, verrenkte den Kopf, um dem starren Blick des Mannes auszuweichen, schien von einer wachsenden Furcht bewegt. Plötzlich begann sie zu zittern, wie Hunde zittern. Ihr ganzer Körper bebte, wurde von langen Schauern geschüttelt, und sie wollte entfliehen. Doch er legte die Hand auf den Schädel des Tiers, das unter seiner Berührung dieses langgezogene Heulen ausstieß, das man oft nachts auf dem Lande hört.

Ich selbst fühlte mich so erstarrt, benommen, wie man es ist, wenn man in einen Kahn steigt. Ich sah die Möbel sich neigen, die Mauern sich bewegen. Ich flüsterte: »Genug, Jacques, genug!« Doch er hörte mir nicht mehr zu, er sah Mirza an, unverwandt, schreckenerregend. Nun schloss sie die Augen und ließ ihren Kopf fallen, wie man es beim Einschlafen tut. Er wandte sich zu mir um.

»Es ist getan«, sagte er, »nun sieh!«

Er warf sein Taschentuch zur anderen Zimmerwand und rief: »Hol's!«

Die Hündin erhob sich und begab sich wankend und stolpernd, als ob sie blind sei, mit ihren Pfoten ausgreifend wie ein Gelähmter zu dem Tuch, das einen weißen Fleck auf die Mauer malte. Mehrfach versuchte sie, es ins Maul zu nehmen, doch sie biss daneben, als ob sie es nicht sehen könnte.

Schließlich fasste sie es und kehrte wie mondsüchtig schwankend zurück.

Es war schrecklich anzusehen. Er befahl:

»Platz!«

Die Hündin legte sich hin. Dann berührte er ihre Stirn und sagte:

»Ein Hase, fass! fass!«

Und das Tier, das immer noch auf der Seite lag, versuchte zu laufen, bewegte sich, wie es träumende Hunde tun, und stieß, ohne das Maul zu öffnen, kleine Bell-Laute gleich einem Bauchredner aus.

Jacques schien den Verstand verloren zu haben. Der Schweiß lief ihm über die Stirn. Er schrie:

»Beiß ihn, beiß deinen Herrn!«

Die Hündin tat zwei- oder dreimal einen schrecklichen Ruck. Man hätte schwören können, dass sie sich widersetzte, dass sie mit sich kämpfte. Er wiederholte:

»Beiß ihn!«

Da erhob sich die Hündin, kam auf mich zu, und ich wich bis an die Wand zurück, zitternd vor Furcht, mit erhobenem Fuß, um sie zu treten, sie zurückzustoßen.

Doch Jacques befahl:

»Sofort hierher!«

Sie kehrte wieder zu ihm zurück. Nun begann er ihr mit seinen großen Händen den Kopf zu reiben, als ob er sie von unsichtbaren Banden befreien wollte.

Mirza öffnete die Augen wieder.

»Es ist zu Ende«, sagte er.

Ich wagte nicht, sie zu berühren, und stieß die Tür auf, damit sie hinausgehen konnte. Sie trottete langsam fort, zitternd, erschöpft, und ich hörte von Neuem ihr Tapsen auf den Treppenstufen.

Doch Jacques kam wieder auf mich zu:

»Das ist nicht alles. Was mich am meisten erschreckt, ist dies: weißt du, die Dinge gehorchen mir.«

Auf dem Tisch lag eine Art Dolch, dessen ich mich bediente, um meine Bücher aufzuschneiden. Er streckte seine Hand danach aus. Sie schien sich vorwärts zu schlängeln, langsam sich zu nähern; und plötzlich sah ich, ja, ich sah, wie der Dolch selbst zitterte, sich bewegte, dann von ganz allein auf dem Holz sanft zu der hingehaltenen Hand, die ihn erwartete, hinglitt und sich in ihre Finger legte.

Ich begann vor Angst zu schreien. Ich glaubte, dass ich selbst wahnsinnig würde, doch der schrille Ton meiner Stimme beruhigte mich augenblicklich.

Jacques nahm das Wort:

»Alle Gegenstände bewegen sich sogleich auf mich zu. Darum verberge ich meine Hände. Was ist das? Magnetismus, Elektrizität, Anziehungskraft? Ich weiß es nicht, doch es ist schrecklich.

Und verstehst du, warum es schrecklich ist? Wenn ich allein bin, sobald ich auch nur allein bin, kann ich nicht umhin, alles um mich herum anzuziehen.

Ich verbringe ganze Tage damit, Dinge ihren Platz wechseln zu lassen, und werde nie müde, diese abscheuliche Kraft zu erproben, ganz so, als wollte ich prüfen, ob sie mich nicht verlassen hat.«

Er hatte seine großen Hände in seine Taschen gesteckt und sah in die Nacht hinaus. Ein leises Raunen, ein leichtes Zittern schien durch die Bäume zu gehen.

Es war der Regen, der niederzugehen begann.

Ich murmelte:

»Das ist schrecklich!«

Er wiederholte:

»Das ist furchtbar!«

Ein Rauschen fuhr in die Blätter wie ein Windstoß. Das war der Gewitterschauer, ein dichter, sturzbachartiger Guss.

Jacques begann in großen Zügen, die seine Brust hoben, zu atmen.

»Lass mich«, sagte er, »der Regen wird mich beruhigen, ich möchte jetzt allein sein.«

(September 1884)

. . . .

8. Mai. – Wie schön es heute war! Den ganzen Morgen habe ich im Grase gelegen, vor meinem Haus, unter der riesigen Platane, die es völlig überdacht, schirmt und beschattet.

Ich habe diese Gegend sehr gern, und es freut mich, dass ich hier leben kann, weil ich in diesem Land verwurzelt bin, mit jenen tiefreichenden, zarten Wurzeln, die den Menschen an die Erde binden, auf der seine Vorfahren geboren wurden und gestorben sind; die ihn verknüpfen mit dem, was dort gedacht und verehrt wird, mit den Bräuchen und Speisen, den heimischen Örtlichkeiten, dem Dialekt der Landleute, dem Geruch der Äcker und sogar mit der Luft.

Ich hänge an dem Haus, in dem ich aufgewachsen bin. Von meinen Fenstern aus vermag ich die Seine zu erblicken, die längs meines Gartens vorüberströmt, jenseits der Landstraße, fast unmittelbar an meinem Grundstück, die mächtige, breite Seine, die von Rouen nach Le Havre fließt und auf der die Schiffe dahinziehen.

Dort unten, zur Linken liegt Rouen, die ausgedehnte Stadt mit den blauen Dächern unter der Menge der spitzen gotischen Kirchtürme. Man kann sie nicht zählen, so viele sind es, schlanke und gedrungene; aber sie alle überragt die eiserne Spitze der Kathedrale. Glocken hängen in jedem, deren Geläut an schönen Morgen die blaue Luft durchhallt und als ein zartes metallisches Summen bis zu mir her dringt, als ein luftiger Gesang, vom Wind getragen, bald stärker, bald schwächer, je nachdem, wie der Wind sich erhebt oder erstirbt.

Wie schön es heute Morgen war!

Gegen elf Uhr fuhr ein langer Schleppzug an meinem Haus vorüber; ein fliegenhaft anmutender Dampfer zog ihn; er keuchte vor Mühe und stieß eine dicke Rauchwolke aus.

Erst kamen zwei englische Schoner, deren rote Flaggen

vor dem Himmel flatterten, und dann ein wunderschöner brasilianischer Dreimaster, ganz weiß, makellos, leuchtend. Ich winkte hinüber, warum, weiß ich nicht, solche Freude empfand ich beim Anblick dieses Schiffes.

12. Mai. – Seit ein paar Tagen habe ich ein bisschen Fieber; ich fühle mich nicht wohl, oder besser: Ich fühle mich traurig.

Woher rühren jene geheimnisvollen Einflüsse, die unser Glück in Mutlosigkeit und unsere Zuversicht in Verzweiflung wandeln? Man könnte meinen, die Luft, die unsichtbare Luft, sei erfüllt von unbegreiflichen Mächten, deren geheimnisvoller Nähe wir uns beugen müssen. Ich wache fröhlich auf, und mir ist, als müsse ich singen. – Warum? – Ich gehe am Ufer entlang, und urplötzlich, nach ein paar Schritten, kehre ich in schmerzlicher Betrübnis um, als warte daheim irgendein Unglück auf mich. – Warum? – Hat ein erkältender Schauer, der mich überrieselte, meine Nerven erschüttert und meine Seele verdüstert? Hat die Form der Wolken, haben die Tagesfarben, hat die wandelbare Farbe der Dinge, da ich sie wahrnahm, mein Denken verstört? Wer weiß? Alles, was uns umgibt, alles, was wir von ungefähr sehen, ohne recht hinzuschauen, alles, was wir streifen, ohne es zu erkennen, alles, woran wir rühren, ohne es zu betasten, alles, was uns zustößt, ohne dass wir gewahren, was es eigentlich ist, übt auf uns, auf unseren Organismus und, durch diesen, auf unsere Gedanken, ja sogar auf unser Herz schnelle, überraschende und unerklärliche Wirkungen aus.

Wie tief ist doch das Geheimnis des Unsichtbaren! Mit unsern elenden Sinneswerkzeugen vermögen wir es nicht zu durchdringen: mit den Augen, die weder das allzu Kleine noch das allzu Große, weder das allzu Nahe noch das allzu Ferne, weder die Lebewesen auf den Sternen noch die Lebewesen im Wassertropfen wahrnehmen können ... mit unsern Ohren, die uns betrügen, denn sie übermitteln uns bloße Luftschwingungen als klingende Töne; Feen sind sie, die ein

Wunder vollbringen, indem sie jene Bewegung in ein Geräusch verwandeln und durch diese Metamorphose die Geburt der Musik zuwege bringen, die das stumme Schwingen der Natur zu Gesang umformt ... mit unserm Geruchssinn, der dem eines Hundes nachsteht ... mit unserm Geschmackssinn, der kaum das Alter eines Weines zu bestimmen imstande ist!

Ach! Hätten wir doch andere Organe, die neue Wunder für uns erschüfen; wie vieles könnten wir dann rings um uns wahrnehmen!

16. Mai. – Ich bin krank, ganz sicher! Und im letzten Monat hatte ich mich so wohl befunden! Ich habe Fieber, wütendes Fieber, oder richtiger, ich leide an einer fiebrigen Erschöpfung, die meine Seele in gleichem Maße in Mitleidenschaft zieht wie meinen Körper. Ohne Unterlass habe ich das grausige Gefühl einer drohenden Gefahr, die Vorahnung künftigen Unheils oder nahenden Todes, ein Vorgefühl, das zweifellos erstes Anzeichen eines mir noch unbekannten Übels ist; es keimt in meinem Blut und meinem Fleisch.

18. Mai. – Eben komme ich von meinem Arzt; ich hatte keinen Schlaf mehr gefunden. Er konstatierte beschleunigten Pulsschlag, Erweiterung der Pupillen, starke Nervosität, fand indes keinerlei beunruhigende Symptome. Ich soll Duschen und Bromkali nehmen.

25. Mai. – Nicht die geringste Veränderung! Wahrhaftig, mein Zustand ist bizarr. Je mehr es Abend wird, desto mehr bemächtigt sich meiner eine unbegreifliche Unruhe, als berge die Nacht eine mir fürchterliche Gefahr. Ich esse in aller Hast und versuche dann zu lesen; aber ich verstehe kein Wort; kaum vermag ich die Buchstaben auseinander zu halten. Ich gehe in meinem Zimmer auf und ab, wobei eine wirre und unbezwingbare Furcht mich bedrückt, Furcht vor dem Schlaf und Furcht vor dem Bett.

Gegen zwei gehe ich hinauf in mein Schlafzimmer. Kaum

bin ich eingetreten, so drehe ich den Schlüssel zweimal herum und schiebe den Riegel vor; ich habe Angst ... wovor nur? Bislang habe ich keine Furcht gekannt ... Ich mache meine Schränke auf, ich sehe unter mein Bett; ich horche ... ich horche ... worauf nur? ... Wie merkwürdig, dass ein leichtes Unwohlsein, eine Verdauungsstörung vielleicht, die Reizung eines Nervenfädchens, ein unbedeutender Blutandrang im Gehirn, eine winzige Störung in den so unvollkommenen und dennoch so empfindlichen Funktionen der lebendigen Maschine, die wir sind, den Fröhlichsten zum Melancholiker und den Tapfersten zum Feigling machen kann! Dann lege ich mich nieder und warte auf den Schlaf wie einer, der des Henkers harrt. Ich warte auf ihn und empfinde zugleich Entsetzen ob seines Nahens, mein Herz pocht, trotz der warmen Decken - bis zu dem Augenblick, da ich in Schlaf falle, wie ein Selbstmörder in ein totes Wasserloch stürzt. Früher war das ganz anders; jetzt hockt er unsichtbar hinter mir, dieser hinterlistige Schlaf, er lauert mir auf und packt mich beim Kopf, presst mir die Lider zu und löscht mich aus.

Ich schlafe - lange - zwei oder drei Stunden - dann ein Traum - nein, ein Nachtmahr erdrosselt mich. Dabei fühle ich ganz genau, dass ich im Bett liege und schlafe ... Ich fühle es, und ich sehe es ... und dabei fühle ich zugleich, wie jemand auf mich zukommt, mich anstarrt, mich betastet, auf mein Bett steigt, auf meiner Brust kauert, meinen Hals mit seinen Händen umspannt und mich würgt ... würgt ... mit aller Kraft, und mich erdrosseln will.

Und ich, ich wehre mich, aber mich fesselt die grausige Ohnmacht, die uns im Traum lähmt; ich will schreien - kann nicht - ich will mich bewegen - kann nicht - mit fürchterlicher Anstrengung, keuchend, versuche ich mich umzudrehen und das Wesen abzuschütteln, das mich zermalmt und erwürgt - ich kann nicht!

Und jäh wache ich auf, betäubt, schweißgebadet. Ich mache Licht. Ich bin allein.

Nach dieser Krisis, die sich jede Nacht wiederholt, schlafe ich dann endlich ruhig, bis zum Morgen.

2. Juni. – Mein Zustand hat sich noch verschlimmert. Was mag mir fehlen? Das Bromkali hilft nicht; die Duschen helfen nicht. Dennoch habe ich, um meinen ohnehin schon so schwachen Körper zu ermüden, einen Ausflug zum Roumarer Wald gemacht. Anfangs glaubte ich, die frische, leichte, liebliche, vom Duft des Grases und des Laubes geschwängerte Luft würde das Blut in meinen Adern erneuern und meinem Herzen frische Kraft geben. Ich ging einen breiten Jagdweg und dann in der Richtung auf La Bouille durch eine enge Allee, zwischen zwei Reihen über die Maßen hoher Bäume, die ein dichtes, grünes, nahezu schwarzes Dach zwischen den Himmel und mich schoben.

Plötzlich durchrieselte mich ein Schauer, kein Frostschauer, sondern ein merkwürdiger Angstschauer.

Ich ging schneller, ich fühlte Unruhe, ohne Begleitung in diesem Walde zu sein; die tiefe Einsamkeit flößte mir unvernünftige, törichte Furcht ein. Mit einem Mal war mir, als folge mir jemand, ginge hinter mir, ganz dicht, zum Greifen nahe.

Ich wandte mich jäh um. Ich war allein. Hinter mir war nichts als die gerade, langgestreckte Allee, leer, hoch, grauenhaft leer; und nach der anderen Seite dehnte sie sich ebenso unabsehbar, ganz genau so, entsetzlich.

Ich schloss die Augen. Warum nur? Ich fing an, mich auf den Hacken um mich selbst zu drehen, sehr schnell, wie ein Kreisel. Ich strauchelte; ich schlug die Augen auf; die Bäume tanzten, der Boden schwankte, ich musste mich hinsetzen. Dann, ah! wusste ich nicht mehr, von welcher Seite ich gekommen war! Bizarre Idee! Bizarr! Bizarre Idee! Ich wusste überhaupt nichts mehr. Ich ging einfach nach der Seite, die rechts von mir war, und dann kam ich wieder auf den großen Weg, der mich mitten in den Wald geführt hatte.

3. Juni. – Die Nacht war grausig. Ich will für ein paar Wo-

chen fort von hier. Eine kleine Reise wird mich wohl wieder gesund machen.

2. Juli. – Wieder daheim. Und genesen. Es war übrigens ein reizender Ausflug. Ich war auf dem Mont Saint-Michel, den ich noch nicht kannte.

Welch ein Anblick, wenn man, wie ich, gegen Sonnenuntergang in Avranches ankommt! Die Stadt liegt auf einem Hügel; ich wurde zum Stadtpark gewiesen, der am äußersten Ende des Ortes gelegen ist. Ich stieß einen Schrei der Überraschung aus. Vor mir breitete sich, so weit das Auge reichte, eine unendlich weite Bucht aus, zwischen zwei geschwungenen Küsten, die sich in der Ferne im Dunst verloren; und mitten in dieser ungeheuren gelben Bucht, die ein leuchtender Goldhimmel überwölbte, stieg aus dem Sand ein seltsamer, düsterer, spitzer Berg empor. Die Sonne war gerade untergegangen, und auf dem noch flammendroten Horizont zeichneten sich schwarz die Umrisse des fantastischen Felsens ab, dessen Gipfel ein fantastisches Bauwerk krönt.

Beim Morgenrot ging ich hin. Das Meer stand tief, wie am Vorabend, und je näher ich kam, desto höher stieg die wundersame Abtei vor mir auf. Nach ein paar Wanderstunden kam ich bei dem ungeheuren Felsblock an, der die kleine, von der großen Kirche überragte Stadt trägt. Nachdem ich die enge, steil ansteigende Straße erklommen hatte, betrat ich das herrlichste gotische Gebäude, das für Gott auf Erden errichtet ward, ausgedehnt wie eine ganze Stadt, eine Unzahl niedriger Hallen, erdrückt nahezu von Gewölben und hohen Galerien, die von schlanken Säulen getragen werden. Ich trat ein in diesen gigantischen granitenen Schrein, der leicht und licht anmutet wie ein Spitzengewebe; Türme und zierliche Glockentürmchen, zu denen Wendeltreppen emporsteigen, erheben sich darauf; in den blauen Taghimmel und den schwarzen Nachthimmel strecken sie ihre bizarren, stachelig mit Schimären, Teufelsfratzen, Fabelwesen und monströsen Blumen bedeckten Häupter, und zierlich gemeißelte Bögen verbinden sie untereinander.

Als ich ganz oben stand, sagte ich zu dem Mönch, der mich geleitete: »Wie wohl müssen Sie sich hier fühlen, mein Vater!«

Er antwortete: »Es ist sehr stürmisch, mein Herr«; und wir begannen zu plaudern und schauten dabei auf das Meer hinaus, das über den Sand lief und ihn mit einem stählern schimmernden Harnisch bedeckte.

Und der Mönch erzählte mir Geschichten, all die alten Historien dieser Stätte, und Legenden, immer neue Legenden.

Eine darunter fesselte mich ganz besonders. Die Leute dieser Gegend, die vom Berge, behaupten, nachts sei im Sande Geflüster zu hören, und dann das Gemecker zweier Ziegen, die eine laut, die andere schwach. Ungläubige Gemüter sagen zwar, es sei das Geschrei der Seevögel, das bald wie Meckern, bald wie menschliche Klagelaute klinge; allein die spät heimkehrenden Fischer schwören darauf, sie hätten in der Umgebung des weltabgelegenen Städtchens, zwischen den Gezeiten, einen alten, in den Dünen umherstreifenden Hirten getroffen, dessen Gesicht keiner jemals erblickt hätte, weil er es mit dem Mantel verhülle; und der hätte einen Bock mit einem Männerantlitz und eine Ziege mit Frauenantlitz geführt, beide mit langem, weißem Haar und unaufhörlich in einer unbekannten Sprache schwatzend und streitend, und plötzlich hätten sie aufgehört zu schreien und aus Leibeskräften gemeckert.

Ich fragte den Mönch: »Glauben Sie daran?«

Er murmelte: »Ich weiß es nicht.«

Ich fuhr fort: »Wenn es auf Erden noch andere Wesen außer uns gäbe, wie kommt es dann, dass wir sie nicht schon seit langem kennen? Wie kommt es dann, dass Sie sie noch nicht gesehen haben? Warum habe ich sie noch nicht gesehen?«

Er antwortete: »Sehen wir denn auch nur den hunderttausendsten Teil von dem, was ist? Denken Sie doch an den

Wind, der die gewaltigste Naturkraft ist, der Menschen zu Boden schleudert, Gebäude umstürzt, Bäume entwurzelt, das Meer zu Wassergebirgen aufwühlt und auftürmt, Küsten zerstört und große Schiffe in die Brandung schmettert, den Wind, der da mordet, pfeift, seufzt, brüllt – haben Sie ihn je gesehen, und vermag man ihn zu sehen? Und dennoch ist er.«

Gegenüber diesen schlichten Worten verstummte ich. Dieser Mann war ein Weiser oder vielleicht auch ein Narr. Welches von beiden, wusste ich nicht genau; doch ich schwieg. Was er da sagte, habe ich im Stillen oft gedacht.

3. Juli. – Ich habe schlecht geschlafen; sicherlich liegt eine fiebrige Ansteckung in der Luft, denn mein Kutscher leidet an dem gleichen Übel wie ich selbst. Gestern bereits, bei der Rückkunft, fiel mir seine merkwürdige Blässe auf.

Ich fragte ihn: »Was ist mit Ihnen los, Jean?«

»Ich finde keine Ruhe mehr, gnädiger Herr; meine Nächte fressen meine Tage. Seit der Abreise des gnädigen Herrn liegt es auf mir wie ein Verhängnis.«

Aber die übrige Dienerschaft befindet sich wohl; indes fürchte ich nur zu sehr, dass es mich wieder packen wird.

4. Juli. – Ganz sicher, nun hat es mich wieder. Das Alpdrücken von damals kommt wieder. Heute Nacht fühlte ich, wie etwas auf mir kauerte, seinen Mund auf den meinen presste und mein Leben aus meinen Lippen sog. Ja, und dann sog es an meiner Kehle, als hafte ein Blutegel daran. Dann erhob es sich und war satt, und ich erwachte dermaßen zermalmt, zerschlagen und kraftlos, dass ich mich kaum zu regen vermochte. Wenn das noch ein paar Tage so weitergeht, werde ich auf jeden Fall wieder fortreisen.

5. Juli. – Habe ich den Verstand verloren? Was mir letzte Nacht widerfuhr, ist dermaßen seltsam, dass mir ganz wirr wird, wenn ich daran denke!

Wie ich jetzt allabendlich zu tun pflege, hatte ich meine Tür abgeschlossen; dann trank ich, weil ich durstig war, ein halbes Glas Wasser, und zufällig sah ich, dass meine Karaffe bis zum kristallenen Stöpsel gefüllt war.

Unmittelbar danach ging ich zu Bett und fiel wieder in jenen entsetzlichen Schlaf, aus dem ich nach ungefähr zwei Stunden durch eine noch grauenhaftere Erschütterung geweckt wurde.

Man stelle sich einen Menschen vor, der im Schlaf ermordet wird und mit einem Messer in der Lunge aufwacht und blutüberströmt röchelt und nicht mehr atmen kann und fühlt, dass er sterben muss, und von alledem nichts begreift – so war mir.

Endlich kam ich wieder zu mir; wiederum war ich durstig; ich zündete eine Kerze an und ging zu dem Tisch, auf dem meine Karaffe stand. Ich hob sie und neigte sie über mein Glas – es floss nichts heraus. – Sie war leer! Sie war leer, vollkommen leer! Zunächst begriff ich nichts; dann, mit einem Mal, kam eine so furchtbare Aufregung über mich, dass ich mich hinsetzen musste, oder vielmehr, dass ich in einen Sessel taumelte! Dann sprang ich mit einem Satz auf und blickte um mich! Dann setzte ich mich wieder hin, schwindlig vor Ratlosigkeit und Furcht, und starrte auf die durchsichtige Kristallflasche! Ich schaute sie mit starren Blicken an und suchte nach einer Erklärung. Meine Hände bebten! Das Wasser war also ausgetrunken? Von wem? Von mir? Natürlich, von mir! Von wem sonst sollte es getrunken worden sein? Dann war ich also Schlafwandler, ich lebte, ohne es zu wissen, jenes geheimnisvolle Doppelleben, das zu der Mutmaßung verleitet, dass wir zwei Wesen in uns tragen oder dass ein fremdes, unerkennbares, unsichtbares Wesen bisweilen, wenn unsere Seele starr und gefühllos ist, unsern gefesselten Körper belebt, der dann jenem Wesen gehorcht wie uns selbst, mehr als uns selbst.

Ah! Wer begreift meine erbärmliche Angst? Wer begreift die Aufregung eines geistig gesunden, vollkommen wachen, vernünftigen Menschen, der furchtgeschüttelt eine leere

Glaskaraffe anstarrt, aus der, während er schlief, ein wenig Wasser verschwand? Und so saß ich, bis der Morgen graute, und wagte nicht, wieder zu Bett zu gehen.

6. Juli. – Ich werde wahnsinnig. Auch diese Nacht ist meine Karaffe ausgetrunken worden: oder vielmehr habe ich sie ausgetrunken!

Aber war ich es denn? War ich es denn? Wer sonst? Wer? Oh! Mein Gott! Ich werde wahnsinnig! Wer hilft mir?

10. Juli. – Ich habe überraschende Proben angestellt.

Ganz sicher, ich bin wahnsinnig! Und dennoch!

Am 6. Juli habe ich vor dem Schlafengehen Wein, Milch, Wasser, Brot und Erdbeeren auf meinen Tisch gestellt.

Man hat – ich habe – das ganze Wasser getrunken, und ein bisschen Milch. Weder der Wein noch die Erdbeeren sind angerührt worden.

Am 7. Juli habe ich die gleiche Probe angestellt und bin zu dem gleichen Ergebnis gekommen.

Am 8. Juli habe ich Wasser und Milch fortgelassen. Alles blieb unberührt.

Schließlich habe ich am 9. Juli nichts als Wasser und Milch auf meinen Tisch gestellt, nachdem ich zuvor die Karaffen sorglich mit weißen Mullbinden umwickelt und die Stöpsel festgebunden hatte. Dann habe ich mir Lippen, Bart und Hände mit Graphit geschwärzt und bin schlafen gegangen.

Der unbezwingliche Schlummer packte mich, und bald folgte ihm das entsetzliche Erwachen. Ich hatte mich nicht bewegt; meine Laken zeigten keinerlei Flecken. Ich schoss in die Höhe, zum Tisch. Der Stoff, der die Flaschen einhüllte, war fleckenlos geblieben. Ich löste die Knoten, zitternd vor Furcht. Das ganze Wasser, die ganze Milch waren ausgetrunken! Ah! Mein Gott! ...

Noch in dieser Stunde reise ich nach Paris.

12. Juli. – Paris. Also hatte ich während der letzten Tage wirklich den Kopf verloren! Ich muss der Spielball meiner

überhitzten Fantasie gewesen sein, sofern ich nicht tatsächlich Schlafwandler bin oder einem jener notorischen, wenn auch noch unerklärlichen Einflüsse unterstehe, die man Suggestionen nennt. Jedenfalls grenzte meine Aufregung schon hart an Dementia; jedoch vierundzwanzig Stunden Paris haben genügt, mich mir selbst wiederzugeben.

Nach verschiedenen Besuchen und Gängen, die meine Seele mit frischer und belebender Luft durchströmten, habe ich den gestrigen Abend im Théâtre-Français beschlossen. Es wurde ein Stück des jüngeren Alexandre Dumas gegeben, und dieser regsame und kraftvolle Geist machte mich wohl vollends gesund. Natürlich ist Einsamkeit gefährlich für Geistesarbeiter. Wir müssen denkende und sprechende Menschen um uns haben. Wenn wir lange allein sind, bevölkern wir die Leere mit Phantomen.

Heiterster Laune ging ich über die Boulevards zum Hotel zurück. Im schiebenden Gewühl der Menschen gedachte ich, nicht ohne Ironie, meiner Ängste und Befürchtungen der verflossenen Woche; denn ich hatte geglaubt, ja wahrhaftig, ich hatte geglaubt, ein unsichtbares Wesen hause unter meinem Dach. Wie schwach und verstört ist doch unser Sinn, wie leicht geht er in die Irre, wenn nur ein winziges unbegreifliches Ereignis uns verblüfft!

Anstatt mit simplen Worten den Schluss zu ziehen: »Ich verstehe es nicht, weil sich die Ursache meiner Kenntnis entzieht«, fantasieren wir sogleich von entsetzlichen Geheimnissen und übernatürlichen Kräften.

14. Juli. – Fest der Republik. Ich schlenderte durch die Straßen. An den Kanonenschlägen und Fahnen hatte ich kindliche Freude. Dennoch ist es recht blöd, an einem festgesetzten Tag auf Anordnung der Regierung fröhlich zu sein. Das Volk ist eine Hammelherde, bald geduldig bis zum Stumpfsinn, bald aufrührerisch bis zum Rasen. Man sagt ihm: »Amüsiere dich!« Und es amüsiert sich. Man sagt ihm: »Schlag dich mit deinem Nachbar!« Und es schlägt sich. Dann

sagt man ihm: »Stimme für die Republik!« Und es stimmt für die Republik.

Die es leiten, sind genauso dumm; nur dass sie nicht Menschen Gefolgschaft leisten, sondern Prinzipien, die von vornherein albern, steril und falsch sein müssen, eben weil sie Prinzipien sind, das heißt Ideen, die in dem Ruf der Unbedingtheit und Unveränderlichkeit stehen in dieser Welt, in der nichts unbedingt und sicher ist; denn selbst das Licht ist nur eine Illusion; selbst der Schall ist nur eine Illusion.

16. Juli. – Gestern habe ich Dinge gesehen, die mich sehr verwirrt haben.

Ich dinierte bei Madame Sablé, meiner Kusine, deren Gatte Kommandeur des 76. Jägerregiments in Limoges ist. Außer mir waren zwei junge Damen dort, deren eine mit einem Arzt verheiratet ist, einem Doktor Parent. Er hat sich besonders mit Nervenkrankheiten und jenen absonderlichen Erscheinungen befasst, die jüngst bei hypnotischen und Suggestionsexperimenten zutage getreten sind.

Er erzählte des Langen und Breiten von den wunderbaren Ergebnissen, zu denen englische Gelehrte und die Mediziner der Schule von Nancy gelangt sind.

Die von ihm vorgebrachten Tatsachen erschienen mir dermaßen bizarr, dass ich rundheraus erklärte, ich glaube von alledem kein Wort.

»Wir stehen«, so versicherte er, »unmittelbar vor der Lösung eines der wichtigsten Rätsel der Natur oder, besser gesagt, eines der wichtigsten Rätsel dieser Erde; denn gewiss gibt es noch andere, wichtigere, über den Sternen. Seit der Mensch zu denken und seinen Gedanken durch Wort und Schrift Ausdruck zu geben vermag, fühlt er sich von einem Geheimnis umgeben, das seine plumpen und unvollkommenen Sinneswerkzeuge nicht durchdringen können, und dann versucht er durch den Verstand wettzumachen, was die Organe ihm versagen. Solange der Verstand noch sozusagen in den Kinderschuhen steckte, hat die Qual, welche jene unsichtbaren Phänomene auslösten, wahrhaft erschreckende Formen angenommen. So entstand der Volksglaube an übernatürliche Dinge, so entstanden die Märchen von schweifenden Geistern, Feen, Gnomen, Wiedergängern, ja, ich möchte sagen: So entstand das Märchen von Gott; denn unsere Begriffe vom Weltenschöpfer, mögen sie stammen aus welcher Religion sie wollen, sind nichts als höchst armselige, höchst törichte und unzulängliche Ausgeburten schreckgeschlagener Menschenhirne. Voltaires Wort ist nur zu wahr: ›Gott schuf die Menschen nach seinem Bilde, aber der Mensch hat es ihm heimgezahlt.‹

Doch seit einem Jahrhundert, oder eigentlich schon seit etwas längerer Zeit, ist man, wie ich meine, etwas durchaus Neuem auf der Spur. Mesmer und dieser und jener andere haben uns ungeahnte Wege gewiesen, und tatsächlich sind wir, zumal während der letzten vier oder fünf Jahre, zu überraschenden Ergebnissen gekommen.«

Meine gleichfalls recht ungläubige Kusine lächelte. Da sagte Doktor Parent zu ihr: »Soll ich einmal versuchen, Sie einzuschläfern, gnädige Frau?«

»O ja, gern.«

Sie nahm auf einem Sessel Platz, und er begann mit der Behexung, indem er sie starr ansah. Unvermittelt fühlte ich mich ein wenig verwirrt, mein Herz pochte heftig, die Kehle war mir wie zugeschnürt. Ich sah, wie Madame Sablés Lider schwer wurden, wie ihr Mund sich zusammenzog, wie sie schwerer und schwerer atmete.

Nach zehn Minuten schlief sie.

»Setzen Sie sich hinter sie«, sagte der Arzt.

Ich setzte mich hinter sie. Er gab ihr eine Visitenkarte in die Hand und sagte dabei: »Hier haben Sie einen Spiegel; was sehen Sie darin?«

Sie antwortete: »Meinen Vetter sehe ich.«

»Was tut er?«

»Er dreht seinen Schnurrbart.«

»Und jetzt?«

»Er nimmt eine Fotografie aus der Tasche.«

»Wen stellt diese Fotografie dar?«

»Ihn selbst.«

Und das stimmte. Jene Fotografie war mir am nämlichen Abend erst ins Hotel geschickt worden.

»Welche Haltung hat er auf der Fotografie?«

»Er steht und hält den Hut in der Hand.«

So sah sie also wirklich etwas in dieser Karte, diesem Stückchen weißen Papiers, als wäre es ein Spiegel.

Die jungen Damen waren entsetzt und flüsterten: »Aufhören! Aufhören! Aufhören!«

Doch der Doktor befahl ihr: »Sie werden morgen früh um acht Uhr aufstehen; dann werden Sie zu Ihrem Herrn Vetter ins Hotel gehen und ihn inständig bitten, Ihnen fünftausend Francs zu leihen; Ihr Herr Gemahl fordere sie von Ihnen; er brauche sie für seine nächste Reise.«

Dann ließ er sie aufwachen.

Als ich zum Hotel zurückging, überdachte ich die Geschehnisse bei dieser merkwürdigen Séance, und plötzlich stiegen allerlei Zweifel in mir auf. Zwar setzte ich keinerlei Misstrauen in die absolut über jeden Verdacht erhabene Gutgläubigkeit meiner Kusine, die ich seit Kindheitstagen kenne wie eine Schwester; aber ein hinterlistiger Streich des Doktors schien mir durchaus im Bereich der Möglichkeit zu liegen. Konnte er nicht vielleicht einen Spiegel in der Hand gehabt und ihn der Schlafenden zugleich mit der Visitenkarte gezeigt haben? Berufszauberkünstler bringen noch weit schwierigere Dinge zuwege.

Unter solcherlei Erwägungen kam ich heim und legte mich schlafen.

Heute Morgen um halb neun Uhr weckte mich mein Diener und sagte: »Madame Sablé wünscht den gnädigen Herrn sogleich zu sprechen.«

Ich kleidete mich schleunigst an und ließ sie eintreten.

Mit allen Zeichen der Verwirrung nahm sie Platz, hielt den Blick gesenkt, hob den Schleier nicht auf und sagte: »Lieber Vetter, ich möchte dich um eine sehr große Gefälligkeit bitten.«

»Um was handelt es sich denn?«

»Es ist mir sehr peinlich, dir damit zu kommen; aber ich weiß keinen Rat. Ich brauche, und zwar um jeden Preis, fünftausend Francs.«

»Nanu!«

»Ja, ja, das heißt: nicht ich, sondern mein Mann. Er hat mir befohlen, sie aufzutreiben.«

Ich war dermaßen verblüfft, dass ich irgendeine Antwort stotterte. Ich fragte mich, ob sie sich nicht im Einverständnis mit Doktor Parent über mich lustig mache, ob das Ganze nicht eine im Voraus abgekartete und äußerst geschickt in Szene gesetzte Komödie sei.

Aber als ich sie dann aufmerksam anschaute, zerstoben meine Zweifel. Sie zitterte vor Angst, solche Qual bereitete ihr dieses Unterfangen, und ich sah deutlich, dass sie dem Weinen nahe war.

Ich wusste, dass sie sehr reich war, und so erwiderte ich: »Wie, dein Mann hat nicht lumpige fünftausend Francs flüssig? Überleg doch einmal! Weißt du wirklich ganz genau, dass er dich beauftragt hat, mich darum zu bitten?«

Einige Sekunden war sie unschlüssig, und es war, als dächte sie unter Qualen nach; dann antwortete sie: »Ja ... ja ... ich weiß es ganz genau.«

»Hat er dir denn geschrieben?«

Abermals zögerte sie und dachte nach. Ich sah förmlich, wie ihr gemartertes Gehirn arbeitete. Sie wusste es nicht. Sie wusste einzig, dass sie für ihren Gatten fünftausend Francs von mir leihen sollte. Und da bediente sie sich sogar einer Lüge: »Ja, er hat geschrieben.«

»Wann denn? Gestern hast du mir kein Wort davon gesagt.«

»Der Brief ist erst heute Morgen angekommen.«

»Dürfte ich ihn wohl sehen?«

»Nein ... nein ... es steht zu Intimes ... allzu Persönliches darin ... ich habe ihn ... ich habe ihn verbrannt.«

»Dann macht dein Mann also Schulden?«

Wiederum zögerte sie, um dann ganz leise zu sagen: »Ich weiß es nicht.«

Da erklärte ich barsch: »Liebe Kusine, ich habe im Augenblick keine fünftausend Francs bei der Hand.«

Sie schrie gequält auf.

»Oh, bitte, bitte, verschaff sie mir doch ...«

Sie wurde ganz aufgeregt, sie rang die Hände und streckte sie mir gleichsam flehend entgegen! Ihre Stimme klang mit einem Male völlig verändert; sie weinte und stammelte, gemartert, unter dem Zwang des ihr zuteil gewordenen unabweislichen Befehls.

»Oh! Oh! Ich flehe dich an ... wenn du wüsstest, was ich leiden muss ... ich muss das Geld heute haben.«

Ich empfand Mitleid mit ihr.

»Du sollst es bald bekommen; ich verspreche es dir.«

Sie rief: »Oh! Danke! Danke! Wie gut du doch bist.«

Ich fragte sie: »Weißt du eigentlich noch, was gestern bei dir geschehen ist?«

»Ja.«

»Erinnerst du dich, dass Doktor Parent dich hypnotisiert hat?«

»Ja.«

»Nun, und da hat er dir befohlen, heute Morgen zu mir zu kommen und fünftausend Francs von mir zu borgen, und jetzt stehst du ganz einfach unter dem Zwang dieser Suggestion.«

Sie dachte ein paar Augenblicke nach und erwiderte dann: »Aber mein Mann fordert ja doch das Geld!«

Eine geschlagene Stunde lang versuchte ich, sie zu überzeugen; allein ich hatte nicht den geringsten Erfolg.

Als sie fort war, eilte ich zu Doktor Parent. Er wollte gerade ausgehen; nachdem er mir lächelnd zugehört hatte, sagte er: »Sind Sie nun bekehrt?«

»Ja, es bleibt mir wohl nichts anderes übrig.«

»Dann wollen wir zu Ihrer Verwandten gehen.«

Sie lag erschöpft, im Halbschlaf, auf einem Ruhebett. Der Arzt fühlte ihr den Puls, sah sie eine Weile an und streckte seine Hand gegen ihre Augen aus, die sich unter dem unwiderstehlichen Einfluss der magnetischen Kraft langsam schlossen.

Als sie schlief, sagte er: »Ihr Gatte braucht die fünftausend Francs nicht mehr. Nun müssen Sie vergessen, dass Sie sie von Ihrem Herrn Vetter haben leihen wollen, und wenn er danach fragt, ist Ihnen das ganz unverständlich.«

Dann ließ er sie aufwachen. Ich zog meine Brieftasche: »Hier, liebe Kusine, ist, was du heute Morgen von mir erbeten hast.«

Sie war dermaßen überrascht, dass ich nicht weiter in sie zu dringen wagte. Allein ich versuchte, ihrem Gedächtnis nachzuhelfen; doch sie leugnete auf das Hartnäckigste, glaubte, ich triebe meinen Scherz mit ihr, und wurde schließlich sogar ärgerlich.

. . . .

Ja, da sitze ich denn wieder im Hotel und habe nicht einmal frühstücken können, so sehr hat mich dieses Experiment aus der Fassung gebracht.

19. Juli. – Viele Leute, denen ich diese Abenteuer erzählt habe, haben mich ausgelacht. Ich weiß nicht mehr, was ich denken soll. Der Weise sagt: »Vielleicht!«

21. Juli. – Ich habe in Bougival diniert und war nachher auf dem Rudererball. Ganz sicher hängt alles von Ort und Umständen ab. Auf der Grenouillère-Insel an Übernatürliches glauben, das wäre der Gipfel der Narrheit ... aber oben auf dem Saint-Michel? ... oder in Indien? Es ist entsetzlich, wie abhängig wir von unserer Umgebung sind. Nächste Woche will ich heimreisen.

30. Juli. – Seit gestern wieder in meinem Hause. Alles in Ordnung.

2. August. – Nichts Neues; das Wetter ist über die Maßen schön. Den ganzen Tag sitze ich und schaue auf die vorüberfließende Seine.

4. August. – Streitereien unter den Dienstboten. Sie behaupten, nachts würden in den Schränken die Gläser zerbrochen. Der Diener gibt der Köchin die Schuld, die sagt, die Waschfrau sei es gewesen, und die schiebt es auf jemand anders. Wer hat es nun getan? Aber wer könnte das sagen?

6. August. – Diesmal bin ich nicht wahnsinnig. Ich hab's gesehen ... ich hab's gesehen ... ich hab's gesehen ...! Nun ist kein Zweifel mehr möglich ... ich hab's gesehen ...! Noch überläuft es mich kalt bis in die Fingerspitzen ... noch schaudert mich bis ins Mark ... ich hab's gesehen ...!

Im vollen Sonnenschein schlenderte ich um zwei Uhr zwischen meinen Rosenbeeten ... durch die Herbstrosenallee; sie fangen gerade an zu blühen.

Als ich stehen blieb und einen Stock »Géant des Batailles« betrachtete, der drei herrliche Blüten trug, sah ich, sah ich ganz deutlich, unmittelbar vor meinen Augen, dass der Stängel einer der Rosen sich bog, wie wenn eine unsichtbare Hand an ihm zerrte, und dann knickte, wie wenn eben jene Hand die Rose pflückte! Dann stieg die Blume in die Höhe und beschrieb dabei einen Bogen, als führe ein Arm sie an einen Mund, und dann hing sie in der durchsichtigen Luft, ganz frei, unbeweglich, ein schauerlicher roter Fleck, drei Schritte vor meinen Augen.

Außer mir stürzte ich mich auf sie und griff nach ihr! Nichts; sie war verschwunden. Da wütete ich wild wider mich selbst, denn ein vernünftiger, ernsthafter Mensch darf doch nicht dergleichen Halluzinationen haben!

Aber war es auch wirklich eine Halluzination? Ich wandte mich und suchte nach dem Stängel, und sogleich entdeckte ich ihn an dem Stöckchen, frisch gebrochen, zwischen den beiden andern Rosen, die noch an ihren Zweigen saßen.

Dann ging ich, verstört bis ins Innerste, ins Haus; jetzt weiß ich bestimmt, so bestimmt wie Tag und Nacht einander ablösen, dass in meiner Nähe ein unsichtbares Wesen existiert, das sich von Milch und Wasser nährt, das Dinge zu berühren, zu ergreifen und fortzubewegen vermag; deshalb muss es körperlicher Natur sein, obwohl es für unsere Sinne nicht wahrnehmbar ist, und es hat eine Wohnung, wie ich, es wohnt unter meinem Dach ...

7. August. – Ich habe ruhig geschlafen. Es hat Wasser aus meiner Karaffe getrunken, aber meinen Schlaf hat es nicht gestört.

Ich überlege, ob ich wahnsinnig bin. Bei einem Spaziergang am Flussufer, im hellen Sonnenschein, habe ich an meiner Vernunft zu zweifeln begonnen, nicht nur von ungefähr, wie bislang, sondern ganz klar und deutlich. Ich habe Wahnsinnige gesehen; ich habe Wahnsinnige gekannt, die vernünftig, scharfsichtig, klarblickend waren in allen Lebensdingen, bis auf einen Punkt. Über alles Mögliche redeten sie ganz klar, beweglich oder tiefsinnig; aber wenn ihre Gedanken dann plötzlich auf die Klippe ihrer Wahnvorstellung stießen, dann zerschellten sie und trieben hin auf jenem fürchterlichen, wüsten Ozean voll brausender Wogen, Nebel und Wirbelstürme, »Dementia« geheißen.

Sicherlich müsste ich mich für wahnsinnig, für völlig wahnsinnig halten, wenn ich meiner nicht bewusst, wenn ich mir nicht durchaus klar wäre über meinen Zustand, wenn ich ihn nicht mit schärfster Deutlichkeit zu sondieren und zu analysieren vermöchte. Also litte ich im Grunde wohl doch nur an Halluzinationen und wäre im Übrigen vernünftig. Irgendeine unbekannte Störung wäre in meinem Gehirn vor sich gegangen, eine jener Störungen, welche die heutige Psychiatrie auf das Genaueste festzustellen und zu kontrollieren bemüht ist; und diese Störung hätte in meinem

Geist, in der logischen Folge meiner Ideen einen tiefen Riss verursacht. Ähnliche Phänomene vollziehen sich im Traum, der uns zwischen den unwahrscheinlichsten Gaukelbildern hindurchgeleitet, ohne dass uns das im Geringsten wundert, weil der Kontrollapparat, weil der nachprüfende Sinn ausgeschaltet ist, wohingegen die Fantasiekräfte wach sind und arbeiten. Könnte es nicht sein, dass eine der nicht wahrnehmbaren Tasten meiner Gehirnklaviatur lahmgelegt ist? Bisweilen verlieren Leute durch einen Unfall das Gedächtnis für Eigennamen oder Zeitwörter oder Ziffern oder bloß für Jahreszahlen. Die einzelnen Gebiete des Denkens sind lokalisiert; das gilt heute als bewiesen. Da wäre es doch nicht weiter absonderlich, wenn meine Fähigkeit, mir über das Unwirkliche gewisser Halluzinationen Rechenschaft abzulegen, in diesem Augenblick abgedrosselt wäre!

Über all das dachte ich nach, während ich am Flussufer entlangging. Die Sonne leuchtete auf dem Wasser; ihr Licht verwandelte die Erde zu etwas Köstlichem; es machte, dass ich mit Blicken der Liebe auf das Leben schaute, auf die Schwalben, deren Behändigkeit mich erfreut, auf das Gras am Ufer, dessen Rauschen meinem Ohr wohl tat.

Doch allmählich kroch ein unerklärliches Unbehagen in mir hoch. Eine Gewalt, so schien es mir, eine okkulte Gewalt würgte mich, hielt mich fest, hinderte mich am Weitergehen, wies mich zurück. Ich empfand ein schmerzliches Bedürfnis umzukehren, wie es uns überkommt, wenn wir daheim einen geliebten Kranken wissen und ahnen, dass sein Leiden sich verschlimmert hat.

So kehrte ich denn wider Willen um, in der festen Meinung, daheim eine unwillkommene Nachricht vorzufinden, einen Brief oder ein Telegramm. Natürlich war das nicht der Fall, und das machte mich noch unruhiger, noch bestürzter, als wäre mir abermals eine fantastische Vision zuteil geworden.

8. August. – Der gestrige Abend war fürchterlich. Es macht

sich nicht mehr bemerkbar; aber ich fühle es neben mir, wie es mich ausspioniert, mich anblickt, mich durchdringt, über mich Gewalt gewinnt, was, da es im Verborgenen geschieht, noch weit grauenhafter ist, als wenn es durch übernatürliche Phänomene seine unsichtbare, beständige Gegenwart ankündigte.

Dennoch habe ich geschlafen.

9. August. – Nichts, aber ich habe Angst.

10. August. – Nichts; ob es wohl morgen kommt?

11. August. – Noch immer nichts; aber ich vermag es hier nicht länger auszuhalten mit den Ängsten und Gedanken, die in meiner Seele wühlen; ich will verreisen.

12. August. – Zehn Uhr abends. – Den ganzen Tag über habe ich fortgehen wollen, doch ich konnte es nicht. Ich habe diesen so leichten, so einfachen Akt der Befreiung vollziehen wollen – hinausgehen – in meinen Wagen steigen – nach Rouen fahren – doch ich konnte es nicht. Warum?

13. August. – Wenn man an gewissen Krankheiten leidet, scheinen alle Hilfsmittel unseres Körpers erschöpft, alle Energien gelähmt, alle Muskeln erschlafft, alle Knochen weich wie Fleisch und das Fleisch flüssig wie Wasser. In meinem moralischen Sein vollzieht sich dasselbe in seltsamer und trostloser Weise. Ich habe keine Kraft, keinen Mut, keine Selbstbeherrschung mehr, nicht einmal die Fähigkeit, meinen Willen zu betätigen. Ich kann nicht mehr wollen; aber irgendetwas in mir will statt meiner; und ich gehorche.

14. August. – Ich bin verloren! Irgendjemand hat Besitz ergriffen von meiner Seele und beherrscht sie! Irgendjemand schreibt mir jede Handlung, jede Bewegung, jeden Gedanken vor. Ich bin nicht mehr ich selbst, ich bin nur noch ein versklavter Zuschauer; ich bin entsetzt über alles, was ich tue. Ich möchte hinausgehen. Ich kann es nicht. Er will es nicht; und so bleibe ich denn, fassungslos, schlotternd, in dem Sessel, wo er mir zu sitzen befiehlt. Nur aufstehen möchte ich,

mich erheben, um zu glauben, dass ich noch Herr meiner selbst bin. Ich kann es nicht! Ich bin an den Stuhl gebannt; und der Stuhl haftet am Boden, und keine Macht der Welt vermöchte uns von der Stelle zu bewegen.

Dann, ganz plötzlich, muss, muss, muss ich in den Garten gehen und Erdbeeren pflücken und sie essen. Und ich gehe auch. Und ich pflücke Erdbeeren, und ich esse sie! Oh! Mein Gott! Mein Gott! Mein Gott! Gibt es einen Gott? Wenn du bist, Gott, befreie mich! Hilf mir! Rette mich! Gnade! Mitleid! Erbarmen! O diese Qual, diese Marter, diese Angst!

15. August. – Ja, so ist es. Genauso war meine arme Kusine besessen, als sie kam und fünftausend Francs von mir leihen wollte. Sie unterstand einem fremden Willen, der in sie gedrungen war wie eine zweite Seele, wie eine zweite schmarotzende, gewalttätige Seele. Steht der Weltuntergang bevor?

Aber der mich beherrscht, wer ist er, der Unsichtbare, der Unerkennbare, der Schweifende übernatürlichen Geschlechts?

Die Unsichtbaren leben! Aber warum haben sie sich dann nicht schon seit der Erschaffung der Welt auf eine so untrügliche Weise kundgetan wie jetzt bei mir? Niemals habe ich etwas gelesen wie das, was mir in meiner Wohnung geschehen ist. Oh! Könnte ich sie doch verlassen, könnte ich fortziehen, fliehen, ohne wiederzukehren! Dann wäre ich gerettet – aber ich kann es nicht.

16. August. – Heute habe ich für zwei Stunden entwischen können, wie ein Gefangener, der zufällig die Tür seines Kerkers offen findet. Ich habe plötzlich gefühlt, dass ich frei, dass er fort war. Ich habe schnell anspannen lassen und bin nach Rouen gefahren. Ach, welche Lust, einem, der gehorcht, sagen zu können: »Nach Rouen!«

Ich ließ vor der Bibliothek halten und entlieh die umfangreiche Abhandlung des Doktors Hermann Herestauß über die unbekannten Weltbewohner in Altertum und Neuzeit.

Dann, in dem Augenblick, wo ich wieder in meinen Wagen stieg, wollte ich sagen: »Zum Bahnhof!« und statt dessen schrie ich – ich sagte nicht: ich schrie –, und zwar so laut, dass die Vorübergehenden sich umwandten: »Nach Hause!«; dann taumelte ich, halb verrückt vor Angst, in die Wagenpolster. Er hatte mich gefunden und aufs Neue gepackt.

17. August. – Ach, diese Nacht! Diese Nacht! Und dennoch müsste ich mich eigentlich freuen. Bis ein Uhr nachts las ich! Hermann Herestauß, Doktor der Philosophie und Theogonie, hat Geschichte und Seinsbekundungen aller unsichtbaren Wesen beschrieben, die den Menschen umschweben oder seinen Träumen entsprungen sind. Er schildert ihre Herkunft, ihren Machtbereich, ihre Kräfte. Aber unter ihnen allen ist kein einziges dem ähnlich, was mich peinigt. Man möchte meinen, dass der Mensch, solange er denkt, ein anderes Wesen geahnt und gefürchtet habe, eins, das stärker ist als er, das hienieden seine Nachfolge antreten wird; und der Mensch, der das Nahen seines Meisters fühlt, ohne dessen Natur erkennen zu können, hat nun in seinem Entsetzen das ganze fantastische Volk okkulter Wesen, nebelhafter Phantome geschaffen, die nichts sind als Ausgeburten der Furcht.

Nachdem ich also bis ein Uhr nachts gelesen hatte, setzte ich mich ans offene Fenster, kühlte meine Stirn und erfrischte meine Gedanken im ruhevollen Nachtwind.

Die Nacht war schön und lau. Wie habe ich früher solche Nächte geliebt!

Kein Mondschein. Funkelnd und zitternd standen die Sterne auf einem schwarzen Himmel. Wer mag auf diesen Welten wohnen? Welche Gestalten, welche Lebewesen, welche Tiere, welche Pflanzen gibt es dort oben? Und die auf jenen fernen Sternen denken: Worin ist ihr Wissen dem unsrigen überlegen? Worin übersteigt ihr Können das unsrige? Was vermögen sie zu sehen, ohne dass wir es erkennen? Und wird nicht heute oder morgen einer von ihnen den Weltenraum durchqueren und auf unserer Erde erscheinen, um sie zu erobern, so wie einstmals die Normannen das Meer durchkreuzten und sich schwächere Völker dienstbar machten?

Wie haltlos, wehrlos, unwissend und nichtig sind wir Menschen auf diesem Stäubchen im Wassertropfen!

Ich seufzte tief und träumte, und der kühle Nachtwind wehte.

So schlief ich etwa vierzig Minuten; dann schlug ich die Augen auf, ohne mich zu regen; irgendeine verworrene, bizarre Aufwallung hatte mich geweckt. Zunächst sah ich nichts, dann aber, ganz plötzlich, war mir, als hätte sich in dem Buch, das aufgeschlagen auf dem Tische liegen geblieben war, eine Seite von selbst umgeblättert. Nicht der geringste Luftzug war durch das Fenster geweht. Überrascht wartete ich. Nach ungefähr vier Minuten sah ich, sah ich, ja, sah ich, wie die nächste Seite sich aufhob und sich auf die vorhergehende legte, wie wenn ein Finger sie umgeblättert hätte. Mein Sessel war leer, schien leer; doch ich wusste, dass er da war, dass er auf meinem Platz saß, dass er las. Mit einem wütenden Satz, einem Satz, wie ein ausbrechendes Tier ihn tut, das seinen Bändiger zerfleischen will, stürzte ich durch mein Zimmer und wollte ihn fassen, ihn würgen, töten ...! Aber mein Sessel stürzte um, noch ehe ich dort war, als wenn einer vor mir flüchtete ... der Tisch schwankte, die Lampe fiel um und erlosch, das Fenster schlug zu, als wenn ein überraschter Übeltäter sich hinaus in die Nacht geschwungen und mit aller Kraft die beiden Fensterflügel hinter sich zusammengeschlagen hätte.

Also hatte er sich in Sicherheit gebracht! Er hatte Angst gehabt, vor mir Angst gehabt, er, er hatte Angst gehabt!

Dann aber ... dann aber ... morgen ... oder später ... irgendwann ... werde ich ihn also mit meinen Fäusten packen und zu Boden schmettern können! Nicht wahr, manchmal beißen und würgen doch die Hunde ihre Herren?

18. August. – Den ganzen Tag über habe ich überlegt. O

ja, ich will ihm gehorchen, will allen seinen Einflüsterungen Folge leisten, alle seine Wünsche erfüllen, mich demütigen, feige unterwerfen. Er ist der Stärkere. Doch es wird eine Stunde kommen ...

19. August. – Ich weiß ... ich weiß ... ich weiß alles! Eben habe ich in der »Revue du Monde Scientifique« Folgendes gelesen: »Aus Rio de Janeiro wird uns etwas sehr Merkwürdiges gemeldet. Eine Wahnsinnsepidemie, die nur mit den ansteckenden Wahnvorstellungen der europäischen Völker im Mittelalter verglichen werden kann, wütet augenblicklich in der Provinz São Paolo. Die von der Krankheit ergriffenen Einwohner verlassen ihre Häuser, flüchten aus den Dörfern, lassen ihre Plantagen liegen und behaupten, sie würden verfolgt, besessen, getrieben wie menschliches Vieh von unsichtbaren, aber spürbaren Wesen, einer Art Vampire, die ihnen während des Schlafes die Lebenskraft aussaugten und sich sonst von Wasser und Milch nährten, ohne andere Nahrungsmittel anzurühren.

Professor Don Pedro Henriquez ist in Begleitung mehrerer hervorragender Ärzte nach der Provinz São Paolo abgereist, um an Ort und Stelle Ursachen und Symptome dieses eigenartigen Wahnes zu studieren und dem Kaiser geeignete Maßregeln vorzuschlagen, um die rasende Bevölkerung wieder zur Vernunft zu bringen.«

Ah! Ah! Ich besinne mich, ich entsinne mich des schönen brasilianischen Dreimasters, der am 8. Mai unter meinen Fenstern die Seine hinauffuhr! Ich fand ihn so schmuck, so weiß, so heiter! Das Wesen war darauf; es war von drüben gekommen, wo sein Geschlecht seinen Ursprung hat! Da gewahrte es mich! Und es sah auch mein weißes Haus, und da ist es vom Schiff ans Ufer gesprungen. Oh, mein Gott!

Nun weiß ich es, errate ich es. Mit der Herrschaft des Menschen ist es vorbei!

Er ist gekommen, Er, den schon die ersten Schreckensregungen naiver Völker fürchteten. Er, den besorgte Priester als Teufel austrieben, Er, den Zauberer in düsteren Nächten beschworen, ohne dass er ihnen bislang jemals erschienen wäre; Er, dem die Menschen, die vorübergehend die Welt beherrschten, ungeheuerliche oder liebliche Gestalten als Gnom, Luftgeist, Genius, Fee oder Kobold liehen. Nach solcherlei plumpen Ausgeburten primitiver Furcht haben Menschen mit klarerem Blick ihn deutlicher vorgeahnt. Mesmer hat ihn erraten, und bereits seit zehn Jahren haben die Ärzte mittels exakter Methoden seine Macht und deren Natur festgestellt, noch ehe Er selbst sich ihrer bedient hat. Gespielt haben sie mit der Waffe des neuen Herrn, der Macht eines geheimnisvollen Willens über die zum Sklaven erniedrigte Menschenseele. Und das haben sie dann Magnetismus, Hypnotismus, Suggestion genannt ... oder so ähnlich. In kindischer Dummheit hatten sie, wie ich selbst gesehen habe, ihre Freude an dieser furchtbaren Macht! Weh uns! Weh dem Menschen! Er ist gekommen, der ... der ... wie heißt er doch ... der ... mir ist, als riefe er mir seinen Namen zu, und ich kann ihn nicht verstehen ... der ... ja ... er ruft ihn ... Ich höre ... verstehe nicht ... noch einmal ... der ... Horla ... Jetzt habe ich verstanden ... der Horla ... Er ist es ... der Horla ... er ist gekommen ...!

Ah! Der Geier hat die Taube gefressen, der Wolf das Lamm; der Löwe hat den Büffel verschlungen, den Büffel mit spitzigen Hörnern; der Mensch hat den Löwen getötet, getötet mit dem Pfeil, mit dem Schwert, mit Pulver und Blei; aber der Horla wird mit dem Menschen tun, was wir mit dem Pferd und dem Stier getan haben: er macht uns zu seinem Eigentum, seinem Diener, seiner Nahrung, und das einzig durch die Macht seines Willens. Weh uns!

Doch bisweilen empört sich das Tier wider den, der es zähmte, und tötet ihn ... und so will auch ich tun ... ich möchte ... aber da muss ich ihn zuvor kennen, ihn anrühren, ihn erblicken! Die Gelehrten behaupten, die Augen der Tiere seien anders als die unsrigen, hätten nicht das gleiche

Unterscheidungsvermögen ... Und so ist es auch mit meinen Augen: sie sehen nicht den Ankömmling, der mich unterdrückt.

Warum? Oh, jetzt fallen mir die Worte des Mönchs vom Saint-Michel ein: »Sehen wir denn auch nur den hunderttausendsten Teil von dem, was ist? Denken Sie doch an den Wind, der die gewaltigste Naturkraft ist, der Menschen zu Boden schleudert, Gebäude umstürzt, Bäume entwurzelt, das Meer zu Wassergebirgen aufwühlt und auftürmt, Küsten zerstört und große Schiffe in die Brandung schmettert, den Wind, der da mordet, pfeift, seufzt, brüllt – haben Sie ihn je gesehen? Und dennoch ist er!«

Und weiter dachte ich: Mein Auge ist so schwach, so unvollkommen; es vermag ja nicht einmal einen festen Körper zu sehen, wenn er durchsichtig wie Glas ist ...! Wenn ein Spiegel ohne Folie mir den Weg versperrt, so tappe ich hinein, wie ein Vogel, der sich in ein Zimmer verflogen hat und sich den Kopf an den Fensterscheiben zerschmettert. Und lässt sich mein Auge nicht durch tausend andere Dinge täuschen und irreführen? Also ist es doch nicht weiter verwunderlich, wenn es einen ihm neuen Körper, der lichtdurchlässig ist, nicht sogleich zu erspähen vermag!

Ein neues Wesen! Und warum nicht? Wahrlich, es musste kommen! Warum sollten gerade wir die Letzten sein? Ob wir es wohl ebenso wenig werden erkennen können wie alle vor uns Geschaffenen? Das hätte dann seine Ursache in seiner größeren Vollkommenheit, seinem feineren, vollendeteren Körper, und in der Schwäche des unsrigen, der so ungeschickt geformt, so überladen mit Organen ist, die stets erschöpft, stets überreizt sind wie zu kompliziert gearbeitete Federn, unseres allzu schwachen Körpers, der wie eine Pflanze oder wie ein Tier lebt und sich von Luft, Kräutern und Fleisch kümmerlich nährt, eine animalische Maschine, der Krankheit, der Verkrüppelung, der Verwesung preisgegeben, engbrüstig, ungeregelt, naiv und bizarr, eine geniale

Pfuscherei, ein plumpes und dennoch empfindliches Werk, eine missratene Skizze, aus der etwas Gescheites und Wundervolles hätte werden können.

Es gibt auf dieser Welt im Grunde nur ein paar Geschöpfe, allzu wenige, zwischen Auster und Mensch. Warum nicht noch ein Wesen mehr, wenn doch die Frist wieder verstrichen ist, welche die Abfolge all der mannigfachen Gattungen scheidet?

Warum nicht ein Wesen mehr? Warum nicht neue Bäume mit ungeheuer großen Blüten, die ganze Länder mit ihrem Leuchten und ihrem Duft erfüllen? Warum nicht neue Elemente außer Feuer, Luft, Erde und Wasser? – Es sind ihrer vier, lediglich vier der Urväter aller Wesen! Wie armselig! Warum gibt es nicht vierzig, vierhundert, viertausend?! Wie armselig, kümmerlich und erbärmlich ist das alles! Wie karg bemessen, wie dürftig erfunden, wie plump gestaltet! Ah! Elefant, Nilpferd – wie sind sie voller Anmut! Und das Kamel – wie ist es elegant!

Aber der Schmetterling, sagt ihr, die fliegende Blume! Ich schaffe mir einen, größer denn hundert Welten, mit Flügeln, deren Form, Schönheit, Farbe und Bewegung ich nicht zu schildern vermag. Aber ich sehe ihn ... er fliegt von Stern zu Stern und labt jeden und macht ihn duften durch seines Fluges leichten, harmonischen Hauch ...! Und die Sternenvölker sehen, wie er vorübergleitet, und sind berauscht und hingerissen!

. . . .

Was habe ich nur? Er ist es, er, der Horla; er sucht mich heim; er gibt mir diese Wahngedanken ein! Er ist in mir, er wird zu meiner Seele! Ich muss ihn töten!

19. August. – Ich muss ihn töten, ich habe ihn gesehen! Gestern Abend saß ich an meinem Tisch und tat, als schriebe ich aufmerksam. Ich wusste sehr wohl, dass er mich dann umschleichen würde, ganz dicht, so nahe, dass ich ihn vielleicht berühren, ihn packen konnte! Und dann ...? Dann hät-

te ich die Kraft der Verzweiflung gehabt, mit Händen, Knien, Brust, Stirn, Zähnen hätte ich ihn erwürgt, erdrosselt, zerrissen, zerfleischt.

Ich lauerte auf ihn mit fieberhaft angespannten Sinnen.

Beide Lampen hatte ich angesteckt, und außerdem die acht Kerzen auf dem Kamin, als hätte ich seiner bei dem hellen Licht leichter gewahr werden können.

Mir gegenüber mein Bett, ein altes eichenes Bett mit Säulen; rechts der Kamin; links die Tür, die ich sorgfältig geschlossen hatte, nachdem ich sie lange hatte offen stehen lassen, um ihn anzulocken; hinter mir ein sehr hoher Spiegelschrank, vor dem ich mich täglich rasiere und ankleide, und in dem ich mich von Kopf bis Fuß zu betrachten pflege, wenn ich daran vorübergehe.

Ich tat also, als ob ich schriebe, um ihn irrezuführen; denn er belauerte mich ja doch; und plötzlich fühlte ich, ich wusste es ganz genau, dass er mir über die Schulter sah und mitlas, dass er da war, dass er mein Ohr streifte.

Mit ausgestreckten Händen fuhr ich hoch, schnellte ich herum, so hastig, dass ich fast gestürzt wäre. Ha! Nun ...? Man konnte sehen wie am hellen, lichten Tag, und dabei sah ich mich nicht im Spiegel ...! Er war leer, klar, tief, hell beleuchtet! Mein Spiegelbild war nicht darin ... und dabei stand ich unmittelbar davor! Ich sah das schimmernde Glas von oben bis unten. Und ich starrte es an mit irren Blicken. Und ich wagte nicht, weiter nach vorn zu gehen, ich wagte keine Bewegung; denn ich fühlte nur zu gut, dass er da war, dass er mir jedoch wiederum entkommen würde, er, dessen unsichtbarer Körper mein Spiegelbild verschlungen hatte.

Oh, die Angst! Dann, plötzlich, fing ich an, mich nebelhaft wahrzunehmen, im Spiegelgrund, nebelhaft, als stünde ich hinter einem Wasserfall; und mir war, als glitte dieses Wasser von links nach rechts, langsam, während mein Bild immer deutlicher wurde, von Sekunde zu Sekunde. Wie das Schwinden einer Sonnenfinsternis war es. Was mich verhüllte, schien keine scharf begrenzten Umrisse zu besitzen; es war dunkel und dennoch durchsichtig und wurde allmählich immer matter.

Schließlich konnte ich mich wieder deutlich wahrnehmen, wie tagtäglich beim Hineinschauen.

Ich habe ihn gesehen! Noch sitzt mir die Angst in den Gliedern und macht mich schaudern.

20. August. – Ihn töten. Aber wie? Ich kriege ihn ja doch nicht zu fassen! Mit Gift? Aber er sähe ja, wenn ich es ins Wasser mischte. Und überdies: Würden unsere Gifte denn auf seinen unsichtbaren Körper wirken? Nein ... nein ... auf keinen Fall ... Aber wie dann ...?

21. August. – Ich habe einen Schlosser aus Rouen kommen lassen und ihn beauftragt, in meinem Schlafzimmer eiserne Jalousien anzubringen, wie sie die Erdgeschosse mancher Privathäuser in Paris zum Schutz gegen Einbrecher haben. Überdies soll er mir eine entsprechende Tür anfertigen. Es sieht aus, als ob ich feige wäre, aber das ist mir gleichgültig ...!

10. September. – Rouen, Hotel Continental. Es ist vollbracht ... Es ist vollbracht ... Aber ist er wirklich tot? Meine Seele ist aufgewühlt von dem, was ich habe sehen müssen.

Gestern also hat der Schlosser die eisernen Jalousien und die Eisentür angebracht; bis Mitternacht habe ich alles offen gelassen, obwohl es bereits anfing, kühl zu werden.

Plötzlich fühlte ich, dass er da war, und Freude, irrsinnige Freude packte mich. Ich stand auf und ging eine ganze Weile im Zimmer hin und her, damit er nichts merkte; dann zog ich meine Stiefel aus und schlüpfte lässig in meine Hausschuhe; darauf schloss ich die Eisenjalousien, ging ruhig zur Tür, machte sie ebenfalls zu und drehte zweimal den Schlüssel herum. Dann trat ich wiederum zum Fenster, ließ das Vorhängeschloss einschnappen und steckte den Schlüssel in die Tasche.

Plötzlich merkte ich, wie er mich unruhig umschlich, wie

er seinerseits Angst hatte und mir befahl, ihm zu öffnen. Fast hätte ich nachgegeben – aber ich gab nicht nach, sondern lehnte mich mit dem Rücken gegen die Tür und öffnete sie spaltbreit, just weit genug, dass ich hinauszuschlüpfen vermochte, rückwärts; ich bin sehr groß, mein Kopf berührte den oberen Querbalken. Ich war sicher, dass er mir nicht hatte entwischen können, und nun schloss ich ihn ein; er blieb ganz allein drinnen, ganz allein! Ha, wie ich mich freute! Ich hatte ihn! Dann eilte ich nach unten, in aller Hast; im Salon, der genau unter dem Schlafzimmer liegt, langte ich mir die beiden Lampen her und goss das ganze Petroleum auf den Teppich, auf die Möbel, überallhin, dann warf ich ein Streichholz hinein, brachte mich in Sicherheit und schloss hinter mir die große Haustür doppelt ab.

Dann verbarg ich mich hinten im Garten in einem Lorbeergebüsch. Wie lange es dauerte! Wie lange es dauerte! Alles blieb dunkel, stumm, regungslos; kein Lufthauch, kein Stern, nur Wolkengebirge, die ich nicht sehen konnte, die aber schwer auf meiner Seele lasteten, ach, so schwer.

Ich sah zu meinem Haus hinüber und wartete. Wie lange es dauerte! Schon glaubte ich, das Feuer sei von selber wieder ausgegangen, oder Er habe es gelöscht; da platzte, von der Hitze gesprengt, ein Fenster des unteren Stockwerkes, und eine Flamme, eine große, rote, gelbe, züngelnde, geschmeidige, schmeichelnde Flamme leckte an der weißen Mauer entlang und stieg bis zum Dach hinauf. Ein Leuchtglanz rieselte über die Bäume, durch die Zweige, durch das Blätterwerk, und ein Erschauern, ein furchtsames Erschauern schien sie zu durchrinnen! Die Vögel erwachten, ein Hund begann zu heulen; mir war, als dämmere der Morgen! Nun aber zerknallten zwei weitere Fenster, und ich sah, dass das untere Stockwerk meines Hauses nur noch ein fürchterliches, waberndes Glutmeer war. Und ein Schrei, ein entsetzlicher, überschriller, schneidend scharfer Schrei, ein Frauenschrei gellte in die Nacht, zwei Mansardenfenster taten sich auf! Ich hatte meine Dienerschaft vergessen! Ich sah ihre wahnwitzig verzerrten Gesichter und ihre wirbelnden Arme ...!

Da lief ich, von Grauen geschüttelt, ins Dorf und brüllte: »Hilfe! Hilfe! Feuer! Feuer!« Ich stieß auf Leute; sie kamen mir entgegengerannt; ich kehrte mit ihnen um, ich wollte sehen.

Nun war das Haus nichts als ein fürchterlich prächtiger Scheiterhaufen, ein ungeheuerlicher Scheiterhaufen, der die ganze Erde überhellte, ein Scheiterhaufen, darin Menschen verbrannten, darin auch Er verbrannte, Er, Er, mein Gefangener, das Neue Wesen, der Neue Herr, der Horla!

Mit einem Male brach das ganze Dach zwischen den Mauern nieder, und ein Feuerberg lohte zum Himmel.

Sämtliche Fenster waren in der Glut gesprungen, durch ihre offenen Höhlen sah ich den Brandherd, und mir fiel ein, dass Er dort drinnen sei, in den Flammen, tot ...

– Tot? Vielleicht ...? Sein Körper? Sein Körper, der lichtdurchlässige, war er wohl durch Mittel zu zerstören, die unsern Leibern tödlich sind?

Wenn er nun nicht tot wäre ...? Vielleicht hat einzig die Zeit Gewalt über das furchtbare, unsichtbare Wesen. Warum wäre sein Körper durchsichtig, unfassbar, geisterhaft, wenn auch Er Krankheit, Wunden, Wandel, vorzeitige Vernichtung zu befürchten hätte?

Vorzeitige Vernichtung? Sie ist es, die der Menschheit ganze Furcht verursacht! Und nach dem Menschen kommt der Horla. – Nach dem, der alle Tage sterben kann, in jeder Stunde, jeder Minute, den jeder Zufall hinwegzuraffen vermag, ist Er gekommen, der erst zu sterben braucht, wenn sein Tag herangenaht ist, seine Stunde, seine Minute; denn dann erst hat er die Grenze seines Daseins erreicht!

Nein ... nein ... auf keinen Fall, auf keinen Fall ... Er ist nicht tot ... Aber dann ... aber dann ... muss ich mich töten ... muss ich mich töten ...!

(1886)

Die Liege zur letzten Ruhe

Die Seine breitete sich vor meinem Hause aus, vollkommen glatt, vom Glanz der Morgensonne wie mit Lack überzogen. Schön, breit, ruhevoll, langgestreckt zog der Silberstrom dahin, hier und dort in Purpurrot getaucht, während auf der anderen Seite des Flusses eine Reihe großer Bäume längs der Uferböschung wie eine gewaltige grüne Mauer emporragte. Das pulsierende Leben, das jeden Tag neu beginnt, dieses frische Leben, froh und voller Liebe, zitterte in den Blättern, vibrierte in der Luft, spiegelte sich im Wasser.

Man legte mir die Zeitungen vor, die der Briefträger soeben gebracht hatte, und ich begab mich gemächlichen Schrittes zum Flussufer, um sie zu lesen.

Als ich die erste aufschlug, fiel mein Blick auf die Worte: »Statistik der Selbstmorde«, und ich erfuhr, dass sich in diesem Jahr mehr als achttausendfünfhundert menschliche Lebewesen umgebracht hatten.

Sogleich hatte ich sie vor Augen! Ich sah das Blutbad, hässlich und willentlich, all der Verzweifelten, die des Lebens müde waren. Ich sah Menschen, die bluteten, mit gebrochenem Kiefer, geborstenem Schädel, die Brust von einer Kugel durchbohrt, die allein in einem kleinen Hotelzimmer langsam dahinsiechten und ohne einen Gedanken an ihre Verwundung immerfort über ihrem Unglück brüteten.

Ich sah andere, mit offener Kehle oder aufgerissenem Bauch, die noch das Küchenmesser oder die Rasierklinge in der Hand hielten.

Wieder andere sah ich, die bald vor einem Glas saßen, in das Streichhölzer getaucht waren, bald vor einer kleinen Flasche, die ein rotes Etikett trug.

Sie betrachteten alles mit starren Augen, ohne sich zu bewegen; dann tranken sie, dann warteten sie, dann zog es wie eine Grimasse über ihr Gesicht, die Lippen verzerrten sich, Entsetzen erfasste ihren wirren Blick, wussten sie doch nicht, dass man so leiden musste vor dem Ende. Sie erhoben sich, hielten inne, stürzten nieder und fühlten, beide Hände auf dem Leib, wie ihre Organe verbrannten, wie ihre Eingeweide von dem Feuer des Tranks zerfressen wurden, bevor ihre Sinne ins Dunkel tauchten.

Ich sah andere, wie sie am Nagel an der Wand hingen, am Fensterknauf, am Deckenhaken, am Dachbalken, am Ast des Baumes im Abendregen. Und ich erriet alles, was sie taten, bis sie am Ende angelangt waren, mit herausgestreckter Zunge, bewegungslos. Ich erriet ihre Herzensangst, ihr letztes Zögern, ihre Handhabungen beim Befestigen des Stricks, sehe, wie sie prüfen, ob er gut hält, wie sie ihn sich um den Hals legen, sich fallen lassen.

Andere sah ich, die auf ihren elenden Lagern dahinsiechten, Mütter mit ihren kleinen Kindern, Greise, die vor Hunger umkamen, junge Mädchen, die von Liebesängsten zerrissen wurden, alle steif, ausgelöscht, erstickt, während mitten im Zimmer noch das Kohlebecken rauchte.

Und ich spürte sie auf, die in der Nacht auf verlassenen Brücken wanderten. Das waren die Unheimlichsten. Das Wasser floss mit weichem Plätschern unter den Bögen dahin. Sie sahen es nicht, ... sein kalter Hauch ließ es sie ahnen. Es zog sie zu ihm hin, und zugleich empfanden sie Angst. Sie wagten es nicht! Und doch, es musste sein! In der Ferne schlug die Stunde von irgendeinem Kirchturm herab, und plötzlich hallten, rasch erstickt, durch das weite Schweigen der Dunkelheit das Klatschen eines in den Fluss fallenden Körpers, einige Schreie, dann das Geräusch von Händen, die auf das Wasser schlugen. Oft war es auch nur der dumpfe Ton ihres Falls, wenn sie sich die Arme gefesselt oder einen Stein an die Füße gebunden hatten.

Oh! Diese armen Menschen, die armen Menschen, die armen Menschen, wie habe ich ihre Ängste durchlitten, wie bin ich ihren Tod gestorben! Ich habe all ihr Elend durchlebt; ich habe innerhalb einer Stunde all ihre Qualen durchgemacht.

Ich habe um all ihren Kummer gewusst, der sie so weit getrieben hat, denn ich spüre die trügerische Niedertracht des Lebens, wie niemand sonst sie jemals gespürt hat.

Wie gut konnte ich sie verstehen, sie, die schwach waren, vom Pech verfolgt und vom Verlust geliebter Menschen heimgesucht, sie, deren Traum von einer späten Belohnung ausgeträumt, deren Illusion von einem anderen Leben, in dem Gott endlich gerecht sein würde, nachdem er sich so grausam gezeigt hatte, zerstoben war, sie, denen die Augen für die Trugbilder des Glücks aufgegangen waren, die von allem genug haben und diesem endlosen Drama oder dieser schändlichen Komödie ein Ende setzen wollen.

Der Selbstmord! Er ist die Kraft derer, die keine mehr haben, die Hoffnung derer, die nicht mehr glauben, er ist der erhabene Mut der Besiegten! Ha! Wenigstens gibt es eine Tür für dieses Leben, wir können sie immer öffnen und auf die andere Seite hindurchgehen. Die Natur hatte einen Anflug von Mitleid; sie hat uns nicht eingesperrt. Gnade für die Verzweifelten!

Die armen Enttäuschten, mögen sie freien Mutes und ruhigen Herzens einhergehen. Sie haben nichts zu befürchten, denn sie können fortgehen; hinter ihnen ist immer diese Pforte, die die erträumten Götter nicht zu verschließen vermögen.

Ich dachte an diese Menge von Selbstmördern, mehr als achttausendfünfhundert in einem Jahr. Und es schien mir, als hätten sie sich vereint, um eine Bitte in diese Welt zu schleudern, einen innigen Wunsch hinauszuschreien, um etwas zu bitten, das später erfüllt werden könnte, wenn man es besser verstehen würde. Es war mir, als ob all diese Hingerichteten, diese Erwürgten, diese Vergifteten, diese Gehängten, diese Erstickten, diese Ertränkten daherkämen wie eine schauerliche Horde, wie Bürger, die zur Abstimmung gehen, um der Gesellschaft zu sagen: »Gesteht uns zumindest einen sanften Tod zu! Helft uns zu sterben, ihr, die ihr uns nicht geholfen habt zu leben! Seht her, wir sind unserer viele, wir haben ein Recht zu sprechen in diesen Zeiten der Freiheit, der philosophischen Unabhängigkeit und des allgemeinen Stimmrechts. Gewährt den Lebensmüden das Almosen eines Todes, der nicht so abstoßend, so schrecklich ist.«

. . . .

Ich begann mich in Träumereien zu verlieren, ließ meinen Geist in bizarren und geheimnisvollen Überlegungen über dieses Thema umherstreifen.

In einem Augenblick glaubte ich, in einer schönen Stadt zu sein. Es war Paris; aber zu welcher Zeit? Ich ging durch die Straßen, betrachtete die Häuser, die Theater, die öffentlichen Gebäude, da sah ich an einem Platz ein großes Haus, sehr elegant, sehr schick und hübsch. Ich war überrascht, denn ich las auf der Fassade in goldenen Lettern: »Stiftung Freitod«.

Oh! Wie seltsam sind diese Tagträume, in denen der Geist in unwirkliche und doch mögliche Welten aufsteigt! Nichts ist dort erstaunlich, nichts ist anstößig, und die zügellose Fantasie unterscheidet nicht mehr zwischen Komischem und Unheimlichem.

Ich näherte mich diesem Haus, in dem Diener in der Eingangshalle in kurzen Hosen vor einer Garderobe saßen, wie am Eingang eines Klubs.

Ich trat ein, um mich umzuschauen. Einer von ihnen erhob sich und sprach mich an: »Sie wünschen, mein Herr?«

»Ich wüsste gern, was dies für eine Institution ist.«

»Weiter nichts?«

»Nein.«

»Nun, mein Herr, wünschen Sie, dass ich Sie zum Generalsekretär der Stiftung führe?«

Ich zögerte und fragte: »Werde ich auch nicht stören?«

»Aber nein, mein Herr, es ist seine Aufgabe, Leute zu empfangen, die nähere Auskünfte einzuholen wünschen.«

»Nun gut, ich folge Ihnen.«

Er führte mich durch mehrere Gänge, in denen einige alte Herren plauderten, dann wurde ich in ein schönes, ein wenig dunkles Gemach geleitet, das ganz mit schwarzem Mobiliar ausgestattet war. Ein junger Mann, beleibt, mit rundem Bauch, war dabei, einen Brief zu schreiben, wobei er eine Zigarre rauchte, deren Duft beste Qualität verriet.

Er stand auf, wir begrüßten einander, und als mein Führer gegangen war, erkundigte er sich: »Womit kann ich dienen?«

»Mein Herr«, entgegnete ich, »verzeihen Sie meine Neugier. Ich hatte Ihre Stiftung nie zuvor gesehen. Die wenigen Worte über der Fassade haben mich in Erstaunen versetzt, und ich würde gern erfahren, welchen Aufgaben Sie hier nachgehen.«

Er lächelte, bevor er antwortete, dann sprach er mit gedämpfter Stimme und einem Ausdruck von Behagen: »Nun, lieber Herr, man tötet hier auf ordentliche und sanfte Weise, um nicht zu sagen auf angenehme Weise, solche Leute, die zu sterben wünschen.«

Ich fühlte mich nicht sonderlich bewegt, denn dies kam mir letztlich natürlich und richtig vor. Ich war nur erstaunt, dass man auf diesem Planeten mit seinen niederen, auf Nutzen ausgerichteten, humanitätsduseligen, egoistischen und alle wirkliche Freiheit niederzwingenden Ideen ein solches Unternehmen, das einer mündig gewordenen Gesellschaft würdig war, wagen konnte.

Ich erwiderte: »Wie sind Sie dazu gekommen?«

Er antwortete: »Mein Herr, die Zahl der Selbstmorde hat in den fünf Jahren, die der Weltausstellung von 1889 folgten, dergestalt zugenommen, dass entsprechende Maßnahmen erforderlich wurden. Man tötete sich auf den Straßen, auf Festen, in den Restaurants, im Theater, in den Zügen, in den Empfangsräumen des Präsidenten der Republik, überall. Das war nicht nur ein hässliches Schauspiel für alle, die gern leben wie ich, sondern auch ein schlechtes Vorbild für die Kinder. So galt es die Selbstmorde zu zentralisieren.«

»Wie erklärt sich diese Zunahme der Selbstmorde?«

»Ich weiß es nicht. Im Grunde glaube ich, die Welt wird alt. Man beginnt, sie zu durchschauen, und mag sich nicht mit ihr abfinden. Es steht heute mit dem Schicksal wie mit unserer Regierung; man weiß Bescheid, man merkt, dass man allenthalben betrogen wird, und zieht sich zurück. Wenn man erkannt hat, dass die Vorsehung lügt, betrügt, stiehlt und die Menschen hintergeht wie ein gewöhnlicher Abgeordneter seine Wähler, dann ärgert man sich, und da man nicht alle drei Monate eine andere einsetzen kann, wie wir es mit unseren erpresserischen Volksvertretern halten, verlässt man eben einen Platz, nachdem man ihn als entschieden schlecht erkannt hat.«

»Wirklich!«

»Oh! Was mich angeht, ich beklage mich nicht.«

»Können Sie mir wohl sagen, wie Ihre Stiftung funktioniert?«

»Mit Vergnügen. Sie können im Übrigen Mitglied werden, wenn Sie daran Gefallen finden. Es ist ein Klub.«

»Ein Klub!! ...«

»Ja, mein Herr, gegründet von den Ersten unseres Landes, von den höchsten Häuptern und den klügsten Köpfen.«

Er fügte mit einem herzhaften Lachen hinzu: »Und ich schwöre Ihnen, dass alle viel Freude hier haben.«

»Hier?«

»Ja, hier!«

»Sie versetzen mich in Erstaunen.«

»Mein Gott, man kann hier durchaus sein Vergnügen haben, weil die Mitglieder des Klubs nicht diese Angst vor dem Tod haben, die einem jegliche Freude auf Erden verdirbt.«

»Aber warum sind sie denn Klubmitglieder, wenn sie sich gar nicht umbringen?«

»Man ist als Klubmitglied nicht dazu verpflichtet, sich zu töten.«

»Ja, aber?«

»Ich will deutlich werden. Angesichts der unverhältnismäßig anwachsenden Zahl der Selbstmorde, angesichts der hässlichen Schauspiele, die sie uns boten, hat sich eine Gesellschaft, allein zu Wohltätigkeitszwecken, zum Schutz der Verzweifelten gebildet, die ihnen einen ruhigen unmerklichen, wenn nicht gar unvorhergesehenen Tod bereitet.«

»Wer konnte eine solche Stiftung genehmigen?«

»General Boulanger auf seinem kurzen Weg zur Macht. Er vermochte nichts abzulehnen. Er hat übrigens nur dieses eine gute Werk getan. So hat sich also eine Gesellschaft klar sehender Menschen gebildet; sie waren enttäuscht und kritisch und wollten mitten in Paris eine Art Tempel der Todesverachtung errichten. Zunächst war dieses Haus ein furchteinflößender Ort, dem niemand näher kam. Daraufhin haben die Gründer, die sich dort zusammenfanden, einen großen Eröffnungsabend mit den Damen Sarah Bernhardt, Judic, Théo, Granier und zwanzig anderen veranstaltet, mit den Herren de Reszké, Conquelin, Mounet-Sully, Paulus usw.; dann Konzerte, Komödien von Dumas, von Meilhac, Halévy und Sardou. Es gab nur einen Misserfolg, ein Stück von Monsieur Becque, das zu traurig wirkte, anschließend aber einen enormen Erfolg in der Comédie-Française feierte. Am Ende kam ganz Paris. Die Sache lief.«

»Inmitten der Feste! Was für ein makabrer Spaß!«

»Keineswegs. Der Tod muss nicht traurig sein, er muss unwichtig werden. Wir haben den Tod aufgeheitert, mit Blumen geschmückt, mit Düften durchtränkt, wir haben ihn leicht gemacht. Man lernt zum Beispiel, anderen beizustehen; man kann sehen, es ist nichts dabei.«

»Ich verstehe recht gut, dass man zu den Festen gekommen ist; aber ist man auch um ... seinetwegen ... gekommen?«

»Nicht gleich, zunächst war man misstrauisch.«

»Und später?«

»Da kamen sie.«

»Viele?«

»In Massen. Wir haben mehr als vierzig pro Tag. Man findet fast keine Ertrunkenen mehr in der Seine.«

»Wer hat den Anfang gemacht?«

»Ein Mitglied des Klubs.«

»Wollte er sich opfern?«

»Das glaube ich nicht. Er war ein aufgeriebener, ruinierter Mann, der schon drei Monate lang gewaltige Spielschulden mit sich herumtrug.«

»Wirklich?«

»Der Zweite war ein Engländer, ein Sonderling. Dann haben wir in den Zeitungen Reklame gemacht, wir haben von unserem Verfahren berichtet, wir haben uns Todesarten ausgedacht, die verlocken könnten. Doch den großen Anstoß haben die Armen gegeben.«

»Wie gehen Sie vor?«

»Wollen Sie sich nicht umschauen? Ich könnte Ihnen dabei alles erklären.«

»Gern!«

Er nahm seinen Hut, öffnete die Tür, ließ mich vorangehen und bat mich dann in einen Spielsaal, in dem Leute spielten, wie man in allen Spielsälen zu spielen pflegt. Anschließend durchquerte er mehrere Salons. Es herrschte lebhaftes, frohes Geplauder. Ich hatte selten eine so lebhafte, beschwingte, heiter gestimmte Gesellschaft gesehen.

Als ich meinem Erstaunen Ausdruck verlieh, versetzte der Sekretär: »Oh, unsere Stiftung erfreut sich eines unerhörten Zulaufs. Die ganze Schickeria des Erdkreises ist Mitglied bei uns, um ihrer Todesverachtung Ausdruck zu verleihen. Und sind sie einmal hier, so glauben sie verpflichtet zu sein, froh zu erscheinen, damit man ihnen keine Angst anmerkt. Da wird gescherzt, gelacht, man ist lustig, man hat Geist und lernt es, sich geistvoll zu geben. Zweifelsohne ist dies der meistbesuchte und vergnüglichste Ort von Paris. Die Frauen sind ihrerseits im Moment damit beschäftigt, ein Nebengebäude für ihre Belange zu gestalten.«

»Und trotzdem verzeichnen Sie viele Selbstmorde im Haus?«

»Wie ich Ihnen sagte, vierzig oder fünfzig pro Tag. Leute aus den besseren Kreisen sind selten; dafür haben wir arme Teufel im Überfluss. Der Mittelstand gibt auch viel her.«

»Und wie ... geht das vor sich?«

»Durch Ersticken ... ganz behutsam.«

»Und wie das?«

»Durch ein Gas, das wir erfunden haben. Wir haben ein Patent darauf. Auf der anderen Seite des Gebäudes befinden sich die Tore für den Publikumsverkehr; drei kleine Tore, die auf kleine Straßen hinausführen. Kommt ein Mann oder eine Frau, so beginnt man, sie zu befragen; dann bietet man ihnen Unterstützung, Hilfe, Schutz an. Ist der Kunde einverstanden, wird eine Untersuchung angestellt, und oft ist es uns gelungen, rettend einzugreifen.«

»Wie finden Sie die Mittel dafür?«

»Oh, Geld haben wir reichlich. Der Beitrag der Mitglieder ist sehr hoch. Außerdem gehört es zum guten Ton, für die Stiftung zu spenden. Die Namen aller Spender werden im Figaro abgedruckt. Nicht zuletzt kostet auch jeder Selbstmord eines Reichen tausend Francs – sie sterben eine Art Theatertod. Der Tod der Armen ist gratis.«

»Woran erkennen Sie die Armen?«

»Oh! Oh! Mein Herr, das errät man! Und zudem müssen sie ein Zeugnis ihrer Bedürftigkeit vom Polizeirevier ihres Bezirks beibringen. Wenn Sie ahnten, wie trübe ihre Ankunft ist! Ich habe nur einmal diesen Teil unseres Gebäudes besichtigt, nie wieder werde ich dorthin gehen. Was die Örtlichkeit angeht, so ist sie dieser hier vergleichbar, fast ebenso reich und bequem; aber die Leute selbst ... die Leute!!! Wenn man sie ankommen sieht, die Alten auf Krücken, die hierher kommen, um zu sterben, Leute, die seit Monaten im Elend dahinsiechen, im Winkel von Wegmeilern aufgewachsen wie Straßenhunde; Frauen in Lumpen, abgezehrt, krank, gelähmt, unfähig, ihren Lebensunterhalt zu verdienen, und die uns, nachdem sie ihren Fall erzählt haben, erklären: ›Sie sehen doch sicher, dass das so nicht weitergehen kann, da ich doch für mein Teil nichts mehr leisten, nichts verdienen kann.‹

Ich habe eine kommen sehen, die war siebenundachtzig Jahre alt, hatte alle Kinder und Enkelkinder verloren und schlief seit Wochen im Freien. Ich war krank vor Erschütterung. Dann haben wir so viele andere, unterschiedliche Fälle, ohne die Leute zu rechnen, die nichts erzählen und einfach fragen: ›Wo ist es?‹ Diese lassen wir ein, und alles ist bald vorüber.«

Ich wiederholte, und das Herz krampfte sich mir zusammen: »Und ... wo ist es?«

»Hier.«

Er öffnete die Tür und fügte hinzu: »Treten Sie ein, hier ist der Teil, der speziell für Klubmitglieder reserviert ist und am wenigsten genutzt wird. Wir haben erst elf Ruhelegungen gehabt.«

»Ach! Sie nennen das eine ... ›Ruhelegung‹.«

»Ja, mein Herr. So treten Sie doch ein.«

Ich zögerte. Schließlich ging ich hinein. Es war ein erlesener Saal, eine Art Wintergarten; Scheiben von blassem Blau, von zartem Rosa, von duftigem Grün umrahmten versponnene Landschaftsbilder auf Gobelins. In diesem hübschen Salon standen Diwane, prachtvolle Palmen, Blumen, allenthalben Rosen, die ihren Duft verströmten, Bücher auf den Tischen, die Revue des Deux Mondes, Zigarren in Tabakdosen und, was mich erstaunte, Konfekt aus Vichy in einer Pralinenschachtel. Als ich meinem Erstaunen Ausdruck verlieh, versetzte mein Führer: »Oh! Man kommt oft auf ein Plauderstündchen hierher!«

Er fuhr fort: »Die Säle für die Allgemeinheit sind ähnlich, nur schlichter eingerichtet.«

Ich fragte: »Und wie geschieht es?«

Er deutete mit dem Finger auf eine Liege, mit cremefarbenem Chinakrepp bezogen und weiß bestickt, unter einer großen, mir unbekannten Grünpflanze, die am Boden von einem Resedabeet umkränzt war.

Der Sekretär fügte mit gedämpfter Stimme hinzu:

»Wir wechseln nach Wunsch die Blume und den Duft, denn unser Gas, das ganz unmerklich ist, verleiht dem Tod den Duft der jeweiligen Lieblingsblume. Man löst es in Düften auf. Wünschen Sie, es eine Sekunde einzuatmen?«

»Danke«, entgegnete ich lebhaft, »noch nicht ...«

Er begann zu lachen.

»Oh! Mein Herr, es besteht nicht die geringste Gefahr. Ich habe es selbst mehrfach an mir ausprobiert.«

Ich hatte Angst, feige zu erscheinen. Ich versetzte: »Ich möchte gern.«

»So strecken Sie sich auf der Liege zur letzten Ruhe aus.«

Ein wenig beunruhigt ließ ich mich auf der niedrigen Liege aus Chinakrepp nieder, streckte mich aus und wurde alsbald von einem köstlichen Resedaduft umwoben. Ich öffnete den Mund, um ihn besser einsaugen zu können, denn meine Sinne waren wie benommen, sie vergaßen, sie genossen in diesen ersten Wirren der Betäubung die betörende Trunkenheit eines verzaubernden und zermalmenden Rauschgifts.

Jemand schüttelte mich am Arm.

»Oh! Oh! Mein Herr!«, sagte lachend der Sekretär, »mir scheint, Sie lassen sich hinreißen.«

. . . .

Aber eine Stimme, eine wirkliche Stimme, nicht mehr die meiner Träumereien, grüßte in bäuerlichem Tonfall: »Guten Tag, mein Herr. Geht es gut?«

Mein Traum verflog. Ich sah die Seine im hellen Sonnenlicht und sah auf einem Pfad den Feldhüter herankommen. Er berührte mit der Rechten seine schwarze, mit silbernen Tressen besetzte Mütze. Ich antwortete:

»Guten Tag, Marinel. Wohin des Wegs?«

»Ich muss einen Ertrunkenen melden, den man bei Morillons herausgefischt hat. Einer mehr, der das Handtuch geworfen hat. Der hat sich noch die Hosen ausgezogen, um sich die Beine damit zu fesseln.«

(September 1889)

Das Menuett

Große Unglücksfälle berühren mich kaum, sagte Jean Bridelle, ein alter Junggeselle, der als Skeptiker galt. Ich habe den Krieg hautnah erlebt, ich bin ungerührt über Leichen hinweggesprungen. Die schlimmsten Grausamkeiten der Natur oder der Menschen vermögen uns Schreie des Entsetzens oder der Empörung zu entlocken, doch lösen sie nicht dieses Stechen in der Herzgegend aus, diesen Schauer, der uns beim Anblick von bestimmten herzzerreißenden kleinen Dingen den Rücken hinunterläuft.

Der heftigste Schmerz, den man erleben kann, ist sicher für eine Mutter der Verlust ihres Kindes und für jeden Menschen der Verlust der Mutter. Das ist übermächtig, schrecklich, niederschmetternd und herzzerreißend; doch man genest von solchen Katastrophen wie von großen, blutenden Wunden. Dagegen gibt es bestimmte Begegnungen, bestimmte halb wahrgenommene Dinge, die man nur errät, manchen geheimen Kummer, manche Treulosigkeit des Schicksals, die in uns eine ganze schmerzvolle Welt von Gedanken aufrühren, die uns plötzlich die geheimnisvollen Tore zu verwickelten und unheilbaren seelischen Leiden auftun, die umso tiefer sind, je geringfügiger sie erscheinen, umso stechender, als sie fast ungreifbar erscheinen, um so hartnäckiger, als sie wie aufgesetzt erscheinen; sie lassen in unseren Herzen etwas wie eine Strähne von Traurigkeit zurück, einen Geschmack von Bitterkeit, ein Gefühl der Ernüchterung, wovon wir uns lange nicht befreien können.

Ich habe immer zwei oder drei Dinge vor Augen, die ein anderer gewiss nicht wahrgenommen hätte, und die mich wie tief sitzende kleine, unheilbare Stiche getroffen haben.

Sie begreifen vielleicht kaum die Erschütterung, die mir von solchen raschen Eindrücken geblieben ist. Ich werde Ihnen nur von einer einzigen Begebenheit erzählen. Sie liegt weit zurück, ist aber so lebendig in mir, als wäre ich gestern ihr Zeuge gewesen. Es mag sein, dass meine Fantasie allein diese Rührung in mir ausgelöst hat.

Ich bin nun fünfzig Jahre alt. Damals war ich jung und studierte die Rechtswissenschaft. Ein wenig traurig und allerlei Träumereien zugewandt, geprägt von einer Philosophie des Weltschmerzes, hatte ich eine Abneigung gegen lärmende Cafés, gegen die lauten Kameraden, die einfältigen Mädchen. Ich stand früh auf, und eine meiner großen Vorlieben war es, mich allein gegen acht Uhr morgens in dem Baumschulwäldchen des Luxembourg zu ergehen.

Haben andere nicht die Entdeckung dieses Wäldchens gemacht? Es glich einem vergessenen Garten aus einem anderen Jahrhundert, einem Garten, so anmutig wie das milde Lächeln einer alten Dame. Dichte Hecken säumten die schmalen und ebenmäßigen Alleen, ruhige Alleen zwischen zwei Wänden aus kunstvoll geschnittenem Blattwerk. Unermüdlich hielten die großen Scheren des Gärtners diese Wände aus Gezweig in geraden Linien; und hier und dort traf man auf Blumenbeete; auf Rabatten mit kleinen Bäumen, die aufgereiht waren wie Schüler beim Spaziergang, auf ganze Gesellschaften von prächtigen Rosenstöcken oder wahre Regimenter von Obstbäumen.

Eine ganze Ecke dieses bezaubernden Wäldchens war von Bienen bevölkert. Ihre Strohhäuser, geschickt auf Brettern angebracht, öffneten der Sonne ihre Tore, die ungefähr so groß waren wie die Öffnung eines Fingerhutes; und auf allen Wegen begegnete man den summenden, goldenen, geflügelten Tierchen, den wahren Herren dieses friedlichen Ortes, den eigentlichen Spaziergängern in diesen ruhigen Fluchten der Alleen.

Nahezu jeden Morgen begab ich mich dorthin. Ich setzte mich auf eine Bank und las. Bisweilen ließ ich das Buch auf meine Knie sinken, um zu träumen, um ringsumher dem Leben von Paris zu lauschen und die unendliche Ruhe dieser Laubengänge alter Art zu genießen.

Doch es währte nicht lange, so entdeckte ich, dass ich nicht der Einzige war, der diesen Platz besuchte, sobald die Eingangstore geöffnet wurden; ich befand mich des Öfteren Auge in Auge mit einem seltsamen kleinen Greis.

Er trug Schuhe mit Silberschnallen, eine Hose mit Latz, einen tabakbraunen spanischen Gehrock, ein Spitzenbäffchen als Krawatte und einen unvorstellbar vorsintflutlichen grauen Hut mit breiter Krempe und langem Filzhaar. Er war mager, sehr mager, knochig, schnitt Grimassen, grinste. Seine lebhaften Augen flackerten, irrten hinter den ständig klappernden Augenlidern hin und her, und er hielt stets einen prächtigen Stock mit goldenem Knauf in der Hand, der für ihn irgendeine kostbare Erinnerung darstellen musste.

Zunächst erstaunte mich der gute Mann, dann aber weckte er mein höchstes Interesse. Ich beobachtete ihn durch die grünen Wände hindurch, ich folgte ihm von weitem, blieb an den Seitenwegen des Wäldchens stehen, um nicht gesehen zu werden.

Eines Morgens, als er sich ganz allein glaubte, begann er, eigentümliche Bewegungen zu machen: zunächst einige kleine Sprünge, dann eine Verbeugung; dann schlug er in einem noch recht lebendigen Luftsprung die dünnen Beinchen aneinander, dann begann er sich graziös zu drehen, hüpfend, lebhaft hin und her zu springen, wobei er lächelte, als stünde er vor einem großen Publikum; er machte Reverenzen, rundete die Arme, er wand seinen armen Körper gleich einer Marionette, sandte rührende und lächerliche Grüße ins

Leere. Er tanzte! Ich verharrte starr vor Staunen und fragte mich, wer hier wohl verrückt war, er oder ich.

Doch plötzlich hielt er inne, trat vor wie ein Schauspieler auf der Bühne, verneigte sich alsdann, trat mit anmutigem Lächeln und Handküsschen, die er mit zitternder Hand den zwei gestrebten Baumreihen zuwarf, zurück.

Dann setzte er würdevoll seinen Spaziergang fort.

Von diesem Tag an verlor ich ihn nicht mehr aus den Augen; und er wiederholte jeden Morgen seine unvorstellbare Darbietung.

Da packte mich eine tolle Lust, ihn anzureden. Ich wagte mich heran, grüßte ihn und sagte: »Es ist schön heute, mein Herr.«

Er verbeugte sich: »In der Tat, Monsieur, es ist wahrlich so schönes Wetter wie früher.«

Acht Tage später waren wir Freunde, und ich kannte seine Lebensgeschichte.

Er war Ballettmeister an der Oper zur Zeit Ludwigs XV. gewesen. Sein schöner Stock war ein Geschenk des Grafen von Clermont. Und wenn man mit ihm vom Tanzen sprach, wollte er gar nicht mehr aufhören zu erzählen.

So vertraute er mir eines Tages an: »Ich habe die Castris geheiratet, mein Herr. Ich werde Sie ihr vorstellen, wenn es beliebt, doch wird es noch ein Weilchen dauern, bis sie kommt. Dieser Garten, wissen Sie, ist unsere Freude und unser Leben. Er ist alles, was uns von einst geblieben ist. Es scheint uns, als ob wir nicht mehr leben könnten, wenn wir ihn nicht mehr hätten. Er ist alt und vornehm, nicht wahr? Ich vermeine hier eine Luft zu atmen, die von meiner Jugend an gleich geblieben ist. Meine Frau und ich, wir verbringen hier jeden Nachmittag. Doch ich komme schon am Morgen hierher, da ich zeitig aufstehe.«

Sobald ich das Mittagessen beendet hatte, kehrte ich zurück zum Luxembourg und gewahrte alsbald meinen Freund, der einem alten Frauchen in Schwarz feierlich den

Arm reichte. Ich wurde ihr vorgestellt, ihr, der Castris, der großen Tänzerin, die die Liebe der Fürsten war, des Königs, ja, des ganzen galanten Jahrhunderts, dessen Liebeshauch noch jetzt zu spüren ist.

Wir ließen uns auf einer Steinbank nieder. Es war im Monat Mai. Der Duft von Blumen schwebte über den reinlichen Alleen; warmer Sonnenschein bahnte sich den Weg durch das Blattwerk und streute seinen Glanz gleich großen Tupfen über uns aus. Das schwarze Gewand der Castris schien lichtdurchtränkt.

Der Garten war leer. In der Ferne hörte man die Fiaker rollen. »Erklären Sie mir doch einmal«, sagte ich zu dem alten Tänzer, »was ein Menuett ist.«

Er erbebte.

»Das Menuett, Monsieur, ist die Königin der Tänze und der Tanz der Königinnen, verstehen Sie? Seit es keine Könige mehr gibt, gibt es kein Menuett mehr.«

Und er begann in blumenreichem Stil ein langes, schwungvolles Loblied, das mir unverständlich blieb. Ich wollte mir die Schritte beschreiben lassen, alle Bewegungen, alle Figuren.

Er verlor den Faden, verzweifelte über seine Unfähigkeit, war gereizt und unglücklich.

Und plötzlich wandte er sich zu seiner uralten Gefährtin, die noch immer schweigsam und ernst verharrte: »Elise, möchtest du, sag, möchtest du, es wäre ganz reizend von dir, möchtest du, dass wir Monsieur vorführen, was es einmal war?«

Sie schaute mit unruhigen Augen nach allen Seiten, erhob sich dann, ohne ein Wort zu sagen, und stellte sich vor ihm auf.

Dann sah ich eine unvergessliche Darbietung.

Sie kamen und gingen mit einem kindlichen Gebaren, lächelten einander zu, wiegten sich hin und her, verbeugten sich, hüpften wie zwei greise Puppen, deren Bewegungen nach einer uralten Mechanik abliefen, die schon ein wenig defekt war, aber ehedem von einem ungemein geschickten Künstler nach Art der Zeit gefertigt worden war.

Ich sah ihnen zu, und mein Herz wurde von außergewöhnlichen Empfindungen bewegt, meine Seele von unsäglicher Trauer angerührt. Es kam mir vor, als ob ich einem beklagenswerten und zugleich komischen Schauspiel zusähe, dem erloschenen Schatten eines Jahrhunderts.

Plötzlich hielten sie inne, sie hatten alle Figuren getanzt. Einige Sekunden lang verharrten sie aufrecht, einer dem anderen zugewandt, mit seltsam verzerrten Gesichtern; dann umarmten sie einander schluchzend.

Drei Tage später reiste ich ab aufs Land. Ich habe sie nicht wieder gesehen. Als ich zwei Jahre später nach Paris zurückkam, fand ich das Baumschulwäldchen zerstört. Was ist nur aus ihnen geworden, ohne ihren geliebten Garten von einst, mit seinen labyrinthischen Ecken, seinem Duft von Vergangenheit, seinen bezaubernden Laubengängen?

Sind sie tot? Irren sie gleich Verbannten ohne Hoffnung durch die modernen Straßen? Tanzen sie im Mondschein gleich gebrechlichen Gespenstern zwischen den Zypressen eines Friedhofs ein fantastisches Menuett entlang den grabgesäumten Pfaden?

Die Erinnerung an sie verfolgt mich, plagt mich, peinigt mich, steckt in mir fest wie eine tiefe Wunde. Warum? Ich weiß es nicht. Sie finden dies zweifelsohne lächerlich, oder?

(November 1882)

Nachwort

Die Spanne des Lebens von Guy de Maupassant (1850–1893) umgreift ziemlich genau die zweite Hälfte des neunzehnten Jahrhunderts, eine Zeit der industriellen Revolution und – damit verbunden – des gesellschaftlichen Umbruchs. Der zahlreicher und selbstbewusster werdende vierte Stand, die Gesellschaftsschicht der Arbeiter und Angestellten, drängt nach oben, wenngleich noch ohne Erfolg. 1848 erheben sich die Pariser Arbeiter gegen die Regierung und werden erbarmungslos niedergeschlagen, 1870 findet der Aufstand der Pariser Kommune ein blutiges Ende. Außenpolitisch erschüttert 1870/71 der Deutsch-Französische Krieg das Land. Er endet mit einer Niederlage; Frankreich verliert Elsass-Lothringen. In dieser Zeit feiern Wissenschaft und Technik Triumphe. Die Erfindungen des Telefons, des Autos, der Eisenbahn, auch des Fotoapparats, bewirken eine weitreichende Neuorientierung im Bereich des täglichen Lebens; in der Berufswelt sorgt die Rationalisierung der Arbeit in immer größeren Fabriken für eine rasante Steigerung der wirtschaftlichen Produktivität. Nutznießer dieser Entwicklung ist noch allein das Bürgertum. Es baut seine beherrschende Stellung aus. Das Verlangen nach Geld, Luxus, nach Vergnügen kennzeichnet seine Lebenshaltung; sein Denken wird vom Glauben an das Jetzt, an den Fortschritt, an die Allmacht der modernen Zivilisation beherrscht.

Der philosophische Positivismus trägt dieser Entwicklung Rechnung; in seinem Gefolge setzt sich im Bereich der Kunst der Naturalismus durch. Objektiv, unsentimental soll das im Leben real Wahrnehmbare und Existierende zur Darstellung gelangen. Gustave Flaubert, die Brüder Goncourt und Émile Zola, neben vielen anderen, begreifen sich als Wissenschaftler auf dem Gebiet der Literatur. Der Roman und die Novelle erleben eine neue Blütezeit, sie bieten sich als Ausdrucksmittel der gewandelten ästhetischen Zielsetzung an.

Die Lyrik dagegen zeigt uns ein anderes Verhältnis der Künstler zu ihrem Zeitalter: die Lyriker suchen sich ihm zu entziehen. Sie kehren der nüchternen, »prosaischen« Industriegesellschaft den Rücken und begegnen dem zeitgenössischen Publikum, dem satten, auf materiellen Wohlstand erpichten Bourgeois mit Abscheu und Überdruss (*ennui*). Die Dichtung des Parnass besinnt sich auf die Reinheit der Sprache und der Form; die Dichter des Symbolismus sehen die Poesie als Mittler irrationalen traumhaften Erlebens; Mallarmé sucht nach dem gegenstandsfreien, bezugslosen Dichtwerk.

Das Drama, mit seinem Hauptvertreter Alexandre Dumas fils, malt ein vielfach sozialkritisches Sittenbild der damaligen Gesellschaft. Andererseits verweist der Erfolg des Boulevard-Theaters auf das wachsende Bedürfnis der Menschen, sich nach der Arbeit vor allem abzulenken und Zerstreuung zu suchen.

Auf dem Gebiet der Malerei bricht sich unter Führung von Gustave Courbet, der dieser Richtung auch den Namen gab, kurz nach der Jahrhundertmitte der Realismus Bahn. Ihm folgt ein Jahrzehnt später der Impressionismus. Auch er spiegelt die philosophischen Strömungen der Zeit wider. Das statische Objekt wird in seine Details aufgelöst und in seinem Wandel im ständig wechselnden Licht gesehen. Der Künstler arbeitet im Freien, nicht mehr im künstlichen Atelier; er versucht, die Wirklichkeit, wie sie sich dem Betrachter präsentiert, mit seinen Farben einzufangen.

In der Musik müssen Jacques Offenbach, Charles Gounod und Georges Bizet genannt werden, die große Erfolge feiern. Richard Wagners Musikdrama findet erst spät Aufnahme im französischen Publikum. Die *Tannhäuser*-Premiere von 1861 ist zunächst ein großer Skandal. Wagner wird indessen heiß diskutiert; zumal die Lyriker, insbesondere Charles Baudelaire, setzen sich intensiv mit seiner Musik und seinen Theorien auseinander.

In dieser Epoche erfreut sich das Briefschreiben, das Tagebuchführen höchster Beliebtheit. So finden wir auch Maupassants Leben reich dokumentiert. Wirft man einen Blick auf die Familie Maupassant, so genügen wenige Informationen, um eine Geschichte ganz eigener Prägung vor uns ablaufen zu sehen, die sich vorzüglich in das Werk des Dichters einfügen ließe. Der Vater, Gustave de Maupassant, gilt als Frauenheld, Ausschweifungen jeglicher Art zugetan, der allenfalls noch ein wenig malt. Seinen Adelstitel, den seine Vorfahren im Zuge von Ämterkäufen erworben hatten und der zu Zeiten der Revolution annulliert worden war, hat er sich eigens wieder anerkennen lassen, um seine zukünftige Braut zu beeindrucken. Die Mutter, Laure Le Poittevin, einer reichen Familie aus Rouen entstammend, wird als eine Dame von Bildung geschildert, sie verkehrt in literarischen Kreisen und ist von Kind an mit Flaubert befreundet; sie zeichnet sich jedoch durch eine auffällige Labilität aus. Früh durch Krankheit gezeichnet, peinigt sie ihre Umwelt mit Jähzornsanfällen, Tyrannei, ja Selbstmordversuchen. Es heißt, dass sie aus Geltungsdrang für die Geburt ihrer beiden Söhne eigens ein Schloss angemietet hat. Die Ehe wird im Jahre 1860 wieder geschieden. Der um sechs Jahre jüngere Bruder Hervé macht sich allenfalls als Fechter, Reiter und Ringkämpfer einen Namen, bevor er im Jahre 1889 noch vor dem Dichter in einer geschlossenen Anstalt stirbt.

1850 wird der berühmte Sohn dieser Familie vermutlich in Fécamp geboren, wo die Eltern der Mutter leben. Bisweilen wird als Geburtsort auch Schloss Miromesnil angegeben, das die Familie wenig später bezieht. 1856 kommt sein Bruder Hervé auf dem Schloss von Grainville-Ymauville zur Welt. Seine Kindheit verbringt Maupassant in der Normandie, die in seinen Geschichten immer wiederkehrt. Im Winter lebt die Familie in Paris, wo Guy auch das Gymnasium besucht. Nach der Trennung der Eltern übernimmt die Mutter die Erziehung der Söhne. Sie schickt den Älteren 1863 in das kirchliche Internat von Yvetot. Die Enge dieser Anstalt erweckt seinen tiefsten Widerwillen, der sich in mancherlei Delikten Luft macht und ihm schließlich die Ausweisung einträgt (1868). Er darf daraufhin seine Schulzeit in Rouen beenden. Eine wesentliche Rolle spielt in diesen Jahren die Verbindung mit dem Dichter Louis Bouilhet, der allerdings bereits 1869 stirbt. Die Freundschaft mit Flaubert, dem Jugendfreund der Mutter, intensiviert sich. 1869 beginnt Maupassant mit dem Jurastudium in Paris, doch schon ein Jahr später bricht der Deutsch-Französische Krieg aus, der Dichter wird zum Militärdienst einberufen. Für den gerade zwanzigjährigen jungen Mann bringt das Kriegserleben prägende Eindrücke, die immer wieder in seinen Geschichten aufleben.

Unter Einsatz seiner Verbindungen gelingt es dem Vater, ihn schließlich vom Militär zu befreien und ihm einen kleinen Posten am Marineministerium zu verschaffen. 1878 wird er an das Kultusministerium versetzt. Die Finanzlage der Familie gestattet keine Fortsetzung des Jurastudiums. Schon früh eifert Maupassant bei seinen Beziehungen zum weiblichen Geschlecht seinem Vater nach und zieht sich eine Lues zu.

Flaubert unternimmt es verstärkt, Maupassants literarische Versuche zu leiten und ihn in die Welt der Schriftsteller und Verleger einzuführen. Er lädt ihn regelmäßig zu seinen berühmten »Sonntagen« ein. Hier trifft Maupassant auf die Brüder Goncourt, auf Iwan Sergejewitsch Turgenjew, auf Alphonse Daudet und Jons-Karl Huysmans, er lernt Hippolyte Taine, Ernest Renan und Maxime du Camp kennen. Er begegnet Émile Zola, dem Führer der naturalistischen Schule, und auch Paul Cézanne, der die Villa Zolas in Médan malte, die Stätte, an der Maupassants Ruhm seinen Anfang nimmt. Hier arbeitet unter Zolas Führung ein Kreis von Schriftstellern an einer Novellensammlung, den *Soirées de Medan.* Sie erscheint 1880 und macht mit der Veröffentlichung von *Boule de Suif* (*Fettklößchen*) Maupassant berühmt.

Im gleichen Jahr stirbt sein Lehrer Flaubert. Maupassant wird auf Grund seines Erfolgs zunächst auf ein Jahr mit vollem Gehalt, später ohne Bezüge vom Staatsdienst beurlaubt. Seine *Contes* erweisen sich als hervorragende Einnahmequellen, er ist nunmehr finanziell unabhängig. Er erwirbt ein Anwesen in der Normandie, bezieht eine luxuriöse Wohnung in Paris, kauft eine Segeljacht, die er nach seinem Roman »Bel Ami« benennt und mit zwei Matrosen bemannt. Seine Krankheit nimmt unterdessen einen schleichenden Verlauf und setzt ihm immer mehr zu. Dennoch reist er in den folgenden Jahren einige Male nach Italien, nach England, vor allem wiederholt nach Nordafrika.

Er schreibt unermüdlich. Im folgenden Jahrzehnt entstehen an die zweihundertsechzig Novellen und sechs Romane, neben einigen Reisebeschreibungen. 1883 erscheinen die *Contes de la Bécasse*, 1885 die *Contes du Jour et de la Nuit*, dazu die Romane *Une Vie* (1883), *Bel Ami* (1885), *Mont Oriol* (1887), *Pierre et Jean* (1888), *Fort comme la Mort* (1889) und *Notre Cœur* (1890). Darüber hinaus schreibt er drei Reisebeschreibungen, *Au Soleil* (1884), *Sur l'Eau* (1888) und *La Vie errante* (1890).

Um seine Leiden zu lindern, nimmt er wiederholt Zuflucht zu Rauschgift. Vergebens versucht er, seine Krankheit vor der Umwelt zu verbergen. Nach einem Selbstmordversuch wird er 1892 in einer Zwangsjacke in die Privatanstalt von Dr. Blanche in Passy eingeliefert, in eben die Anstalt, in der auch Gérard de Nerval behandelt wurde. Ein Jahr später, am 6. Juli 1893, melden die Pariser Zeitungen seinen Tod. Zola, der Herausgeber der *Soirées de Medan*, der mit der Veröffentlichung von *Boule de Suif* am Beginn von Maupassants literarischem Aufstieg stand, hält die Totenrede.

Der vorliegende Band enthält eine repräsentative Auswahl aus Maupassants vielschichtigem und facettenreichem Erzählwerk. In ihm sind die verschiedenen, deutlich unterscheidbaren Themenkreise mit ihren jeweils typischen Novellen vertreten.

Die Erzählungen, die am Eingang dieser Auswahl stehen, spiegeln die Erfahrungen Maupassants aus der Zeit seiner Arbeit im Ministerium wider. Dabei werden geringfügige Gegenstände zum Aufhänger des Geschehens: ein unechtes Halsband (*Der Schmuck - La Parure*), ein Regenschirm (*Der Regenschirm - Le Parapluie*). Die dem kleinen und mittleren Bürgertum angehörenden Menschen suchen ihren engen Lebensgrenzen zu entfliehen, verfügen aber nicht über die dafür notwendige materielle Ausstattung. Die Ärmlichkeit, Enge und Verbohrtheit in ihrem Leben und täglich geregelten Tun legen sich drückend auf ihr Handeln und Denken. Die arme Schmuckträgerin bezahlt ihr ganzes Leben lang für einen einzigen glanzvollen Abend, an dem sie sich glücklich und bewundert gefühlt hatte.

Die *Reue* (*Regret*) und *Die Schmucknadeln* (*Les Épingles*) führen uns in die leichte Welt der Erotik. Das Verhältnis Maupassants zur Frau ist, wie man weiß, nicht unproblematisch. Man hat sogar angenommen, dass die Mutter die einzige Frau und wahre Partnerin im Leben des Dichters gewesen sei, dass er alle *anderen* Frauen als »Weiber« und Genussobjekte betrachtet habe. Gerade die Geschichte *Die Schmucknadeln* böte sich als beredtes Beispiel für diese These an. Sie ist so pikant, nett und belanglos wie ihr Titel, wie die Anschauungen, die sie über die erotischen Beziehungen zwischen Mann und Frau durchscheinen lässt.

Das Haus Tellier (*La Maison Tellier*) zeichnet uns ein Freudenhaus, wie es Henri de Toulouse-Lautrec gemalt haben könnte. Die Vorsteherin dieser Institution, ja auch ihre Damen, treten als weitgehend integre Charaktere aus all den nie ganz ehrlichen, stets auf eigenen Gewinn gerichteten Gestalten heraus. Die ehrenwerten Stadtväter, die sich abends von zu Hause wegschleichen, der Strumpfbandhändler, der mit den reisenden Dirnen seine schlüpfrigen Geschäftchen zu treiben versteht, und nicht zuletzt die berechnenden Verwandten, die auf das Erbe spekulieren, sie alle stecken fest in einem vorgefertigten Rahmen und versuchen, sich den anderen zunutze zu machen. Die Erzählung enthält eine meisterhafte Milieuschilderung mit vielen großartigen Höhepunkten, so etwa die Szene der Kommunion, bei der gerade die zweifelhaften Damen in ihrem grotesken Aufzug und ihren Krokodilstränen die Erscheinung des Heiligen Geistes heraufbeschwören und die ganze Gemeinde nebst Priester in heiligen Schauern erzittern lassen.

Maupassants Kriegsgeschichten geben deutlich Kunde von der Betroffenheit ihres Schreibers, und sie treffen auch den Leser. Dabei werden in *Fettklößchen* (*Boule de Suif*) und *Mademoiselle Fifi* (*Mademoiselle Fifi*) noch einmal Dirnen als die wahren Heldinnen herausgehoben. Die hochgestellten Marquis und Grafen in *Fettklößchen* bis hin zu den frommen Nonnen sind selbstgefällige Drohnen und Feiglinge, die unter allgemeinem Beifall immer den Wehrlosen opfern.

Ganz anders geht es in *Das Grauen* (*L'Horrible*) zu, hinter welchem Titel sich zwei typische Maupassant-Erzählungen verbergen. Sie laufen konzentriert auf einen Höhepunkt zu, einmal der grausigen Entdeckung, dass der vermeintliche Spion eine alte Frau ist, die allem Anschein nach in den Kriegswirren ihren Sohn sucht, und in der zweiten Geschichte der Auflösung des Bataillons Flatters durch Kannibalismus. Das Elend des Krieges und die Grausamkeit des Menschen gegenüber Wehrlosen, in diesem Fall eines preußischen Kommandanten, werden auch in *Die Irre* (*La Folle*) geschildert. *Die Hochzeit des Oberleutnants Laré* (*Le mariage du lieutenant Laré*) wie auch *Die Gefangenen* (*Les Prisonniers*) zeichnen sich dagegen durch eine fast gelöste Stimmung aus.

Die Erzählungen aus dem bäuerlichen Leben, so wie es Maupassant in seinen frühen Jahren in der Normandie erlebt haben mag, umreißen die gnadenlose Hierarchie der Dorfgemeinschaft. Erbarmungslos wird der vaterlose Simon von der Bande der Dorfbuben gehetzt und ausgestoßen (*Simons Vater - Le Papa de Simon*). Der Bauer, der einmal falsch verdächtigt worden ist, vermag seine Unschuld nicht zu beweisen und geht an diesem Unvermögen zugrunde (*Die Schnur - La Ficelle*). In der Geschichte *Der Teufel* (*Le Diable*) lauern Gewinnsucht und Geiz noch um das Sterbebett der alten Bäuerin und missgönnen ihr einen ruhigen Tod. Die Macht gebührt den Schlauen, der Gesunde siegt über den Kranken und Schwachen. Lediglich *Simons Vater* findet ein versöhnliches Ende, in den beiden anderen Geschichten bildet ein unwürdiger Tod den Schluss.

Die Erzählungen *An einem Frühlingsabend (Par un soir de printemps)* und *Menschliches Leid* (*Misère humaine*) wenden sich den vom Schicksal vernachlässigten Geschöpfen zu, die sich dem Leben gegenüber als schwach und passiv erweisen. *Der erste Schnee* (*Première neige*) gehört mit den poetischen Schilderungen der normannischen Landschaft zu den besonders gelungenen Erzählungen. Das alte normannische Schloss mit seinen hohen, finsteren Bäumen, den kreisenden Saatkrähen, wo der Winter alles in Kälte erstarren lässt, treibt seine junge Besitzerin dazu, sich willentlich eine todbringende Krankheit zuzuführen, um diesem Gefängnis zu entrinnen. Die Lieblingsaufenthalte Maupassants, die Normandie und die französische Riviera, bilden die Lebenspole der jungen Frau.

Eine besondere Stellung nehmen *Der Esel* (*L'Âne*) und *Coco* (*Coco*) ein. Mit geradezu unlesbarer Brutalität wird der langsame Mord einmal an einem alten Esel und dann an einem alten Pferd aufgezeichnet. Peinlich genau wird der Sterbevorgang nachvollzogen. Groß ist die Enttäuschung der Mörder, dass er nicht länger währt. Im einen Fall sind es zwei Landstreicher, im anderen ein Bauernjunge, die als Täter fungieren. In seiner Geschichte *Von Katzen* (*Sur les chats*) beschreibt Maupassant, dass er als kleiner Junge genüsslich zugesehen habe, wie eine Katze in einer Schlagfalle elend ums Leben kam, dass er kein Bedürfnis verspürt habe, ihr zu helfen, sie im Gegenteil noch am Schwanz gezogen habe, als sie schließlich tot war. Das grausame Quälen und Morden sieht der Dichter in der Natur des Menschen begründet. Der Mensch ist grausam.

Der Esel wie auch *Auf dem Wasser* (*Sur l'eau*) bringen ein weiteres wesentliches Thema zur Sprache, das Wasser, den Fluss. Maupassant war ein leidenschaftlicher Ruderer. *Auf dem Wasser* lässt zauberhafte Gemälde von Wasserlandschaften vor uns aufsteigen, sie zeugen von dem ständigen Erleben des Wassers und der tiefen inneren Verbundenheit mit ihm.

Ein Verrückter? (*Un Fou?*) und *Der Horla* (*Le Horla*) sind beredte Zeugnisse seines fortschreitenden Wahnsinns, bestechend und erschreckend in ihrer Unmittelbarkeit, ihrer Selbstverständlichkeit.

Die Liege zur letzten Ruhe (*L'Endormeuse*), eine merkwürdige Erzählung, berichtet von einem irrsinnigen Tagtraum. Da gibt es mitten in Paris ein öffentliches Gebäude, in dem man ganz honorig und gegen Bezahlung Selbstmord begehen kann, für die Armen preiswerter natürlich. Der humane Wert dieser Einrichtung wird gerühmt, und so überzeugend ist die Erzählung, dass der Leser für einen Augenblick geneigt sein mag, sich dieser Wertung anzuschließen.

Zu den eindrucksvollen Erzählungen schließlich gehört *Das Menuett* (*Le Menuet*). Wie ein Aquarell, verschwommen, flüchtig, mutet die Impression der zwei alten Tänzer an, die in dem alten Garten gleich greisen Theaterpuppen die Mechanik ihres Tanzes in Gang setzen. So wie der Erzähler sich von diesem Bild verfolgt fühlt, so kreist auch die Geschichte um dieses eine Thema, das Menuett, umleuchtet es, spiegelt es rundum wider.

Am Beginn dieser Erzählung heißt es, dass nicht die großen Katastrophen die großen Erschütterungen auslösen, sondern »bestimmte Begegnungen, bestimmte halb wahrgenommene Dinge, die man nur errät«, eben die »herzzerreißenden kleinen Dinge«. Dies könnte als Motto über fast allen Novellen Maupassants stehen. Sie knüpfen sich an meisterhaft erzählte Kleinigkeiten und lassen uns zurück mit einer »Strähne von Traurigkeit«, einem »Geschmack von Bitterkeit« und einem »Gefühl der Ernüchterung«, wovon wir uns lange nicht befreien können.